中国作家协会重点扶持作品

滹沱人家

康志刚

著

花山文艺出版社

河北·石家庄

图书在版编目（CIP）数据

滹沱人家 / 康志刚著. -- 石家庄 ：花山文艺出版
社，2022.5
ISBN 978-7-5511-6111-4

Ⅰ．①滹… Ⅱ．①康… Ⅲ．①长篇小说－中国－当代
Ⅳ．①I247.5

中国版本图书馆CIP数据核字（2022）第050743号

书　　名：**滹沱人家**
　　　　　Hutuo Renjia
著　　者：康志刚
出 品 人：郝建国
统　　筹：李　爽
责任编辑：梁东方　王李子
责任校对：李　伟
美术编辑：陈　淼
出版发行：花山文艺出版社（邮政编码：050061）
　　　　　（河北省石家庄市友谊北大街330号）
销售热线：0311-88643221/48
传　　真：0311-88643234
印　　刷：石家庄众旺彩印有限公司
经　　销：新华书店
开　　本：880 毫米×1230 毫米　1/32
印　　张：12.875
字　　数：270千字
版　　次：2022年5月第1版
　　　　　2022年5月第1次印刷
书　　号：ISBN 978-7-5511-6111-4
定　　价：69.00元

序

　　志刚的家乡在滹沱河畔。不是泛泛之义上的滹沱河畔，而是确切意义上的滹沱河畔。志刚曾经屡次生动地跟我讲过，过去在夜里的时候，在家里就能听到滹沱河畔稻田里的蛙鸣。

　　那一带也是我多年来经常骑车漫游的私人路径：从城市里出来二十多公里，距离适中，风景则是逶迤的太行山前平原上的大河所在。一再抵达，一再对人形成一种魂牵梦萦式的吸引力。

　　穿过五七路，跨过滹沱河沙漠一样的河道，从滹沱河这边的新村到河北岸的大孙村、战村、雕桥、平安屯、胡村……北大堤上的大树蓊郁成荫，形成深深的黑色胡同，不仅夏日有黑森林之状，就是冬天里也因为密集的树枝树杈而在天空中形成了饶有其趣的线条画；不论什么季节走上这条路，俯瞰一侧的大河河道和另一侧的华北平原沃野，遥望黛色的太行山脉，都会让人油然而生无限的诗情。

之所以说是私人路径，是因为在最近这些年那一带逐渐进入滹沱河改造工程之前，它一直都是平平常常的村落和大地，不但没有自行车专用道，而且还有很多未经硬化的土路。它之所以被我探索成一条反复行走的自行车私人路线，是因为其依傍着滹沱河的独有地势。滹沱河在这个位置上，在几公里长的范围内就连续有两个弯儿，两个几乎是九十度的弯儿：从由西向东到从北向南，再由从北向南转而由西向东。

在大河拐弯儿的地方去看河，这是人类在一个视野里遥望大河来去的最佳经验。放在一个镜头里，就能容纳河道所来与所往。风景壮丽，哲思渺渺。

在这滹沱河拐弯儿的地方，形成了很多泉水，形成了正定的母亲河周汉河的源头，也形成了蛙鸣悠扬稻谷飘香的鱼米之乡景象。当然那是上游修建水库之前的事情了，现在的滹沱河早已经干涸。

每次志刚讲起小时候家乡的这种田园景象都会表现出一种神往和沉醉。虽然我骑车反复在这一带行走的时候，滹沱河就已经干涸，泉水河水全部消失，喜水的大柳树已经被旱地白杨所替代，但是大河的骨架还在，地势并没有太大的改变。站在高坡上俯瞰，依然可以想象大地上的人们世世代代地生活在这里，俯仰天地、瓜瓞绵绵的悠远情状。

正是因为有过这样的体验，我对志刚的这部小说中主人公走到高坡上俯瞰家园的景象才总是深有同感，我甚至能判断出是站到了哪里，俯瞰向哪个方向。这是我和作者不约而同的文学地理情怀。

志刚用自己比普通的游客情绪、地理爱好者情结更为深沉的家乡深情，凝结成了长篇小说《滹沱人家》。小说将主要场景定位在滹沱河边的一个小村子里的一条胡同——扁担胡同里。扁担胡同里的井，既是家家户户的水源，也是家乡的象征。

几十年以后，因为地下水水位急剧下降，这口井被废弃了。几乎与地下水下降同步，胡同里的家家户户也都在时间之流中发生着翻天覆地的变化。原来的矛盾，甚至是很尖锐的矛盾都在转化，互相之间错综复杂的关系逐渐位移。爱情婚姻家庭孩子、父母老人宗族之外，还有随着解决了温饱的脚步反而越来越重要的经济之道、谋生创业之路。

蓦然回首，过去农业社会的一切在波澜不惊之中已然变成了商业社会的冰凉却有效的法则。在这个转型的过程中的社会变迁、地理变化、人性世故的流转，都在志刚的小说里以非常细腻生动的笔墨被点染了出来。

小说中用了不少散文化的纪实笔墨，不无留恋地来描写当年的滹沱河畔的风景，描写人们在那样的风景中与天地适应的生活。举凡古人诗词歌赋和历史中形成的本地方言、歇后语，都经过作者多年的收集整理思索辨析而有恰如其分的运用。本地口音作为与周围任何相邻的县区都迥然不同的绝对异数，其特点既有当年留守边关的岳家军后裔的语言特点，也已经渗透了当地水土的影响。小说中对这种方言和方言使用中的具体语境的描绘和记录，有意无意地为本地文化传统留下了鲜活证据。

这些将小说和散文融合的笔墨让人不由自主地就想起德语作家黑塞的那些无分文体臻于圆融之境的作品。志刚和他一样，也是源于对自然的挚爱，源于对人与自然和谐生活的无限向往，才在相当程度上抛开了文体的限制，而用最直接的方式咏叹起这样诗情画意的歌谣。

当然，在这一切之上，作品中的重点还是人物。小说对新运和瑞霞夫妇用的笔墨最多，两个滹沱河畔的新一代青年，从最初的乡间志向到后来经商的不易和城市打拼的周折，再到最后的成功，林林总总，堪称一代人的典型形象。他们的形象，既是闯出一条不同于祖祖辈辈在土地上讨生活的模式的新生代标志，也同时负担了展示时代变迁和社会中形形色色的变化的功能。

其中某些段落本身可能直接就是很不错的中篇或者短篇，比如到集市上卖衣服的经历，比如开饭店遇到小混混的事情，比如拆迁过程中斗智斗勇的经过，还有多次选择创业路的坎坷与周折。

小说最后，新运给历史上不对付的邻居家送钱慰问、无限思念自己离家出走的弟弟、和旧日恋人相见"一笑泯恩仇"等段落都感人至深；因为这些段落里有世事纷纭之后积累下来的情绪和感悟，充满了人情人性的光辉，也正是志刚个人对人间情绪的总体体会与把握的更上一层楼式的抒怀。

老寿爷爷这个形象写得很美，是那种与滹沱河地域的风景自然融合的人生之美。他和那孤寡了一辈子的小素大娘之间静静地相守，他对祖先、对后代的记忆与期许，他对本家去了灵寿的一支族裔的老人自带干粮专程回来走一走、看一看的人的恒久记忆，他本分自然的生命终结，包括他垂垂老矣却努力坚持自理不给别人添麻烦的自尊，乃至他步履蹒跚地走在扁担胡同中的形象，都给人留下了深刻而优美的印象。

老寿爷爷的形象昭示着，昭示着人类曾经那样物我无间地栖息在大地上，栖息在大地上的人曾经那样与世界相融，遵守着天伦和地理，用本分的劳动和克己的伦理谨守着做人的本分，延续着人间的爱与温情。

回头看，他们虽然物质贫乏，世事纠缠复杂，但是至少还有属于自己的一方天地，自己的炕头，自己的院落，自己的四季和星空。而这些，大多都已经是住在高楼大厦里的现代人可望而不可即的了。现代人在获得了很多过去不能想象的物质享受的同时，也失去了太多。

写得饱含深情的，还有自台湾回乡的老兵小素大伯。他新婚不久出门赶集就被抓了壮丁，然后就是一辈子和家乡、和亲人、和妻子的暌违。如今回来，一切都已经不再，物是人非的感慨和翻天覆地的变化使他恍如隔世，也使人犹如站到河岸高处的时候一样，俯瞰了他人的同时也俯瞰了自己的人生。

一般来说，故事不是小说的重点，重点还是人物状态；是人在世界上，在自然和人际之间的状态。以这个标准来看，这部小说对故事情节的交代性笔墨可能还有删减的余地，为了故事的框架，也因为长期的素材积累，镶嵌进去的人物很多。

众多的人物之中，有作者着意刻画的核心形象，也有诸多源于生活体验或者小说结构的次要角色。而有意思的是，这些形象写得好不好，立体不立体，感人不感人，给读者留下的印象深不深，往往不以作者用力的深浅为准绳，甚至反而是那些边角上的用墨不多的人物有时候反而给人留下了深刻的印象。

　　比如，香果夫妻俩在外面"放鹰"的事情，分寸把握就非常得当；不是那些见不得人的"放鹰"过程写得怎么活灵活现，作者并没有直接写那些内容，他只是多次侧面描写香果妻子大梅每次回到扁担胡同里来的时候的穿着打扮和神态。他们一味为了钱而不择手段的时候，努力用夸张的骄傲和得意掩饰着的忐忑与心虚，他们在忐忑与心虚之间表现出来的终于得手的侥幸，与享受着丰厚物质生活的今朝有酒今朝醉式的潇洒同时的绝望。

　　按照一般小说的惯例，《滹沱人家》中的地名大多也都做了"虚构"处理，只有本地人，或者我这样经常抵达那里的人才会有会心的懂得。作为一种文学地理意味鲜明的创作路数，我建议志刚不妨将主要场景之外的其他地名都恢复成真实的村镇名字，就像写到临县是灵寿就直接用灵寿一样：西里寨、西汉、东汉、西河、邵同、白店、曲阳桥、东叩村、西叩村……这一连串地名本身就是那一带滹沱岸边的人世与风景的写真本身。作为一种乡愁，地名可能是唯一可以传之久远的存在。再过多少年之后，《滹沱人家》或许可能会成为后人按图索骥，在城市化的高楼大厦之间寻觅一条大河的人文地理的时候的重要线索。不仅因为它记录了当年的地名和地理脉络，更因为它告诉了后代，这块土地上的人曾经怎样顽强地同时也诗意地栖居过。

　　在当代文学泥沙俱下的滚滚红尘里，《滹沱人家》这样像是作者本人一样本分朴实，靠着时间和经验的积累与长期的写作实践一点点塑形出来的作品，实不多有。在各种急功近利的图解之作和因循之作、无源之水无本之木式的概念化作品之中，志刚经过多年的中短篇小说创作经验的积累之后结出的这个厚重的果实，是创作的成功，也更是他人生的慰藉。他始终坚定不渝地用生命中的时光，走着踏踏实实的探索与创造的艺术之路。

他深爱着这片土地，深爱着人生。

梁东方

2021年夏

目录

上　篇
001

下　篇
191

后　记
396

上
篇

引 子

村南村北鹁鸪声，水刺新秧漫漫平。行遍天涯千万
里，却从邻父学春耕。

——陆游《小园》

这是阳坡村最长的一条胡同，呈一条直线，长约二百米，宽
可以行一辆马车，形似一条扁担，所以人称扁担胡同。

这条胡同诞生于二十世纪五十年代后期。

有胡同，就少不得水井。

相传，水井的发明者是中华民族的始祖黄帝，也有人认为
是夏代的伯益，《吕氏春秋·勿躬篇》中就有"伯益作井"的记
载。其实，水井并不是哪位圣人和帝王灵机一动的产物，而是人
民群众在生活实践中共同智慧的结晶。井与我们人类繁衍生息密
切相关，更是人类文明和社会进步的一大标志。而且，还由水
井衍生出了"市井""井落"（村落）……古人也多有吟诵水井
的诗作，如苏轼的"窈窕山头井，潜通伏涧清。欲知深几许，听
放辘轳声"，韦应物的"田家已耕作，井屋起晨烟"……而成语
"背井离乡"，更是道出了多少远离故土、外出谋生者的辛酸与
无奈。由此可见，水井的意义已远远超越其实用性，成为维系人

类情感，尤其是和乡土家园的一条重要纽带。

扁担胡同的几户人家几经商议，最终把水井的位置选在史家空庄伙（宅基地）的东南角，那里位于胡同中央的西侧。主人用黄泥巴墙把庄伙围成"大隔栏"，单单让出这块地儿。

挖井那天，正值初夏时节，村子上空已响起布谷鸟深沉悠长的啼鸣。开挖之前，大家请新运的爷爷，也就是胡同里最年长的李老寿，掘开第一锨土。那天的李老寿面色红润，神色庄重，炯炯有神的眼睛里迸射出受人敬重的自豪与喜悦。那几年，是李家渐渐走向辉煌的时期。

新运和小伙伴们耍挖上来的沙土，耍着耍着便洇出水来——终于挖到了含水层，一股湿漉漉的略带新鲜土腥味的气息扑进他们鼻腔里。一口新井诞生了！

那几天，吃饭是打"平伙"。就是各家拿出一样多的钱，去镇上买了麻糖（油饼）、猪肉，全胡同的大人小孩儿聚集在李天敏家宽敞的大院里，吃麻糖，喝肉片汤。小孩子们尤其高兴，他们的神经始终处于极度亢奋状态。

有一个名叫香玲的女孩子，她话不多，却温婉懂事。新运望着她那白皙俏丽的鹅蛋脸，还有那双清澈明亮的大眼睛，时常想，香玲要是自己妹妹那该有多好！

那口新掘的水井，经过三天的沉淀，终于响起辘轳的咿呀声，响起人们摆动井绳的噗噗声；那一圈圈儿的井绳，被人们系下去，又摇上来，一圈儿一圈儿地缠在辘轳上，像岁月循环往复的影子，更是日子的呓语与古老歌谣。

井中的一汪清泉，映着人们头顶上的蓝天、白云，也映进男

人和女人的脸。一天天，一年年，日子飞快地流逝，大人的脸渐
渐老去，小孩子却渐渐长大，变成一张张大人的脸……

一

　　每天清晨，新运都要挑上水桶去打水。

　　这天，他遇到了刘金锁。这位扁担胡同最精明的人，正摇着
辘轳往上绞水。新运像往常一样和他亲切地打招呼："早哇，金
锁叔！"

　　刘金锁往后瞅一眼，立刻板起了脸，用鼻子"唔——"一
声，直到挑上两桶水离开也没搭理新运。新运心里不由得一沉：
莫非他知道了自己和香玲的关系？

　　一整天，他眼前总晃动着那双如秋水般清澈的大眼睛。有几
次，把麦苗锄掉了都浑然不觉。

　　晚饭后，他来到香玲家门口。这几年，不知有多少个深夜，
他像夜游动物一样，在香玲家门前悄悄地徘徊一会儿。有时他觉
得自己很荒唐，可两只脚就是不听使唤。今晚，同样是那两扇黑
漆木门，在朦胧的月色里却泛出一层冷光。他没有勇气去敲。正
要转身离开，门吱呀一声开了，闪出一个黑影儿。是香玲！

　　他迎了上去。香玲打个愣怔，悄声说："我正想找你哩。
走，咱到村外说吧。"她的声音是焦虑急切的……

　　待新运从村西回来，父母屋里已黑了灯。

　　他悄悄地推开屋门，走进东屋。

　　"新运呀，回来了？"传来爷爷温和的声音。

"嗯，爷爷，惊醒你了？"

其实老人一直没睡。有一件事一直堵在心里，白天想，晚上也想：新运老大不小的啦，该说媳妇了。

"新运——"

"怎么了，爷爷？"新运正脱衣服。

老人又把到嘴边的话咽了回去。唉，说不定新运心里有什么想法呢？再说，为这事桂花成天唠叨，他不忍再给新运增加压力了，赶忙说："没事！早点儿睡吧，明儿还早起上工呢！"

"嗯！"新运答应着，挨爷爷躺下。一束月光，透过窗上那一小块玻璃，正好落到他线条刚毅的脸上；刚刮过的上唇和下巴，泛出一抹铁青色。他把两条胳膊枕在脑后，眼睛却大睁着，望着黑乎乎的屋顶。他心里无法平静，似乎还在村外，和香玲待在一起。眼前一会儿是小时候的香玲，一会儿又是长大的香玲。耳畔也萦回着那让他爱怜的甜美声音——"新运哥"；只是，这声音后来变成了含糊的"嗯——"。这两种称呼他都喜欢，但后者亲切里多了一层暧昧。他尤其喜欢这个"暧昧"。他将右手贴在鼻子前，她的气息，她的体香，再次钻进他鼻子里。耳边依然回响着香玲刚才对他说的话："新运哥，我死也是你的人！"

从西屋传来父亲的几声咳嗽。呱——呱——呱，村南的蛙鸣是非常好的催眠曲；天真的不早了。他翻个身，强迫自己入睡，不去想那张红扑扑的鹅蛋脸，还有那双欢实妩媚的大眼睛……

无论新运如何克制，那双眼睛依然在眼前晃动，面颊上被香玲吻过的地方温热酥痒。这个正处于青春躁动期的大小伙子，全身火辣辣地燥热难耐。他索性坐起来，又怕惊扰爷爷，赶忙躺下。这时突然想起，明天是爷爷的生日！

当蛙鸣渐渐连成片，春天就要过去了。春天一过去，就到了漫长的夏天……

农历三月十二，是李老寿六十六岁寿辰。

桂花早把饭桌摆到了当院。她炒了盘葱花鸡蛋，炖了一大碗白菜粉条；又剥了几个咸鸡蛋，炸了一盘花生米。他们这里不种花生，是新运嫁到里双店村的姑姑给的，平时舍不得吃。月亮悬在树梢上，往院里筛下点点银白色的光斑。

祖孙三代，围坐在饭桌前，说了几句年景之类的闲话，突然，老寿说："我都是奔七十的人了，能活到这个岁数，哪儿也满意，只有一点……"他拿眼扫视儿子天敏和孙子一眼，又哈哈地笑两声，"我还想抱重孙子哩。"

新运脸上火辣辣的，嗫嚅道："爷爷，我想，我想——"

"还想什么呀？"天敏质问新运。是的，这个问题又何尝不是天敏的一块心病呢？见村里和他同龄的人都抱上了小孙子，他哪有不眼气的，"你不当回事，我和你爷爷还着急呢。这个也看不上，那个也看不上，你是不是想和香玲——"

"谁说的？"新运问父亲，但声音很低。

"纸里能包得住火呀？哼，没有不透风的墙！"

这时，桂花从厨房走过来："香玲是个好闺女……"

天敏阴沉起脸说："我看不上金锁！"

"香玲像她妈！"

"那也不沾！咱两家不是一路人——"

父亲的话让新运觉得像掉进了冰窟窿，他沮丧地低下头，盛在酒盅儿里的散白酒，映着月光，变成一只泪光涟涟的眼睛，不知是香玲的，还是他自己的。

李老寿说话了："孩子们的事，你别多嘴！"

"哼，金锁太势利！头上盘长虫，脑袋里净弯弯绕——"

"香玲的确是个好闺女，俩孩子要愿意，我赞成！"老人发表自己的看法。

"啪——"天敏把筷子拍在桌上，起身往屋里走，"跟谁成亲也沾，就是不许和他家成！"桂花忙说："哎呀，今天是什么日子呀！有话不会好好说？这事得听听新运的意见吧？"

"桂花说得在理儿！"老寿老人仰起下巴，"看你个臭脾气，多少年了，总没个改！当初——"他又想说那件往事，但还是止住了。的确，当年天敏让人撵下台，也有点儿吃他直筒子脾气的亏！不过他也明白，儿子这一辈子不容易，从小没了母亲，跟着自己吃过不少苦。

"爹，喝酒吧。"桂花又扭头催新运，"快给你爷爷倒上——"

"喝不少了！"老人朝桂花摆摆两只大手，"吃饭吧，咱吃饭！"

"我去煮面！"桂花扭身去了厨房。

谁也没想到老人的生日会如此收场。后来天敏从屋里走出来，和父亲喝干了杯中酒，然后大家就吃饭，都没有多少话了。

只有小水，身子几乎贴在饭桌上，伸筷子往嘴里扒拉菜。这个年岁的小孩子，哪关心大人的事情呢。

睡下后，桂花小声责怪天敏："看你个急猫子脾气！"天敏
犟巴巴地说："我就是不同意！"桂花叹息一声，不再理他，转
过身子强迫自己入睡。

天敏满脑子都是刘金锁的影子。

当年，搬到这条胡同时天敏和金锁都二十多岁，很快成了
无话不谈的好友。那时候天敏刚当上大队干部，金锁见了天敏总
是哥长哥短的，叫得很亲。对天敏的父亲李老寿呢，更是尊敬有
加。逢年过节家里来亲戚，也把天敏请去作陪。天敏家来亲戚，
也不忘把金锁喊过来。

然而，几年后天敏虎落平阳，自此他发现金锁不再像先前那
么热络他了。家里来了亲戚，他还去请金锁，却被金锁找理由婉
拒。父亲说他："你个傻小子，还看不出个眉高眼低？唉，不是
一路人！"是的，后来他发现，金锁是马蜂落到马蛋上——净巴
结大蛋头！尤其是和把他撺下台的梁大壮打得火热，不久，金锁
就去了大队副业摊。果然和自己不是一路人！

这并没有影响孩子们的关系。可他哪会料到，新运和香玲偷
偷地谈起恋爱……

二

刘金锁的祖上不是正儿八经的庄稼人。

从他老爷爷那辈儿起，他们家就在镇上开铁匠铺。他的爷
爷、他的父亲，都是这一带有名的铁匠。

他自小就爱看爷爷和父亲抡着大铁锤，叮叮当当地打铁；那

四溅飞舞的火星儿，多么像夏天夜幕上的流星呀，落在爷爷和父亲腰间的帆布围裙上，也落在罩一片帆布的脚面上。细看，那油脂麻花的围裙和脚面，满是火星儿烧灼的小窟窿。

因为接触各式各样的人，他善于与人斡旋，不怎么言语，却颇有心计。譬如吧，见邻居家买了好吃的，或者闻到煮肉的香气，他就到人家去要，嘴上婶子大叔地叫；主人再吝啬，也不忍冷落一个小孩子那带有几分乞怜的眼神；吃着人家赏赐的油条，或一截儿猪大肠，他有一种获得感——比吃家里的香好几倍！

他们家是成立高级社时回到村里的，用多年的积蓄购置了这块宅基地，成了扁担胡同的一员。

香玲和新运谈对象是他看出来的。但他绝对不同意！他在心里打着他的如意算盘：把女儿嫁给梁大壮的儿子二蹦子。

他是靠和大壮拉关系套近乎，当上大队副业组长的。但他的人生目标是进入阳坡村的权力中心。有几次，大壮来副业摊喝酒，他试探着说这个意思，但大壮总把话题岔开。

这天晚上，他发现香玲很晚才从外面回来。第二天早晨，就黑着脸，问她晚上去哪儿了。

香玲说，俺找小素耍来！脸却绯红似火。

鬼才信呢。在他咄咄逼人的目光下，香玲终于说了实情。

"我不喜欢二蹦子！"她把嘴一噘，目光瞅向一边。

金锁拿眼斜瞪着女儿："这事不能由你！"

和金锁不同，凤莲心里是非常矛盾的。二蹦子个头低不说，还有点儿口吃。而新运呢，不仅精爽干练，模样也英俊耐看。只是比香玲大几岁，可大几岁又有什么呢？金锁就大她四岁，不是过得挺好吗？

"二蹦子，他、他有点儿结巴——"这个在丈夫面前唯唯诺诺的女人，紧盯着那双冒着火苗子的黑眼睛，说得小心翼翼。

"你懂个屁！"

"这不是别的事……"

"这事就得听大人的！那也算个毛病吗？挡吃了还是挡喝了！"金锁的吼叫把屋子震得嗡嗡直响。

今天早上香玲没出工，没那个心情。她帮母亲做早饭。拉着风箱，满脑子都是新运的影子。

自小，她一直视新运为大哥哥。新运不仅说话风趣、性格随和，更让她有一种信赖感。也不知从哪天开始，她一见新运就脸红心跳。想他，又怕见到他。当她明白自己不知不觉喜欢上新运时，吓了一跳，因为她还上中学，而新运又是自家邻居。那一年，她才十四五岁。

这个情窦初开的女孩子，为了多见到新运，下午放学后便拎个小板凳，来到屋顶上纳鞋底；那双黑亮的大眼睛不时地往胡同里瞅，盼着新运收工。有一次，因瞅得太专注，让针扎了手，汪出几滴血。她没有感到一点儿疼痛。

当她终于鼓足勇气，向新运道出心中那个秘密时，已经高中毕业了。

那天吃过午饭，她像往常一样，拎个小板凳来到屋顶，坐在大榆树投下的阴凉里纳鞋底。瞅着新运从家里出来，她轻唤一声"新运哥"。新运抬头，看到一张娇羞的鹅蛋脸，一闪便不见了。随即一个纸团飘下来，他疑惑地接住，又疑惑地展开，上面的一行字，让他的心不由得狂跳起来。他把纸条团在手里，又展开，再看一遍。

一个繁星满天的晚上，他俩相约来到了村西高岗渠边。

香玲记得，起初新运委婉地提醒她，他家的情况和别人家不同，担心她家大人不同意。可是，这个坠入爱河、初尝爱情甜蜜滋味的少女，哪儿还在乎这个呢……

在阳坡村当央，距离大队部不远，住着村里的二号人物。

每天晚饭后，梁大壮都要沏一壶酽茶，将肥胖的身子窝到深红色的椅子上。屋里飘着茶香和呛人的烟味。村里的大喇叭，正播着"中央台"的全国新闻。

今天大壮对广播听得不太认真，这些天他想得最多的，就是二蹦子的婚事。

二蹦子今年二十一岁，这在村里早到了说亲的年龄。其实从去年开始，就有媒人不断登门提亲。有本村的，也有外村的，走马灯似的一个接一个，大壮和桃姐都看不上眼。即便对人满意了，又嫌人家在村里没地位，不门当户对。他和桃姐都沉得住气，大队长的儿子，怎能愁个媳妇呢？要说褒贬，二蹦子不就有点儿口吃呗。可谁在乎这个？

"大壮叔——"一个声音从院里传来。

桃姐闻声迎了出去。灯影里，闪进一个单薄瘦小的影子，像飘来一缕蓝烟。

"婶子——"

"嚯，大嘴呀？"桃姐回应道。

张大嘴三十多岁，长白脸，眼睛细小，嘴巴有点儿大。别看人长得不怎么出奇，却伶俐机敏，除了播音，他还兼任大队技术员。今天他穿一件海蓝色褂子，一条深蓝色裤子——一身的蓝。

大壮也不客气："大嘴，坐吧。"依然眯着眼抽烟。大嘴也不见外，一屁股坐在了大壮对面的椅子上。

"忙什么呢？"大壮扫大嘴一眼，看似有些漫不经心。

大嘴笑笑："嗯，还忙那个呗。"

大嘴正培育一种杂交小麦，这是大壮交派给他的一项重要任务。大壮希望阳坡村能培育出一种小麦新品种，更盼着自己被县里请去在大会上作报告。嘿，到那时他在势头上就压住了杨连奎！

但今天大嘴不想说这个，他是受金锁之托来提亲的。

听了大嘴的来意，大壮和桃姐对视了一下，眼前同时浮现出一个女孩子的影子。大壮说："好，我们考虑考虑吧。"

桃姐白大壮一眼："哎呀，这事得让二蹦子拿主意！别是脚不是脚，就往鞋里搁！"这是个白胖富态的女人，一张火盆嘴，俩手腕子又短又白，像刚从水里捞出来的鲜藕；人们都知道她嘴馋。据说在娘家做闺女时，有一年杀了年猪，她一气吃了个够，肚子胀得下不了炕，她娘只好找村里老中医开了一剂泻药。她在炕上一直躺了三天三夜。大壮也宠她，认为是她给自己带来了"官运"。人们说，桃姐就有这个福气！

大壮吐出一口烟："可不是，先听听二蹦子的意见吧。"

又说了会儿闲话，大嘴便告辞出来了。

刚迈出街门，就响起一片喊声："张大嘴吃扒糕，吃了几块？吃了十五块，嘿，保保（饱饱）啦！"

"文芝，瞎喊什么呀？"桃姐大声斥责儿子。文芝正和几个小孩子在门口玩耍，其中还有小水。

"嘿嘿，小孩子们……"大嘴不好说什么，咧嘴笑笑，一团蓝色，很快融入了铅灰色的夜幕。

其实，在没有当广播员之前，大嘴在阳坡村并不出名，他后来成为村里的名人是因了三个儿子。更确切地说，是因了儿子们的名字。大儿子叫扒糕，二儿子叫十五，三儿子叫保保。"扒糕"是用荞麦面做的一种风味小吃。人们喜欢拿他爷儿几个的名字开玩笑。

二蹦子从外面玩耍回来，母亲就告诉了他这个消息。

这天晚上，他失眠了，眼前总晃动着那个影子。香玲在"社中"上学时，每天从他家门前路过，背着用碎花布拼成的书包，大多时候是和别人结伴。她的笑声又响又脆，像摁响一串车铃。有那么几次，他循着这又响又脆的笑声跑出去，却只看到了香玲一个背影。她个头高挑挺拔，两条乌黑油亮的大辫子在她背上乱晃，晃花了他的眼睛，也把他的心晃乱了。就是看她的背影，也是一种莫大的视觉享受！有时走个碰面，他想搭话，但又不好意思开口。不光因为香玲眼里有一缕傲气与清高，还因为他口吃，怕惹她笑话。他觉得香玲是天上一颗明亮的星星，可望而不可即。

想不到，她家竟然来上门求婚。

第一次，二蹦子觉得春夜原来这么漫长，他听到了夜鸟儿的叫声，还听到了从村南水田里传来的蛙鸣，比哪天都显得急促。第一次，他盼着天快点儿亮。

天终于亮了。二蹦子起得比哪天都早，眼波里也流露着一种渴望与向往。桃姐看穿了儿子的心思，她打算吃过饭就去找大嘴。

二蹦子一撂下饭碗，就骑上自行车朝村西果园赶去。他骑得很慢，盼着能见到那张早印在了他心中的鹅蛋脸。从他身边走过上学的孩子，还有下地的大人，就是没有遇到香玲。

春天的果园是个美丽而充满生机的世界。苹果花悄悄绽放了。嗅觉异常灵敏的小蜜蜂，有的钻进花蕊忙着采蜜，有的围着苹果树嗡嗡地唱歌。果园四周的大槐树上，小鸟儿也迎着渐渐升高的太阳啼鸣。二蹦子是果园技术员。其实只是指挥干活的人，该剪枝儿了，该喷药了，该浇水施肥了，光动动嘴儿。

今天，他觉得阳光格外灿烂，像一条条长长的金线儿，飘在空中，落在地上。有小草从泥土里悄悄拱出脑袋，那一抹嫩黄，似一阵风就能吹散。

什么时候才能见到香玲呢?

三

这两天，香玲心里似长满毛刺儿，什么都干不下去。

"和大壮家成亲，你弟弟香果还有希望去城里工作。——你个傻妮子!"这是父亲的声音，带着一种不容置疑的威严。

是的，县里每当有新厂子上马，往往要来村里招工，虽说是合同工，挣的可是嘎巴脆响的票子。名额自然少得可怜，而且几年才能轮到一次。连奎的大儿子就是以这种方式进了县纬编厂。

这天下午，香玲没下地，一直在炕上躺到了傍晚。脑海里一会儿是新运的影子，一会儿二蹦子又代替新运，对着她笑。她怎么看二蹦子都不顺眼。是二蹦子长得难看吗？也不是。虽说有点儿黑，但那双细眯眯的眼睛，笑起来，憨厚里又有几分顽皮。嘴唇有点儿厚，上面覆一抹粗硬的胡须。可新运已印在心中，她就看不上他了。

晚饭是疙瘩汤，香玲胡乱吃了几口，就出去了。她害怕父亲再提那件事。

她来到了小素家。

小素家位于水井南端的西侧，和香玲家斜对门。用木条钉的木栅栏门，一推，吱呀一声就开了。

小素正坐在炕上，拿着花绷子绣花。见香玲进来，笑了笑。她个头儿比香玲矮，圆嘟嘟的脸庞，微黑中透着淡淡的红晕。香玲坐到炕沿上，问她："给谁绣花呀？"小素答道："给我哥哥绣个枕头。"香玲笑着问："哪个哥哥呢？"

"你说哪个哥呀？不像你，家里有个弟弟，外面还有个哥……"

香玲在小素胳膊上拧一把："死妮子，你才那么多哥哥呢。"

两人都咻咻地笑了。

这俩女孩子年岁差不多大，在这条胡同里最要好。小素的大伯一九四九年随国民党部队去了台湾，他们家自然受牵连，哥哥小海都二十大几了，还是光棍一条。

这几年，村里放松了对他们家的管制。也许认为她那个大伯是被抓壮丁抓走的，从根子里不是太反动。表面上，胡同里的人和她家还算客气，但小素发现了那客气背后的距离感，这让她变得格外敏感和自卑。但香玲和她一直那么要好，她从心底里感激她。

关于自己和新运的事，香玲没有对小素说，但小素却心知肚明，就差捅破那层窗户纸了。今天香玲说了。

小素故作惊讶状："哪个新运呀？"香玲伸手扯她的胳膊："装傻卖乖，你说还有哪个新运？"

小素一闪身，手里的花绷子落到屋地上。

小素好不容易抓住了这个机会，她要好好逗逗香玲："全天下不止一个叫新运的吧？俺知道是哪个呢……"

香玲今天哪有心思和小素逗嘴皮子呢，她跳下炕，替小素捡起花绷子，赶忙央求："我的好妹子，看把俺急成这样，还不帮着出出主意！"

小素不再难为她，可又能出什么主意呢？那是金锁拿女儿做交换，攀高枝呀。舌头再硬，能顶得过腮吗？这个性情温和的女孩子，心里非常同情香玲。

"让你妈再劝劝你爸吧，兴许会想通的。"她用目光鼓励着她的好友。

香玲沮丧地摇摇头："我妈还劝我哩！"

"这可是一辈子的事……"

这天，香玲在小素屋里待了许久。即便从这里讨不到好主意，她心里也是舒坦的。

香玲走后，小素失眠了。她也有她的心事。

虽说母亲没有明说，但她已敏感地意识到，要让她给哥哥换媳妇了。这叫"换亲"，是近几年村里新时兴的风俗。采用这种婚姻方式的大多是成分高的人家，那是被逼出来的！就是甲家的女儿，嫁给乙家的儿子，乙家的女儿呢，再嫁给甲家的儿子，这么一交换，双方的儿子都有了媳妇，皆大欢喜。身上有残疾的男孩子，有时也不得不采用这个办法。

村里就有几户换亲的，还有一户转亲。明面上都过得不错，只有一家过得不大好：这边的媳妇跟婆家闹别扭，那边的媳妇不干了，你不善待俺家老人，俺凭什么善待你们家？两家就闹崩了，两边的闺女，干脆收拾收拾，拎上包，一拍屁股回了各自的娘家。这样僵持了好久，后来还是媒人从中说和，双方的闺女又回了各自的婆家。都说，换亲不如转亲，一家闹臭，两家都臭。转亲是三家：甲乙丙，甲家的女儿，嫁给乙家的儿子；乙家的女儿呢，又嫁给丙家的儿子；而丙家的女儿，则嫁给甲家的儿子……采用这种方式，三家的关系相对简单得多。这是一种民间智慧，也是特殊时代的产物。但转亲不好找，不是这家不满意，就是那家不满意。不过，换亲两家处好了，就亲得如同一家人。

成分不好的闺女，倒不愁嫁人，从前年开始，也就是小素刚满二十岁时，就有媒人来提亲了，却都被她母亲婉言谢绝。母亲一直没说这个意思，也许要小素自己看出来吧。自己看出来，比对她说开要好，不是母亲强逼的！小素呢，只恨自己命苦。当然，如果大伯加入八路军而不是国民党，说不定早当大官了呢！

他们家也将是另一种命运。

她心里是非常矛盾的。有时，又心疼哥哥。其实小海大高的个子，俩眼不大，却明亮有神。说不上仪表堂堂，容貌也周正清朗。按说，这样的男人是不愁个媳妇的。

正因为说不上媳妇，这两年，小海的眼睛渐渐变得暗淡无光了，嘴上老长燎泡。白天在田里闷着头干活儿，很少和人说话。回到家，总是耷拉着脸子。母亲和他说话，无论说什么，他都点头，嘴里总是一个字——"嗯"！母亲也不计较，像欠了儿子什么。从去年开始吧，小海耳朵开始有些背了，跟他说话得抬高嗓门。父亲悄悄地带他去县里的医院检查，不知喝了多少药，不但没见好，反而越来越严重了。有时，得连说带比画，眼瞅着真要成"聋子"了。但家人都清楚，小海的病是因为说不上媳妇，着急上火所致。

小素替哥哥焦虑，更为自己的命运苦恼。像她这种成分的女孩子，也能拥有属于自己的爱情吗？这样想着，她绝望地闭上眼睛，刚刚萌生的希望又消逝殆尽。她不知道是什么时候进入梦乡的。

早晨，她还是赶在上工前起来了。因睡眠不足，她眼睛红肿，像这初春时节桃树努出的深红色的花骨朵儿。

和往常一样，她匆匆地洗把脸，朝前院走去。说是前院，其实是同一个院子。大伯家的屋子东端，有一个小夹道，将前后院子连在一起。这是她父亲的主意，为了将来方便照顾嫂子。

每天，小素清早都要给大娘挑一担水。从前，这是哥哥小海干的活儿，这两年小素抢了过来。

　　一个女人，就这么孤零零地生活了几十年，一直在等待一个男人，这需要多大的耐力呀。平时一有空儿，她就过来陪大娘说说话。大娘把小素当作自己的亲闺女看待，每当做了好吃的，就把小素叫过来一起吃。除了母亲，大娘是小素生命中最重要的一个女人。她是看着大娘由一个俏丽俊气的少妇，变成一位鬓发斑白的老妪。她最初听到的谜语，就是大娘说的。"方方正正一座城，城里住着一营兵；光见兵打仗，不见兵出营"，谜底是"算盘"。想想，真是不错！还有一个，"梧桐树，梧桐花，梧桐树上结芝麻"，谜底是一种植物。大娘让她猜，她想了许久，觉得是棉花。棉花的叶片和梧桐树的叶子不是有些像吗？开的花也像。还有，棉花花儿凋谢后，结的棉花壳儿和芝麻多少也有些相像。但大娘说不是。她再猜不出了。"不是棉花是什么呢？"她问大娘。大娘微笑着，摇摇头："我也猜不出。"她不相信大娘猜不出来。大娘是在哄她。为什么哄她呢？大娘说："有些谜语，要猜一辈子的！"

　　她还小，不懂得大娘这句话。一个谜语，还要花一辈子的时间来猜吗？她把目光再盯到大娘脸上，才明白自己永远无法弄懂大娘的心思。

　　曾经有许多次，小素把那位未曾谋面的大伯想得很坏。跟着蒋介石跑到台湾的人，能不坏吗？课本和电影上面，还有小说小画书里，那些国民党兵不都是大坏蛋吗？是人民的敌人！都是一个娘肚里爬出来的，父亲为什么就和大伯不一样？但父亲不认为大伯坏。她问过父亲："我大伯是怎么被抓走的？"父亲说："那年腊月，你大伯去镇上卖萝卜片儿，打算赚点儿钱过年哩。

不巧，正碰上南边的军队抓兵，见你大伯年纪轻，长得又胖壮，就抓走了。"父亲管国民党兵叫"南边兵"，大娘也这么叫。小素想，那么八路军就是北边的兵吧？想想也对。父亲还说，几年后，收到了你大伯寄来的信，说他要跟随国民党部队去台湾，可能一时半会儿回不来，让我多照管你大娘……大娘有时也当着小素骂大伯："这个死鬼，丢下我，就跟人家走了，好狠心呀！"

小素的大伯被抓走时，和大娘结婚还不到两个月。但小素又不明白，大娘为什么一直不改嫁？是等着大伯回来吗？小时候，大娘除了教她猜谜语，还爱哼唱小曲儿。其中，她印象最深的是《五更怨》：

一更里呀佳人守空房，

一阵好凄凉，

丈夫把兵当。

郎在外，奴在家，

鸳鸯分两邦。

青春有多少，

花开几日香？

满怀心腹事，

有话对谁讲？

思想起来咬牙啐齿，

骂声无义郎！

二更里呀佳人守孤灯，

两眼泪盈盈，

满屋子冷清清。

思想起奴的丈夫，

…………

还有一首《送情郎》：

送情郎送到大门外，

问一声情郎哥多咋儿回来？

回来不回来给小奴打封信，

别叫小奴家常常挂心怀。

…………

　　小素发现，在豆黄色的煤油灯下，大娘那张略长的脸颊竟然洇出一层红晕。但她又从大娘的声音里，听出了一丝怨艾与无奈。她想，里面那个丢下妻子而去的情郎，就是自己的大伯吧？而且，大娘的声音和这豆黄色的煤油灯以及陈旧的土坯房，还有大娘花白的头发浑然一体，气息相通。它真正属于脚下这块土地，那每一个音符，每一个字，远比电影和大喇叭里唱的撩拨她的心弦。可以说，她身上的每一条神经、每一个细胞都被深深触动。

　　可有一点不明白，她想晚上和大娘做个伴。这也是母亲的意思，却被大娘婉拒，说她一个人清静惯了。她不理解大娘，就一个人，难道不寂得慌呀？母亲也觉得大娘有点儿怪……

老年人醒得早，当小素走进院里，大娘正坐在堂屋的蒲墩上梳头。这个年逾五十的女人，高颧骨，高鼻梁；脸上虽说长了不少皱纹，但一晚上充足的睡眠，让她眼皮红润饱满，眼睛也明亮有光，依稀看得出年轻时是个美人坯子。她穿一件靛蓝色小布褂，一条灰色洋布裤子，因裤腿宽大，将一双解放脚掩住了大半。

看到小素进来，她脸上绽出慈爱又有几分歉意的笑："唉，小素，让你天天结记着……"

"大娘，不就是一担水吗？再说，也累不着！"

小素没有急着去拿扁担，而是站在院里瞧大娘梳头。几乎每天早晨，她都要目睹大娘把花白的头发披散开，然后，用深红色桃木梳子梳理长长的头发。她觉得大娘的样子非常有趣，像母鸡歪着头用喙子梳理漂亮的羽毛。她就想，那个从未谋面的大伯，是不是也喜欢看他新婚的妻子这么梳头呢？直到这时，她才会把那个远在台湾的大伯和眼前的这个女人连在一起。大娘就这么一直从一个美丽少妇，梳到了年老。由大娘，她想到了她自己。每天早晨，她也是这么梳头的；可是，以后谁来看自己梳头呢？这么一想，心情顿时暗淡下来，就像外面蛋青色的天光。

她回转身，从厨房门口抄起扁担，挑上两只空桶，走出院门，朝井台走去。

一层淡淡的雾气，顿时将她围拢。地上有哩哩啦啦的水渍，像一条条蜿蜒的蛇迹，通往一户户的大门口。

她来到井台，看到新运正甩着膀子，摇动辘轳往上绞水。

小素没作声，盯着新运宽厚坚实的脊背，还有那两条肌肉发达、粗壮有力的胳膊出神。香玲能爱上他，证明她多么有眼光呀，这一刻她竟然有些妒忌她的好友了。可又希望他俩能如愿以偿走到一起。

直到新运把水绞上来，提到井台上，才发现了身后的小素。他朝她笑笑："小素，给你大娘挑水呀？"

小素"嗯"一声，给了他一个笑脸。

新运比小素大了三四岁，但在他眼里小素总是个黄毛小丫头。直到今年，他似乎才发现这小姑娘长大了。

"挑吧，挑不了几年啦！"

"看你，哪有和小姑姑开玩笑的，没大没小！"小素佯装生气，嗔新运一眼，微黑的脸颊变成了五月的水蜜桃。

"来，替小姑姑打回水！"新运半开玩笑地说着，早从小素手里抢过水桶，挂在井绳的挂钩上，然后放开辘轳，哗啦啦，眨眼间水桶就溜到了幽深的井里……

四

大壮家一直没等来香玲和二蹦子见面的消息。

桃姐说："我去问问大嘴吧，如果金锁家还犹豫哩，干脆就拉倒！"

大壮制止她："他家托人找的咱，别揭锅早了！"桃姐一想也对，那就耐心等吧。

二蹦子相信金锁家不会变卦。香玲也是爱他的，不然为什么主动求婚呢？一旦一个女人印在他心里，他就不会轻易忘掉。何况，他是那么喜欢香玲……

金锁家这边，却像炸了窝！

"死×妮子，你要不答应，我就死给你看！"见香玲一直不松口，金锁一跺脚，赌气说道。

香玲歪着脑袋，依然不吭声。她脸色涨红，胸脯剧烈地起伏着。

金锁想，这件事新运起主导作用，就像有一根绳子，绳子的一头连着新运，另一头拴着香玲。娘的，把绳子斩断！

这天傍晚，他提前从副业摊上回来，蹲在大门口，嘴里叼支烟，眼睛盯着胡同南头。那里是条南北大街，往西不远就出了村西口。收工的人仨一群、俩一伙地走过去，偶尔也有一辆马车一闪而过。一个熟悉的身影拐进胡同。

待新运走近了，他才站起来。

新运客气地问："大叔，在这儿干吗呀？"

金锁淡淡地说："等你哩。走，咱找个地方！"

"大叔，有什么事就说吧。"新运早明白了金锁的心思。

"走吧，咱找个地方！"

新运迟疑一下，走到家门口，将铁锨靠在门边上，连里院也没进。一出村，满眼绿油油的麦田，都笼罩在淡淡的铅灰色的暮霭中。田里没有一个人影，从远处传来柴油机嗒嗒的响声。不知是哪个生产队给小麦浇水。

新运跟着金锁，拐进一条田间小路。两边的小麦长得有一尺多高了。远山黑黢黢的影子，像一幅水墨画，遥远的天际，横亘一缕玫瑰色的晚霞，那是白天一曲壮美的挽歌。

起先，他俩谁也不说话，都闷头抽烟。新运悄悄地瞅一眼这位扁担胡同最有能耐的人。在他的印象里，金锁就像他父亲天敏的影子，从小他就爱逗自己耍，跟他的亲叔叔一样。后来的变化，是他不愿意接受的。但是就因为小时候的记忆，他对金锁依然很尊重。当然，其中还有香玲的原因。

"大叔，"他只好主动问他了，"到底有什么事呀？"

这个扁担胡同的大能人，没有马上回答，只是用力吸几口烟。然后微微抬起方正的下巴，盯着田野的远处。远处高岗渠上那两排杨树，连同电线杆子，都隐在了灰蒙蒙的暮色中。过了许久，他才慢慢地说："你俩不合适……"

"大叔，我俩是自愿的！"新运声音不大，却不卑不亢。

"是吗？"显然，金锁不乐意听新运这种说法，在他看来，新运比香玲大好几岁，一个女孩子懂什么？还不是让你哄的呀？其实他最初对新运印象还是不错的，新运是扁担胡同几个年轻人中最机灵沉稳的一个。他来回走几步，踢飞了一块瓦片；一抬手，扔了手里的烟蒂，将目光移向新运："不管你俩谁追谁，从今天开始，你不要再和香玲来往了！"

"大叔，你告诉我为什么？"

金锁冷冷地回答他："别跟我装糊涂！你能不明白？"

新运怎么能不明白呢？这句话像往他心里插了一把刀子，他的心开始滴血。他感觉自己在金锁面前矮了下去。是呀，他应该有自知之明，香玲怎么能下嫁给他呢——一个家庭有问题的男人！他在心里问自己：你爱香玲吗？当然，答案是肯定的。既然你爱她，那么就为她将来的幸福考虑吧。他微微抬起头，目光所及，是远山模糊的影子。在渐浓的暮色里，愈显凝重大气。

金锁从新运脸上，看到自己那句话起了作用。他再没说什么，递给新运一支烟，扭头往回走，脚步橐橐作响，再没有回头瞅一眼。

新运手里拿着烟，愣怔了好大会儿。他不明白金锁为什么要来这里和他谈这个——这是他和香玲时常约会的地方。

他没有往村里去，而是一直朝西走，没走多远就到了那个丁字路口。他在这里停住了。再往前走几百米，就是村里的果园；往南，一条下坡路，一直通向村南水田。说是路，不如说是一条大沟更恰当。那是由千百年的雨水冲刷的，中间那条沙土路，一代又一代的人从上面走过，从年少走到年老。沟儿叫"蝎子沟"，想必早年间是有过蝎子的。但新运这辈人没有见过。他没有往南走，而是继续朝前走了几步，跳上路南的麦田。这里是四周的最高点，也是整个阳坡村的最高点。站在这里往东眺望，那隐在铅灰色暮色里的阳坡村，影影绰绰地展现在他的视线里，像水墨画里一抹淡淡的浮云。他听到了从村里传来的狗吠声。炊烟的香气，也随着微风飘来。往南望，一片空蒙，蛙鸣声穿过乳白色的水汽传过来。身边是一个青砖小屋，里面伫立着村里的变压器。

他在这里站了许久。小时候，他和伙伴们在这里打草，捉麻雀，翻跟头。那时候的他是快乐无忧的。什么时候，他眼里的村子和人就不一样了呢？

村里的犬吠依旧，村南的蛙鸣依旧，但他的情绪与心境和这天籁之音完全不同……

一家子正等着金锁回来吃晚饭。

回到家，金锁先蹲在院里洗手，然后从晾衣绳上扯下毛巾擦擦，在饭桌前坐下。眼睛盯着碗，他对香玲说："我刚才见新运了，你死了那个心吧！"

这时母亲也劝她："哪有大人害自家孩子的？都是为你好呗！明摆着哩，他家配不上你！"

香玲放了筷子，起身回屋里。她爬到炕上，默默地流起眼泪。

金锁把筷子往桌上一拍："啊！反了天了！你答应也得答应，不答应也得答应！我倒要看看，这个家里是你大，还是我大——"

"看看，让谁也吃不好了！"马凤莲也放下碗。金锁白她一眼，掏出烟塞到嘴里。

香玲渐渐止住哭，她开始冷静地思索这件事。父亲见到新运了，逼迫新运和自己分手！她相信新运依然爱她，新运答应父亲那只是出于无奈。

她决定找新运一趟。

可父亲就在外面！她觉得自己像一只被关在笼子里的小鸟儿。她不能失去新运，也就是说，她的生命中不能没有新运。如果没有他，她的人生还有什么意义呢？他就是她的太阳；只有拥有了他，她的世界才是明亮而温暖的，她的生命才会绽放出绚烂的光芒。她是个喜欢幻想的女孩子。

如果父母不同意，她就和新运远走高飞，去她喜欢的地方，去天涯海角，让他们无法找到。这样想着，她真觉得自己和新运手拉手，在地上跑，在天上飞。他们就像断了线的风筝一样，任由自己的性子，想怎样就怎样。她幸福地闭上了眼睛。

当她再睁开眼时，看到的却是黑黢黢的屋顶。现实让她从那种浪漫的幻想中走出来，世界向她呈现的却是另外一副面孔——那么无情与冷酷！

她听到父亲正在院里和母亲争执。父亲怪母亲平时对女儿缺乏管教，才给他丢人现眼。母亲回敬父亲："我总不能天天把她绑裤腰带上吧？再说，都一个胡同住着，我怎么会想到……"父亲却以为母亲在为女儿开脱，依然不依不饶，两人你一句我一句地吵起来，声音越来越高。直到母亲提醒父亲，"你就不怕被人听到？"她父亲才闭住嘴。

香玲是第二天傍晚见到新运的。

新运下午去村西浇小麦，她在村北锄地。收工后她故意磨磨蹭蹭地走在后面，渐渐地，她隐没在了淡灰色的暮色里。西边天际，飘一缕绛紫色的晚霞，像扯开一条长长的艳丽的纱巾。

她来到那块麦地跟前时，正巧新运收拾家当准备回家。香玲站在地头，等待他走出来。她不说话，只盯着他看，眼窝里溢出笑意。新运那略显清癯却不乏英俊的脸，隐在暮色里，连同他宽宽的肩膀和稳健有力的动作，让她心里生出几分爱慕与甜蜜。

新运拎着铁锨蹚过麦地，来到她面前。他朝她笑了笑，有些不自然。

她这才问他："昨晚上我爸和你谈了？"

"谈了！"新运说，目光躲开香玲，望着地面。那是一道土坎，横亘在两人面前。一边是坦荡辽阔的麦地，另一边是坑洼不平的田间路。

"你怎么想呀？"

"唔，嗯……"新运支吾着。

"这么说，你心里……"香玲逼视着他。

新运终于抬起头，目光勇敢地望向她："咱俩不合适。我配不上你！"

"你心里不是这么想——"香玲的声音似带了哭腔。

看她这么痛苦，新运无奈地合上了眼睛，然后又睁开，狠劲地撇了撇嘴。

"我知道我爸逼你了！"香玲说，"要不，咱们跑吧——然后再回来，看我爸还挡咱们不？"她没好意思说"生米做成熟饭"；苍茫的暮色里，她的眼睛迸出一种可怕的光亮。她不明白自己哪来这么大的勇气。新运被她的话吓了一跳，也被她眼里的光亮吓了一跳。这还是那个柔顺温婉的香玲吗？然而他的心却是热的，如夏天的风。她那么爱他呀，不管不顾地爱他。他真要妥协了。他也真妥协了。

可他们又能去哪儿呢？

新运突然想起来，他一个姨表姑夫在大兴安岭林场当伐木工。前年，姑夫把表姑的户口也办了过去。春节表姑回来过一次，带回几大包木耳、蘑菇，说这东西是山珍，在那地方就像咱们这儿的红薯一样随便吃。他家也得了一包。对呀，去找表姑吧。生米做成熟饭，金锁再不同意也没辙了。

这的确是个好主意，香玲激动得脸红心跳。在学校时，老师讲过神秘的、茫茫无际的大兴安岭。她知道了东北有三宝：
貂皮、鹿茸、乌拉草；还知道"棒打狍子瓢舀鱼，野鸡飞到饭锅
里"。尤其看了京剧样板戏《智取威虎山》，她喜欢上了那白雪
皑皑的山峦，还有墨绿色的松林……

于是他俩一个扛着锄头，一个拎着铁锨，一边往回走一边谈
论这个。新运安慰香玲："去了我表姑家，也不白吃人家的，咱
自个儿养活自个儿。反正，我表姑不会让咱们饿肚子。"

香玲声音发颤地说："新运，我相信你。只要咱们能在一
起过日子，我就满足了。在哪儿都是干活儿吃饭，吃点儿苦怕什
么呀。"这个置身于爱情旋涡之中的少女，新运就是她的整个世
界！为了新运，她认为自己做出任何牺牲都值得！小时候，奶奶
给她讲过梁山伯和祝英台的故事，也讲过牛郎织女。那时她还
小，不明白一个人爱上另一个人何以会有那么大的力量。只是觉
得好玩，觉得爱情竟然那么神圣。直到后来新运闯进她的心扉，
她才明白这世上最美好最说不清的就数爱情了。

他俩约定好，明天晚上离开村子。

走过了那个盛放变压器的小屋，新运让香玲前头走，他放慢
了脚步，两人拉开了距离。

正是墙有缝儿，壁有眼儿。他俩没有想到，就在这个放变压
器的小屋里，有人偷听了他们的谈话。

这天晚上，新运睡下后，听着爷爷高一声低一声的鼾声，心
里倏地又极不是滋味。明天晚上这个时候，自己就要和心上人远
走他乡。这将是个爆炸性新闻！自己家里人，都要被全村人的唾
沫星子包围并且淹没。他更想到了香玲母亲，那个性格柔弱善良

的女人。而他又真的能给香玲带来幸福吗？

他翻了个身，脸朝向爷爷，不一会儿，他又平躺开，伸展两条腿，望着屋顶。那黑漆漆的屋顶像个大作业本，写满了大大的问号，在他眼前晃动、跳跃。他将胳膊交叉着放在脑袋下面。他开始反省自己。是自己胆怯，不敢承担责任吗？不是！他真的爱香玲，而且爱得那么深。正因为爱她，他才慎重对待这件事！

第二天晚上，按照约定的时间，香玲趁母亲不注意，拎上那个装了几件换洗衣服的布包，悄悄地来到村西。村里的大喇叭已经哑了声，将空间让给了蛙鸣和偶尔响起的狗吠。胡同里、大街上，还有村边，依然弥漫着炊烟的香气。

她躲在路边一棵大杨树后面。

时间不长，一个熟悉的黑影朝这里走来。她迫不及待地从树后走出来，轻轻地，又有几分欣喜地唤了一声"新运哥"。

她看到的新运却两手空空。她疑惑地问他："你怎么连件衣服也不拿呀？"

"香玲，算了吧，咱想得太简单，行不通！"新运低声说，有几分歉意。香玲眼前一黑，觉得天塌了下来："新运哥，你、你变心了？"

"就因为我喜欢你才那么办哩。月光再亮，也晒不干谷子！金锁叔说得有道理，我不能连累你！"他语气的坚定，却无法掩饰内心的痛苦。

香玲傻了似的怔在那里。

"咱们就屁股后头蹬一脚，你东我西吧！"新运故作轻松地笑笑，"人家二蹦子家哪一条不比俺家好哇？再说你俩年岁相当！"

他的话刚落音，香玲就扑到了他怀里，又伸胳膊揽住他的腰。

"新运哥，我、我不能离开你！"香玲喃喃道，脑袋用力拱他的胸脯。

从前，他们只是拉拉手，轻轻地拥抱一下，亲吻一下对方，就到此为止。只有在梦里，新运才会实现那个愿望……

"新运哥，我的心永远属于你——"香玲把脸贴在他胸脯上，轻轻地啜泣起来。一大串泪滴落到新运衣服上……

香玲不知道自己是怀揣着一种怎样的心情回到家的。

听到动静，母亲屋里的灯亮了。母亲问她去哪儿了，这么晚才回来？她故作镇静地回答："找小素要来呗。"然后，像小猫般钻进自己屋里，把手中鼓囊囊的包袱扔到炕头。

今晚，虽然她那个计划没能实现，但她得到了新运，这是真正地得到呀。这样说来，她还是幸福的。是要通过这种方式，对二蹦子进行报复吗？还是对自己命运的一种抗争？她哪说得清呢。也许都有那么一点儿。

她脱衣躺在了炕上，可哪里睡得着呢？她身上还留有新运的气息，哪儿都有。她格外珍惜它，因为日后她不会再拥有了。

还有一缕气息，悄悄地钻进她的嗅觉，那是小麦非常好闻的清新气味，是从她身边的那个包袱上散发出来的。她脑海里又浮现出了正在生长的漫天漫地的小麦。尖利的叶片儿划拉她的脸颊，划拉她的胳膊，她不但不觉得刺痒，反而是一种莫大的享受。此刻，她的大脑一片空白。不，那空白只是一种背景，上面映现出各种美丽的图案，有朝霞，还有鲜花，后来变成了蔚蓝的大海。大海涌起层层波涛，撞击着她的身体，也撞击着她的心。她禁不住轻轻地啜泣起来。这世上，这天地间，仿佛只有他俩——她和新运！

她不由得将包袱抱在怀里，如同拥着一颗火热的心……

新运也无法入眠。

他的心情极其复杂，既有和自己心上人进行肌肤之亲的那种幸福与甜蜜，更有青春的激情得以释放后的那般轻松与美妙。

当他冷静下来，另一种情绪开始折磨他。你怎么能这样做呢？你这不是毁了香玲吗？他后悔自己当时没有克制住。原来，在自己身体里还有另一个自己。

他恨不得抽自己一个耳光！

但他的手又不由得伸到鼻子前，上面还留有香玲的体香。不光手上，他的全身都有香玲的气息。那气息让他沉醉不已。他恍然明白，当时正是这种气息让他失去理智、无法控制自己的。

他有些贪婪地嗅着，他知道，这气息再不会属于他了。

夜越来越深了。整个天地间，唯有村南水田里那嘹亮的似吵翻了天的蛙鸣。阳坡村世世代代的人，就是听着蛙鸣入眠的，并且还伴着他们各式各样的梦……

五.

那天晚上，藏在机井房里的人是小顺子。

小顺子家住在扁担胡同的最南端，院落位于胡同西侧，大门却开在那条东西大街上，说他家是胡同的人也对，说不是也对。但小顺子自小爱和扁担胡同的孩子们一起玩耍。

再大一些，他也喜欢上了香玲。

他喜欢香玲，有一多半是因为香玲的父亲刘金锁。这可是扁担胡同的一个"官儿"！从前李天敏在村里红火时，他还很小。天敏下台后，他才明白扁担胡同的人，其实也是有高下之分的。

记不得从什么时候起，金锁已成为他的偶像。金锁走在大街上，那个神气劲儿，活像电影里我军的侦察兵，英武啊，威风啊！人们投向金锁的，都是敬佩与羡慕的目光——那是一个人的高度！再大些，他才明白做人其实不难，但做人上人就不那么容易了，尤其是在阳坡村，不用点儿手段，不费点儿心思，很难出人头地！金锁不就是用了心计吗？

……多年来，阳坡村被两大家族统领着，就是杨家和梁家。他们占整个阳坡村百分之五十的人口，其他就是杂姓，像李家呀，曹家呀，史家呀，还有刘家，侯家，等等。如今的村支书出在杨家，就是杨连奎。梁家呢，出了个大队长——梁大壮。两人工作上是一对儿搭档，表面上一团和气，但又各有各的小圈子。也就是说，他们各有自己的一班人马，都看着各自主子的眼色行事。相互之间暗暗较劲，你攻一下，他退一步；他攻一下，你也让一步，像走平衡木，这样一路走来倒也相安无事。如果把杨连奎和梁大壮比作两颗恒星，他们就是绕其运转的卫星。这宇宙，和这人事竟然同出一理！

刘金锁家是小户，而小顺子呢，是他父亲同庆那辈儿从外乡逃难到阳坡村的，更是孤门小户，人们哪会把他放到眼里呀。近水楼台先得月，他开始打金锁的主意，何况他又那么喜欢香玲。能做他家女婿，还发愁挤不到阳坡村的"上流社会"吗？

一天下午收工后，见香玲一个人往回走，他紧赶几步跟了上去。

"哎，香玲，等一下，咱俩做个伴儿！"

香玲扭转头，朝他笑了笑："好哇，咱一块儿走吧！"

"香玲，咱们小时候没少在一起耍吧？"他开始绕圈子了。

"是啊，还有小素、小海、新运，还是那时候好！哎，你说，这人非长大干吗呀？"香玲叹口气，似是故意也像真的。

小顺子激动得眼皮跳了跳。嘿，自己这几句话，就把香玲套进去了，忙说："你还记得咱们捉迷藏、过家家吗？"

"怎么不记得呢？你最爱耍赖。有一次，你藏起来，我和新运他们找你，先在人家儿里找，后来又到村外的玉米秸垛里找，都快找到半夜了，就是找不见。你哩，早偷偷回家钻热乎被窝睡下了。你说，你损不损呀？"在香玲看来，小顺子的机灵有几分油滑。

"嘿，还有这回事？"小顺子挠着后脑勺笑了，心里却美滋滋的。

"我们冻了半宿，还能忘了？"香玲回敬他，"你在热被窝里，早做你的美梦去啦！"

小顺子大笑起来。他越发喜欢香玲了。好，赶快转向正题，是时候了："嘻嘻，当时过家家总是咱俩，有意思吧？"

"小孩子耍哩！"香玲也笑了笑，咬住下嘴唇，有些不好意思。突然她听不到脚步声了，扭转头，见小顺子站着不动，目光直勾勾地盯着她。

"小顺子，怎么不走了？"

"香玲，你猜我这会儿想什么呀？"

"谁知道你想什么哪！"香玲觉得今天小顺子有些反常和怪异。眼睛眨了眨，不明白他心里又有什么花花点子。

"香玲，我……"小顺子停一下，目光像钩子般伸向香玲，"有个事，不知道你答应不答应？"

香玲先是怔住，随即眼睛忽闪一下："那要看什么事！不该答应的，别怪我不讲情面！"

"嘿嘿，也不是多大事！就是，就是，咱们再过回家家吧？"小顺子说着，走近香玲，伸手拉香玲的胳膊，"小时候就是好哇！"

香玲的脸颊腾地烧起来。原来，小顺子远兜近绕是为了这个呀。她皱皱眉头："小顺子，看你说的这是什么话？"不再理他，抬脚离去。

"香玲，我是真心的，我敢对天发誓！"小顺子边追赶香玲，边喊，"等等我呀——"。

"恶心！"香玲头也没回，转眼间消失在了烟灰色的暮霭里。

　　小顺子像让人打了耳光。他站了许久，才慢慢地朝回走。天完全暗下来了，暮色正渐渐转变为夜色。

　　他的心却比天色还要暗淡。

　　他开始往金锁家跑，不再是为香玲，他要和金锁套近乎。

　　金锁对他不冷也不热。有时也和他开个玩笑，但从扫向他的目光中，他感到金锁对他是设防的。是怕他打香玲的主意呢，还是已经洞悉了他的心思？

　　后来，他大着胆子另攀高枝讨好杨连奎。结果依然让他沮丧。阳坡村一号人物，对他也是不冷不热；有时，他在连奎家待好久，十分健谈的连奎只是不停地抽烟，半天不说一句话。

　　他明白连奎不欣赏他。但他仍不死心，又硬着头皮去讨好大壮。大壮一句话，就让他当了他们第八生产队队长。人们说，小顺子是鞋帮子做帽檐——一步登天了！

　　他不傻，明白大壮之所以接纳他，是因为杨连奎拒绝了他。但这个年轻人又有些不明白：为什么大壮让他当生产队长，连奎却没有反对呢？

　　嘿，自己还年轻哩，不清楚大人们的心思！当然，小顺子还弄不明白，这其实是阳坡村两位大人物之间的一种交换。

　　因为心里感激大壮，他成了大壮的心腹。有一天，他突发奇想：认大壮做干爸吧！他为自己的这个奇思妙想自鸣得意。他母亲巧巧听了，半晌没言声。同庆呢，瞪起俩大黑眼珠子骂道："你娘个×，丢人现眼！你都多大了，认他干爸？还不如再过几年，等你有了老婆孩子，大人小孩一块儿认哩！"

　　巧巧说："不认就不认吧，看你说的这话！"

"这还是好听哩。人家外人说，比我的还难听！"同庆又狠狠地瞪小顺子一眼。小钻子朝哥哥撇撇嘴："哼，背着萝卜找擦床——找着挨擦（剋）哩！"别看小钻子平时在家里话不多，什么都听从哥哥的，却是算盘子掉进肚里，心里有数。对哥哥的一些做法，他也看不惯，可又惹不起。

小顺子不得不打消这个念头。以后，每当家里有了什么稀罕东西，母亲总让他给大壮家送去点儿。中秋节到了，她就包两斤月饼，让小顺子送给大壮；过春节，又塞给小顺子几块钱，让他给大壮买两瓶"老白干"。有一年秋天，小顺子在棉花地里逮了一只野兔，连家也没回，就拎着来到大壮家。大壮拊掌哈哈大笑："好哇，我就喜欢野味！"

再见到金锁，小顺子腰杆儿挺了起来。他庆幸自己抱住了一条大粗腿，不知不觉间，他已暗暗和刘金锁——这位曾让他佩服得五体投地的扁担胡同最精明的人较上了劲儿。他成了大壮的一颗卫星，身上的光自然也是大壮投射的。

对于香玲，他早死了那个心。这世上比香玲漂亮的女孩子一抓一大把！如今他在村里的地位变了，更不愁找个称心如意的女人。

这天，他去村北转了转，那里有几个人在一块亮地（空地）上整地，准备种棉花。"枣芽发，种棉花"，正是这个时令。他蹲在地头，抽了根烟，和干活儿的人说了会儿闲话，就溜达着顺着田间路往南走。当他路过村西那块麦地时，见新运正给小麦浇水。他在地头停一下，想和新运搭句话。自从当上队长，他在新运面前底气更足，见了面反而主动打招呼。

　　他看新运急着改口子，离得他又远，就转身离开了，顺着蝎子沟那条路朝前走，一直走到顶头。这里是水田和旱地的分界线，往南眺望有两条河，一条是周汉河，另一条是大鸣河。大鸣河是前几年新挖的，源头是几里外西汉村南那口有石碾般大的韩泉。这一老一新两条河，按照各自的河道朝东南逶迤而去，最终又汇到一起成为常山古城的护城河。除了这两条河，还有一条条的小河汊、池塘。到了阴历五月，刚好高坡旱地的小麦收割，这时村南水田也该插秧种水稻了。

　　他在这里待了一会儿。水田里还没活儿，身边高坡上有几个人在麦田锄草。他就抽着烟，远远地看着。

　　太阳落到远山后面去了，几缕晚霞，铺在天边上，有暗红色，也有紫红色。所有的庄稼，连同路边的大杨树，都让晚霞映上绚烂迷人的色彩。人们也开始收工了。田里沉寂下来，周围只有鸟声，还有微风吹动树叶的轻微声音。小顺子又顺着来时的路往北走，走到顶头丁字路口。他抬起下巴，朝北面眺望，隐隐约约看到从远处走来两个人，一个是新运，另一个像香玲。没错，正是她，香玲！几乎是下意识，他往西走几步，然后一跃身跳到高坡上，躲进了那个放置变压器的小屋。

　　小屋的北墙上有个小窗口。当他听到新运和香玲那个秘密时，激动得心怦怦直跳。他一直怀疑他俩好着，果然是真的。两人走远了，他也不敢出来，一根接一根地吸烟。两只在小屋里栖息的麻雀，急得在门口飞起又落下。那焦躁不安的叽喳声，像砸到地上的雨点子。待天完全黑下来，他才从小屋里走出来。

　　起先，他想告诉金锁，看他怎么处理！但马上改变主意。你不是要看热闹吗？那就等着看好了。这天晚上，他激动得辗转反侧，无法入眠，盼着天早点儿亮。因为再过一天，扁担胡同就出大新闻了，整个阳坡村就像炸了窝般热闹。

然而，到了那天，他们两家却风平浪静。太阳依旧铺满胡同，小鸟儿依然在树枝上欢快地蹦跳、鸣叫，鸡们还在墙根下悠闲地觅食。新运照常下地，他也看到了香玲，香玲脸上多了一丝忧虑，目光里饱含了失望与哀怨。但不知底细的人，哪能察觉出来呢。哎呀，莫非是一场梦？可他是亲眼见到亲耳听到的呀。怎么，他们又改变主意了？不行，他们没动静了，他得为他们弄出点儿动静！谁让香玲拒绝他呢？他还要让金锁出出丑——当初他那么瞧不起自己！

于是，新运和香玲要私奔的消息在村里传扬开了。

这类事情，传得极快，比十二级台风还快！

自然，这个消息以最快的速度传到了二蹦子家。

桃姐像冷不丁让人捅了一刀，脑袋嗡地一下涨大了。哎呀，怎么能让二蹦子娶这样一个女人呢？

大壮也有些生大嘴的气："×！看这个大嘴，俺家是娶不上媳妇吗？是不是米就给往碗里划拉!"

桃姐说，这事也不能怪人家大嘴，他肯定还蒙在鼓里呢。她庆幸那天听了大壮的话，没去找大嘴催问。

二蹦子心里却只有香玲。一个男人喜欢和疼爱一个女人，那是十头牛也拉不回来的。香玲那苗条婀娜的身段，那甜美的笑靥，还有那两条乌黑油亮的大辫子，就像演电影似的，在他眼前一遍一遍地浮现。他不相信香玲能做出那种事！妈的，河里漂苇席——王八编哩呗！是人们听说香玲要嫁给他呀，就给她造谣！没错，是故意诋毁她！为什么早不说，晚不说，偏偏这个时候说呢？如果真是那样的话，她家为什么还托人来提亲呢？

于是他又高兴起来了，像肩上卸下了千斤重担。见香玲一面吧！是呀，他还没有和香玲说过话呢。一句也没有！他想要亲口对她说，他喜欢她！

他瞒着父母，去找张大嘴。

当他从大嘴那里得知村里所疯传的不是空穴来风，整个人简直要崩溃了。大嘴两手揉搓着，一脸的歉意："蹦子，我要能想到，才不会答应金锁呢。我说呢，香玲老不和你见面！"说完，苦笑着摇摇头。

二蹦子不信张大嘴的话。他恍恍惚惚地回到家，谁也不搭理，就在屋里来回转圈儿，宛若一只无助的困兽。

也许是真的吧！每当心里冒出这个想法，他就揪住自己一缕头发，狠劲地扯。然后，身子倚住门框，大口喘气，极力让自己冷静一些。他心里还是放不下香玲！他先是恨她，但渐渐地这种恨就被强烈的爱所取代；如果说恨只是一团沙子，那么对香玲的爱就是潮水。潮水总要吞没沙子的。

他不在乎香玲做了什么，只要她能答应他，他可以原谅她的一切过错。对他来说，爱，才是最主要的！

金锁怎么也想不到，二蹦子不嫌弃女儿！

是张大嘴来找的他。一见面，大嘴就咧开一张大嘴，嘿嘿地笑："哎呀，金锁叔，二蹦子想见香玲一面！"

"是吗？"金锁眨眨眼睛，一道光亮射在大嘴脸上，"好哇，好哇。二蹦子是个好孩子！"

在金锁看来，二蹦子不在意，他父母也就不在意。他为这个推测感到几分窃喜与庆幸。但又不明白，大壮和桃姐为什么不在乎呢？

这天晚上，二蹦子和香玲在村西的高岗渠边相见了。是香玲主动提出在这个地方见面的。

和每天的傍晚一样，村庄被淡蓝色的暮霭笼罩，多了几分神秘与温馨。藏在草叶里的小虫子却放开喉咙，开始轻吟浅唱，和村南的蛙鸣组成春天的小夜曲。小麦开始秀穗了。泥土的气息也比白天更加醇厚香甜，随着渐凉的微风，一同往他俩鼻腔里扑。

二蹦子激动得心怦怦直跳。暮色模糊了香玲的脸庞，但他依然能看清香玲脸颊的轮廓，那张鹅蛋脸，朦朦胧胧的，比白天更妖媚迷人。他还听到了香玲也许是紧张也许是激动，而发出的轻微的喘息声。

他有许多话要对香玲说，问她是否喜欢自己，问她和新运的传言到底是不是真的？是她真的爱新运呢，还是被新运所勾引。

他还没张口，香玲就说："让你爸爸定时间吧——"

二蹦子吃惊地张大嘴巴，他想好的许多话一句也没有说出来。

"你、你到底……"

"别问了，我决定了！"

二蹦子的婚礼，也许是阳坡村最热闹的婚礼了。

头一天，就在前院用青砖垒了锅灶，杀了一头大肥猪，肥肉膘足有一寸多厚，早被分割成一条条、一块块，按前膀、后座、中肋等分门别类盛在两个大柳条筐里。猪头和猪下水放在另一只筐里，升腾着乳白色的热气。这个季节除了菠菜，就是白菜萝卜。大厨是大壮几个本家，被称作"灶上的"，他们手脚利落，是本家红白事铁定的厨子。此刻，每人嘴角叼支烟卷，上点儿年岁的，头上箍条白毛巾。他们说笑着，开始张罗晚上的酒席。晚上开三桌，一桌犒劳攒忙的人，另一桌，是管事的和娶客，吃着喝着，要商定明天的行程安排。

那后一桌才是顶重要的。大壮是谁？阳坡村二把手，自然要为村干部们另摆一桌。

都准备得差不多了。天也渐渐黑下来，微风里有了些许凉意。电工早往院里扯了电线，一盏一百瓦的大灯泡，挂在大槐树的枝杈上。一院子晃动的人影子，赶集上庙似的。

大嘴开始在街门口放"二踢脚"了。嗤，砰——嘎，清脆的响声在墨黑的夜空扩散开去。一个十来岁的小胖子缠着大嘴要二踢脚，大嘴不给，也不能给。

那小胖子又凑到一个小伙伴耳边，嘀咕了一句话。一个更小一点儿的孩子听到了，问他："说什么呢？杵底火？新运杵底火？什么底火呀？"小胖子压低声说："嘿，真笨，连这个都不懂，咱们玩的手枪上的子弹壳，不都是使过的呀？使过的就是把底火杵了！"那几年村里时兴用废弃的自行车链子做打火柴的手枪，枪头嵌入一个空子弹壳。村里的男孩子几乎每人一把。那孩子明白这个，但始终不明白那个"杵底火"和新运有什么关联。

　　杨连奎的到来，才是今晚宴席的最高潮。他是一路和人打着招呼，笑呵呵地穿过院子走进堂屋的。副支书张全来和其他几位副手，紧随其后鱼贯而入。和大壮的大块头不同，杨连奎略显单薄，但他气质儒雅俊逸，不明底细的还以为他是吃公家饭的干部呢。他说话不但诙谐机智，看问题也比一般人深刻独到。称赞起他的好口才，人们说，连奎说话，就像集上卖的瓦罐，一套一套的。其实他不说话，光扫你一眼，就让你心里发怵——他目光压众，却又不乏热情与温暖。

　　杨连奎自然坐上座。加上副支书、副大队长、治保主任、大队会计……正好一桌子。

　　连奎穿一件深蓝色解放装，脚上蹬双黑布鞋。狭长的灼灼放光的眼睛，一会儿看看院里，一会儿又扫视一遍酒桌上的人。大壮坐在连奎身边，不时端起绘有花草和毛主席语录的白瓷茶壶，给连奎倒茶。

　　早有人拿来了"老白干"。菜也陆续上来了。

　　"来——"杨连奎率先端起酒杯，笑呵呵地环视一圈儿，"这是喜酒，过一个！"一仰脖子，吱，一杯酒下肚了。大伙儿也都干了。和连奎喝酒都有点儿发怵，假若他闹起酒来，想让谁多喝一个，没人能说得过他。

　　连奎问大壮，公社里谁来呀？大壮说，给田书记说了。"能来吗？""他说，要没特殊事，一定来！"连奎点点头："好，明儿一定把这家伙灌晕了！"大壮就笑："就看你的了，老哥！"连奎说："你的事，还不是我的事呀。"大壮点头："咱哥儿俩感情就是不一般，一个字——深！"端起一杯酒，和连奎碰一下，仰起粗短的脖子一口干了。"好！够意思！"大壮笑笑。那双鱼泡眼，只露一条窄窄的缝儿。

连奎拿起筷子，撵了片猪耳朵放嘴里咀嚼。心想，好你个大壮，为了笼络金锁，什么也不顾惜了，听听村里传的闲话！

他又扫大壮一眼，咧嘴笑了，露出那两颗亮灿灿的金牙，再次举起酒杯："来，大壮，再给你贺一下——"

"大壮哥，我也来一个。哈，恭喜呀，要当公公啦！"全来也端起酒杯伸向大壮。连奎扫全来一眼，心想，全来成熟了，不再是个毛头小伙子了……

虽说同一个村子，但娶亲的自行车也有十多辆，大多是天津"飞鸽"，也有几辆"永久"，都一字排开，停放在二蹦子家街门前，在晨曦里锃亮一片，专等着一声令下出发接新娘。

嗯呀，到底是大壮家，就是不一般！不仅半个村子的人随礼吃席，就连公社的田书记也让人捎来了一块红缎子被面，说今天县里来检查工作，实在脱不开身。也许是个借口，但大壮少不得改天把田书记请到家里喝一壶……

头天晚上，新运几乎一夜没合眼。

他趴在炕上，一根接一根地吸烟。老寿老人尽管被呛得直咳嗽，但很理解孙子。后来，新运干脆跳下炕，穿上衣服，几步跨到院里。他来到墙根处，目光盯住那把铁锨。星光下，铁锨闪一层寒光。他眼里也闪着寒光，而且更亮。这样盯了一会儿，他真的拎起了铁锨。走到大门口，还是站住了。

"新运，你干吗呀？给我回来！"爷爷隔着窗户喊他。这一喊，父亲也出来了，夺去铁锨扔到院里。

"给我回屋睡觉！"父亲命令他。

母亲也起来了。她知道儿子心里难受："孩子，这是命，都是老天爷安排好的。人，不能一棵树上吊死！快回屋睡吧，不想这个！"

新运是让二老连推带搡地赶回屋里的。

你这是干吗呀？他在心里问自己。你找谁算账呢？找刘金锁？你是不是疯了？他吐出一口长气，痛苦地摇摇头，甩掉两只鞋，爬上炕。爷爷劝了他几句，就不再言声。

他躺下了，却又不停地翻身，两眼几乎睁到天亮……

香玲的婚事，也是扁担胡同的一件大事。因为好几年了，胡同里还没有人家摆过喜筵。

全胡同的人都去随礼；也有送大红喜幛和被面的，在院墙边上用绳子挂着，像个花花绿绿的布匹店。

天敏也去了。金锁见了天敏，只是点了点头……

香玲的出嫁，受刺激的还有小素。她除了为香玲惋惜，更有几分伤感。她由香玲想到了她自己。她也到了出嫁的年龄，却只能等着给哥哥小海换媳妇。

她去镇上给香玲买了礼物，一块白底红碎花手帕，看上去非常漂亮。她没有多少钱，只是表达一点儿心意……

这一带，闹洞房是最热闹和有趣的事。

何况，香玲和新运的关系早已勾起了人们的好奇心，今晚来闹洞房的人一拨接一拨，比赶集上店还热闹。

闹洞房不分辈分也不分年岁，这是自老辈子就传下的习俗。

前晚，在大门口捡拾二踢脚壳儿的那几个小孩子，也来凑稀罕。那个小胖子，像一条泥鳅般在大人的大腿间钻来钻去，瞧准香玲的胸部，把手伸过去。"啪"，却被一只大人的手打开了："小屁孩儿，鸡×还不如知了猴大哩！着的哪门子急——"

直到夜半时分，大壮才来到门口，那双鱼泡眼笑成两道缝儿，对闹房的人们说："天不早了，该回去睡觉了！"

大壮的话就是命令！大人孩子都嘻嘻哈哈地笑着，呼啦啦，像一群出窝的麻雀般朝外涌去。

走在大街上，小胖子悄悄地朝小伙伴们嘀咕："嘿，香玲让新运……"

啪，背上挨了一巴掌。扭头看，星光下，一张和他一样圆胖的脸盯着他，是他一位本家大叔。

"小屁孩子，敢瞎说!"

刚才热闹的屋子，在人们走后一下子静寂下来了。

二蹦子从茅房回来，关了屋门。转身，看到香玲依然缩在炕角，整理被扯乱的头发。她低垂着头，羞红的脸上没什么表情，在灯影里呆成个泥塑。可在二蹦子眼里却是一朵绽放的花朵，专等他去采撷。他闻到了浓浓的花香，他全身像着了火，又燥又热，嗓子也开始发干。

"咱睡吧。"二蹦子眼睛放出光。吧嗒，拉了电灯……

从院里传来大壮几声咳嗽，那是告诉藏在院子外面的人：我还在院里吸烟哩，没睡——

从邻居家大榆树上，传来几声夜鸟儿的叫声，吱，嘎，嘎嘎……

六

这几年，每到夏天，有两种特殊的鸟儿，在刘金锁家里院的那棵大榆树上筑巢栖息。

一种叫"黄虎儿"，一种叫"离驹儿"。黄虎儿呈浅黄色，个头儿和猫头鹰差不多大；离驹儿通身漆黑瘦小，尾巴长，和喜鹊有些相似。它们总是相伴相随，形影不离，而且把窝巢盘在最高的树杈上，黄虎儿在上，离驹儿在下。有人或猫想打黄虎儿的主意，离驹儿便嘎嘎大叫着啄食偷袭者；人们说，黄虎儿是皇上，它通身黄色，那是黄袍加身呀；离驹儿是大臣。而大臣的职责不就是紧随皇帝又护佑皇帝吗？

这是一种富贵鸟儿，更是吉祥鸟儿！

吃过午饭，刘金锁站在院里，边用火柴棍剔牙，边仰头眺望大榆树上那俩大鸟窝。看漆黑如墨的离驹儿，围着蹲在窝里的黄虎儿飞来飞去，像是请安问好。不时还传来清脆的嘎嘎叫声。这声音，盖过了漫天知了的聒噪。

望着树上那俩大鸟窝，他忽地想起：该和大壮在一起坐坐了。小麦眼看要成熟了，一旦进入三夏大忙季节，他俩就都没那个闲工夫了。

第二天中午，他把大壮请到了家里。亲家俩，一边喝酒，一边说闲话儿。

马凤莲也在旁边搭腔。这是两家结为亲家后，大壮第一次来她家喝酒。她就说些客气话："香玲还是个孩子，不大通晓事理，你和嫂子多多担待！"大壮笑笑："香玲是个好孩子，懂事着哪！"金锁说："都是自己孩子，不要见外，有错儿了，该说就说！"

"嗨，俩孩子都是实诚人，咱两家就有这个缘分！"最后，大壮用这句话做总结。

这一番话，让屋里的气氛更热乎了。今天凤莲非常经心，亲家来家了，而且亲家又是大队长，她能不好好招待一番吗？那个韭菜炒鸡蛋，她放的油比平时多了好几倍。那种诱人的香味，飘得满屋子都是。

金锁和大壮谈了村里的一些情况。

"老哥，"金锁把目光盯在大壮脸上，盯得极深，"我是说——"

"说吧，亲家！"

"嗯，是这个意思……"金锁嘿嘿一笑，"咱被窝里伸腿，没外人！我是说，你那两下子，比连奎强多了。他有多大能耐呀？不就是夜壶嘴上镶金边儿——光嘴好呗！当支书都快十年了！"

"呃——"

大壮心里打个沉，瞧一下屋顶。随即目光越过屋门，落到那个黄虎儿窝上。他看到了离驹儿正嘎嘎地冲着窝里的黄虎儿鸣叫。是在讨黄虎儿的欢心吧？

哎呀，这人，还得站到高枝上呀。亲家说得在理！杨连奎的

"大拿"，还不是仗着他家族大，嘴好使呗。论个头儿，自己比连奎大。连奎口才好不假，也有水平，但他就是背着手撒尿，不扶（服）他！和刘金锁结亲家，算是结对了。嘿，一人不成将，单木不成林！记得，从前金锁每当请他来家里喝酒，喝不上几杯就说连奎的不是。他就觉得这个铁匠的儿子和他心近，后来就让他当了副业摊组长。

虽说如今他们成了亲家，但他也不能把心里的想法全说出来。逢人只说七分话，但留三分在心间。他感激金锁，只是轻轻地笑笑："亲家呀，我知道你的意思。人贵有自知之明嘛！嘿，首先，咱口才就不沾！"

"哎呀，亲家，你，你也太……"金锁也笑笑，"咱家里说话哩，哪儿说哪儿落儿，你口才哪赖呀。说难听点儿，咱尿他是夜壶，不尿他是瓦罐！"

大壮慢慢地吐出一口烟："我哪好拆他的台呀，搭伙计都好几年了！"

因为高兴，两人都喝成了关公脸。大壮喝得尤其多，那双鱼泡眼又红又胀，像让盐水渍了。话也多起来。

马凤莲擀了面条，鸡蛋打卤。用头年伏天做的西瓜豆瓣酱炝锅，那特有的香味能把人的馋虫勾出来。大壮吃了一碗，凤莲不依，又把一整碗扣到他碗里。

吃过饭，大壮对金锁说："别忘了，过麦收把连奎叫家来喝一壶！"

"老哥，咱请他干吗呀？"

大壮扫亲家一眼："你得请他——"

"好，好，听老哥的，请他一壶！"

"我来陪他！"大壮端起茶杯伸到嘴边……

大壮走出金锁家街门，迎面碰到了新运。

这时太阳已经西移，黄泥巴墙长长的影子，落到胡同里。新运拎一把铁锹，正往大街上走。麦香飘进村里，是那种像发酵了一样的香气。下午，他要和几个男劳力去村西收拾打麦场。

见到大壮，还有送出街门的金锁，新运怔住了。但他又极力克制自己的情绪，礼貌地朝大壮点下头。他加快了脚步。

他尤其不愿意和金锁两口子打照面。

谁会想到呢，出门就碰到了新运！望着大壮远去的背影，金锁沮丧地将右手插进茂密的头发里，挠着头皮，感到非常扫兴！

从前，大壮每次碰到新运，便会想到李天敏。当年他只用了一点儿小手腕，就将天敏撸下台。不然如今在阳坡村坐第二把交椅的，不是他梁大壮，有可能还是李天敏。天敏下台后完全变成了另一个人，一个和村里普通人没什么两样的人。不，在人们看来，还有点儿窝囊。是的，成者王侯，败者寇。天敏是秋后让霜打了的茄子，彻底蔫了。不过，后来他发现天敏的这个儿子远比天敏机灵，有城府！可再出色，也没有出人头地的机会！

而对于新运和香玲的传闻，他不能说不在乎，但不是太在乎。年轻男女发生点儿这种事，算个×蛋？

他是一路打着酒嗝，胡乱琢磨着走回家。

但让他没想到的是，这天晚上，二蹦子和香玲打了一架。

第一次，二蹦子对香玲大打出手。

原来，这天下午，二蹦子在果园逮了一只獾，晚上和几个伙计就着獾肉喝了一壶。回到家，二蹦子爬上炕就扯香玲的内衣。香玲嫌他满嘴酒味，难闻。这是她第一次拒绝他。

他坐起来，伸手打了香玲一记耳光。

"你、你妈的还想着新、新运是吧？"

这是他们结婚后第一次怄气。香玲不堪其辱，第二天一早就回了娘家。

新婚那天，香玲的心一直提到了嗓子眼儿，不只是害羞，是担心晚上二蹦子发现她那个秘密。尽管心里那么不情愿，还是一次一次地顺从二蹦子。自然，她的感受和那个春夜在村西麦田里完全不同。不知是因为新婚那种特有的激动与迫不及待，还是二蹦子粗枝大叶，竟然没有察觉……

小两口过得好好的，怎么吵架了呢？

马凤莲问香玲，香玲只是捂着脸哭，被问急了才解开上衣让母亲看膀子，膀子上青一块紫一块的。"他喝了酒……"

"好汉不打妻，好狗不撵鸡！二蹦子真下得了手！"凤莲感到了一种剜心般的疼痛，"究竟为什么事呀？咱不能平白无故受他的气！"

香玲还是不说，光一个劲儿地哭。

凤莲再问，香玲就用力晃着脑袋："妈，别问了，二蹦子他，他根本不是人——"

是不是为新运呢？她想，于是开始劝女儿："男人嘛，喝了酒哪个没点儿毛病呀！"

金锁的心思和凤莲不同。从刚开始，他就断定怪香玲。就是退一万步，即便怪二蹦子，香玲也不该回娘家，耍小孩子脾气哩。不仅让他下不来台，也给亲家大壮弄难堪！

他就一直黑着脸，坐在堂屋的小马扎上吸烟，不管香玲怎么哭闹就是不吱一声。一缕黑发在额前耷拉着，像鸟儿散开的翅膀。

可是他又一直支棱着耳朵，想听听到底为什么。见香玲吞吞吐吐的不肯说，作为过来人早明白了八九分。

"你给我回去，这儿不是你的家！"他将烟蒂甩到地上，起身走进里屋。

"哎呀，咱孩子受了人家气，当老子的倒是安慰安慰啊……"

金锁迟疑一下，但还是把脸一横："两口子过光景哩，哪有勺子不碰锅沿儿的！"

"我不和他过了，不和他过了！"香玲扑到炕上，蜷缩着身子，哭得愈加厉害。

"不要耍小孩子脾气！走，给我回去！"金锁厉声命令道。

"打死我也不回去！"香玲晃着脑袋，声音伴随着哭泣。

"我看你往死里逼咱闺女呀！"凤莲大声嚷道。女儿是娘的心头肉。本来嘛，香玲就受了委屈。

金锁有些不知所措了，有一个人仿佛盯着他。不是凤莲，也不是女儿香玲。那人正朝他冷笑：我看你怎么办？声音不大，却像一把闪着寒光的利剑刺向他。

就在那束目光的逼视下，他走出屋来，钻进东厢房，出来时手里拎了一条拉车的麻绳。他走得很急，几步跨进了堂屋，拽个凳子就跳上去；将绳子搭到房梁上，挽个套儿，伸脖子钻了进去，头发乱糟糟地披散下来。

凤莲疯了般奔过来，一把薅住他的大腿，嗓音似裂帛般：
"她爸，你干吗呢这是？你、你死了，我怎么活？哎呀，我的娘
啊——"

"我、我不活了，不活了——"在这一刹那，金锁真想结束
自己性命，"谁让咱生了这么不争气个死×闺女？还让我怎么在
阳坡村做人？"

这突发的一幕，让香玲止住了哭。她抹把眼泪，坐起来。听
着母亲的哭喊，透过半掩的门帘，看着站在板凳上将脖子钻进了
绳套的父亲，她呆了，也傻了。

她惶惶地跳下炕，奔出屋来，两腿一弯跪在地上，抱住
父亲的一条腿："爸，你下来吧，我回去，和二蹦子好好过日
子——"

…………

本来，小两口打个架、拌个嘴是家常便饭，不打不骂做不得
夫妻；夫妻没有隔夜仇。小两口吵架时，桃姐和大壮都听到了，
只是不好意思去劝解，待早晨起来，问二蹦子，才知道香玲赌气
回了娘家。

又问了吵架原因，二蹦子吭哧了好半天才说了。桃姐气得几
乎跳起来："我的天爷，那样的货还拿捏哩？也不上秤约约几斤
几两！"

桃姐心里那口气哪咽得下呢，她就鼓动儿子和香玲离婚。

"这次要降不住她，你一辈子就受她气吧。哼，心里有愧舌
头短，不知道自家屁股底下有脏——"

大壮虽说嘴上没说什么，但心里也感到别扭……

这天，二蹦子还照常去果园上班。

苹果树上，一个个鹅卵形的果子，藏在那一枚枚密实的叶子间，阳光下闪出翠绿的亮光，像刚出世的婴儿好奇地打量着这个绿意盎然的新鲜世界。

果园没有打围墙，只是把小槐树棵子的枝条编成篱笆，如同一圈儿绿色的帷帐，将整个果园围拢起来。而篱笆外面，是一大片槐树林，又把果园和四周的田地分隔开。一到夏天，从远处望去，葱茏蓊郁的果园，宛若伫立在广袤原野上的一座小岛。这个季节果园里活儿不多，就是给果树浇水。

因为心情不好，二蹦子很少和人说话。他背着手在果树趟子间走来走去，心里烦乱如麻。有人和他开玩笑："二蹦子，想拾个大元宝哇？"他朝那人一瞪眼："别成、成天价二、二蹦子二、二蹦子地叫，我、我也有大、大名！烦、烦气——"他的大名叫文华，因小时候性格活泼，爱蹦爱跳，就叫二蹦子。可长大后，却变得不再那么机灵了。

他依然边走边往地上瞅。地上开满了野花，有黄的红的，也有紫色的，这里几朵，那里一簇。牵牛花最多，开得也最热烈，成片地匍匐在地上。

望着这些花，二蹦子脑海里浮现出香玲那张姣美的鹅蛋脸。

昨晚不该打她——她那么俏丽，又那么温柔。再说，自己的确喝得不少，一身酒气。他盼着中午回家，一进门，就能看到那张妩媚的笑盈盈的鹅蛋脸。

然而那个愿望没有实现，母亲的脸不仅阴着，还挂着一丝愠怒。他边脱外罩，边问母亲："她没回来呀？"问过就后悔了。

"哼，也不拿镜子照照自个儿——"桃姐扭头瞅二蹦子一眼，目光里有慈爱，更有对儿子的怜悯。

"妈，别、别这么说，是、是我、我不好，喝、喝多了！"二蹦子低着头，像个没完成作业的小学生，嘴巴越发不利落了。

"看你那没出息的样儿！喝酒怎么啦？她是你媳妇！"

忽地又想起什么，一边往桌上摆碗筷，一边说："咱就和她摽吧，看谁能摽过谁。"抬起头，紧盯着二蹦子，"哎，听妈的话，千万不要去接她——"

下午收工后，二蹦子没有立刻回去。他磨磨蹭蹭地等到天黑，才推着车子走出果园的大铁栅栏门。

小南风吹来，带着小麦即将成熟时那种特有的香气。起伏的麦浪，隐在苍茫的暮色中。有成串的牵牛花从麦田里蹿出来，爬到田坎上。路两旁的大叶杨，发出哗啦啦流水般敞亮的声响。

他在村西口停下了。

再往前走不多远，就是那条扁担胡同。他只要走进去，不多远就到了金锁家。他穿深蓝色球鞋的两只脚朝前迈了几步，眼看要接近胡同口了。

忽然，一个声音钻进他的耳朵："你怎么那么没出息呀，男人就得……"像母亲的，也像父亲的。

回到家，他把自行车在院里放好，一抬头，看到了那张鹅蛋般俊俏的脸。那张脸，从厨房里探出来，朝他瞅一眼又缩回去。借着厨房橘黄色的灯光，他似乎看到了那张红扑扑的脸上绽开的让他迷醉的笑。一股甜蜜，潮水般将他淹没了。

从厨房飘来炒菜的香气，还有母亲的说话声……

二蹦子没有想到，香玲从娘家回来后，像换了一个人，对他开始体贴入微。他明白，香玲终于回心转意了。

这场闹剧就这样草草收场，虽说桃姐心里多少还有点儿不痛快，但看到儿子脸上又露出笑容，她也不好再说什么。

七

一直到小麦成熟的香气浓得化不开了，整个大地变成了一张烤熟的面饼，也就到了开镰的时候。

有一种鸟儿，在小麦刚黄梢时，不知从哪儿悄然飞来，几乎一天到晚都在树上鸣叫：咕咕咕咕，咕咕咕咕……声音低沉悠长。人们把这种鸟儿称作"水葫芦"，意谓其叫声像吹水葫芦。其实就是布谷。小孩子们爱随着那叫声喊"王八好主儿、王八好主儿"。人和鸟儿的声音合在一起，竟然那么天衣无缝。是的，过去的这个季节，人们嗅着从村外飘来的醉人的麦香，心里的滋味却是苦涩的。因为这无处不在的麦香，还有那无垠的黄澄澄的麦浪啊，大部分都归属于村里那为数不多的几户"好主儿"。于是上天派来这种鸟儿，帮人们发泄心中的不平与愤懑。

"咕咕咕咕，咕咕咕咕……"这种悠长低缓的鸣叫，又在村子上空回响。它伴随人们入眠，伴随人们做各种各样的梦；又把人们从睡梦中唤醒。哎呀，该割麦了！该打场了！老人们这么想，年轻人也这么想。小孩子们呢，也这么想。但小孩子们还有一种乐趣：去收过麦子的地里拾麦穗，捉蜻蜓，打猪草……

把小麦收割了，入场了，它们又悄没声地飞走了。不知飞到了哪里，只待来年麦子黄梢，又准时飞来。于是，咕咕咕咕，咕咕咕咕……那深沉的亘古不变的鸣叫啊，又在整个大平原上空响起。

平时人们大多只闻其声，很少见到它的踪影。

新运对这种神奇的鸟儿很感兴趣。

有一次，他循着叫声，在自家前院的那棵大槐树上，终于看到了它的"庐山真面目"——个头儿和嗓子比麻雀略大，灰褐色，短尾，一双警惕的眼睛和他对视着，随即，一展双翅，扑棱飞走了。他惊叹它那么小的个头儿，发出的叫声却那么深沉、悠远。

芒种三天见麦茬。"进入夏至六月天，黄金季节需抢先""收麦救火，不能往后拖"，这些农谚非常形象地道出了收麦时的急迫与刻不容缓。

大太阳明晃晃地悬在当空，天空蓝得没有一点儿杂质；不同于伏天的那种潮湿溽热，这时只要来到地头树荫下，就凉爽宜人，即便一身大汗也立马消失殆尽，全身又变得干爽舒坦。

因此在田里弯腰挥镰割麦的人们，最大的愿望就是割完一垄，来到地头大杨树下，敞开衣扣，坐下来让凉爽的风吹在身上。那是割麦人最幸福、最惬意的一刻……

待小麦一上场，打麦机就要连轴转了。那些天，从村外传来的是嗒嗒嗒的打麦机的狂吼，队上不分男女都轮番上阵，夜班和白班两班倒。

这天晚上，小顺子带班。有新运、小素，还有其他几个人。

两人往打麦机里入麦个儿，两人清扫从打麦机的出口喷吐出的麦粒，两人挑滑秸（麦秸）。

干到半夜，和往常一样，大家分两班轮换着歇一会儿。

先歇息的几个人住了手，有的去小山冈一样高的麦垛后面小解，有的直接躺在软乎乎的滑秸垛上，舒展四肢，仰面朝天，望着浩瀚深远的星空喘气。那忽闪忽闪眨动眼睛的星星，也像在分享打麦人的惬意与舒坦——劳作后的歇息，那才是真正的放松！

新运坐在一捆麦个儿上，敞开怀，歇息了一会儿，然后起身去麦垛后面小解。

刚转过弯，突然听到一种声音：女人的哭泣！里面有哀求，还有激烈的撕扯声。他脊背一阵发紧，朝前紧走几步。麦垛后面一个角落里，有两团黑影纠缠在一起。忽地，又传来男人低沉却又凶狠的威胁："别嚷，嚷就让你全家不得好！"又说，"忍着！就一会儿——"

他听出是小顺子的声音。那女人是谁？是小素？对，没错，小素！他的脑袋嗡地响了一下。

他大喝一声："谁？干吗哩？"

那团黑影不动了，立马又分成两团。一个黑影站起来，边系裤子边说："瞎咋呼吗咧？闲得蛋疼了？牙要痒痒，到打麦机上去蹭蹭！"

话刚落音，就传来小素的哭声："你、你不是人——"

新运几步奔过去，果然是小顺子。小素提上裤子，蹲到地上，两手捂着脸呜呜地哭起来。

新运挥拳朝小顺子打去，小顺子一闪躲开了。

"嘿，碍你什么事呀？狗拿耗子！"小顺子嘟嘟囔囔着，像条影子般匆匆离开了。

"新运，我、我没脸见人啦！"小素依然在哭。但哭声很快就被打麦机的吼叫压住了……

其实，小顺子老早就打起了小素的主意。

当他遭到香玲的拒绝，就把目光移向小素。怎么说呢，小素虽说不如香玲丰满俊俏，但也不难看。不，是那种乍看上去不怎么出色，然而再仔细看，才发现她其实也是有几分姿色的。尤其那张黑红色的圆嘟嘟的脸，像个刚长熟的苹果，让他格外着迷。但他又明白自己不可能娶她，只想着如何占有她。占小素的便宜，他不感到半点儿胆怯与羞耻。小素是可爱的，但她只是一朵北瓜花，好看，可又低贱，就是摘下来揉碎也没有关系。

他总在找机会。但老天像故意和他作对，在田里干活时女人们喜欢聚在一起，在家里更没机会。去年秋天，他故意派小素去看高粱地。其实，就是轰赶麻雀。待高粱红了脸，成群的麻雀就会飞来啄食。这活儿都是派给上年岁的老头子的。背一只粪筐，手拎一把铁锨，看见有麻雀落在高粱地里，就铲起一锨土，用力甩去。唰，伴着雨点般溅落的响声，从密匝匝的高粱地里轰地飞起一大群麻雀，像一团灰云般逃离而去。那粪筐不只当墩儿坐，回去时还要割一筐草，喂猪，或喂羊。

"小素，你去吧，这活儿轻闲不说，还可以吃甜甜儿！"他笑嘻嘻地哄小素。"甜甜儿"就是高粱的秸秆，和甘蔗一样甜，是秋天人们，尤其是小孩子的一种稀罕吃食。

小素拒绝了：那么深的高粱地，半天见不到一个人，她害怕！是呀，哪有让一个女孩子看高粱地的？荒唐呀！小顺子不得不放弃这个打算。

麦收天，身为生产队长，小顺子就是总指挥，大多时候是动嘴不动手。但为了达到那个目的，今晚他亲自带班。当他看到小素一个人去麦垛后边小解，便像条狐狸般悄悄地尾随过来。在一个胡同里住了十多年，她知道小素的脾气，不仅胆子小，性格也绵软，何况又生在那么一个家庭，她不敢不顺从自己；还有，打麦机那扯天抢地的吼叫，分明在给他壮胆。

想不到，新运把他的好事给搅了。

他更没有想到，第二天上午，小素的父亲大贵竟然找到他家来了。

大贵一进街门，正碰到同庆从茅房出来。

"同庆哥，小顺子回来了没有？"

同庆系着裤带儿："吃过早饭他就走了，可能派活儿去啦！"看大贵脸色不对，便皱起疏淡的眉毛，"有什么事呀，看你这么急？"

大贵呼呼地喘着粗气："老哥，咱做邻居年头儿不少了吧？你说，小顺子做这事对得住谁呢？"

"小顺子怎么了？你别急，慢慢说！"同庆把手伸进口袋掏烟。

"哼，老哥，我都不好意思说！"大贵接了烟，没有吸，在手里捏着。

听大贵说了，同庆眨巴着俩大黑眼珠子，怔在了那里："不会吧？是不是闹着耍呢？还都是小孩子嘛！"

"哎呀，老哥，要不你问问新运，他看见了！"大贵那张老
北瓜般的脸憋成个紫茄子样儿，嘴唇微微哆嗦着。看得出，他还
是有所克制的。

同庆眼珠子又转了转。小素还没出嫁，大贵不糊涂，谁肯往
自家闺女身上泼污水呢？何况，大贵额头上暴起的一条条青筋，
也在告诉他不像是假的。

他赶忙向大贵赔笑："走，咱到家里说吧，到底怎么回
事？"

……同庆和小顺子不是一路人。同庆爱和人打哈哈，也爱
吹牛。但命运却没有眷顾他。首先，模样不出奇——生得黑黑瘦
瘦不算，脑袋又扁又长，无论从哪个角度看，都像个砍木料的劈
斧；家里又穷，到三十四五岁还没寻下媳妇。他爹就托在县里工
作的一位远房亲戚，让他到十多里外的里双店供销社当门卫。

他是供销社的大活宝。在食堂吃饭，吃凉拌辣椒，辣得人
们缩起脖子直吸溜气，他偏说："哪辣呀，跟吃脆梨一样！"第
二天吃炒大青椒，他却把嘴一咧："娘的，辣死个人！"一同事
说："同庆呀同庆，你小子就是王八过河——来回都是你！"

村里人只知道他吃公家饭，却不知道具体做什么，问他，
他说："当门警！""门警是干吗的呀？""嚯，要说门警嘛，
权力大着哪！"他得意地把俩大黑眼珠一挤，"咱这么说吧，就
连我们主任、副主任，他们官可大，出门进门都得跟我打声招
呼！"

小顺子的姥爷看中了同庆这个美差，硬让女儿巧巧嫁给了大
她十多岁的同庆。巧巧说他骗婚，他说："门卫不就是门警吗？

哪骗你了？""你说，领导出门进门都得和你打招呼，人家跟你打得着吗？"他哈哈笑道："他不打招呼，门能打开吗？"那俩大黑眼珠子，狠劲往外突着，闪出一丝狡黠与得意。

几年后因为生病，供销社把他辞退了。其实就是普通肺炎，后来肺炎好了，落下哮喘病病根。在扁担胡同，他和大家处得都不错。

夏天，吃过晚饭他喜欢蹲在胡同口上，边吸烟边和人们唠闲嗑。成立高级社之前，他家喂着一头小叫驴，他就"吹"这头小叫驴："嚯，别看它瘦得像个'肉朵朵'，耕起地来那可不含糊，深得能没过人膝盖骨！"

大家哪信！他就卖个关子："你们猜不到它一顿吃多少？"人们说那么瘦个驴，还能吃多了？他拿手一比画："好家伙，能吃一大口袋！""吹吧，那驴才多大的肚子呀？别把天吹阴了！"

他不急不慌地抖个包袱："料是熟哩呗！可熟哩也是一布袋！"人们说："同庆呀同庆，你这张嘴，真会他娘的瞎呱呱！"

他还不尽兴，继续卖嘴儿："知道我家驴脖子上的铃铛多重吗？嘿，一吨，一吨重！"有人回敬："呸，你就是裤裆里拉胡胡儿——胡扯淡吧！一吨重，一个铃铛？你家驴能戴动了？"

"你们哪晓哩，那是'飞薄儿'做的；可'飞薄儿'它再薄，也是一吨呀。嘿，动静儿还大哩，响一声儿，全天底下都能听到！"

刘金锁反驳他，我怎么没听到？他说，那会儿你还在天上你姥姥家哩，听到才怪！

"哎，同庆哥，知道母牛来月经怎么回事吗？"金锁的黑眼仁里闪出一丝贼亮的光，笑嘻嘻地问他。

这倒把同庆问住了，讷讷道："哪晓哩！怎么回事呀？"

"哈哈，牛×让你吹破啦！"……

同庆咧嘴笑笑，笑得便有些尴尬。在供销社上班时，他也被人"吹"住过，但他不恼。这次是在家门口，面对的是街坊四邻，况且刘金锁比他又小得多。他像让人在脸上轻轻拍了一巴掌。这小子，可不是个省油的灯！

果然，金锁当上了大队副业摊组长，同庆再蹲在大门口向人白话，就很少见到他的影子了。就是见了同庆，金锁话也不多了。但同庆瞧不起他。娘的，我什么人物没见过呀，咱不说公社书记、县委书记、县长，那多大的官！我都见过！你不就是村里一个小组长呗，有什么可牛气的？呸！小公鸡飞到牌楼上——冠（官）不大，架子可不小！马大值钱，人大不值钱！再见到金锁，他也爱答不理的。

瞧不起金锁，他却和大贵谈得来。他爱和大贵开玩笑，打哈哈；也讲他当年在供销社看大门的经历。后来，一早一晚，在大贵家前院的猪圈边上，或蹲或站，吸着烟和大贵聊天。一个是老北瓜样的脸，一个是劈斧般的脑袋，并排蹲着，倒也相得益彰。不知怎的，他一肚子的话，就爱讲给大贵听。大贵也爱听——同庆的经历，对他来说是新奇的。而且，有这么一位看得起他又谈得来的邻居，那是他的幸运！

大贵也和同庆开玩笑。和同庆开玩笑，能让他获得一种难得的平等。

一天早上，大贵正和同庆在他家猪圈边上说闲话，小顺子跑来喊同庆吃饭。那时小顺子还小，大贵笑嘻嘻地问他："小顺子，昨晚上你妈是不是骂你爸：死了吗？死不了就上！"同庆的脸腾地红了，扭着那颗劈斧脑袋，斜睨大贵一眼："你这家伙，大早晨起来就胡沁八咧！"

这倒是真的。因为有哮喘病根，同庆身体越来越虚弱，人越发黑瘦，像枚大黑枣，黑眼珠子就显得更大；何况又比巧巧大了十多岁，晚上就有点儿力不从心。一年秋天，大嘴和人护秋，半夜回来路过同庆家，瞧见屋里的灯啪地熄了。大嘴说，走，听他娘的稀罕去！两人悄悄翻墙来到院里，走到窗根底下，正听到巧巧呵斥同庆："死了吗？死不了就上！"大嘴把嘴对住窗纸，悄声道："同庆，咱俩换班吧！"

"死不了就上！"自此，队上的人就拿这个开同庆的玩笑。同庆也咧起嘴笑——他到底是个乐天派！

这会儿，他想不到小顺子会干出这种龌龊事。他不护短！

大贵跟同庆来到他家里院。坐下来，同庆盯着大贵的眼睛问："大贵兄弟，说说吧，如果是真的，我就敲断那狗×的腿！"他那张黑瘦的脸，已泛起厚厚一层愠色；小顺子是圆脸，白白净净，长得一点儿不像他。小顺子不是他的种儿。

正是同庆的态度，让大贵胸腔里呼呼上蹿的火苗子熄了大半。他吸口烟，又详细说了一遍。

"你要不信，去问问新运吧，老哥。"大贵伸胳膊朝身后指了指，那是新运家的方向。

“我还不信你呀？咱都老兄弟了。再说，小素能说瞎话吗？”

这时，巧巧从厨房走出来。这是位有几分姿色的女人，细眉长眼，腰是腰，胯是胯，脸颊红得发亮，穿一件短袖红碎花褂子，露出两截白润浑圆的胳膊。和同庆站在一起，倒像父女俩。和全天下的母亲一样，她也有些护犊子：“不会吧，是不是闹着要哩？”

“哎呀，嫂子，照你这么说，是俺家小素故意诬赖小顺子呀？”

“不能光听你闺女一张嘴儿，也得问问俺小顺子。是小素不识要呗！”

大贵一跺脚站起来，手里的烟也掉到地上：“嫂子，你这话可不对！小顺子是个孩子，你可这么大人啦！”

同庆狠狠地瞪巧巧一眼：“谁让你多嘴多舌？问问小顺子不就清楚了！树要打根里刨！看你这急脾气！”说完，从地上捡起烟，伸嘴吹吹烟把上的土星儿，递给大贵：“老弟，别和你嫂子一般见识，娘儿们家嘛……”

“老哥，我哪跟嫂子计较？我刚才也是心急！唉——”大贵长长地叹一口气，“本来，咱老弟兄俩处得好好的，这么多年了没犯过脸红。想不到，孩子们出这事——”

“这样吧，大贵，你先回去哄哄小素，等问清楚了，我饶不了兔崽子……”又递给大贵一支烟，大贵接了，夹到耳朵上欲离开，同庆又说，“大贵，听老哥一句话，先把嘴闭紧了，嚷嚷出去对俩孩子都不好！咱别光着屁股推碾——转着圈儿丢人！事再大，咱老哥俩儿也商量着办！"

同庆的话让大贵感到服气。哎呀，小顺子哪像他老子呀，连个犄角也赶不上。倏地又意识到这想法荒唐，小顺子反正像一个人，那人当然不是同庆！

"好吧，老哥，我信服你！"

大贵说完就起身告辞。同庆一直把他送到大门口。

大贵刚走进家门，哆嗦香就迎上来。

这是个面色蜡黄、单薄瘦弱的女人。本来她有个好听的名字：菊香！只因两件事，让她落下了手哆嗦的毛病。头一件：从前她父亲是牲口贩子，每年秋后都去内蒙古贩牲口，家道殷实。有一年，刚卖了花生就被人绑票。绑匪在她家大门上留字条要赎金，她母亲也留字条给绑匪：让丈夫写一份家里亲戚的名单。谁知，绑匪没有拿来亲戚名单，她母亲也就没出赎金。第二年开春，在邻村一口大野井里发现了她父亲的尸体。那年她才十三岁，自此一到晚上便不敢出门，听到一点儿动静，也吓得浑身一哆嗦。嫁到阳坡村后，因了大伯子哥，前些年和大贵屡次挨斗，当那次被人在背后狠狠踢了一脚之后，就落下了这个毛病。从此，人们就叫她"哆嗦香"，那个好听又美丽的名字渐渐被人淡忘了。

"哎呀，你可回来了！"哆嗦香脸上带着泪痕，"怎么样呀？成天人模人样的，原来是个畜生！"

不等大贵回答，又说："你可得给咱闺女做主，这是骑在咱脖子上拉屎哩。依我说呀，咱就去公社告他！"

大贵摇摇花白的脑袋："同庆态度不错，就等着回来问小顺子哩，说不会轻饶他。同庆到底见过世面！唉，这种事嘛，咱尽量不往大里闹，你以为往咱脸上擦粉呀？"

"那也不能让咱闺女白白受欺负！"哆嗦香不仅手哆嗦得更厉害，嘴角也开始哆嗦。

她又走回屋里，去安慰小素。

从早晨起来，小素一直在炕上躺着抹眼泪。后来不哭了就睁着眼盯着屋梁发呆。屋梁像涂一层黑酱，苇箔也是那种颜色，但有的地方已朽损了，露出里面灰黄色的泥巴。她的脸也是灰黄色的。任凭母亲怎么叫、怎么哄也不起来。目光是散的，像罩在迷蒙的冷雾里。

小素想什么呢？她脑子里很乱，像一团横七竖八的滑秸。昨晚就像一场噩梦，她又是恶心，又是羞愤。还有，小顺子为什么敢这样？还不是看自家成分不好，柿子专拣软的捏呀。直到这时，她才倏然明白，平时小顺子看自己的眼神为什么那么怪；又为什么要派她一个人去看高粱地，原来早打那个歪主意了！

这时，父亲走进屋来："素儿，起来吧。我饶不了他狗×的！"母亲也说："有你父亲做主哩，快起来吧！"

她听到了父亲和母亲的对话，见父亲说得这么硬气，心里才踏实了一些。她就起来，去洗脸换衣服，准备吃饭。

大贵就和哆嗦香商量：如果同庆领小顺子来赔个不是，这事就到此为止，毕竟同庆平时没低看他们家。可是，就怕小顺子不听他的，还有巧巧呢？于是两人达成一致，真到那一步，也不能怕，干脆撕破脸皮到公社去告！什么年月，都有说理的地方吧！

这天早晨，小顺子把派活儿的事交给了副队长。回家吃了早饭，抹把嘴走出来，出了村西口，就一直往西走。

要去哪里呢？

他也说不清。一直往西，到了高岗渠边，顺着水渠西面那条路漫无目的地往北走。

是害怕大贵找他算账吗？是，但也不全是。他不怕小素家的人，估摸着大贵也不敢怎么样他。但他就是在家里待不下去，他有点儿惧怕同庆。他想清静一会儿。

四周非常安静，放眼望去几乎都是清一色的麦茬。麦垄间长出一寸来高的玉米苗，这是在麦收前点种的，称作"间作玉米"，只待雨季来临，便吸足水分疯长；右前方，有一块亮地种了棉花。棉花长到了一尺多高，棉花叶还没把地皮遮住。人们忙着打麦子，田里见不到几个人影。水渠东面几十米开外，是他们队上的菜园子，有几个老头子弓着腰摘西葫芦。西葫芦、黄瓜、洋葱、西红柿、小葱……都是夏天馈赠给人们的新鲜礼物。

小顺子一直往北走，他看到了村北的砖窑；砖窑的顶端，冒着淡蓝色的烟气，没升多高，就让风吹散，融到了无边的蓝天里。

快要走到水渠北端时，他停了下来，迈上渠岸。渠里没有放水，野草葳蕤茂密。渠两边栽两排大叶杨，他坐在渠岸上，背靠杨树，抬起下巴望向天空。浓浓的草香将他包围了。

他有些犯困，但又睡不着。望着远处的砖窑，心里不上不下的，像吊在空中晃晃悠悠的水罐。

可以说，他把小素占有了！他从身边扯一把草叶，放到鼻子前闻，闻得有些贪婪。小草的清香，让他又想到了小素身上的那种气息。他这才明白，原来自从他遭到了香玲的拒绝后，身上一直憋着一股子邪火。他是把这股邪火，发泄在了小素身上。不，他是从小素身上寻找自己丢失的一种价值！

不知从哪里飞来两只红蜻蜓，在他前方的麦茬间嬉戏飞舞。他望着，心里顿生一股说不清的复杂滋味。

后来他把小草扔了，闭上眼睛。眼前似乎又浮现出小素那张惊恐万分的脸。后来，小素又不言不语地干活儿去了，像什么事也没发生。他很庆幸自己把小素唬住了。

不知不觉，他靠着杨树睡着了。

在梦中，他被一个人追打。那个人，一会儿是小素，一会儿又是大贵，一会儿又变成了他父亲同庆……

当他有些忐忑不安地回到家时，母亲正等他吃饭。

听到他回来，同庆从屋里走出来，虎起脸问他："你还有脸回来呀？你干的好事！"

他故意装傻充愣："什么事呀？我不晓哩！"

同庆走近他，一扬手给了他一记耳光："你还有脸问！"

他母亲拽住了同庆的胳膊："看你，是黑是白还没弄清哩，就动手打孩子？有这么当老子的吗？"转身问他，"小顺子，你说，到底有这事没有？"

虽说这是小顺子料想到的，但他的脑袋嗡嗡直响。在父亲目光的逼视下，他只好承认，当然往轻里说了。

"啪——"脸上又挨了一耳光，这次比上次更响。

"哎呀，你又打孩子！"巧巧奓开胳膊挡住同庆，双目怒视着他，"看你个臭脾气！你听清没有呀，咱小顺子也没怎么样小素！"

"那也不沾！这叫什么事？树怕没皮，人怕没脸！"

"孩子们闹着耍哩呗！"

"有这么耍的吗？光见别人眉毛短，不见自家头发长！哼，你个护犊子！"

同庆的吼骂把巧巧镇住了。小顺子垂着头，捂着被父亲打麻木的脸，一只脚在地上踩着，地上是他短小的影子。他母亲还在喃喃地说："没见过你这样当老子的，胳膊肘往外拐！"

这时小顺子又把头抬起来，用眼角瞥父亲一眼，一股愠怒从心中悄然生出。

嘿！你有什么资格打我呢？你是我亲老子吗？这个问题，冷不丁跳出来。是的，长大后，他时常冒出这个想法。从前，只是出于一种好奇，这一次却来自对同庆的憎恨。因为同庆打了他，而且下手那么狠——他可不是个小孩子了呀！

从什么时候，让他觉察到同庆不是自己的亲生父亲呢？是在他很小的时候，半夜听父母说悄悄话知道的？还是从人们望向他的眼神中，以及发现父亲对弟弟和妹妹比对他更亲？说不清。后来，他才知道了母亲是带着肚儿（怀着他）嫁给同庆的。那么，谁是自己的亲生父亲呢？再长大些，从人们那躲躲闪闪的只言片语中，本村一个男人模模糊糊的影子，出现在他眼前……

多少次，他在村西和小伙伴们打猪草，这双眼睛总定定地盯着他。有时离他很近，有时离他很远。但他都能感受到那双目光热辣辣地充满慈爱，如同冬天照到身上的暖阳。

多少次，见他一个人玩耍，这个男人走近他，从口袋里掏出

几枚黄杏，或几颗大枣、几块糖果。起初他接了，心里却又不免
有几分疑惑：这人为什么对我这么好？后来他就开始躲闪。那人
再往他手里塞，他接了，又狠狠地扔到地上。"俺不稀罕！"他
悻悻地白那人一眼。这时他已明白，人们平时望向他的眼神那么
怪异，原来和这人有关……

今天同庆这一巴掌，把他对同庆的认同感击个粉碎。到底不
是亲生的，才下手这么狠！我怕你个×蛋？你又不是我亲老子！
他像一只被激怒的豹子，他不怕和同庆翻脸！

但他马上又在心里问自己：这种事你能说得出口吗？他想到
了母亲。

一想到母亲，他又按捺住了心头的怒火，再次低下头。

同庆也低下头，仿佛这龌龊事是他做的。他明白再怎么发
火也没用，眼下最重要的是怎样把这件事解决好。都一个胡同住
着，邻居不结仇，结仇绕着走。再说，他也不愿意落下欺负人的
坏名声。

"你向人家赔个不是吧！"

"我不去！"小顺子涨红着脸。他怎么能去给小素家道歉
呢？

"不能去！你太过分了！"从厨房传来巧巧大声的责怪。

"你大贵叔刚走，你去把事说开了不就了啦？"同庆想息事
宁人。

"就不去！"

儿子不去，那就自己去吧，反正背着扛着一般沉。

小素家刚吃过午饭。在母亲的劝说下，小素喝下一碗小米

粥，吃了一个玉米面饼子，就去屋里了。正在这时，同庆走了进来。

哆嗦香赶忙起来，给同庆递个小板凳，大贵转身去里屋，拉开抽屉，拿出一盒"菊花"，走出来递给同庆一支。

同庆边接烟，边赔笑道："我刚才把小顺子好一顿揍！我给你们赔个不是吧！唉，也没那么严重哩，幸亏新运赶过去了！"

又抬眼瞅着哆嗦香："唉，咱一个胡同住这么些年了，平时处得都不赖！事也出了，你们就劝劝闺女，别跟小顺子计较！年轻人嘛，一时冲动——"

"可不，低头不见抬头见的，小顺子真不该那样！"大贵说。

"你说，小顺子这么做，能对得住谁呢？俺闺女还没出嫁哩——"哆嗦香用手抹眼睛，摸了好几下才找准位置。

大贵瞪她一眼："小顺子毕竟还是个孩子！树无九枝，人无完人！人哪有不犯错的？"

见火候到了，同庆那俩大黑眼珠子定在哆嗦香脸上："他婶子，听老哥一句话，咱就把这事压住！"

"说得在理，同庆哥！"大贵回应。

哆嗦香点了头，点得很沉重。

往回走着，同庆感到一身轻松。心里骂小顺子：王八羔子，让你老子去给人家低头认错！

对于小顺子，同庆的感情极其复杂。明知道这个儿子是个"冒牌货"，是高粱地里长谷子——野种！但小顺子机灵乖巧呀，还当上了生产队长，给他脸上增光不少。

只是，有时他从小顺子脸上瞥见那个男人的影子时，心里又不免犯膩歪。但又劝自己不必这么想。管他是谁的种儿呢，反正他得管我同庆叫爸爸！他很想得开……

打麦场那件事，最终还是被人们知道了。是当时从小素的神态上察觉出来的？还是大贵找同庆时，被邻居们听到了？谁说得清呢，人们的眼睛、耳朵，面对这种事情时都出奇地好使。这个消息先在第八生产队传开，随即风似的传遍了整个阳坡村。

人们都知道小素被小顺子欺负了。在阳坡村，人们习惯把女人被男人糟蹋说成"欺负"。说得有鼻子有眼，像亲眼看到似的。

"嘿，同庆真给大贵家面子。"

"该给！把人家闺女欺负了，不告小顺子算便宜了。人家成分不好怎么了？国家法律也没有这一条呀。"

"可毕竟他家成分不好，小顺子又是大壮的红人，大贵不傻！"

"唉，可惜呀，一棵白菜心儿，让猪给腌臜啦！"……

这几天，人们在家里，在打麦场上，在街头巷尾，议论的话题都是这个。

新运的心里也一直不是滋味。

"太便宜小顺子了，同庆去道个歉就完事啦？"他后悔当时没有狠揍小顺子一顿。母亲说："人家两家都没事了，你着的哪门子叔伯急呀？"

"哼，大贵太窝囊！"

"都一个胡同住着，还真闹成仇人呀。成分又不好！"

然而，让新运没想到的事又发生了。

这天，扁担胡同的人正吃晚饭，突然传来一阵叫骂声。骂声从小素家传来，又朝胡同南头涌去。

"怎么回事呀？"新运放下碗。

"小顺子，你个狗娘养哩！小顺子，你个王八×哩！"骂声随着炊烟和饭菜的香气飘过来，像是小素的哥哥小海。

"两家不是没事了吗？"桂花说。

"我去看看！"新运站起来。

"哥，你少点儿事吧。"新枝扯住了他的衣角。

"回来！别没事找事！"天敏气呼呼地说，他怪新运那天晚上多管闲事。可是要不是新运，后果不是更严重吗？

但新运没有停住脚，桂花怕他再惹事，便跟了出来。

胡同南头已经黑压压围了一大圈儿人，小海还在叫骂。

到底怎么回事呢？两家不是圆满解决了吗？

原来，出事那天小海干的白班。下午回来，因为同庆已经来道过歉了，母亲没对他说。直到又隔了一天，随着这一轰动性新闻在村里的广泛传播，终于传到了他耳朵里。因听力不好，刚开始只听了个七七八八，后来从人们望向他的眼神中才明白了。晚上回来，他就向母亲打问，母亲就如实说了。

"我×他娘！敢欺负我妹妹！"小海一下子跳起来。他从院里抄起一把镰刀，叫骂着朝小顺子家赶去。

大贵还没回来，哆嗦香早慌了神，甩开两只脚噔噔地追出去，追到小顺子家门口，死死地抱住儿子。

正吃饭的小顺子听到小海的叫骂声，心里咯噔一下，脸一下

子黄了。同庆心里纳闷：不是说清了吗？小海这是干什么？他放
下碗，不让小顺子露面。

他走出来，看到一胡同口的人，心里不由得一沉。当他发现
哆嗦香紧紧抱住儿子时，心里便有了底。哎呀，这个愣小子，一
定有人给他拱火了！

到底是见多识广，他处乱不惊，一脸平静地对着小海连说带
比画："啊！你小子这是干吗呀？有什么大不了的事，你又来瞎
搅和？快回去，快回去，你肯定听错了。包子吃到肚里，还不知
道什么馅儿哩！就你那俩耳朵——"又朝哆嗦香递个眼色，"快
把小海拉回去！"

刚巧这时候，大贵从田里回来了。他老远就听到了小海的叫
骂声，急忙赶来拨开人群，上前一把夺了儿子手里的镰刀，呵斥
道："回去，你个王八羔子，给我回去！我和你同庆大伯都说清
了，你又来插什么楔子？！"

小海被大贵和母亲硬拽了回去。也不全是硬拽的，因为父亲
和同庆的话起了一定作用：莫非自己真听错了，根本不是那么回
事？

在围观的人群里，有一个人，心情比任何人都复杂，他为小
顺子捏一把汗。这个中年男人，生得敦敦实实，穿一件紫花布长
袖褂子，圆胖脸，俩腮帮子刮得泛一抹铁青色。他就是小顺子的
亲生父亲。见小海被拽走了，他才吐出一口气，悄悄地走开。

其实，今晚最感到扫兴的还是新运。从一开始，他就在心里
为小海竖起大拇指：嘿，别看平时蔫头耷拉脑的，关键时候倒是
一条汉子！但眼瞅着烧起的火陡地被浇一盆冷水，他怎么不感到

泄气呢?

　　直到晚上睡下,哆嗦香才对大贵说了实情。

　　"我×他娘!真把咱孩子糟蹋了?"

　　"那还有假!哪像同庆说的那样!"哆嗦香两手捂住嘴,哽咽开了。看小素神色恍惚,今天她又仔细问了。小素哇地哭起来,比那天哭得还要厉害。

　　大贵慢慢坐起来,伸手摸索着抄起桌上的火柴,嚓,点支烟,对着漆黑的屋墙抽起来。他的心开始淌血,像划了一道口子,恨不得狠狠地抽小顺子一个耳光。

　　"要是再闹,对咱孩子反而不好!"过了好一会儿,他才说。

　　"王八×的,畜生!"哆嗦香边哭边骂小顺子,但声音很低,嘴像让东西捂着。

　　这天晚上,哆嗦香几乎一夜没合眼,早上起来,眼睛肿得像让盐水渍过的红薯块,手也哆嗦得更厉害了。

　　大贵吃过早饭就去了小顺子家。他没有进屋,在院里悄声地对同庆说了。大贵走后,同庆又审问小顺子,小顺子承认了。也许是昨天小海那么一闹,把他吓坏了。

　　"没别的说的,你给人家赔个不是吧!"同庆命令他,"真要告了咱,谁也不会护着。你犯了强奸罪呀。名声也坏了!"

　　小顺子低着头,嘴巴紧闭着,身上像过了火,连脖子都是红的。他母亲也不再替他说话了:"唉,去吧,种谷子吃米,种蒺藜扎脚!谁让你做下短理事哩!"

同庆领着小顺子来到了小素家。

一进屋，小顺子扑通给大贵跪下了："大贵叔，我一时糊
涂——"

大贵说："可不是嘛，你对得住谁呢？我和你爸爸都是老弟
兄了，没犯过脸红。哎，年轻人嘛，难免做下糊涂事……"

哆嗦香不说话，只是在旁边抽泣。同庆劝说了她一番，她才
不哭了。不光手，连嘴角也开始哆嗦。

同庆和大贵还达成一致：有秃护秃，有瞎护瞎，这件事就得
捂着盖着，连亲戚也不能说实情……

麦收过后，开始给间作的玉米浇水施肥。此后，整个大平原
成了秋庄稼的世界。玉米、棉花、谷子、大豆、高粱，还有阳坡
村村南的稻田……在这满眼的绿色里，点缀着棉花花儿，红的，
黄的。玉米也吐出嫩红色的缨须，像丝丝缕缕的晚霞浮在玉米地
里……

过些天，又要锄草、喷洒农药了。刚刚熬过了一年之中最苦
最累的麦收时节，人们难得有几天清闲，所以要好好歇口气。

小顺子心里烦躁，窝着一股火。他也想散散心，解解乏。可
去哪儿呢？

这天正逢镇上大集，嘿，赶趟集吧。

听说哥哥要赶集，小钻子把碗一推："哥，再买两只小兔子
吧，青紫蓝的。"

小顺子不耐烦地说："咱家都喂五只了，你还嫌少？"

小钻子正上初中。他性格内向沉稳，学习非常优秀，不像小

顺子，初中没毕业就辍学回家了。

小娟白哥哥一眼："看你，就给买两呗！喂大了还能多卖点儿钱哩！"小娟也看不惯小顺子在家里的霸道劲儿。尤其是打麦场那件事，让她都羞得无颜见人。

小顺子就是不想给小钻子买。如果小钻子不说出来，他见了那些活蹦乱跳的小兔崽，一高兴也许买两只回来。他也喜欢兔子，但自从当上生产队长，不知怎的就再没了那个心思。都是小钻子放学后，去田里给兔子打草；有时，同庆收工后也捎带着在沟渠岸边割一筐。

所谓的集市，其实也就一条街，公社大院和供销社都在这条街上。街的北端是一条东西走向的省级公路，前些年刚铺上沥青。往南几百米，经过一个大下坡，一直通向曲阳桥村。曲阳桥是常山县西北部一大重镇，四周被水田和小河所环绕，是这一带水乡的代表，被誉为"常山小江南"。在很早以前，镇上有集市，有庙会，也热闹过。但后来庙会取消了，集市也停过几年。这两年才开始恢复，但规模限定在最小范围。考虑到交通方面的原因，前些年公社大院北移到现在的位置，相跟着供销社和商店也迁来了，而且比从前规模更大。于是，这里便成了集市，也是这一带政治和经济的中心。

大街两边各植两排大叶杨，像两条长长的绿色屏障，将街道和两旁高大的红砖围墙分隔开来。围墙里面是一排排整齐的青砖大瓦房，住的都是公家的人。人们就在树下的空隙间摆摊，大多出售自养的鸡鸭家禽，还有在自留地和院里种的各种瓜果，用来换点儿零花钱。

小顺子买了个大菜瓜，站在街边大杨树底下，鼓着腮帮子猛啃。

嘿，还是菜瓜好吃。嘎嘣脆——

吃完了，他就背着手在集上转悠，听着猪的吼叫，还有母鸡的喔喔声，还有问价讨价声，他觉得这又是另一个世界。

六月天，孩儿脸。眨眼工夫，一块黑压压的云彩涌到头顶上，大火球般炽烈的太阳，早没了踪影。突起一阵大风，扬起路边的沙尘，扑到人们脸上。一场大雨眼看就要降临，人们忙着收摊，找地方避雨。

小顺子想赶回去，但刚走几步，随着一道闪电，嘎！一声炸雷在头顶响起。紧接着豆大的雨点砸下来，噗噗地落在他头上。

他又折回去，想找个地方避雨。瞅见供销社大门洞里早挤满了人，哪还有他落脚的地方呢？

小顺子毕竟是小顺子，俩小眼珠子一转悠，几步跨到人们跟前，朝街对面一指："快看，五条腿的驴！"

避雨的人都争先恐后地朝前挤，顺着小顺子所指的方向瞧。只见大街对面的杨树上拴一头小叫驴，驴长长的阳物耷拉着，像戳着一条腿。

待人们回过味来，小顺子早挤到了门洞里……

八

这些日子，刘金锁心情不大好。

小顺子出事后，他感到了一种莫名的兴奋。一是终于要看小顺子的笑话了；另一个，就是盼着同庆请他出面调解。从前村里也出过类似的事情，女方都没有经公，是男方找家族中德高望重或村里的头面人物来解决的。

但同庆最终没来请他，小顺子也没露面，他们两家就那么悄没声儿地解决了。当那天小素的哥哥小海在小顺子家门前叫骂时，他刚走出副业摊大门。副业摊在扁担胡同东面不远，他赶到胡同口，就双手抱肩，站在人群的外围看热闹。但后来的结局，又让他万分扫兴。他相信小顺子"欺负"了小素，但又暗暗佩服同庆处事的圆滑，同时也替大贵叫屈：哎呀，这事就这么了啦？闺女白白让人家糟蹋了？哼，提不起的软脓带（鼻涕）！

不过，他也理解大贵，这样做，反而把小素的名声保住了。

一年中最紧张最忙碌的季节终于过去了，金锁想起大壮对他说过的：麦收过后，把杨连奎请家来喝一壶。

他把这场酒安排在了晚上。

麦收后的夜晚，天已经有些燥热了，是介于夏天和伏天的那种热，不怎么闷。空气中时常浮一层淡淡的水汽。玉米和谷子生长的清甜气息，取代了小麦成熟时的那种浓烈的幽香。布谷鸟不知什么时候悄然飞走了。

为这次宴请，金锁特意去镇上割了一斤猪肉。凤莲又宰了一只芦花老母鸡；老母鸡非常"填欢"，每天下一个蛋，除了冬天，几年来从没间断过。她有些不忍，拿剪刀剪鸡脖子时手有些发抖。鸡一扑棱，溅了她一手腕子血。

院里摆张小地桌，上面早有了仨凉菜：一盘炸花生米，一盘拍黄瓜，另一个是蒜泥拌豆角。从厨房里飘来炖鸡肉的浓香。凤莲围着藏青色粗布围裙在厨房里忙活。

这几年，金锁请过连奎，大都被他婉拒了。但今天连奎心里十分受用，那张线条清晰的脸上，挤出一圈圈儿弧形笑纹，这让他和善里又显出几分坚毅与深沉。

"金锁，怎么没有小顺子？"坐下后，连奎四下环顾了一圈儿，随口问道。

"嘿，看我这记性！"金锁猛拍一下脑门儿。他是故意不叫小顺子的。大壮也没说叫。他只好起身，扫大壮一眼，有些不情愿地往外走。

不大会儿，小顺子就进来了。他穿一件灰白色的确良短袖汗衫，一条深蓝色短裤，脚上是双黑塑料凉鞋；连奎也穿这种黑塑料凉鞋。就大壮穿黑布鞋。

小顺子站在院里，瞅着灯影里的几个人。他眨了几下眼睛，挨着金锁坐下了。

大壮后悔没让金锁叫小顺子，赶忙打圆场："没说的，按规矩，先自罚三杯吧。"

小顺子笑道："要罚，得罚金锁叔，谁让他不早点儿叫我哩！"他不恼大壮，而是将了刘金锁一军。

"唉，光忙着张罗咧，忘个结实！看这事！什么也别说了，你先敬支书一杯吧！"金锁不仅回击了小顺子，还给他下个套儿。

连奎呵呵地笑笑，拿眼觑着金锁："你这家伙！鸡蛋掉到油罐里——滑蛋一个！嘿，这样吧，小顺子也不用喝仨，自罚一杯吧！"

"老哥说得对！"大壮也笑着点点头。"好吧！"小顺子端起酒杯喝干了，然后挨个打了一圈儿。他用感激的目光望向连奎。

杨连奎永远都是酒桌上的主角。他高谈阔论，从国家形势，讲到村里的发展，讲得头头是道。大壮不住地点头称是。

"1966年秋天……"又喝过几杯，连奎的话就扯远了。

"老哥，咱今个儿不说这个，不说这个，咱就喝酒！"大壮朝连奎摆摆手。平时，他是很少打断连奎说话的。那是大壮心中的一个秘密。这个秘密连奎也一直为他守护着。其实从前他和连奎并没有什么交集，住得也不近，而且脾气性格迥异。然而，历史却戏剧性地将他俩撮合到了一起。

"对，喝酒，喝个高兴！"金锁也随声附和。

因为刚出了那件事，人们望向小顺子的眼神就有些复杂。但连奎不说，大家谁也不会提起。

这天大壮喝高了，小顺子送他回家。

走到半路上，见四下没人，大壮停住脚步，对着一户人家的屋墙撒尿。

"小顺子，你信不信？在咱阳坡村，我半夜想敲谁家女人的门，没人敢拒绝！嘿嘿，你叔是手指上长胡子——老手！"

这才是真正的梁大壮呀。小顺子最佩服和欣赏梁大壮这一点。这就是气魄！如果没有这个气魄，当年能拉起一帮人造反呀？

"小顺子——"

"嗯，听着哩，叔！"

大壮边系裤子，边说："今年二十几了？"

"二十二了！"

"嘿，不小了，该说媳妇了！"大壮说，"小顺子，我给你出个谜吧。"

"好呀，我就爱猜谜！"

"一根秤杆俩秤砣，秤砣没有提毫多！你猜吧。"

小顺子正琢磨，大壮又说了两个，一个是："弟兄两名，把炮抬平；下场大雨，马上回城。"另一个："一员大将，头戴卷卷帽，站在三岔路口，手提两个大铜锤，身边有八十三万个毛毛人马。"

"大叔，这谜语听着这么怪，你说了吧，我猜不着！"其实他早猜到了。

"不告诉你，你慢慢想……"

梁大壮家是青砖到顶的高大门楼，两扇黑漆铁门，给人一种寒森森的感觉。没上闩，门一推就开了。也许太突兀，他家那条大黑狗受到惊吓，蹿出来冲他吼叫，气得大壮一跺脚："瞎眼，连你爹也咬呀！"

小顺子一直扶着大壮来到屋里，才告辞出来了。

小顺子也喝得不少。往回走着，他有些头重脚轻。从村南传来的蛙鸣，一直跟随着他有些踉跄的脚步。他的神经处于一种极度亢奋的状态。他感觉自己眼下已经和金锁平起平坐了。哎呀，金锁都四十多岁了，自己才二十来岁！他越想越激动，越想越感激梁大壮。但又不明白，今晚金锁为什么不早点儿叫他？是大壮和金锁不打算叫呢，还是真的忘了？即便忘了，也说明他俩心里没有他！

他来到了家门口，但没有马上走进去。胡同里阒然无声，连一声狗叫也没有。星光下，一片黑蒙蒙的。炊烟和饭菜的香味还没有完全散尽。

他走过自家街门，往胡同深处走了几步，站住了。此时他脑海里一会儿是香玲那张妖媚迷人的鹅蛋脸，一会儿又变成了小素的小圆脸。他想到了打麦场那个晚上。但终因时间太短暂，让他意犹未尽。想一次，他便对新运恨一次。

"你该说媳妇了！"那个声音再次在他耳边响起。是的，自己该说媳妇了……

梁大壮酒量大，每次喝酒，无论喝多喝少，都是这种醉意蒙胧的状态。一天晚上他出去喝酒，过了半夜还没回来，桃姐出去找他。走不多远，见街上躺着一个人，旁边横两条狗。借着朦胧的月光，她俯身细看，人是大壮，呼噜打得山响。那两条狗是吃了他吐出的秽物，醉倒在大街上的。

"没出息的货！一见酒就迈不开腿了！"这会儿，桃姐边给他铺炕边抱怨。她噘着火盆嘴，眉头皱成个大核桃。

大壮脱了鞋，就往炕上爬。

"谁说我喝多了？老头子吃毡鞋——胡沁×毛！"他瞪桃姐一眼。

"还没喝多呀？"桃姐转身去给他倒茶，"人家连奎肯定没喝多！咱和金锁可是亲家……"

本来，大壮已经脱衣躺下了，听到这句话又坐起来。

是呀，桃姐说得对！他和金锁可是亲家！今晚，连奎没喝多少，他反倒喝多了。还有，他和金锁都没想到叫小顺子，可连奎却提出来了，这是什么意思？他眼前顿时浮现出那双像泉眼般深不可测的眼睛……

他们梁家是阳坡村的坐地户，这在县志上是有记载的。

那是明代洪武年间，梁家的先人随着那场移民大潮由山西洪洞东迁。走出重峦叠嶂的太行山，发现了这块风水宝地。从这里往西七八里，就是滹沱河。发源于山西省的滹沱河啊，不知绕了多少座大山，当她钻出太行山，踏上华北大平原没多远，便甩个大弯，朝东南逶迤而去。

这一带就位于滹沱河甩下的那个大弯的东端，犹如被母亲揽入臂弯里的孩子。因地势低于滹沱河河床，河水的浸润使其遍布涌泉与河汊；而北面高坡上，又是一马平川的良田沃土，于是，在位于水田和旱地的高坡上脱坯造屋，定居下来。他们垦荒拓土，精心经营自己的家园。后来又有杨家、李家、刘家等来此落户，逐渐发展成一个村落。因面南依坡而建，故曰阳坡村。

梁家人口一直兴旺不衰，像村北的长蔓草，也像村南小河里那些葳蕤繁茂的苲草。传到梁大壮这一辈，梁家已繁衍至几百口人，成为仅次于杨家的阳坡村第二大家族。但他家因兄弟多，一直是村里最贫困的。新中国成立后，穷苦人家吃饱饭了不说，更有了出人头地的机会。

大壮一直认为自己不是等闲之辈，但有个遗憾——是个"睁眼瞎"，不认字。新中国成立初期，政府开展过一场轰轰烈烈的扫盲运动，各村都大办夜校，也称扫盲班，免费让人学文化。可是他家兄妹多，他又是老大，没有那个空闲。但他是个"刺头儿"！那时还时兴单干，每年交公粮他家都是钉子户。村干部来家催要，他爹还没说话，他就说："跟我说吧，我爹让我当家！"村干部要带他去大队部。他说："去就去，穷苦人不是翻身得解放了吗？我家还怕吃不上饭呀？"谁知走到半路，又拂袖扭身回返，"哼，不去了！谁再逼我，明天我们全家就到他家吃饭！"

新中国就是让穷苦人吃上饭不再饿肚子的。自此村里对他家只好睁只眼闭只眼——当时他才二十多岁。

成立高级社之后，自然就没这回事了。但他家还是年年"超支"（挣的工分不够分口粮），到年底队里便一笔勾销。从此，他的厉害和霸气便出了名，人称"中霸天"。连村干部都对他敬畏三分。他自然也是他们梁家的"大拿"。

机会终于来了。1966年夏天，他凭着灵敏的嗅觉，觉得是上天赐给他出人头地的好机会；一天晚上，他找到李天敏，想和他联手造村支书陈振山的反；然后天敏还当他的大队长，他代替陈振山当支书。天敏说，他不能干这种缺德事！正是天敏这句话，把他得罪了！当时，村里的大喇叭正播放一篇社论，播音员的声音异乎寻常的激昂高亢，大有山雨欲来之势。他的身影一闪出大门，李老寿就狠狠地瞪天敏一眼："唉！你就是胡同里扛竹竿——直来直去！你不答应他，也不能那么说呀！"没几天大壮就拉一帮年轻人成立了造反派，受到上级的高度重视，因他根红苗正，让他突击入党，当了支部委员兼民兵连连长。一天上午，他带一帮人赶到大队部，把一个写有资本主义当权派的大纸帽子，直接扣到了陈振山头上。他当了村支书。

没过多久，当那场急如骤雨般的运动有所平缓时，上边又有了新政策：村支书由公社重新任命。就这样，本来是支部委员的杨连奎成了村支书。大壮的支书生涯宣告结束，还是支部委员兼民兵连连长。

一天晚上，他找到和他相好的大凤，塞给她十块钱，对她如此这般地一说。大凤皱起眉头，嗫嚅道："我没这么做过，再说人家是个正派人！"他沉下脸："你干也得干，不干也得干，将来咱阳坡村，还是我的天下！这事除了老天爷，只有你知我知！"

大凤犹豫了好大会儿，想想手里那十块钱和大壮凶巴巴的目光，终于点了头。

但他还怕不保险，又想出个招数。

一天下午，干部们刚散会，就听有人大声嚷叫："明明放抽屉了，怎么就没有了呢？真奇了怪了！"声音来自隔壁会计室。人们都跑过去，只见李小四不停地搓手："你说怪不怪，副业摊交给我的一百块钱，怎么就不见啦？"人们说，别急，再找找看。小四又翻腾了半天，连影儿也没有。这时大壮说话了："钱是后晌刚交上来的。这样吧，咱谁也别走，把每人的抽屉查一下。都查，连我的也查！"

李小四是大队会计，自然由他动手。当拉开天敏的抽屉时，天敏的脑袋嗡地涨大了：里面有一沓钱！李小四如获至宝，拿起来点了，不多不少，正好一百！

"天敏，你还有什么说的？"大壮将大巴掌在桌上用力一拍，每个指头都张开着，那么粗壮，像螃蟹伸展开的腿儿。

"哎呀，这是怎么回事？我没有……"天敏像让人兜头打了一闷棍，整个人变成了一座冰雕。

"莫非它们长了腿，自个儿钻进去的？你还不承认！你就是混进无产阶级队伍的一条蛀虫！来呀——"大壮又把手一挥，"咱们要革他的命，资产阶级的两面派……"

于是，天敏头上扣了一顶"走资派"的大帽子，就被糊里糊涂地撵下了台。也有人不理解，那么好一个人怎么做那种龌龊事，又和大凤乱搞。看来这人不能光看表面，也不能光听嘴儿。

就这样，梁大壮顺利地坐上了大队长的宝座。

杨连奎没想到大壮的手腕这么卑劣。因为刚上任，资历尚浅；何况，大壮又那么霸道强势，尽管看到不公，他也不好戳穿这个鬼把戏。

平时，虽说大壮表面上对他言听计从，但他明白，大壮肚里有他的"小九九"……

是的，正是为了稳住杨连奎，大壮才把他的蛮横霸气悄悄收敛。但他二弟大强却成了村里的小痞子，每一次他在外面和人打了架，晚上，大壮准会出现在挨大强欺负的人家。他把一瓶"散白酒"往桌上一蹾，哈哈大笑道："来，咱哥们儿喝一壶！大强嘛就那个臭脾气，别跟他计较！"人们尊敬他，但又畏惧他。还有，他的二弟三弟，都是他坚硬的翅膀！随便一扑棱，就能把人扫个跟头。

表面不做短理事，手腕要得滴溜圆，做到恩威并举，这才是真本事哩！大壮不懂得书本上的哲学，但能从生活这本大书中，依据事物的发展规律，发现并总结出活生生的人生哲学。

　　如今，他又和刘金锁结了儿女亲家。金锁是什么人？肚里有玩意儿有套套儿，本来就是他的人！

　　"娘的，老虎吃蚂蚱，零碎收拾你！"他喃喃道，又想：自己即便当不上一把手，也要做个"实权人物"。哼，让连奎只有个空架子，慢慢地成为聋子的耳朵——摆设！

　　"收拾谁呀？"桃姐正巧掀开门帘走进来，她刚插好街门。二蹦子和香玲的屋里早黑了灯。

　　"别问了，你不懂！"大壮冷笑道。

　　不大会儿，传来桃姐的轻声嗔怪："哎呀，满嘴酒气，真难闻！"

　　夜渐渐深了，村南水田里的蛙鸣，以那种亘古不变的节奏鸣叫着……

　　十多天后的一个晚上，杨连奎把小顺子叫到家来。

　　小顺子一进门，见院里摆个枣红色小地桌，上面放一碟油炸花生米，一碟葱花炒鸡蛋；酒瓶、酒壶和酒杯，让皎洁的月光镀上一抹青幽幽的光亮。

　　"小顺子，坐吧。"连奎从屋里走出来。

　　小顺子没有坐，只是两手在腹前揉搓着："大叔，就咱俩？"

　　"没别人！"连奎笑笑，"坐呀，快坐！"

　　就他俩，没别人？小顺子有些诚惶诚恐起来。自从那天在金锁家喝酒，金锁给他挽套儿，连奎却给他解围，他对阳坡村一号人物的看法有所改变了。不，这种改变，其实源于大壮和金锁结为亲家之后。还是人家近乎呀，他算什么？他怀疑金锁向大壮说了他坏话，大壮才不再看好他了。好吧，那就向连奎靠拢。和人家连奎比，他大壮算什么？他不敬服！连奎那才是真聪明哩，又为村里办了那么多实事，大家都瞅在眼里。

但他终究不明白这次连奎为什么叫他来家喝酒。是不是为打麦场那件事？他突然觉得脖梗子里塞进了一块冰，于是讪讪地笑着，在连奎对面坐了。

"小顺子，你也老大不小了，做事得思量思量！你还是队长哩。"过了一会儿，连奎才开口。

果然，连奎开始数落他了。小顺子额头上沁出一层冷汗，月光下像一片亮闪闪的油星儿。他有点儿无地自容，明白那天喝酒时连奎是给他面子。

"大叔，怪我太冒失！"他又把头垂下来。

非常突然地，连奎把嗓音抬高："呸，你还说冒失！是谁巴巴锅（小铁锅）里熬×，熬出了你这么个玩意儿！鸡×剁三段，哪一段也像你！做这种下三烂事！"情急之下，连奎说了几句粗话。

连奎很少说粗话，小顺子害怕连奎一气之下把他的生产队长免了，连大声出气都不敢。

连奎盯着他，盯了许久。小顺子听到了自己怦怦的心跳。这是多么难挨的时刻啊。再想起打麦场那件事，他恨不得打自己一个耳光。你真混蛋！他在心里骂自己，骂得非常狠。

突然，连奎端起酒杯："来，咱爷儿俩过一个！"

小顺子眼睛亮了一下，惴惴不安地端起酒杯，一抬手喝干了。

连奎放下酒杯，点一支烟，语重心长地说："小顺子，别嫌你叔说话难听，要是我认真起来，你这队长就干不成了！"

"大叔，这我知道。"小顺子蔫蔫地说，"我早后悔了！"

"多亏大贵家没经公。一经公，我想保你都办不到。"不等小顺子说话，又说，"以后要长点儿记性！别再做这种傻事。外边拾了一块板，家里丢了两扇门！"

"记住了，大叔！"小顺子用感激的目光盯着杨连奎，绷紧的肌肉松弛下来。今天，虽说连奎对他训得这么狠，他不仅不反感，还从心里越发地敬佩连奎。

"大叔，你比大壮强多啦！今后我就听你的，让我撵狗，我不去撵鸡！"小顺子那语气，似在向连奎做保证。

连奎笑笑，笑得不动声色，他弹弹烟灰，抬起头来望天。天上有月亮，也有星星，正因为有月亮，星星才是暗淡的。过了一会儿，他才说："你不能这么说，大壮对你也不赖呀！"

小顺子似要说什么，喉咙滚动几下，却没发出声音。这时，他看到的是连奎那双高深莫测的眼睛，就像这浩瀚的夜空。那跳动的星星是什么？是智慧呀，不，智慧的火花！但机敏的小顺子已经看出，虽然明面上连奎不认可他的说法，但神色却告诉他，他对自己的说法是相当满意的。

小顺子猜对了。这正是连奎想得到的。一方面，这证实了自己所具有的实力和吸引力，另一方面，大壮也少了一个兵。

"你看这个大壮，不知道哪根神经出毛病了，让香玲做儿媳妇！"杨连奎突然转移了话题。

月色下，连奎手里的烟头闪着莹莹的亮光。那亮光像飘浮在茫茫田野里的萤火虫，就那么一星光明，牵着小顺子往前走。他乐意随着走！但又不明白连奎为何突然说这个。

"是二蹦子看上香玲了！"一想到香玲，小顺子心里就来气。

"你到底是个孩子，想简单了！"连奎吸口烟，"香玲可是和新运……"

他停住不说了，眼睛又望向小顺子。小顺子说："我知道，这事谁不知道呀？全天下都知道！"

杨连奎是什么意思？小顺子眼珠子飞快地转着，心里忽地有了主意……

九

自从出了那件事，哆嗦香恨不得快点儿给小素找婆家，为儿子小海换媳妇。

从前她对男方还有点儿挑剔，不是年龄太大，就是身上有毛病。有一次有人介绍个半瞎子，也是妹妹给哥哥换亲。她一口回绝了，再不济也不能给闺女找个瞎子！

她知道，这些日子全胡同、全村人都在议论小素。尽管他们家对真实情况进行了隐瞒，但人们望向她的眼神是猜疑的。本来，这种事，一粒芝麻，人们也要想成大西瓜。

不能再等了。这次，是她娘家嫂子介绍的，男方是北边高平村的。也是妹妹给哥哥换媳妇，贫农，成分不错。哥哥是个瘸子，小时候得小儿麻痹症落下的残疾。

嫂子问她同意不同意？她把牙一咬，点了头。

是在她娘家嫂子家见的面。

女孩子叫琴花，个头儿高挑，脸庞丰满，薄嘴唇，小蒜头鼻子。眉毛漆黑修长，眼珠又黑又亮，透着一股精明与干练。小海望第一眼，就喜欢上了。哆嗦香早把俩眼笑得陷到了眼窝里：哎呀，儿子真有福气！

对小海，琴花也非常满意。小海竟然比她想象得好多了，不但个头儿高大，五官也方正耐看，再说又不是实心聋。因为心情好，她脸上始终漾着羞涩的笑。

第二天，轮到小素和琴花的哥哥见面。

小素来到她妗子家时，琴花的哥哥坐在东屋炕沿上抽烟，两条细腿耷拉着。脚也扭曲变形——上面是一双已然泛白的黄绿色军用胶鞋。在他身边，依炕沿戳一副顶端磨得锃亮的木拐。

小素先看到了他那双细腿，脑袋像挨了一闷棍，嗡一下蒙了。她扭身进了西间屋。她不知道自己是怎么走进来的，然后坐在那个枣红色坐柜上，两颗泪珠从眼窝里滚了出来。

当初，听妗子只说是个拐子，哪想到拐得这么厉害呀。莫非，自己要和这样一个男人过一辈子？她觉得她正往一个深坑里跳。不是她想跳进去，是背后有一双手用力推她。是谁呢？是母亲？是父亲？是哥哥小海？

她说不清，脑子一片混沌，整个人像在寒风里冻僵了。

门帘被掀开，随着一股风，她母亲和她妗子几乎同时走进来。妗子一把攥住她的手："小素，你可要听话哟。为了你哥，你得想开点儿！沙子打不了墙，女儿养不了娘！你说是不是这个理儿？"

她母亲倚住炕沿，两条胳膊交叉着抱在胸前，歪头盯着她，嘴唇绷成个直线，一声不吭。手和嘴角都哆嗦着，像让马蜂蜇了。

妗子依然攥着她的手，攥得很紧。

"闺女，这就是命啊！命！再说，别光看腿，这人嘴皮子可好使哩，将来能给你支撑门户！再说啦，人家是贫农！"

"人家是贫农——"妗子这句话，在小素耳边反复萦回，一遍又一遍。

还有一个声音，像妗子的也像母亲的："你还挑什么呢？也不想想自个儿的名声？他不说你秃，你也别嫌他瞎！"

但这个声音响起时，她看到母亲和妗子的嘴巴都没有张开。但她混沌的大脑开始渐渐清醒了，就像开春时结冰的河水开始消融。麻木的神经也渐渐恢复知觉，她感到手被妗子攥得疼痛难忍。

她又找回了她自己。

她抹去眼角的泪滴，抬起头来望了母亲一眼。

母亲依然紧绷着嘴不吭声，似乎比任何时候都要威严。原来慈爱的母亲还有这么威严的一面！不，那更是一种凛然。她发怵了。她还发现，母亲的眼睛也开始泛红……

听说小素要出嫁了，男人是个瘸子，香玲心里很不是滋味。在小素结婚的头一天，她去给小素送礼物——一条浅红色围巾。

她在胡同里遇到了新运。面对这个她既渴望见到，又极害怕见到的人，她有些不知所措，脸颊红得像鸡冠子花，不知是激动还是羞赧。从前他们在胡同相遇，只是目光对视一下，能不说话就不说话，新运还把头扭向一边故意躲避她。

但这一次，新运停下来，默默地盯了她一会儿，才开口说："小素要结婚了！"香玲说："我知道，我去看看她。"

他们再没说别的话，所有内容都在各自的目光里了。

香玲赶到小素家时，哆嗦香正在堂屋里拿抹布擦拭茶碗、桌子。见到香玲，笑了笑，笑得有点儿勉强："你来得正好——"往里屋努努嘴，"去劝劝她吧，她和你最要好。"

香玲掀开门帘进屋，见小素蒙着被子躺在炕上。她听到了小素轻轻的抽泣声。正要叫她，小素猛地掀开被子坐起来。香玲看到小素两眼红肿，那张小圆脸也有些肿胀，心里顿时一阵刺痛。她又想到了她自己。

她想劝说小素，张了张口，却没有发出声音，喉咙里热辣辣的，像燃着一团火。她能劝她什么呢？

她把那条围巾放到桌上，狠劲咽口唾沫，才发出声音："小素，这是我一点儿心意，你可别嫌弃！"她感觉脸肌都是麻木和僵硬的，又苦笑道，"小素，咱就认命吧！"

小素两手捂住脸，俯在膝盖上，又呜呜地哭起来。

香玲没见过那个拐子，但也能想象出拐子的样子。唉，这不是命又是什么呢。她又再一次想到了她自己。

这时，小素的大娘走进来。

老人穿一件藏青色大襟褂子——这也是村里老太太春秋季节

穿的衣服；一条藏蓝色宽大的粗布抿腰夹裤，虽说是解放脚，却也扎了裹腿，给人一种挺拔健壮的感觉。

她是特意来看望即将出嫁的侄女的。她多么离不开这个孩子呀。这些年她心里的空虚，有一半是小素给她填充的，让她少受些寂寞与虚空的煎熬。

那天，当她得知小顺子欺负小素时，气得浑身直哆嗦，但还不知道情况那么严重，还劝大贵："都一个胡同住着，他家既然认错了，咱也不能得理不饶人，闹得磕头撞脑的。"又说，"都是那个老东西，让家里人都过不安生！"明知道这事不怪他，但她还要这么说。

几天后，她才得知了实情。有那么一刻，她恨不得去找小顺子算账，甚至和他拼了自己这把老骨头！遭天杀的呀，好好的一个闺女，就这么让你糟蹋了？她流了一晚上眼泪，刚开始她为小素哭，后来就为自己哭。又恨起那个跑到台湾的男人。

她不明白，小素怎么也和自己一样命苦呢？这天早晨，她刚起来，小素进来了。她没有像从前那样先叫声"大娘"，然后抄起扁担去挑水。小素站在屋门口，痴痴地望着大娘，两颗泪珠渐渐地顺着脸颊流下来。她的眼睛红肿得厉害，眼皮显得更双了。那张圆嘟嘟、黑红色的脸，此刻像让水泡涨的馍，黄漂漂的没有了一点儿血色。当小素看到大娘的眼睛也又红又肿，明白大娘知道了那件事。"大娘——"她轻唤一声，一头扎到了大娘怀里，号啕大哭起来……

一更里呀佳人守空房，

一阵好凄凉，

丈夫把兵当。

郎在外，奴在家，

鸳鸯分两邦。

青春有多少，

花开几日香？

满怀心腹事，

有话对谁讲？

…………

还是那个声音，凄婉悲切，由远及近，似涓涓细流般传到她耳边，又似梦似幻……

这些天，听说小素要出嫁，起初老人是高兴的，这就意味着小海要娶媳妇了。但听说小素的男人是个拐子，而且拐得很厉害，她的心顷刻间碎成了齑粉。但她还要开导和安慰小素。小素不言语，只是哭，她也就跟着哭。

明天小素就要出嫁了，她一是来看看有没有需要她帮忙的，二是想再看看小素。

"闺女，你得听劝！不如意又能怎样？如果你哥说不上人儿，你妈心里能安生了？你就是找个再好的人家，成天吃猪肉大白面馍馍，眼瞅着你哥打光棍，你妈你爸心里着急上火，你心里能好受吗？你说是不是呀闺女？我知道你这孩子心肠软，不会光为自个儿打算的。在什么山上唱什么歌，其实跟谁过还不一样？一辈子，也就一眨眼的事！"她两手撑住炕沿，嗓子有些喑哑，但每个字都吐得很清晰。

她又想到了她自己，可不也是一辈子吗？好赖吧，小素一天到晚还有个男人守着，有个说话的。她呢？守空房几十年了，说白了，她是守着一个影子、一段记忆……

"好闺女，快起来，别再让你妈你爸着急了，再怎么，你不比我强——"她又补充，眼圈早红了。

站在一边的哆嗦香，用感激的目光瞥了嫂子一眼。她怨恨大伯子哥当年跑到了台湾，让他们全家跟着背黑锅，有时就把这种情绪转嫁到嫂子身上，几天都不和她打照面；即便见了面，脸上也像敷一层冷霜。但有时又觉得不该这么想，这和人家有什么关系呢？甚至，她还觉得她很可怜！为那个和自己只生活了两个来月的男人守活寡，值当哩吗？就觉得嫂子太执拗，执拗得都有点儿犯傻。丈夫曾给全家发下话：一定要善待她，将来为她养老送终！于是明面上，她对这个苦命的嫂子也非常尊重，蒸了包子、烙了大饼，都不忘让小素送去一点儿。

果然，大娘的这番话起了作用，小素不再哭了。自己比大娘强吗？她在心里这样问自己……

换亲的婚礼，比正常婚礼要繁复和热闹一些。根据两家事先商定好的，小素家先去高平村迎娶琴花，然后琴花家再来迎娶小素。村里的习俗也不是一成不变的。

当小海把琴花娶来时，无论来攒忙的，还是瞧热闹的，都啧啧称赞：哎呀，好一个漂亮媳妇！小海真有福气！

时间不长，琴花家接亲的队伍浩浩荡荡赶来了。她哥哥被人用自行车驮着，人们都怔住了。哎呀，一朵鲜花插到了牛粪上！

哆嗦香把娘家嫂子拽到一边，悄声问道："怎么不让人替他呀？"—— 这一带有个习俗，如果新娘与新郎的生辰八字不匹配，或有其他原因，男方可以找本家没结婚的兄弟代替新郎迎亲。

她娘家嫂子知道小姑子脸上挂不住，笑着摇摇手："嘿，别提啦，我说了不止一次，可他不知道拧住了哪根筋，就死活不让人替！"

哆嗦香转身回屋，却寻不见小素，东屋西屋都没有。

"小素，小素呢？"她大声喊，"看这闺女，跑哪儿去了，那会儿还在哩。"

她又去了厢房，还去了茅房，都没有。哎呀，小素去哪儿了？

突然，她心里一沉，想到了胡同里那口井。

这时，迎亲的开始催她："哎呀，闺女呢？你闺女呢？"

那拐子在院里站着，身子用木拐支撑着，在朦胧的晨曦里，像谷子地里吓唬麻雀的稻草人。他四处张望，寻找着那个他日思夜想的身影。他比小素大十岁。

一声声的二踢脚在街门口炸响，好像接不到新娘就要一直放下去。

小海也慌了，他冲出人群，甩开两只大脚，噔噔噔地往那口水井跑去，边跑边喊："小素，小素——"

有本家提醒小素母亲：到前院看看吧，小素是不是到她大娘那儿去了？

当哆嗦香心急如焚地来到那个夹道口，果然见小素从前院走出来，身边是她大娘。老人是扶着小素的胳膊走出来的。老人脸上的皱褶似比平时更多更深，里面淌满亮晶晶的泪水。

"娘，我走了——"小素瞅一眼母亲，转身走出木栅栏门，坐到了来接亲的自行车上，再没有往回瞅一眼。

哆嗦香就那么呆呆地站在街门口，望着接亲的车队走到胡同南头又朝东拐去，脸颊上早落一层冰凉的泪水。

忽地，从家里传来人们闹新房的嬉笑声，她手哆嗦着抹去眼角的泪花，扭转身朝回走去，脸上立刻又绽开了笑……

十

到了夏至节，锄头不能歇。这天上午，新运和人们在村北一块玉米地里锄草。

他耳边，是人们的说笑声，还有锄头划破泥土的滋啦声。

其中，一个女人的声音笑得最响。

她就是大凤，人们都叫她"花凤"。这个女人还有一个绰号"一抬筐"，意指她见识的男人那东西能装一抬筐。

新运记不得，大凤是从何时开始变成这样的。当年她和三多结婚时，他还和小伙伴们去看热闹。那时的大凤内向羞涩，一对儿水汪汪的大眼睛，胖嘟嘟红扑扑的脸蛋，笑起来，嘴的线条也柔美俏丽。想着那时的大凤，再想想后来的大凤，新运觉得那是两个截然不同的人。生了几个孩子之后，大凤开始偷队上的东西。收工时往草筐或者包袱里掖几个玉米、几块红薯。路过队上的菜园子，顺手摘几个茄子或西葫芦，拔几根大葱……虎饿逢人食，人穷起盗心！那个年代，人们偷队上的东西很普遍。

大凤越偷越上瘾，时常被民兵逮住。后来草筐和包袱里不好藏了，她灵机一动，将东西掖进裤裆。今天几个玉米，明天几块红薯，或两个大萝卜。但时间一久便露馅了。于是每隔一段时间，村里的民兵就押着她游街……

再后来，她学乖了，被治保会的人逮住，就脱裤子。起初把人家吓一跳，赶忙把脸扭开："走吧，你快走！"也有脸皮薄的，哪见过这阵势呀，脸唰地红到脖后根。再逮住大凤，就假装没看见。尝到甜头的大凤，胆子越发大了。再后来那些喜腥的男人，再遇到大凤脱裤子，便扯住她的筐子或包袱不放，一脸的公事公办。大凤便顺势躺下，笑嘻嘻地解开上衣的纽扣……

以后就很少见到她被押着游街了，尽管偷的东西比从前一点儿不少。再后来，她依然"偷"——偷人！当然，所遵循的也是商品等价交换原则，据说刚开始一次三块，不久便"薄利多销"，一次收两块、一块；甚至一封儿挂面、两块豆腐，她也欣然应允。渐渐地，便有了那个绰号。

对这样一个女人，新运有几分厌恶和憎恨。因为，他知道父亲"下台"和她有点儿关系，也明白那其实是大壮给父亲挖的一个坑。每当在大街上和她碰面，他假装没看见。大凤呢，却笑眯眯地和他打招呼。出于礼貌，新运不得不用鼻子应付一下。

可今天，这个厚脸皮让他无比鄙夷的女人，却给他解了围。

这时节，玉米刚长得没过人的膝盖，远看似一排排长势茂密的小树苗。正是草和玉米抢占地盘的时候，是一场你死我活的竞争。如果谁胜了，那就成了这块地的主宰。人们管这种现象叫"草吃苗"或"苗压草"，其实是一种自然法则。但人类为了自身的生存，不得不改变这种法则。

这时节，锄草，就成了队上的主要农活儿。

这天收工时，小顺子和平时一样，嘴角衔着烟卷，倒背着手，挨个儿检查验收。当他来到新运锄的地垄前，扯起嗓子嚷道："哎呀，谁干的？过来——"

听到喊声，新运满腹疑惑地赶过去。

小顺子指着一棵被锄掉的玉米，虎起脸问他："嗯，新运，是你干的吧？"

"哎呀，是我不小心……"

"啊！你干活儿就这个态度？别人为什么不这样？都像你，咱还吃饭不吃呀？还给国家交不交爱国粮？"小顺子恶狠狠地盯着新运，命令他，"没说的，写个检讨吧！"又把脑袋扭向记工员，"扣他一天工分！"

新运明白小顺子是找碴儿报复自己。他瞧见旁边那垄也有一棵玉米苗被锄掉了。

"你是队长，得讲个公平吧，怎么单扣我的工分呀？"

这话越发激怒了小顺子，脸霎时变成猪肝色："哼，对你这种人，还讲什么公平不公平？"又说，"也不撒泡尿照照自个儿？哼，还倒挺风流啊——"

如果没有这句话，今天的新运就是往常的新运。往常的新运如同一只绵羊，但今天他就要变成一只狼了。羊和狼，在他身上是可以互相转化的。他那压抑已久的怒火，要找个出口喷发出来。

是的，已经到了箭在弦上的时刻了。今天，他要狠狠教训小顺子一顿——这个欺软怕硬的家伙！也为了小素。他至今还后悔那天晚上没有狠狠揍他。

他依然怒视着小顺子，久久地怒视着，就像一只狼准备博弈前盯着自己的对手那样。就差那么一跃了。

他有这个信心，更有这个把握。以他的体格，身材单薄的小顺子远不是他的对手。况且，他已洞察出小顺子是外强中干。他依仗的是梁大壮的权势，表面上咋咋呼呼，其实内心极其脆弱与空虚，是色厉内荏。像他这种人，总不忘找机会来显示自己那点儿权力与威严。只要在气势上将他震慑住，他就会变成一条哈巴狗。这完全是他的本性使然。而且，骄兵必败，哀兵必胜，这话用在这里也非常恰当。如果今天小顺子真挨了揍，也是咎由自取。

但他没有跃起来。

大凤突然站到了他和小顺子之间。

他俩同时愣住了。这女人要干什么？

大凤将脸转向了小顺子，嘴里不出声，就那么盯着那张圆圆的流露着复杂神色的白脸。如今的大凤，越发敢作敢为了。她敢随便和男人们开玩笑。男人们都有些惧怕她，一来他们有的得到过她，心里发虚；二来，也被她的泼辣性格所征服。女人们呢，有不齿的，也有亲近的，因为大凤爽快热情，不大和人计较。

"大凤，你要干吗？"

大凤把嘴一撇："你说干吗？哼，一个大老爷们儿，这算什么本事？"

新运愕然了。小顺子也怔住了。

一股暖流从新运心中生出，顷刻间涌遍他全身。但这种感觉转瞬即逝，他感到脸上发烧，因为替他说话的女人是大凤。

小顺子慢慢缓过神来。他恼恨大凤多管闲事，当着这么多人给他弄难堪。但又不能对她怎样，在她面前，他没有底气。

……他不会忘记那个夏天的中午，母亲给了他两毛钱，让他去小卖部打酱油。他低着头朝前走，地上是白花花的太阳光，突然听到有人叫他："小顺子，小顺子！"是大凤，正站在她家门楼里笑眯眯地朝他招手。他停住了，说，我去打酱油呀。大凤说，我知道，你就过来说句话嘛！他就过去了。大凤说，走，到我家去。他有几分疑惑，但看到大凤那热辣辣的眼神，还有胸前乳房清晰的轮廓，顿时像有个小虫子挠他的心。他一手拿着瓶子，一手攥着那两毛钱，就跟着大凤回去了。于是那个宁静的中午，成了他人生的一次转折，让他真正明白了什么才是男人。那年，他才十六岁，却感觉一下子长大了。

但后来，他再找大凤，却遭到了大凤的拒绝。其实，那一次，望着小顺子那纯净的目光，还有那属于十六岁少年的稚嫩洁白的身体，她就愣怔住了。她突然觉得自己那么肮脏……

此时的小顺子朝大凤吐下舌头，自我解嘲地笑笑，又晃晃脑袋。什么都没说，但意思都有了。

一场风波，就这样快速化解了。

新运心中的怒火依然没有熄灭，望着小顺子离去的背影，他真想冲过去——

但他又克制住了，因为大凤注视着他。

大凤朝他笑了笑："走吧，还愣着干吗呀？别跟他一般见识，他就是那个臭德行！"

新运不清楚自己是用什么样的眼神瞧大凤的。是感激吧？有一点儿，但更多的还是不理解。他拿起锄头，再没有看她，尾随人们往回走。

他发现，有人回头瞅他，眼神里有一丝暧昧。他下意识地和大凤拉开了距离。

大凤没有和女人们结伴同行，她扛着锄头，一个人，在人群后面慢慢地走。夕阳害羞似的躲到了远山后面，大片的彩霞像绽放在天上的花瓣，一层层，一片片。那一望无际的玉米、谷子和红薯，都涂上迷人的酱黄色；人的脸上、衣服上，也都落上晚霞梦幻般的光泽。一股傍晚时分凉爽宜人的微风，跃过村南的大鸣河，掠过整个阳坡村，带来了水田的腥甜气息。

……那年，也是这样一个黄昏，也是在这块玉米地里，她拦住了来检查工作的李天敏。当时她刚生下第二个孩子，身条却没有变，还是那么苗条，圆鼓鼓的臀部，让裤子撑出饱满诱人的轮廓。天敏问她干吗呀，她二话没说，就解了裤带。正在天敏发怔时，她哭喊道："哎呀，你要干吗？还是大队长哩——"

其实，事后她就后悔不该这么做，明知道天敏是个老实人，她还诬陷他。不久又发生了那场"盗窃事件"，她感到有一只看不见的手，正把天敏往事先挖好的一个陷阱里推。她做了人家的帮凶！当大壮代替天敏当上了大队长，她更真切地感到那只看不见的手有多么歹毒与可怕！

今天，在同样的地方，同样的时刻，她为同样受人欺负的新运解了围。为什么这么做？是对当年的一种忏悔与补偿，还是单纯地出于一种义愤，抑或是对新运的同情？她也说不清。

她眼前出现了那张酱红色的脸，脸上每一条笑纹里，都藏满了占有与狡狯。这么多年了，这张脸时常出现在她脑海里。她害怕这张脸，更惧怕从那双鱼泡眼里射出的寒光，但又没勇气驱赶走……

十一

把田里的草锄干净，雨季差不多就来了。

一来，乡下人盼雨季，正像农谚所云："有钱难买五月旱，七月连阴吃饱饭。"二来，也利用这连绵的雨天（有时淅淅沥沥的小雨连下好几天），痛痛快快地歇息几天。这些面朝黄土背朝天的庄稼人，不像公家人有星期天和节假日。而雨天、雪天，就是他们难得的假日。伴着哗啦作响的雨声，他们总睡个昏天黑地；然后舒展开四肢，打个大大的哈欠，于是多天的辛劳与疲乏，似让雨水冲洗掉了。

年轻人是最快乐的，有的凑一块儿打扑克，也有闲聊天的。勤劳的女主人们，往往要为家人改善饭食——无非包顿素馅饺子或包子；还有，就是熬南瓜或冬瓜菜。

在这淅淅沥沥的雨声里，一个消息悄悄地传扬开：香玲怀的是新运的孩子！

凑在一起打扑克的小伙子们，有了这个话题，扑克打得比往常带劲儿得多；一家子围在一起吃饭，谈论的也是这个；几个凑到一起做针线活儿的女孩子谈论这个时，脸颊不由得漫上一层红晕。

虽说下雨天，但二蹦子每天还要披上雨衣，脚穿雨靴来果园。他和人打扑克、喝闲酒。男人们凑到一起，难免谈论男女之事——那哗啦啦的雨声啊，最容易激发他们身上的那种躁动与情欲。

"哎，谁知道'四大软'是什么？"

说话的是小石头。他年岁和二蹦子差不多大，但个头比二蹦子小，人却相当机灵老练。

人们都停住手，用好奇的目光望向他。

见人们猜不出来，小石头笑嘻嘻地说："狗熊他爹怎么死的呀？嘿，笨死的呗！好吧，告诉你们：河里的沙子，虎皮褥子，老头的××，大闺女的肚子。嘿，'四大软'！"

大家都嘻嘻哈哈地哄笑起来。

小石头又问："还有'四大红'哩，看哪位知道？"

"不晓哩，你、你快、快说说！"二蹦子哪还等得及呢。

"庙里的门，杀猪的盆，火烧云，大闺女的——"小石头停住不说了，只是对着二蹦子嘻嘻地笑。

"大、大闺女的什、什么呀？你、你说呀——"

小石头努努嘴，趁机开起了二蹦子的玩笑："二蹦子，你以为香玲怀的是你的种儿吗？"

二蹦子没在意，他本来是个粗枝大叶的人。小石头说过就后悔了。这不是哪壶不开专提哪一壶吗？便偷偷地扫了二蹦子一眼。

这一眼让二蹦子回过味来，他一扬手，把扑克朝小石头甩去。脸早涨成青紫色，眼珠子凸鼓出来："你、你儿子才是别、别人的、的种儿哩！你是驴×安、安在驴、驴胯上——胡、胡咧咧哩！"

作为村里二把手的大公子，人们对他印象不错——别看平时有点儿清高和傲气，那只是特殊家庭背景下一种自然流露罢了。他是个厚道人：每当有人求他父亲办事，送了好烟好酒，他都拿来和大家一起分享。就冲这一点，他能没个好人缘吗？

小石头自知理亏，把脖子一歪，笑嘻嘻地拍拍自己的脸："嘿，该打，该打，让你嘴上没把门的！"然后俯下身，捡拾散落一地的扑克。

外面的雨依然哗哗啦啦下着，落在窗外的苹果叶上，落在院里的小草和沙土地上。那响声不急不缓，像一支悠扬绵长的曲子，在整个世界回响。整个世界，都是这天籁之音。

二蹦子到底是个厚道人，明白小石头不是故意的。男人们之间，关系越好，越喜欢开这种玩笑，便红着脸道："唉，我不该发脾气！"

接下来，在这哗啦啦的雨声里，他们继续甩扑克。

但那种被他抑制住的情绪，在晚上面对香玲时爆发了出来。

"你、你给老、老子说清楚，你肚、肚里的孩子，到底是谁、谁的？"当大壮和桃姐熄灯睡下后，二蹦子站在屋地上质问香玲。

雨天人们睡得早。香玲将已解开的粉红色衬衣又掩上了，惊悚与惶恐地望着二蹦子，转瞬间就明白了。明白了，脸变得煞白，马上又洇出一层驼红。

"你这是说的什么话呀？"她低声说。自己肚里的孩子，肯定不是新运的，她敢肯定！但不好说出口。

"你、你给我说清楚，不要哄、哄我……"见香玲抹起眼泪，二蹦子声音柔和下来。因为没有喝酒，他就看不得女人哭。平时就为这个，大壮和桃姐没少争执。桃姐说，二蹦子这孩子心善！大壮把嘴一撇："一个大老爷们儿，心太软了，难成大气候！"

二蹦子不再说什么了，开始脱衣服。香玲见他不再说话，也不哭了，内心却像搅起波浪的河水，再也难以平静下来。

待香玲躺下，二蹦子凑过来，将手放到她肚了上："给我说真、真话，到底是谁、谁的？"

香玲推开二蹦子的手，侧转身子回答："俩月啦，傻呀，你算算——"

二蹦子没有算，也没那个心思。但他信了，认为香玲不会骗他。

他一把攥住了香玲光滑柔嫩的手，再伸出一条腿，压在香玲身上。是外面哗哗啦啦的夜雨，还有从纱窗吹来的阵阵凉爽的夜风，让他的心开始躁动起来？这哗哗啦啦的小雨呀，给人带来烦恼，也带来了幸福和欢快。

雨，尤其是这连绵的小雨，也是感情的黏合剂，最容易将两颗心贴在一起……

村南稻田的蛙鸣，在雨声里时隐时现。空气里全是浓重的水腥味了。香玲的眼睛也是湿的，但她的两只手却搂住二蹦子的腰，搂得那么紧。她让自己什么也不去想，只听外面的雨声。她紧绷的神经，渐渐松弛下来……

第二天早上，雨才停歇了。趁香玲在厨房做饭，桃姐把二蹦子叫到屋里，压低声音说："你就信她呀？她肯承认？"她昨晚听了个七七八八。

"她不会骗我！"二蹦子觉得母亲说得没道理。

大壮没有出门，坐在屋里抽烟，脸上出奇地平静。

自打儿子和香玲结婚，他就意识到会有这种谣言。在他年轻时，也没有少说过别人这种闲话。

他吐出一口烟，不动声色地瞥桃姐一眼："哼，哪有自个儿糟践自个儿的！舌头在人家嘴里长着，他娘的，爱怎么说就怎么说！"

大壮的话，让桃姐想起当初儿子和香玲结婚时，他所表现出的那种淡定态度。是呀，这种事能瞒得住儿子吗？何况，待孩子出生了，从相貌上也能看出是不是自家骨血……

雨还在下，天似乎变成了大漏斗。空气里的水腥气浓烈得团成了团儿，还有从村外飘来的泥土吸足水分后那种像发酵了的芳香。

这几天，连奎几乎没有出门。此时他倚着被垛，半躺在炕上，蜷曲着两条腿吸闷烟。

也许，这哗哗的雨声，最容易让人的脑细胞活跃起来。这会儿，他满脑子都是村里的事情。

最初那两年，大壮在工作上和他配合得还算默契。但他也明白，他和大壮，是方枘圆凿，大壮顺从他，是因为他给大壮隐瞒了那个秘密。不过，他极不赞成大壮用那种阴招整人！他不得不处处提防大壮——这种人什么损事都能做得出来。

作为村支书，连奎自然想为村里办些实事。这也是他父亲特意嘱咐的。杨家在阳坡村家族最大，但他父亲从不恃强凌弱。老人精神矍铄，那黑亮锐利的眼睛里，除了迸射着超乎常人的聪明与智慧，更有善良与温暖。虽说不认字，但平时喜欢听书看戏，懂得古代圣人所说的"修身齐家治国平天下"的道理。他认为，国有国法，家有家规。没有规矩，难成方圆。于是，依据自己的人生经验与处世哲学，琢磨出了一套不成文的治家方略。有点儿类似《朱子家训》，可以说是"杨氏家规"吧。家法之大之严，全村无人能及。自小，连奎和弟弟们无论在外面和谁发生不愉快，老人都要先教训自己儿子：咱家族大，你们兄弟们又多，即便咱占理，在外人看来也有欺负人家之嫌。唾沫星子能淹死人！记住，一定要学会吃亏让人！千高万高，人心最高！静坐常思己过！和气终益己，强暴必招灾。要想人尊己，先须己尊人。拳头打出去，手背弯进来。人要实，火要虚。人不找事，事不找人！一说起这些为人处世的门道，老人也是集市上卖的瓦罐，一套一套的，让人心服口服啊！

倘若哪个儿子一时冲动和人斗气，老人不仅令其向对方赔礼道歉，还要罚跪面壁思过。后来儿子们成家立业了，这一项也不可免除。加之他又乐善好施，久而久之，便有了"杨老善"之美誉。老人能说善讲，敢于仗义执言，村里人发生纠纷，都请他出面调解。新中国成立后，在村里当过几年调解委员。无论多缠手的事，老人都解决得公正圆满，皆大欢喜。

连奎的脑瓜和谈吐的机智幽默，都遗传了父亲的优秀基因；更具有他父亲没有的：写一手好毛笔字，喜欢唱戏，丝弦《寇准背靴》《刘墉下江南》，他都唱得有板有眼儿。当年，后塔底村有个丝弦班子，班主看中他将来是个挑班当台柱子的料儿，但被他父亲拦住了。老人说，他是长子，走了将来谁帮我打理家呢。其实，老人打心里认为唱戏终究没多大出息。连奎不到二十岁就入党，不久便成为支部委员。他在阳坡村渐渐长成一棵壮硕的大树！

连奎担任阳坡村支部书记第三年的秋后，在一个阳光明媚的上午，连奎嘴里叼支烟，背着手，绕着村子西南角上那两座大沙岗转了两圈儿，扭头对跟在身边的支部委员张全来说："你通知全体大队干部，下午到大队部开会！"

在支部会上，连奎把自己的那个想法对大家讲了。然后，让每个人谈一下看法。大壮眯起那双鱼泡眼，不阴不阳地说："要说这平沙造田嘛，倒是件好事。可是，困难也不少。那俩大沙岗，跟他娘的两座小山似的，那要动用多少劳力呀，我看不好组织。再说，咱手头也没多少钱！"

连奎说："你想得很周到。一是劳力问题，二是资金问题。但这俩问题都不难解决。前些日子地里忙，这不也收过秋了！第二个问题，村里账面上是没多少钱，但如果把大家的积极性都调动起来，其实也花不了几个钱！"接下来，他那双狭长的炯炯放光的眼睛，扫视一遍大家，"大车队里都有！铁锨哪家没有两把呀，有的户里还有小拉车。要是不够，咱再花钱买！为赶进度，中午就让大家自带干粮、咸菜，大队派人烧几大锅开水；只要做事，都有困难。困难像弹簧，你弱它就强！问题怕研究，土坷垃怕榔头！咱不怕困难，就怕不耐烦！"

张全来赶忙说："连奎叔说得对！平沙造田，是造福子孙后代的大好事！有连奎叔给我们掌舵，再难我们也要干！"心想，这是大壮故意摆难题哩。看连奎把他驳的，说得豇豆一行，绿豆一行，有理有据。这个红脸膛的年轻人，对连奎佩服得五体投地。

大家都点头称是，唯有大壮脸上微微发热，一个空烟盒，已被他揉成干树叶状。他不得不做出拥护的样子："千锤打锣，一锤定音！好吧，就按支书说的办。"

第二天，动员大会开始了。连奎指着身后的大沙岗，高声说："大家都看到了吧，它们不知在这儿待了多少年啦；咱祖祖辈辈，做梦都想着推平，在上面种庄稼，打粮食！可是，这个愿望一直没能实现！嘿，现在，我们要借'农业学大寨'的东风，来个平沙造田！人家大寨从高山上要粮食，咱们省的沙石峪呢，在青石板上创高产；咱这俩大沙岗，依我看呀，就是俩大白馒头！火大没湿柴，人多力量大！"

停一下，连奎挺挺胸膛，挥挥两只大手，大声说道："大家请看，两块荒滩，要变良田；明年春天，青枝绿叶；到了秋天，粮棉丰收，堆积如山；社员群众，喜笑颜开！嘿，咱就来个沙土国里尽朝晖！"

人群里爆发出一阵大笑。在连奎这种亦庄亦谐的演说中，这俩大沙岗，好像真在人们眼里矮下去，矮成了两只暄软喷香的大白馒头。于是，一股力量，从人们心里涌出来。

这时，连奎扭头冲大壮说："大壮，你也讲几句吧！"

大壮右手握拢，抵住肥大的鼻头，瞪起那双鱼泡眼说："好，那我就说说。刚才咱们书记说得挺全面，也都是我心里想说的！我们一定要响应书记的号召，一定要做好平沙造田工作！别的，就不多说了！"

有了张良，不显韩信！看人家连奎，声音不大，怎么就那么中听呢？嘿，吃了碟子吃碗碴——肚里净是瓷(词)儿。论口才，大壮他差远了。人们都在心里嘀咕，拿他两人做比较。

接下来，全村青壮劳力齐上阵，大车拉，小车推，只用了不到一个月，那两座在阳坡村的土地上不知仡立了多少年的大沙岗，在1960年代末，变成了良田沃土。作为"农业学大寨"的成果，《常山战报》几乎用了一个版面的篇幅报道了这一壮举，阳坡村也受到了县革委会的表彰。

老父亲乐呵呵地对连奎说："连奎呀，你让咱村多了上百亩土地，给你爹争脸啦！"

正是通过这次平沙造田，大壮见识了连奎卓异于常人的能力和号召力，更看到了他在群众中的威望。再想想自己，和人家连奎抗衡，连半点儿优势也没有。他打内心里佩服连奎，但又不甘心服输，也不能服输，他对权力的渴望与膜拜反而越发强烈了。他恨自己没有连奎的口才与能力，更恨阳坡村怎么就出了个杨连奎呢？正像"三国"上说的，既生瑜，何生亮！他只能暗地里和他较劲。

为了发展壮大集体经济，连奎在村西建了苹果园，成为阳坡村的主要经济支柱。

几年后，又将村里小学校从村南搬到村北公路边上，几排新盖的青砖大瓦房教室，宽敞明亮。还为学校文艺队配置了架子鼓、扬琴、手风琴、板胡，这在全县村办小学都拔了尖儿。

不忍心让阳坡村那套拳术在他这辈失传，又组建了武术队……是杨连奎，让阳坡村进入了一个全新的兴盛期，人们都说杨家的老大是个干大事的料儿！

梁大壮是从什么时候开始在背后搞小动作的呢？说不清。直到他开始笼络和提拔他自己的人马，连奎才开始警觉起来。

但大壮提拔的那几个人，连奎根本瞧不上眼。那个刘金锁，太势利。这种人，脑瓜再好使，终究难成大气候。当初，刘金锁先讨好他，看他不欣赏自己，才调转头去巴结大壮的；张大嘴呢，除了嘴巴甜，比一般人机灵一些，更没多大能耐。尤其可笑的是，大壮竟然指派他培育小麦新品种，名义上是重视科学种田，其实是把这个当作和他抗衡的一个筹码；但他并不看好，也不看看大嘴是不是那块料儿！

至于那个小顺子，油滑中透出的却是幼稚和愚蠢。大壮其实也有些瞧不起他，那天在金锁家喝酒就足以证明。小顺子只是他手里的一颗小棋子罢了。

但他没有想到，就为那天喝酒他给小顺子解围，小顺子就对他感激得不得了。但他的确不欣赏小顺子，尤其是最近做的那件丑事，让他这个村支书脸上无光。

他明白，他和大壮之间已开始了一场较量。他们杨家在村里的地位，还依仗他来支撑呢。

为和大壮抗衡，他也提拔自己人。当初，他看中张全来，是因为这个年轻人看着顺眼，而且脾气相投；他曾和人开玩笑说，看这个全来，哪不像我儿子呀。全来咧开嘴嘿嘿直笑，似是默认了。当然，这只是玩笑话。连奎看中的主要还是全来做事踏实，有股子魄力。他提拔全来为民兵连长兼支部委员，几年后提为副支书。人们说，全来就像连奎的一个影子。就连大壮，对全来也不敢小觑……

想着这些，连奎吸了一口烟，又慢慢地吐出来。识人，也是一种智慧。这一点，他大壮就差了一大截。

"连奎叔——"

他知道是全来来了，眼里不由得闪出一抹光亮。

全来站到门口，哗啦几下，抖掉雨衣上的水滴，挂在屋门上，噔噔噔，几步就跨到了里屋。

其实，这几天，每天都有人提着酒来登门，为了排解他在雨天的无聊和寂寞。那都是他的几个副手。满花总要给他们弄几样小菜，然后坐在炕沿上，边做针线活儿，边看他们和连奎喝酒。满花长得丰满端庄，大脸盘，眉眼欢实喜兴，自带一种福相，行事又爽快大气，完全担得起阳坡村"第一夫人"这一名号。对满屋子的酒气和烟味，她不仅不反感，反而在这有些冷清的雨天里，还感觉到一缕温暖与踏实。

"坐吧！"连奎这才跳下炕。他去桌上拿烟，却被全来制止了。全来从兜儿里摸出烟："叔，抽我一支吧。"

连奎让满花弄俩小菜。全来昨天就来过。他看到全来，就想和他喝几杯。

全来跟着连奎，心里感到熨帖，也感到踏实。这个年轻人，明白连奎欣赏自己，因此各方面都非常尽力和谨慎。

"叔，你听说了吗？"

"听说什么呀？"连奎把端起的酒杯又放下了。

"香玲和新运的事呗？"

"那有什么稀罕的！"

"听说香玲怀孕了，是、是新运的……"全来笑了笑。

"谁说的？"连奎有些惊讶。

满花也停住手，俩眼盯着全来。

"村里都嚷嚷遍了！"全来觑起眼，抽一口烟。

"嗯，无风不起浪，他俩毕竟好过……"满花说。

连奎扭头瞪了满花一眼。满花赶忙闭了嘴，低头做起针线活儿。

"这是闲话，只能听听！"连奎神色严肃起来，把目光从满花脸上移开，移到全来脸上，"全来，咱不传这个闲话！"

全来收住笑："记住了，叔——"他脸上露出窘态。

连奎又好久没说话。他在心里琢磨，这闲话到底是谁说的。他忽地想起来，那天他向小顺子说新运和香玲好过。莫非……

但马上又否定：可能性不大，小顺子能那么说吗？他毕竟还是大壮的人！再说，他也没说香玲怀孩子的事呀。但他心里却犯起嘀咕，后悔那天不该对小顺子提到香玲和新运。但脸上依然波澜不惊，缓缓地吐出一个大大的烟圈儿。

"全来，你知道大嘴那儿有动静没有呀？"他把话题转移了。

"嘿，坟头上烧报纸——糊弄鬼哩！"全来撇撇嘴，"他做实验的那块麦地，我一直留着心哩。虽说麦秆比别处的低点儿，可结的穗儿也不大呀。我还揪了个数了数，一粒也不多。麦收早过了，你听他嚷嚷了吗？"

连奎点点头。没错，如果有进展的话，别说大嘴，大壮早嚷嚷得全天下都知道了。

"哼，真可笑，那个大嘴，还想当农业科学家哩。"

"唉，咱不说这个了，喝酒——"连奎端起酒杯。在这连绵的雨天里，酒味似乎比平时更浓更香……

一瓶"老白干"，两人很快喝光了。看天不早了，全来起身告辞。

送走全来，连奎站在屋门口，仰起头望着飘拂的雨丝和暗淡的天光，咂咂嘴："看这老天爷，又快下一天了。"

满花站在他身后："咱晚上包饺子吧，韭菜鸡蛋，还有粉条。我马上收拾！"

连奎只用鼻子哼一声，又续上了一支烟。

"把老二一家子叫来一起吃。"满花像自言自语。

大儿子寻了个城里媳妇，平时很少回来。二儿子一家和他们分开另过。满花想图个热闹。小孙子和小孙女在家里闹翻天，她才高兴呢。连奎也高兴，这是天伦之乐！

梁大壮吃过晚饭，往嘴里塞支烟，走出了家门。

天还不怎么黑。连续几天的雨，让墙头上的苔藓越发翠绿水灵，似覆一层滑腻腻的绿绒毯；他披着雨衣，在泥泞不堪的大街上走着。深蓝色的炊烟让雨点子压住，久久地盘桓在街巷和屋顶；从各家水道里流出来的雨水，在大街上汇成小溪流，朝村南流去，流进稻田，也流进小河。那里是水的世界，也是水的归宿。一股微风伴着雨点子灌进他脖子里，冰凉湿滑得像钻进一条泥鳅。这是1975年的秋雨。不知为何，这年入秋后雨水似乎比哪年都大。

除了雨声，街上安静得连一只狗都没有。雨落在雨衣上，落在街边的榆树和槐树上，沙沙作响。他突然生出一种奇怪的想法：整个阳坡村，就他一个人。整个世界，也是他一个人！

直到走到一户人家的门楼前，他才停住了。

为什么来大凤家？他说不清，也不愿意回答。

街门半开着，他抬脚就走进水汪汪的院里。

仨孩子都坐在堂屋里，围着饭桌吃得欢实，屋里弥漫着茴香的香气。三多面对屋门坐着。这是个精瘦矮小的男人，一张黄脸，乱糟糟的眉毛，温和的目光里有几丝狡狯与猥琐。

"哎呀，他大伯，坐下吃吧，茴香馅哩，尝尝！"大凤嘴快，放下碗，起身拽过一个小板凳，递向大壮。她没想到大壮这会儿过来。

大壮摆摆手，扯个谎："刚吃过，也是饺子！"

大凤就不再客气，三多要去拿烟，也被大壮制止了，他从上衣兜儿里掏出烟，点着。茴香味里又混入了辛辣的烟味。

雨天黑得早，仿佛眨眼间夜幕伴着雨声围拢过来。其实，才下午六点多钟。

三多比哪天吃得都快，他放下碗，把嘴一抹，对大壮说：

"你们说话吧，我还去队上喂牲口哩，晚上在那儿睡！"从身边板凳上扯起一块雨布，走出屋去，很快消失在了迷蒙的雨夜里。

三多是队上牲口圈的饲养员。这是个轻闲活儿，一般都由上年岁又有耐心的人担任。三多才四十来岁，是大壮给他们队长递了话，才捞到这个美差的。人们都知道他是沾了媳妇的光。

这些年来，每当看到大壮来家里，他就找借口躲出去。那年腊月的一个晚上，大壮叼着烟卷，像只吃腥的猫，悄悄地摸进他家。这时候各家各户正准备年菜，胡同里，大街上，飘着做豆腐和蒸馒头的香气；有心急的人家开始煮猪肉、做肉糕、炸丸子蛋蛋儿了。

人们都忙年呢，又不好去串门，他只好将两手抄在棉袄袖子里，在自家门前焦躁不安地踱步，盼着大壮早点儿结束。那一次，他一直等了两个来小时。在凛冽刺骨的寒风里等待，那是一种什么滋味？他只好看星星。腊月的星星像刚从水里捞出来的，干净明亮。杓星就横在他跟前，似乎伸手就能抓到。但他觉得它们都对他眨眼，都在嘲笑他。

没多久，他就当了队上的饲养员。牲口圈有个大火炕，冬天比家里还暖和，大壮再来家里，他就不必站在寒风里看着星星挨冻了。

……收拾停当，把孩子们哄到东屋睡下，大凤就在堂屋里和大壮说闲话儿。又停电，橘黄色的煤油灯光，透过竹帘射到院里。院里一片幽幽的水光，倒像落一层月亮的清辉。

这位阳坡村二号人物，微仰着深红色粗短的下巴，一边吸烟，一边眯起眼盯着大凤。

大凤呢，起初还以为大壮为那个。这雨都下好几天了，老闷在家里，不寂寞那是假的。可孩子们还没睡着——他们长大了，她得避讳点儿！

她一边纳鞋底，一边有一搭没一搭地和大壮拉家常。可说着说着，她就走神儿了。

十多年前，正是眼前这个男人，将她的人生轨迹改变了。

但又不能完全怪他。

还怪谁呢？怪她的母亲！正像俗话说的：什么谷子什么米儿，什么母亲什么女儿！

在她七八岁上，父亲得病去世了。她幼小的记忆里，父亲只是个模糊的影子，渐渐地这个影子也淡成了一团雾。

她母亲没有改嫁，但有一个男人时常来家里。母亲让她管那人叫"舅舅"。舅舅每次来，随着那朗朗的笑声，一摞麻糖或烧饼早放到了堂屋的漆红桌上；还有喷香的猪头肉，包在浅灰色的草纸里，草纸被浸得油汪汪的；更不忘给她带一包饼干或江米条；他一来，母亲就塞给她几块饼干或一把江米条，让她出去玩。她喜欢这个舅舅。知道他在他们公社办的轴承厂跑业务。他是如何和母亲认识的，又为什么让她叫他舅舅，她都一无所知，只觉得这人比她的亲舅舅还亲。

直到长大后，她才明白了，但她理解母亲。还记住了母亲时常对她说的话："宁嫁贼汉，不嫁草包蛋。"可她偏偏嫁了个草包蛋——三多不光性格绵软，还好吃懒做。这时候，她就会想到和母亲相好的那个"舅舅"，还有那香喷喷的猪头肉、又香又甜又脆的江米条……

因此，当有一天大壮用目光对她进行暗示时，她乖乖地顺从了。大壮给了她五块钱。那时候大壮还不是阳坡村二号人物，但她能看出他不是池中之物；而且，出手那么大方——让她又想到了那个"舅舅"。

正是和大壮的关系，让她家的日子过得滋润了起来。她又想到了母亲那句话："宁嫁贼汉，不嫁草包蛋。"什么是真理，这就是真理！也是最实际的生活哲学！但后来，她发现，大壮的心和自己并不近乎，他只是图个乐子。而且，还把和她的关系向男人们炫耀，弄得全村都知道了。每天，她看到的是人们异样的眼神，可是，她终究抵挡不住大壮那几块钱的诱惑。还有，大壮身体健壮，让她体验到了和三多完全不同的感觉。反正，名声不好了，她就更不在乎脸面了。在乎什么？实惠！三多呢，才不管这个，只要有他吃的，有他喝的，更不用像别的男人那样为多挣几个工分，专挑重活儿累活儿干；不仅如此，有时他不想下地了，就在家歇一天。他还时常去镇上赶集。叼着烟卷，背着手，这里转转，那里瞅瞅。看看天晌午了，就挺起腰杆，走进镇上的饭店。仨大烧饼，一碗肉片汤；再来二两"石家庄大曲"，一盘拆骨肉，美滋滋地喝一壶，全然不理会熟识的人投向他的那种鄙视的眼神。

但他没有想到，在这个雨夜，大壮来他们家并不是为那个。

大凤也早看出来了。要是往常，大壮哪还等得及呀，只要听到孩子们的鼻息声，就急猴似的拉住她的胳膊往西屋里拽（那屋闲置着，仿佛就是为他准备的）。今晚，大凤发现他脸上一直很平静，眼里也没有那种要占有她的炽烈的光亮。

　　怎么回事？今晚上大壮为什么这么反常？

　　在这渐渐沥沥的雨夜，在东拉西扯了好久之后，大壮终于说明来意。

　　一刹那间，大凤惊愕了，心像被什么钝器撞了一下。什么？让她再去干那种卑鄙龌龊事？而且，是对付阳坡村一号人物。她怔怔地望着大壮，半天缓不过神来。

　　大壮以为大凤没听明白，又重复一遍。还提到了几年前那件事，说当年大凤帮了他大忙，他一直心存感激。

　　大壮不提则罢，一提那件事，大凤更感到羞愧难当了。她抬起脸，紧盯着大壮那双鱼泡眼，生出了一种从未有过的惧怕，似乎明白了"无毒不丈夫"这句话的真正含义。

　　"×他娘的，帮我出出气！我不会亏待你！"大壮说着，站起身，从口袋里掏出十块钱，拍到他刚坐过的小板凳上。然后笑眯眯地俯下身，在大凤胸上捏一把。大凤瞥一眼这只手，那每一根粗短的手指，都像毒蛇的头颈，只要看准目标，便悄悄地袭去，并置其于死地。而它，这些年又不知多少次在她身上游走，摸遍了她的每一处肌肤。正是这只手，当年将李天敏推入了陷阱。她突然觉得它那么丑陋与肮脏，刚才被摸过的地方，隐隐作痛，真像被蛇咬了一口。

　　大壮丝毫没有理会大凤神色的变化。是啊，这么多年，这个女人，只是他手里一个没有生命的玩物而已。不，是一个面团儿，他可以把她捏成各种形状，方的，或圆的，完全任由自己的喜好。无毒不丈夫！他信奉这句话，不然，大凤也不会对他言听计从。他甚至还认为大凤是从内心里喜欢他的！他朝大凤挤一下眼睛，拿起搭在门上的雨衣，抬脚朝外走去，走进了厚厚的雨雾里……

躺到炕上，听着外面哗哗啦啦的雨声，还有身边孩子们的鼻息声，那张钞票又在大凤眼前浮现——它还在小板凳上放着。

也是十块钱，当年，她就为这个，当了大壮的帮凶！她为此已经懊悔了许多年。她不能让那条蛇，将她的良心一点点地吃掉……

十二

小素为哥哥小海换了这么漂亮一个媳妇，桂花哪里还坐得住呢。

自从新运和香玲的关系传扬开后，连个"打捞的茬儿"也没有了。她把牙一咬，心一横：干脆，也换亲！

"妈，我打光棍吧！"新运气咻咻地说。

"别跟我说这赌气话！"桂花也有些生气了。

"那也不能换亲！"

"不能再等了！"桂花的声音由愠怒变为了恳求。

新枝听着母亲和哥哥的争执，不吭声。她心里哪愿意换亲呢，但又不忍心让哥哥打光棍。当然，更不愿意看见父母那副愁眉苦脸的样子。

她扭转身，来到里屋，坐在炕沿上，两手托住腮，想她的心事。

在桂花看来，新枝的不言声就是同意。何况为哥哥换媳妇，女孩们哪能不同意呢？村里那几家换亲的和转亲的，没有哪家的女儿和大人怄气！谁忍心看着娘家断了香火呢？

天敏抽着烟直叹气，他也不愿意让女儿换亲，他觉得这样对不住女儿，但又不阻拦桂花。

老寿老人呢，这几天，他很少说话。天已经转凉，一早一晚，冷风直往衣领里钻。太阳一出来，他就手托那只大烟袋，蹲在前院墙根底下晒太阳；黑色的粗布夹袄，和身后浅黄色土墙头倒十分协调。从前，他喜欢去胡同口东边的高台上，和一帮上年纪的人说闲话。这些日子，他不愿意去那儿了。

他不停地吸烟，被烟呛得狠劲儿咳一阵，又把黄铜烟嘴衔到嘴里。

想不到突然出现了转机。这天上午，新运的大姨来给新运提亲了。

桂花和姐姐长得不大像。桂花生得瘦小，姐姐却是个大高个子，说话也响亮敞快；桂花性格绵软，而姐姐却是火苗子脾气。

女孩子是大姨村里的，叫赵瑞霞，比新运小两岁，大姨说人长得不错。

"只要人家不嫌弃，咱还有什么可说的呀！"桂花脸上露出难得的笑。多少天了，她都没有这么笑过——姐姐是雪中送炭啊！

新运大姨绷起脸责备妹妹："桂花，我就听不得你说这话！咱新运哪不好呀？哼，也就是香玲爹见识浅——"

几天后，新运用自行车驮上母亲，去大姨家相亲。

刚过重阳节。几缕薄薄的白云铺在天上，像扯开的棉絮。天空呈深蓝色。村南的水稻还没收割，稻穗似一簇簇的金豆子，几乎贴至水面。清新的水腥味和稻谷香混合到了一起，直往人鼻子里扑。不时有水鸡尖细的啁啾声传来。

常山县志上也多有古人吟诵这里景色的诗作，其中有一首《题大鸣泉》，为明代一位名叫严起恒的官员所作："黄沙满北地，幽境近吾扉。潭古龙为舍，烟深柳作帏。渍光浮雪意，沸响隐雷威。最爱涓涓处，能令玉粒肥。"

诗中所说的玉粒，就是稻米。这里的稻米不但籽粒饱满，黏性大，而且香味醇厚绵长，在这一带名气很大。人们说，"什么菜也不就，光吃米饭，也好吃得不得了"。而大鸣泉只是众泉之一，位于曲阳桥村村北旱地和水田的分界处。早年间，那里有个龙王堂，是常山县一大胜景。不知何年何月，龙王堂被拆毁。但大鸣泉四周依然被大柳树围拢，只是，北面高坡的黄沙上已盖有公社中学，还有轧花厂、棉站……曲阳桥村也有一些住户搬了过来。

新运深爱这美丽的鱼米之乡！

"妈，我小时候最爱吃你炸的小鱼小虾。"正是捉鱼捞虾的好时节。

"你爸爸也爱吃。头天晚上把筛子放到小河沟里，叫'过虾'，第二天早起，里面就是厚厚一层虾米！每年秋后咱家都做一罐子虾酱。"母亲的语气是温和与欢快的。

"就着虾酱吃饼子，得多吃一个。后来我爸爸就不捞了！"

"人大了，没那个心气啦！"母亲轻轻地笑了笑。她今天多么高兴呀。

十多里的路程，时间不长就赶到了。这是位于滹沱河北岸的一个小村。是在新运大姨家见的面。那个名叫瑞霞的女孩子，中等偏高个头，一张饱满妩媚的瓜子脸上，泛一层健康的红晕，下巴不尖，也不大圆，有一种恰到好处的美感。两条月牙般弯弯的黑眉，眼睛明亮有神，像浸到水里的两颗黑宝石。梳两条乌黑油亮的大辫子，一股青春气息，伴随着头油的香味，钻进新运的鼻腔里，让他不由得想到了稻谷的幽香。

桂花眯起眼，上上下下地打量瑞霞。

这时，姐姐给她递个眼色，她就随着姐姐走出东屋。

屋里只剩下了他俩。

"我家情况特殊！"新运不好意思地说。

瑞霞抬起脸来（之前她一直羞涩地垂着头），含情脉脉的目光落在新运脸上："嗯，俺都知道，二婶说了。"

"你怎么想呀？"

"你说呢？"瑞霞莞尔一笑，抬起脸来反问他。新运也笑了笑："你怎么想的，我哪知道呢！"他没想到她这么机敏大方。

"我要在意，今个儿还来见你呀？"瑞霞脸上那层红晕亮闪闪的，像在滹沱河大堤上看到的绚烂的晚霞。

他还有什么可说的呢？多么坦率开朗的一位姑娘！

"你穿多大号鞋呀？"瑞霞问道，火热的目光移向他的双脚。

新运穿一双黑条绒塑料底布鞋。他明白她的用意，但没吭声。

见他有点儿迟疑，瑞霞说："俺给你做双鞋！"

多少年后，新运依然记得瑞霞低头瞅他脚时，那带有几分羞涩的微笑，脸颊上的红晕，让他想到瑰丽的晚霞。他不明白，是不是这个回忆，这个画面，在很长一段时间，成为他和瑞霞感情的黏合剂。

他们的婚礼简单而朴素，这时已到初冬。除了亲戚和本家，扁担胡同的人都来随礼。金锁是让凤莲去的。那天，凤莲混在人堆里并不显眼，一吃完席她就回去了。

这天，老寿老人连下巴上那一束花白的山羊胡子都泛着喜色。他手托烟袋锅子，咧着几乎快掉光了门牙的嘴，笑呵呵地和人们打招呼，也接受着人们诚挚的祝福。

新婚之夜，新运将双手交叉着枕在脑后，躺在炕上，眼睛盯着黑乎乎的屋顶。屋顶用高粱秸秆搭了顶棚，又用油光纸裱糊了，花花绿绿的煞是好看；现在完全隐在了夜色之中，像空白的银幕。香玲的影子在上面晃动，那么清晰。他觉得此刻躺在身边的应该是香玲。也许就因为这个，他才不去主动搭理瑞霞。

时间一秒一秒地流逝，悄悄地，没有一点儿痕迹。

他听到了身边瑞霞的出气声，里面有紧张与羞涩，更有期盼与兴奋。那声音渐渐急促起来，像气流般冲击他的耳膜。不，冲击着他的心扉，那么顽强与执拗。后来，又变成了一缕暖风，烤化着他那颗结霜的心。正是这时候，瑞霞低头望他脚时的画面映现出来，她的脸颊那么红，像一朵艳丽的彩霞。

他扭转身，轻轻地掀开了她的被子……

第二天，瑞霞像村里所有的新媳妇那样，早早起来，精心地梳洗一番，带着一身香胰子味，去厨房帮婆婆做早饭。将饭菜摆到了饭桌上，先给爷爷盛一碗，又给公公婆婆盛。直到新枝抢了勺子，她才作罢。

小水边吃，边瞅瑞霞，瞅得瑞霞都有点儿不好意思了。桂花瞪小水一眼："快吃，吃了去上学！"

小水朝母亲扮个鬼脸："嫂子身上的香味真好闻！"又说，"我长大找媳妇，就找嫂子这么俊的！"

瑞霞的脸登时红了，连好看的双眼皮都泛一层浅红色，笑着说："小水真调皮呀！"她很喜欢这个比新运小十多岁的小叔子。

桂花伸手在小水头上拍一下："又贫嘴哩！话多屁稠！"

大家都笑了。

桂花想收住笑，可又做不到："嘿，都是我把他惯的，没成色！"

女人的心思总是敏感的。不知从什么时候，瑞霞发现新运晚上睡下，总爱盯着屋顶发呆，一盯一好长时间。有时，还发出轻轻的叹息声。她问他怎么了？他只是摇头，不回答，似乎有什么心事。她感到纳闷，但次数多了，不得不让她心里犯嘀咕。莫非，他心里依然放不下那个女人？她相信自己的判断。新婚之夜，他不就盯着屋顶久久发呆吗？只是，当时她没想那么多。

她觉得自己受到了愚弄！她无法容忍新运心里再有别人！

这天晚上，她推开了新运伸向她的手。

这是她第一次拒绝他。新运觉得有点儿莫名其妙，一急，便狠劲扯她的被子。瑞霞越发恼了："你心里不是总放不下她吗？你去找人家吧！"说完，把被子裹成个大蚕茧。

新运明白了，但没有想到瑞霞计较这个。他脸上发热，那种属于男性的自尊受到了极大伤害。他只好坐起来抽烟。他感到她既荒唐又可笑，但更多的还是恼怒。他再没理她。相反，另一个女人的影子却浮现出来。像从前一样，他试图驱赶，反而越发清晰了。

白天两人该干什么干什么。晚上，新运一上床倒头便睡。其实，他根本睡不着，实在忍不住了，就狠劲拧自己的胳膊，告诫自己：男子汉大丈夫，就得有骨气！两人就这样冷战了好几天。

这天，他拎着绳子下地回来（这天拉车往地里运粪），洗了手脸，一转身，一条毛巾递过来。他扭头看，瑞霞正笑盈盈地望着他。到底是女人，她心软了，况且，她那么爱新运。

新运接了毛巾，但没有说话，白她一眼，不怎么狠。擦了脸，转身把毛巾搭到了晒衣绳上。

吃饭时，瑞霞要给新运盛饭，新运从她手里夺过勺子："你别管！"声音冷冰冰的。

她没有想到新运还在生她的气。本来，她已认识到那天晚上自己不该那么做，更不该说那句话。但新运也不该这么不依不饶。她终究忍不住，眼窝里悄悄地汪出泪花。

她没盛第二碗，起身来到屋里，爬到炕上无声地哽咽起来。

……这是个苦命的女人，母亲去世时她才三岁，父亲又当爹又当妈，拉扯着她和哥哥、姐姐过日子。当初新运的大姨来提亲，父亲是极力反对的。不仅仅因为家庭问题，他还在意新运和香玲的那段恋情。但新运的大姨是瑞霞哥哥的干娘，父亲不好驳面子，便答应见个面。见面前，明确告诉她只是走个过场。没想到，她第一眼就看中了新运。

这一刻，她甚至对那个曾经和新运相爱过的女人，产生了一丝妒忌，但又庆幸自己是幸运的。就这样，她说服父亲，和新运走到了一起。

可新运心里却一直放不下香玲，不然为什么对她这么冷淡和绝情呢？她嗓子里像被什么东西卡住了，热辣辣地吐不出来。

兔子急了还咬人哩！她咬咬牙，坐起来，眼睛盯着粉刷得雪白的屋墙……

第二天傍晚，新运收工回来没见到瑞霞，问母亲。母亲说："她不是回娘家了吗，没给你说呀？"

新运明白瑞霞给他使性子。

吃过晚饭，他就来到屋里，早早睡下了。

但又睡不着。从正房东间屋隐隐约约传来爷爷的咳嗽声。咳，咳，咳……每一声都像锯条一样刺他的心。爷爷年岁的确不小了，他眼前再次浮现出爷爷望向他的那双恳求的目光。同样的目光，还有父亲和母亲的。他明白那些目光所包含的内容……

他沉得住气，母亲却没有这个耐心。

"都五天了，瑞霞怎么还不回来呀？"这天吃着早饭，母亲问他。

他没看母亲，似没那个勇气，依然喝酥软喷香的小米粥："管她哩。愿意什么时候回来就什么时候回来吧！"

"她是你媳妇——"母亲瞪他一眼，"你惹她生气了？"说完又有些后悔。这话问得多余！

"让她在娘家待着吧！"

新运嘴上说得很决绝，但声音却很小。

"人家瑞霞哪一点儿配不上你呢？你看看你那个样儿。"

"等等吧。"新运只好甩给母亲这句话，推开碗，起身去了里屋。他哪还有心思吃饭呢？

他脑海里又浮现出瑞霞俯下身来，看他鞋号大小的画面……

这五天，对瑞霞来说简直度日如年。

她躺在父亲住的东厢房。自从哥哥成家后，父亲执意搬到了厢房。嗅着屋里那种熟悉而温馨的气息，瑞霞心里百感交集。她想到了早逝的母亲。

有一年，她和小伙伴们在村南滹沱河大堤上打猪草，有人唱起《小白菜》："小白菜呀，心儿里黄呀，两三岁上呀，没了娘啊……"她觉得那是唱她呀，娘不是在她三岁上走了吗？她扔了小铲，蹲在沙土地上哭，小手沾了沙子，沙子又揉进眼里。自此，懂事的伙伴们当着她再不唱这首歌了。

自打结婚后，她完全走进一个全新的天地。只有当夜阑人静，母亲的影子才跳进她脑海。但依然是模糊不清的。

今天，当她躺在父亲的大土炕上，那种她十分熟稔又久违的气息，让她宛如回到童年，大滴的泪水滚落下来，把枕头浸湿一大片。

"小白菜呀，心儿里黄呀，两三岁上呀，没了娘啊……"，她耳边又回响起这首歌，这首让她无比心碎的歌！

如果有母亲在身边该有多好，她可以把一肚子委屈和烦恼说给母亲。她爱新运，但新运心里的那扇大门，始终不肯朝她完全打开。他心里还装着另一个女人。

　　她利用这几天时间，给父亲洗衣服，拆洗被褥。父亲虽已年过六旬，但身体还很硬朗，每天到队上出工。随着年龄的增长，她开始明白父亲这一生多么不易。当年就为了她和哥哥、姐姐不受委屈，才三十多岁的父亲没有续弦。自己比那个名叫"孟良"的苦命孩子要幸福得多，她感激父亲！

　　"霞，走吧。人大心开，是骡马就要回到栏里，别和他计较！"父亲劝她。

　　可是她哪听得进去呢？她有自尊，而且非常强烈。

　　白天，父亲和哥哥嫂子都下地了，院里一下子空寂下来。也许是因为紧临滹沱河，河边又有大片大片的槐树林，这里的鸟儿就比别处多。在这无边的静寂里，麻雀的叫声像放大了好几倍。她心里感到了从来没有过的惶惑与空虚。她不知道命运带给她的将是什么？

　　"两口子争吵两句，有什么大不了的？我刚过门那会儿，和你哥也断不了拌个嘴。你哥也是个死拧脾气。不打不嚷不到头，争争吵吵才是夫妻哩。你还生真气呀？吓唬吓唬他就得了呗！"嫂子的语气里满是关心。

　　她只能含含糊糊地说："我俩根本没有吵架，只是，新运心里……"

　　嫂子叹口气："感情上的事可急不得，得慢慢来，我不信，新运的心就是块石头！石头还有焐热的时候哩。"

　　但同样的话，父亲说出来和嫂子说出来，她的感受就大不相同。她也想去姐姐家住几天，可又不愿意给姐姐添麻烦。

这几天对她来说，每一分每一秒都是一种煎熬。她恨新运，但又盼着他来接她。她想象着新运望向她的眼神。那将是一种什么眼神呢？不再冷淡，是一种惭愧和爱怜？这样一想，她的眼角不由得闪出了泪光。

但她所期待的没有来。如果从前她对他的爱大于怨恨，那么现在几乎完全变成了后者。

她在家里待着麻烦，这天就去镇上赶集，顺便买一块布料，给父亲做棉衣。

和往常一样，供销社那辆小货车，又停在了商店门前。上面除了锅碗瓢勺，还多了几卷棉布。因正值冬闲时节，集上人很多，有的买东西，有的就是来散心的。这里鸡叫，那里猪吼，热闹得像一锅烧开了的水。

瑞霞刚走到商店门口，忽然瞥见一个熟悉的身影从里面走出来。对方也看到了她。

"嘿，瑞霞——"

还是那个低沉又不失亲切的声音——是她高中同学张文涛。文涛穿一件深蓝色、带栽绒领子的大衣，一条黑色哔叽布裤子。

"你也来赶集呀？"她掩饰不住内心的惊喜。

"嘿，我昨晚梦到你今天要来赶集……"文涛朝她笑笑，"就来碰碰运气，嘿，还真幸运！"

瑞霞的脸颊唰地红成一朵鸡冠子花，她嗔文涛一眼："看你，又贫嘴哩！"出了校门，文涛也放开了。

学生时代的张文涛，长得文雅帅气，一团浓密的黑发覆在头顶，笑起来，顽皮中不乏几分纯真。他俩都是班上的尖子生。瑞霞不仅学习好，还有很强的组织能力，所以从一上学就当班长。
文涛性格活泼，担任班里文体委员。他不仅歌唱得好，还写一手
好字。篮球打得也不错。

"听说你嫁到了阳坡村——"

"嗯！"她应答着。看来文涛还是关注她的。

"你在哪儿上班呀？"她试探着问。看他穿衣打扮，不像在
村里种地。

"常山机械厂！毕业第二年，我爸托我家一个亲戚给我找
的。"文涛说这个时，脸上带着幸运的笑，又说，"今天星期
天，我来集上转转。"

"你真有福气！"她为他高兴，目光里流露一丝无法掩饰的
羡慕。

"嘿嘿，我也结婚了……"文涛突然冒出这句话，依然笑
着。

她没有问他和谁结婚，但一定是有正式工作的城里人。

当他问"瑞霞，你过得还好吗"时，她点了点头："我很
好，他对我不错！"说这话，她觉得脸颊热辣辣的，心里发空。

文涛没有再和她开玩笑。是她的拘谨和不自然，让他没了那
个兴致？

她不知道自己是如何和文涛分手的，她有一种逃离感。她紧
走几步，走进商场，又扭回头，看到了他融入人流的背影。凭直
觉，她觉得他也在躲避什么，和她一样。但又说不清都在躲避什
么。

她给父亲买了布料，还给嫂子买了一条花头巾，给小侄子

买了一顶军绿色棉帽子，上面绣着红五星。小侄子一把抓过去，扣到头上，嚯，有点儿像刚放映的电影《闪闪的红星》里的潘冬子。一家人都非常高兴。她除了高兴，再次想到了不期而遇的张文涛。她忽然觉得，学生时代的张文涛，也有点儿像"潘冬子"。

第二天，新运来接她了。

十三

连新运都娶了媳妇，小顺子母亲巧巧哪还沉得住气呢？

"没出息的货，要不咱还挑着娶哩！"

小顺子低着头，不敢和母亲对视。但心里又不服气。

"这事得讲个缘分！"同庆在旁边说。

小顺子倒赞成父亲这句话，可不，什么也得讲缘分，当初梁大壮赏识和重用他，不就是个缘分吗？不，不能再这么认为了。那个和连绵细雨相伴的关于香玲的闲话，正是他放出的风。那天他觉得连奎在对他进行暗示。可后来，当他把这一"战绩"向连奎汇报时，反而挨了连奎好一顿数落！他不但不恼，反而打心里更敬重连奎了。

也真是凑巧，没过几天，就有人来说亲。

姑娘名叫二菊，家住村南头，上小学时和小顺子同班，后来因为家里弟妹多，父母就让她辍学在家带孩子。

小顺子对二菊印象不错，一张银盘般丰满的脸，微微上翘的嘴角，一对儿双眼皮欢实的大眼睛，明亮有神，和瑞霞相比毫不逊色。

"人家女方一百个乐意!"媒人说,"就喜欢小顺子的机灵劲儿,盼着俩人尽早见个面。如果都没意见呢,秋后就把事办了!"

想着那张银盘般姣美的脸,小顺子恨不得立马就和二菊入洞房。

儿子那件丑事并没有影响说媳妇,巧巧自然高兴。第二天晚上就领着小顺子去媒人家见面。

因为平时出门少,巧巧没怎么见过二菊。嘿,真不亚于胡同里的瑞霞。那对儿双眼皮的大眼睛,不仅漂亮,还那么灵动有神。

这只是第一次见面。下一次,就该交换定情物了。换了定情物,就该商定娶亲的日子了。

"后天吧,后天就换信物!"临走时巧巧对媒人说。

"还来我家吧。"媒人和巧巧娘家是邻居,两人从小就要好。

整个晚上小顺子都在炕上烙大饼,哪睡得着呢。

谁知,第二天吃早饭时,母亲对小顺子说:"推了吧!"

"推什么呀?妈!"小顺子还沉浸在极大的幸福与甜蜜之中。

"你说推什么?和二菊呗!"母亲扫他一眼。

小顺子放下碗,眼睛大张着:"怎么啦?你不是也挺满意吗?"

"昨天我哪想那么多呀,光看模样儿了。唉,模样儿倒不赖，就是家里条件太差！"

"怎么就差了？"

母亲抬高了声音："你也不想想，她家和咱家般配吗？哼，小门小户的，如果不来提亲，谁会想到还有这么户人家呀？再说，姐弟四个，她是老大，下面仨弟弟，往后又要盖房子，又要娶媳妇，那是个填不满的无底洞！你得一辈子给人家当牛做马！她家还不是看上了咱的经济条件呗！"

"人家模样儿好！"

"模样儿好能当吃呀，还是能当喝？再说，就咱家这条件，还怕找不到比她更俊的？"

小顺子不吃饭了，他惊讶地盯着自己的母亲。他从母亲的目光里，瞥见了一种少有的霸气和蛮横。母亲的这种霸气与蛮横只对父亲同庆施展过。

"你要实在放不下她，我出个法儿：让她家陪送辆自行车，飞鸽的，一台缝纫机，一台收音机——"母亲端起碗来，"要不答应就拉倒！"

这不是"苦怼"（难为）人家吗？明摆着就是拒绝呀。小顺子满肚子火气，但又不敢吭声。他明白，这种事自己还做不得主。

他又把目光投向父亲同庆，同庆和他对视一下，赶忙把目光移开，照旧喝他的玉米粥，照旧喝得那么香甜。

他无望地叹口气，放下筷子，走出屋来。

"小顺子，我把话撂这儿，你就死了这个心吧！"巧巧又抱怨起媒人，"也不看看她家那破条件，不管是不是菜，都往篮里扒拉！"

那对儿双眼皮的大眼睛又在小顺子眼前忽闪。莫非，就听母亲的。但他又不甘心啊。

晚上，一撂下饭碗，他就走出来。

走出长长的扁担胡同，来到大街上。大街上很安静，偶尔才碰到一个人。他就这样漫无目的地在村街上走，当他停住脚，发现来到了二菊家街门口。

从她家飘来饭菜的香味，还有淡淡的炊烟味。

此时他距离那对儿双眼皮的大眼睛这么近，就隔了一堵院墙；他甚至听到了她说话的声音，那么清脆，还有欢快的笑声。

他多么想走过去，对着那双大眼睛说："二菊，你就是我的人，谁也甭想干涉！"

忽然，街门开了，走出一个人。

借着朦胧的夜色，他认出了那张银盘般丰满的脸，就连那对儿欢实的大眼睛也看清了。二菊手里提着泔水桶，看见他，吓了一跳："哎呀，我当是谁哩！"

"我在等你！"因为惊喜，他的声音有点儿发颤。

二菊走到猪圈边，哗，把泔水倒进猪食槽里，然后走过来："你等我干吗呀？俺配不上你！"声音硬邦邦的，转身要回返。

"你等等，二菊！"小顺子拦住她，"那不是我的意思……"

"别说了，咱俩门不当、户不对！一台缝纫机，一辆自行车，还有一台收音机，这不是苛怹人吗？俺可没那么下贱！"

"怪我妈，我不听她的！"他依然站着不动。

二菊就定定地望着小顺子，望了许久，眼里闪出幽幽的泪光，喃喃道："小顺子，你能做你妈的主吗？"

"我就不听她的，她也没辙！"口气非常狠。

"好吧，那你去给你妈说吧。"二菊声音温柔起来，推开小顺子欲往回走。

小顺子从后面一把将她抱住了。他很纳闷：哪来这个胆儿呢，就在人家家门口！

二菊没有挣脱，泔水桶落在地上。她拉住了小顺子的手。小顺子的手是粗糙的，她的手滑腻柔软，像一团新弹的棉花。

小顺子俯下身，咬住了二菊的嘴唇。二菊呀地轻唤一声，像面团儿一样瘫到了小顺子怀里。

"再等我两天，我回去做通我妈的工作。你放心，我非你不娶！"小顺子对着二菊的耳朵说。

二菊感觉到了从小顺子嘴里呼出的热气，她满意地笑了，问他："不要自行车了？"

"不要了！"

"不要缝纫机了？"

"不要了！"

"那收音机呢？上面整天唱样板戏，好听着呢！你想什么时候听就打开听！"

"也不要了！"小顺子开心地笑起来，"我就要你——"

这时，远处传来叽叽喳喳的说话声，一束手电光晃荡着射过来。二菊赶忙挣脱开小顺子，拎起泔水桶，匆匆闪进街门。

小顺子迎着手电光走去。

"照什么呀照？"他冲来人呵斥道，嗓门子很大。

"哎呀，小顺子队长呀！"是两个年轻小伙子，"我们还以为……"后面的话，变成了暧昧的嘻嘻的笑。

"小毛孩子，笑吗呀笑，我俩谈工作哩。"他虎起脸。

俩小伙子边走边嘀咕："看这队长当的，都管到人家村南来了，又不是一个队，哪儿跟哪儿呀，嘿嘿嘿……"

但小顺子母亲就认准了那个理儿，死活不同意。

"你怎么老翻不清那个扣呢？你说，图她什么呀？"

"就图她人儿，别的什么也不图！"小顺子的小眼珠都快鼓出来了。

"哎哟，我的傻小子，你八成让人家把魂儿勾去了。你要和她成了，就别要你妈！有她没我，有我没她，你看着办！"说着，就坐在小板凳上，两手抚着腿呜呜地哭起来。

小顺子不知道该怎么办了。他又把目光移向父亲。刚吃过早饭，同庆正蹲在院里拿磨石打磨镰刀，那声音扎人耳朵。这会儿，看到巧巧放声大哭，他抬起脸，两只大黑眼珠子狠狠地逼视着小顺子："你以为翅膀硬了是吧？小子，记住，什么年头儿，老人没有害自家孩子的。再说，你妈有个好歹，我敢打断你一条腿！"

小顺子垂下了脑袋，两条胳膊耷拉着，像一只被掐断了翅膀的大蚂蚱。他脸色发青，继而又变白，是那种灰白色，如同一团滑石粉。两串泪珠，从眼角滚落下来。

中午下班后，他没有回家。他拐上了一条小路，再往前走，就是六队的一口大野井。有了机井，这口井便废弃不用了，但水依然不浅。

他先扒着井沿往下望了望。下面明晃晃一片，映着蓝天白云。他还看到了他自己。旋即，映出了二菊那张银盘般的脸，还有那对儿双眼皮的大眼睛。

他站起来，理了理凌乱的头发，又拍了拍沾到身上的土。一切准备就绪，而且，他也看到了井里的二菊朝他甜甜地笑。

"二菊，我来了！"他身子一跃——

但他并没有跳下去。是一个声音喝住了他："你这是干吗呀？就为一个二菊去死，哼，真傻！"

四周没有一个人，这个声音，像母亲的也像他自己的。他再往井里看，奇怪，二菊那张迷人的脸不见了，只有亮闪闪的一汪水，映着白云蓝天，还有他那张年轻的脸。一只麻雀扑棱棱飞上来。

你真没出息！还不如一只麻雀哩！他抬头望了望正午的天空，正午的天空那么高远辽阔。谁知道天的边界在哪儿呢？

他犹如醍醐灌顶一般，一下子回过味儿来了。

"你是个男子汉！"他大声地责怪自己。声音传到野井里，又回弹上来："你是个男子汉！你是个男子汉——"

他拖着两条像灌了铅一样的腿，无精打采地往家走。像往常一样，他不回来，家里是不开饭的。饭桌早摆在了当院里，专迎候他似的。同庆坐在门槛上抽烟，弟弟小钻子蹲在兔窝边上，看小兔子们吃草，嘴角狠劲耷拉着，一脸的不高兴。

他谁也不理睬，一屁股坐下来。喝一口面片汤，他才对母亲说："妈，我听你的——"

十多天过去了。一天中午，他收工回家，一进门，见一个女
人从厢房里迎出来，手里端个盛满白面的升子。

莫非走错门了？他四下看看，没错呀，鸡窝还在那个位置，
厨房还在那个位置，他昨晚洗的绿军用胶鞋，就晾在窗台上。

那姑娘对他粲然一笑："婶子说你喜欢吃面条，我这就去
擀！"

他变成了一座泥塑，半天缓不过神来。这是哪个亲戚呢？怎
么以前没见过？

这时母亲从厨房出来，一脸灿烂的笑纹："这是你表姑给你
介绍的，她叫彩霞。你看，多勤快呀，一来就帮我干活儿！"

一听说是给自己介绍的对象，小顺子才觑着眼，仔细地打
量。她脸胖腰身也胖，像生过俩孩子的母亲，哪有一点儿少女
的影子呢？而且，嘴大，眼小，淡淡的眉毛，一笑，露出俩大门
牙。

表姑从屋里赶出来，把小顺子扯到一边，悄声说："人家看
上你了。你没意见吧？"

小顺子想都没想就说："没有！定时间吧！"

"人家陪嫁可全乎哩。一辆自行车，一台缝纫机，还有收音
机哩，红灯牌的。他爸爸是大队长，比你官大——"

"好，好……"小顺子一连说了好几个"好"，脸上露出的
笑却比哭还难看……

几天后，同庆领着小顺子和彩霞来公社办结婚证。

公社秘书是个大黑胖子，他从文件柜里拿出一本户口簿，翻
了一会儿，指着小顺子的户头对同庆说："不行，按周岁还差好

几个月哩！"

同庆换上一副笑脸："我说同志，行个方便，开了得啦！"

"看你这人，站着说话不腰疼！这是国家法律！不就是再晚几个月嘛，这么急！"

第二天上午，胖秘书刚进办公桌，同庆又推门进来了，手里拎只大口袋。他将口袋塞到床底下，笑呵呵地对胖秘书说："这是一袋子花生，我先放这儿啦！"

"哎呀，你这是干吗？"胖秘书扫一眼鼓囊囊的口袋，语气比昨天温和多了。

"嘿嘿，还为那事。早结早安生，我还急着抱孙子哩！看我这岁数！同志呀，你就高抬贵手吧。"

"这是犯错误的事嘛！"胖秘书像终于下了决心似的，"好吧，看你岁数也不小了——"拉开抽屉，从里面取出两个结婚证……

同庆将结婚证叠好，塞进衣兜儿，又拍了拍，确信没有掉下来，转身从床底下拎起口袋，满脸带笑地扫了胖秘书一眼："嘿嘿，我把我的花生拿走啦……"

十四

香果最大的愿望就是：离开村子到城里当工人。

他一次次地催父亲。但金锁不答应，说找工作也得等到高中毕业呀。

其实，金锁这样说也是出于无奈。

常言说，上山擒虎易，开口求人难。但禁不住凤莲成天唠叨，金锁还是硬着头皮去了大壮家。

刚吃过晚饭，大壮正在屋里喝茶。从炕煤火里飘出一股煤烟味，有点儿呛人。今天收音机开着，里面还是那些内容——评法批儒。和历次运动一样，上边怎么喊，他怎么响应就是了。无非配合杨连奎开几次社员大会，在会上念念报纸上的社论；再让小学校的老师们写几篇批判文章，抄在大队部门口的黑板报上。至于儒家思想，他连半点儿也不懂，更没那个兴趣。

香玲在灶台前洗碗，听到了父亲的说话声，走到厨房门口，和父亲打了招呼。她明白父亲的来意。那天当她含着泪，步履沉重、非常不情愿地走进这个家门口时，她连一头撞在墙上的想法都有了。但她不能这样办，就是为了弟弟香果。她至今都记得——也许永远不会忘记，二蹦子对她说的那句话。二蹦子说："我就知、知道，你、你自个儿会、会回来的……"

今天，她企盼着公公能痛快地答应父亲。她一边洗碗，一边竖起耳朵听屋里的说话声。

喝了几口茶，金锁才说明来意。

大壮"嗯呀""呃呃""嘿嗨"了好一阵，终于说："这么大个事，我做不了主，得给连奎说说……"

金锁脸上的笑纹堆成厚厚一层："老哥，你看，香果身子骨弱得像根嫩豆芽，哪干得了重活儿呀？过两年就高中毕业啦，他要是下地干活儿，顶多挣六分工！"

"好吧，我说说看——"

这就算一句话了，金锁觉得这一趟没有白来。

回到家，凤莲问他："亲家答应咱了没有？"

"你说呢？我考考你——"

凤莲不傻，她想：看来，让香玲嫁给二蹦子还真是对了……

又过了几天，在大队部开完会，别人都走了，大壮没走。屋里只剩下他和连奎了。他就说了那件事。

"只要给咱村名额就好办。"连奎不能拒绝，因为他大儿子去城里上班时，大壮也没反对。当时他不想那么办，但满花不答应，说你别犯傻，几年才有这么个指标，咱眼瞅着让肥水流进外人田里？其实从内心里连奎何尝不想让儿子进城当工人呢，但明白作为村支书，这是搞特权。他最终还是拗不过满花。可每当儿子一家穿着体面、风风光光地从城里回来时，他心里又是欢喜的。

"唉，金锁找我了，你就费费心！他不好意思给你说。"大壮用手挠挠后脑勺，做出无奈的样子。

"嘿，就看有没有这个运气喽！"连奎说。

连奎没有驳他面，而且答应得那么痛快，大壮从心里有些感激连奎。唉，连奎这人吧，怎么说呢，也讲个情面。

此后，香果就天天盼着好消息，比小时候盼过年都要急切。

香玲对二蹦子变得格外温柔起来——完全发自内心。

她发现了二蹦子身上的许多优点。他看上去大大咧咧的，但也有细心周到的一面。

一天，香玲上炕睡觉，一掀被窝，一个大白馒头骨碌碌从里面滚出来。抬头看到二蹦子正朝她憨憨地笑，便明白了。她捧起

馒头，像捧着一颗沉甸甸的心，也是一颗滚烫的心呀。她吃出了
醉人的麦香，还有酵母的酸甜味。怎么灯影里的二蹦子，竟然那
么顺眼了呢？他头发黑而密实，脸庞棱角分明，粗粝的外表下是
一种厚重与刚毅。而且，他的牙齿又白又亮。从前，她以为那是
因为他生得黑，把牙衬白了。后来发现，他的牙是真白！

还有，他的口吃，竟成了她生活中的一种调味品。有时他
盯着她，说："香、香玲，你、你……"憋得脸红脖子粗，也说
不出下文。香玲问他，我怎么了？他结巴得更厉害，"你、你、
你"了半天，才蹦出最后那几个字："你、你长得真、真他娘、
娘的俊、俊！"

一次，二蹦子中午从果园回来，见街上有个缚笤帚的。桃姐
听说了，紧忙拿上一捆高粱莛出去了。不大会儿，传来吵嚷声：
"看你这人，怎么笑话俺儿子呀！""谁、谁笑、笑话他啦，
俺、俺说话，就、就、就这样儿，娘胎里、里带的！没办、办
法！""我不信！你就是故意！"桃姐喊二蹦子，"二蹦子，你过
来！"

二蹦子过来了。桃姐问他："刚才他和你说话了吗？"二蹦
子用手挠着头皮："我问他、他缚一把多少钱、钱。他只朝我、
我伸了伸俩、俩指头，没记得他说、说话。"

缚笤帚的像是找到了救星："大、大兄弟，你说得没、没
错，我为什么不、不、不开、开口呀，这、这不得、得啦！"桃
姐说："你给我说明白点儿！我听不懂！"

"我、我，我、我一听老弟说话也不利、利落，我、我也不
好张、张嘴了。"那人连脖子都憋得又红又粗。一把刚缚了几圈

的笤帚，在他两腿间散开着，像劈开的鸡翅膀："唉，今个、个儿真、真倒霉，怕什么就、就来什么！"

这时，街上已围了几个人。有人想劝劝，但看到桃姐一脸怒容，怕引火烧身。有人早忍不住捂着嘴，偷偷地笑。桃姐知道对方是个真结巴，但面子上又下不来："你别不承认，你就是没安好心！"

那人的一张脸都气歪了："看、看这事稀、稀罕哩，俺干、干这个好多年、年了，还、还没遇到你、你这样儿的——"

桃姐有些尴尬，她还想发作，二蹦子说话了："妈，人家不是哄、哄咱哩，是真结、结巴。算、算了！"

那人用感激的目光瞥二蹦子一眼："这老、老弟，真、真是个明、明白人，我、我佩、佩服！不、不过俺、俺也眼、眼气你！你也结、结巴，可比俺、俺好多啦！你有个好、好妈，把你生、生得好！就因为嘴、嘴不好使，俺才干这、这个，靠手艺混口、口饭吃！"

人们哄地笑了。桃姐也笑了，把那捆高粱莛往那人跟前一扔："缚笤帚剩下的，再给缚个炊帚！"

二蹦子心肠好啊！

这天晚上，香玲依偎到了二蹦子怀里，第一次，她吻了他。

二蹦子把脸贴在香玲酥软的胸脯上，嗅着香玲的体香，一串泪珠悄悄地滴落下来。

他不知道自己是伤感，还是兴奋，抑或是激动？他和香玲结婚快半年了，因为喜欢她，才不计较她和新运的事。新婚之夜，他其实已经察觉出了香玲不是初次，但他不去理会。为什么？就

因为太爱她了！那次对她大打出手，至今想来还后悔不迭。他要
用自己一颗真诚和炽热的心，来把香玲的心焐热。也可以说，要
用自己的力量，把香玲的心牢牢抓到手里。但他很失望，尽管香
玲已怀上了他的骨肉（五个多月了），他得到的还只是她的肉
体。这么说，他今天是喜极而泣！

香玲搂住了二蹦子的肩膀，原来，他的肩膀也这么厚实。他
的身体依然那么沉，却没有了从前那种让她厌烦的压迫感。

对二蹦子突然生出的愧疚，让她暗暗发誓：从今往后，她要
好好和这个男人过日子。他是那么善良与大度……

十五

连奎和大壮结伴去了一趟北京，为村里购买拧稻草绳的机
器。

从前，收了稻谷，各生产队只打稻草帘子，家家户户都打。
打得多，队上记的工分多。拧稻草绳，是近几年才时兴的一项副
业，大队也有，销量不错。就说阳坡村吧，光这一项，每年的收
入仅次于果园和砖窑。这两年水稻又连获丰收，那几台草绳机已
经不够用了。

大壮说："我打听了，周围村里都是从北京买的，不仅质量
好，价格也不贵。"他想利用这次机会，去首都开开眼。

连奎同意了："北京离咱这儿也不远，去吧！"

……列车像一条绿色长龙，缓缓地行驶在辽阔坦荡的华北大
平原上。初冬暖阳下色彩斑驳的田畴、村落，从窗口闪过。天，

蓝如大海，天边与地平线接壤的地方，颜色变淡，形成一抹淡淡的青烟。车厢的小喇叭，播放着京剧《龙江颂》中江水英的唱段"手捧宝书"……

终于来到了渴盼已久的首都北京！

不知倒了几次车，才找到了那家生产草绳机的厂子，原来位于北京城北端的边儿上。天已近黄昏，他们在厂子附近找了家小旅馆住下。

第二天上午，一切还算顺利，很快就以货到付款的方式，和厂家签订了协议书。

大事办妥了，该逛逛北京城了。咱先去"全聚德"吃回烤鸭吧！大壮提议。嘿，吃他一顿！连奎笑着回应。光听说北京全聚德的烤鸭好吃，前几年美国总统尼克松来中国，周总理就请他吃的烤鸭，他们在电影上见到的，那烤鸭焦黄鲜亮，嘿！把他们馋的，都恨不得从银幕上撕下一块塞到嘴里。

来到前门，找到了那家著名的"全聚德"。买了一只，找个座位坐了。哪还等得及呢，两人拿手撕扯着吃起来。

走来一位女服务员，问他们要什么菜。他们简单点了俩小菜，要了一瓶"二锅头"。服务员疑惑地问："烤鸭怎么吃呀？"

大壮撕一块肉放到嘴里，边嚼边说："用嘴吃呗！还怎么吃？"

服务员笑了："同志，不是这个吃法！得拿刀片了，抹上甜酱、放上葱丝，用春卷儿卷着吃。你看人家——"

两人扭头四下看看。大壮尴尬地笑笑："也给俺们片片吧。"

"唉，都撕成这样了，没法儿片啦。就这么凑合着吃吧！"

连奎对服务员说："他是井里的蛤蟆，没见过多大块儿天！让你见笑了，同志！"

服务员也笑笑："一看就知道，你们是第一次吃！"

服务员离去了，连奎白大壮一眼，挖苦他："把人都丢到首都啦。还对人家说用嘴吃，癞蛤蟆过门槛——蹲底又擦脸！"

大壮胖乎乎的俩腮帮子抖了几下，脸上热辣辣的像抹了辣椒面子。他后悔在连奎面前说了打锅话。

不大会儿，服务员拿来了那几样配料。

大壮卷了两个，后来干脆撕块肉蘸点儿酱连同葱丝一同送到嘴里："春卷不就是白面做的呀，有什么好吃的。×！北京人瞎讲究！"

吃了烤鸭，他俩在天安门前照了合影。之后，又逛了故宫、颐和园……从颐和园往回走时，连奎说："咱们去看看小兰吧。来北京一趟不容易！嘿，咱村的妮子！"前几年，那位副统帅为他儿子在全国选媳妇，正在公社中学上学的小兰被选上了。后来又听说，最终还是被淘汰下来了。但国家给安排了工作，在公共汽车上卖票。

小兰不好找，但小兰爱人小白好找，在人民大会堂工作。他和小兰结婚后回过一次阳坡村，小兰父亲特意把他俩请去作陪。

在下班之前，他们找到了小白。小白先给他们到食堂安排饭，然后，拨了家属院门卫电话。不大会儿，小兰就匆匆赶来。

眼前的小兰，无论是穿戴还是气质，和城市姑娘不差分毫。

然而，那白皙秀美的脸上，依稀还留有乡下姑娘的纯朴。哎哟，这就是那个差一点儿成为中央首长儿媳的闺女呀。当时人们还为她的落选倍感惋惜，后来又变成了庆幸。嘿，到底是个有福气的妮子！

吃过饭，小白给他们按内部价，一瓶八元，每人买了一瓶"茅台"。小白已是后勤部负责人了……

第二天，火车路过高碑店，连奎下车买了两包豆腐丝。

"嘿，高碑店的五香豆腐丝有名，好吃！"连奎把豆腐丝撂到小桌上。大壮点头应和："那倒是！"

"咱喝点儿吧。去，把你那瓶'茅台'拿来！"想着大壮背后耍心眼儿觊觎他的位子，连奎想逗逗大壮，让他明白自己的位置……

他们是早上六点多从北京出发的，在常山站下车已临近中午。没有直接回去，两人又去酒厂找国子。酒厂紧邻火车站。

国子是托了一位在县里工作的亲戚来酒厂的，混得不错，已从车间调到了销售科。见村里一、二把手来了，觉得瞧得起他，赶忙笑呵呵地递烟。寒暄几句，就去食堂安排饭菜……

在此后几天，大壮的老父亲逢人就说："嘿嘿，俺大壮真孝顺咧，去北京给我买了瓶'茅台'。我每天只舍得尝两小盅！咱这样说吧，中午喝了，到晚上打个饱嗝，还满嘴酒香哩！"

他碰到杨连奎，也这么说："大壮给我那瓶'茅台'，我哪舍得喝呀，每天——"

连奎哈哈大笑道："大叔，那瓶'茅台'早让我俩在火车上喝光啦，那是大壮从咱县酒厂给你灌的散白酒！"

老父亲回到家，对大壮好一顿臭骂："你个混账小子，长能耐了，给你爹耍起心眼儿来啦！"

大壮在心里恨杨连奎：不光白喝了我的酒，还向我爹揭穿我！

是的，杨连奎真不够意思！他为什么不喝他的，非喝我的"茅台"呢？还不是仗着他是一把手呀？还有，和连奎在一起，他总感到心虚气短。想想这次的北京之行，当着那么多人，连奎给他弄"背兴"，让他在首都丢尽脸面！他又像看到了连奎那两颗黄灿灿的金牙。都说连奎父亲能言善辩，钢嘴铁牙，连奎可是钢嘴金牙，比他爹还厉害！

十六

从前在香果眼里，新运比谁都有能耐。

就说挑水吧。往井里系水桶，别人都慢悠悠的，新运却大撒手，任凭辘轳飞快地旋转。"砰——"一声，水桶拍进水里，他这才弯腰，手提井绳来回摆动几下，再咿咿呀呀地摇上来。

那个捞水桶的铁钩子放在香果家，这家用那家用，在他记忆里新运就没用过。

而且新运也爱逗他玩。怎么玩呢？每到夏天，给他用高粱秆编鸟笼子，不仅样子精致美观，还散发着高粱秆的清甜气息——新运的手也很巧。

因此，当得知新运和姐姐处对象时，他多么高兴呀。嘿，姐姐有眼力！

后来父亲要把姐姐嫁给二蹦子，他还一时转不过弯来。他并不支持父亲，他是站在姐姐一边的。渐渐地，他才回过味——父亲让姐姐嫁给二蹦子，很大程度上是为了他。他感情的天平开始倾斜。再碰到新运，话就少了，后来干脆假装没看见。

有一次，新运和香果在胡同口相遇了。

"香果——"他停住了脚步。

香果怔一下，没吱声，继续往前走。

"香果，干吗去呀？"新运压抑住心里的遗憾与懊恼，略微抬高了声音。这还是那个总缠着自己玩耍的香果吗？

香果站住了。他慢慢扭回头，盯住新运。"呸——"朝地上狠狠啐一口，扭身朝前走去了……

日子就像座钟的钟摆，以它既定的节律，一天天地更替、转换。临近冬至，下了一场大雪。雪压在家家户户院落里的麦秸垛、棉花秸上，也压在了村外的田埂和枯草上。皑皑白雪将已经结冰的稻田覆盖，但稻茬却渐渐凸露出来，似落一群黑乎乎的水鸟儿。因泉水四季不竭，池塘和小河不结冰，水面上氤氲一层乳白色水汽。水里的小鱼小虾欢快地游弋，水草和夏天一样水灵。雪后的水田，像一幅静谧恬淡的水墨画。这也是阳坡村一带独有的冬景。

又过了一个春节。一出正月，人们惊讶地发现，香果也拎着锄头下地了。

从前香果盼着成为城里人，那只是一种渴望。如今什么时候来指标，他什么时候就抬脚去城里，于是不顾父母的反对，干脆辍学回家了。

他来地里干活儿，还有一个原因：和大家在一起，他才感到自己是高贵的！他从前最害怕下地，看到人们淌一身汗，吭哧吭哧地"修理地球"，认为那是最没出息的。

哼，你们再能干算什么？这世上，凭的可不全是力气！牛比人更有力气！他想到了杨连奎、梁大壮，还有他父亲金锁。他们日子过得比谁都好！是村里的人上人。

再遇到新运，想到自己要去城里了，反而不再那么记恨。他开始主动和新运搭话——连他自己都觉得有点儿荒唐。

香果的改变，让新运感到既惊讶又欣慰。香果毕竟是个孩子，新运能原谅他。于是也热情地和他打招呼，似又回到了从前。

然而，又不可能回到从前。从前的香果像一只小猴子，成天尾随着他。他喜欢香果，不只因为父亲天敏和金锁的关系。那时的香果，面庞清秀，目光纯净。现在呢，香果望向他的目光里多了一种东西，像蓝天上浮一层尘埃。他觉得这是一种对抗，一种男人和男人之间的对抗。这哪是孩子的目光呢？是的，香果已不是小孩子，他长大了！

"嗬，下地去呀？"见到香果，他笑着点点头。

他还想多瞧香果几眼，从香果脸上，他看到了另一张脸，还有眉眼、鼻子、嘴巴，都有另一个人的影子。他想这么一直盯着看下去，甚至还想抱住他亲一口。尽管这个想法有多么可笑。但他很快把目光移开，因为心里开始疼痛，像扎进了一根鱼刺！

十七

在阳坡村，村南的春耕场面比村北更热闹。

人们吆喝着牲口犁地，在为下稻秧做准备；有小孩子跟在后面，捡拾翻出的地梨和慈菇，想象着它们馏熟后那种独有的诱人清香；刚从遥远南方归来的燕子，在水田上飞来飞去，似游子在大地母亲温暖的怀抱里撒欢。从大鸣河边，传来水鸡尖细的唧啾声。那种新鲜的泥土的芳香，混合着水腥气，随着暖风吹到村里。杏花和桃花次第怒放了，在春风里轻轻摇曳。

村里的白天，似一湾宁静的水面。那份热闹，都让下地的人带到了田里。

春天的暖阳照耀着扁担胡同。一条狗匆匆地跑过去。有几只鸡伸着脖子从墙缝里寻觅甲壳虫；偶尔一缕轻风吹来，一片鸡毛飘上天空。咯咯哒，咯咯哒，谁家的鸡下蛋了，兴奋地向主人邀功报喜。

这时候，新运家也是安静的。

桂花没有下地。其实她也很辛苦，早中晚三顿饭，还有一家子的洗洗涮涮，都由她一人承担。她已年过半百，每晚躺到炕上，身子像散了架，又酸又胀，但心里又是愉快的。

虽说老寿老人年近古稀，但身板还算硬朗。

打开春，每到黄昏，他就蹲在大门口，嘴里衔着大烟袋，看长长的胡同尽头——那一闪而过的马车和行人，似一个个朦朦胧胧的幻灯片。他嗅到了春耕田野的气息，于是心里不由得生出一

种莫名的冲动，不，也是激动。那一个个逝去的日子，又清晰地
浮现于眼前……

别看老人整天笑呵呵的，却是个要强人，也颇有心计。

他兄弟两个，他们的父亲，也就是新运的老爷爷，是个老
实本分的庄稼人。他长年给李老金家扛长工，老寿和弟弟也在李
老金家打短工。一年干下来，挣的刚够一家人糊口。那年，临近
春节了，看到别人家能吃到一点儿猪肉，一顿白面饺子，他们的
母亲便抱怨了丈夫几句。老实人更在乎面子，老寿的父亲羞愧
难当，心一横悬梁自尽了。那天是腊月二十九，明天就是大年
三十，村里已响起零零星星的爆竹声。那年老寿十四岁，突然觉
得自己一下子长大了。他暗暗发誓：将来要让人们对李家刮目相
看！

可怎么出人头地呢？他想到了武术。

这一带，自古就有尚武之风。

原来，常山历史上一直是郡、州、府、县治所，又是兵家
必争之地。"中国咽喉通九省，神京锁钥控三关。地当河朔称雄
镇，虎踞龙盘燕赵间"，这是史书上对其重要地理位置的精彩描
述；千百年来，战争兵燹的阴影，一直笼罩着这块古老大地。据
《常山县志》记载，公元1075年，常山民众自发成立弓箭社。人
们带着弓箭一边在田间劳作，一边护佑家园；如遇敌情或匪盗，
便击鼓为号，霎时可聚集上千之众，这也许就是最早"民兵"的
由来吧。

其实，常山人的尚武之风，可追溯到更遥远的三国时期。那
位被誉为"常胜将军"的赵云（字子龙），就是常山人氏。

相传，早年间，有人在大鸣泉打捞出一只锈迹斑斑的铜铃，上面铸有"赵云"二字；常山在汉代为常山郡，据说当年赵云奉郡守之命，在家乡统率义军时，曾到这个水草丰美、景色秀丽的水乡操练兵勇。那个大铜铃，即为练兵时所遗弃。这个传说让年轻时的老寿兴奋不已，因为拉近了他与英雄的距离。不知多少次，他来到池塘边，望着蓝莹莹的水面出神。水面上映着蓝天、白云，还映过那位盖世英雄的雄姿！

如果说赵云只是一个英雄的符号，遥不可及，那么另一个人就是他身边的英雄。

这人名叫葛六。

说到葛六，得先说说阳坡村的拳术。阳坡村的拳术不知何年何月何人发明，因为在耍拳之前要先练骑马蹲裆功，于是被戏称为"拉屄屄拳"；葛六生得魁伟彪悍，是村里武术班的班主。因为一次历险经历，让他成为四里八乡的传奇人物。

那年腊月，葛六和几个伙伴推着犟蚂蚱车（一种独轮小推车），去西边大山里趸大枣。回返时天色已晚，来到一家客店歇脚。刚进门，便听一声慨叹："嚯，好大一头猪！"葛六明白误入黑店，在胸膛上一拍："嘿嘿，肥猪不下圈！"这是道儿上的黑话。那时天下不太平，盗匪猖獗，出发时他早有防备：每辆车上放一根练武的蜡木棍。对方明白遇到了"练家子"，但仗着在自家地盘上，打一声呼哨，于是呼啦啦涌来十多条大汉，将葛六他们团团围拢。葛六转身从车上抄起蜡木棍，对准跟前那人的脑袋狠狠打去。其他人也都抄起蜡木棍……因身处异乡，趁对方被镇住之机赶忙推车离去，同时派人先行一步回村报信。待天亮赶回来，村口早站满了乡亲。人们敲锣打鼓，以阳坡村最高的礼仪迎接这些凯旋的英雄。

第二年开春，村南苇塘里的芦苇抽出紫红色的嫩尖儿，桃花、梨花又向人们含笑致意，葛六的一个徒弟来村北整地。临近中午，只见一匹枣红马从西北方向疾驰而来，在他跟前停住。一彪形大汉跳下马，问他："小兄弟！你是哪个村的呀？"

听口音，来者是山里人，目光里流露出一股戾气，额角现一月牙形疤痕，一副凶神恶煞样儿。他忽地想起那件让阳坡村人风光无限的壮举，便多个心眼儿，伸手朝东面指指："嗯，这村，西房头的。""再问一下，阳坡村练武的多吗？"

葛六的徒弟心中更有数了，他铲起一锨土，一条胳膊平端着："好家伙！我就在阳坡村扛了两年长活儿，跟人家学了没几天，你看咱这功夫！嗨，阳坡村嘛，可了不得，人人都会两下子！"

看年轻人膀大腰圆、膂力过人，胳膊和铁锨成一条直线，半天纹丝不动，的确像个"练家子"。大汉脸上掠过一丝无奈与沮丧，然后飞身上马，匆匆离去了。果然，阳坡村一直平安无事……

新运就是听着爷爷一遍遍的讲述长大的。李老寿也愿意讲给孙子听——葛六不仅是他心目中的英雄，也是他的师傅。

他从师傅那里学得了一身好武艺，可上天没给他扬名的机会；而且也和师傅一样，怀揣一身好武艺但依然是穷苦人。

要想出人头地，必须置买田产，那可要的是白花花的银子。杨连奎的老父亲脑瓜儿那么好使，可就因为孩子多，地少得可怜，依然翻不得身。

……他梦想得到的，在儿子天敏身上实现了。

新中国成立时，天敏还不到二十岁，他让儿子参加村里的各项活动。不久天敏入了党，又不久，当上了村团支部书记，再后来进入了大队领导阶层，成为村治保主任，直至副大队长、大队长。

可好景不长，那场运动降临了，天敏被整下台。他明白儿子是遭了梁大壮的暗算。打掉门牙往肚里咽的滋味，那是何等的痛苦与难受！

啧啧，这世道呀，这人心呀——

天敏这辈子不行了，他就把希望寄托在了孙子身上。有句话，他想对新运说说，但又觉得还不到那个时候。

自从新运和瑞霞成家，他心里一下子豁亮了。能见到重孙子，这是多大的福气呀，他白天晚上都在企盼着。

这些日子，他觉得身体大不如往常了。他感到自己来日无多，只有看到自己的第四代，他在九泉之下才能瞑目！

"爹，你中午想吃点儿什么呀？我给你做！"

老人回转身，看到桂花站在身后，那温和柔顺的目光正盯着他。他说："随便吧，我不挑食儿。"

他心里忽地感到一丝温暖。是的，虽说扁担胡同的人对他不再那么看重，但在这个家里他依然受尊重。他将烟袋塞在嘴里，狠狠吸一口，从那双昏花的眼里闪出一层少有的亮光。

太阳已经移至院子东端的大槐树上，树影和院墙的影子在慢慢缩短。初春温暖的空气里，混合着植物生长的新鲜气息，还有不知从哪里飘来的淡淡的柴草燃烧的香气。他喜欢这种香气。这是人间的烟火味啊，伴随了一代代的人，那一个个的生命，就在这种香气里，绽放出顽强与美丽的光芒！

他想去小素大娘家一趟。

他喜欢和这个女人说会儿话。说什么呢？谈得最多的，就是她那个跑到台湾的男人。那男人小名叫偏头，大名叫贵祥。随着岁月的流逝，他们那一茬人越来越少了，能在一起叙叙旧、说说话的人也寥寥无几。他和小素大娘总有说不完的话。

在这个胡同里，他最瞧不起的就是刘金锁；而最让他敬服的，就是小素的这位大娘。一个女人，打二十多岁就守活寡，有几人能做到呢？

他吐出最后一口烟，顺着胡同朝南走去；走不多远，就看到了那个他无比熟悉，也令他生出过无限感叹的木栅栏门……

十八

夏天来到了。

这天中午，一家人围着饭桌坐下，发现没有小水。

"唉，小水呢？"桂花四下张望，"这孩子，又跑哪儿疯耍去了！"

新枝说："妈，我上午一直没见他！"今天是星期天，新枝连门都没出，一直在家帮母亲做家务。

"我去村外找找！看这孩子！"新运放下筷子，站起来。

他到村西走了一圈儿，哪有小水的影子呢？他站在队里菜园子东端那堵矮墙上，仰起脖子喊："小水，小水——"

没有回应。眼前是块茄子地，椭圆形的叶子被太阳晒得打蔫了，拳头大的茄子藏在叶片下面，闪出紫幽幽的光亮。

他又问了几家邻居，都说没见小水。

一家人哪还有心思吃饭呢。桂花对新运说："再去村南找找吧，是不是到河里捉鱼去了！"

想着村南蓝莹莹的河水，还有深不见底的泉眼，每颗心都悬得高高的。新运边往外走，边抱怨："看这大天晌午的，饭也吃不好！唉，这个小水！"

想不到，多年后，小水的离家出走，给家里带来了更大的麻烦。

"妈，我去村北看看吧！"新枝急慌慌地说。村北有几口大野井。

新运来到了村南。水田里一片静寂。青蛙们都潜伏到了稻田或水草丛中，只待傍晚来临才大展歌喉。新运四下转了转，哪有小水的踪影呢？几个小孩子在小河沟里逮鱼，都说没见小水……

村北有三口大野井，一口位于西北角，一口位于正北，另一口在东北角，离新运家最远。

新枝来到了离家最近的村西北角。她爬下来，手扒住井沿往下看。那一汪亮闪闪的水面，映着一张脸，上面挂满了恐惧与不安。

"小水，小水——"她的喊声带着哭腔，又被弹上来。就是没有小水的回应。

小水到底去哪儿了呢？

　　她又去了村北，那口大野井里也是一汪深幽幽的水……

　　哎呀，小水去哪儿了？

　　原来，昨天小水放学后和二蹦子弟弟文芝去村里小诊所玩耍，听赤脚医生建生说，明天城里电影院上映《春苗》，这是一部演赤脚医生、批判走资派的影片。明天正好星期天，小水就和文芝约好去看一场。

　　第二天，他俩赶到城里，电影已经开演了。两人手拉手往里走，被检票员伸胳膊拦住："哎，票呢，拿票！"

　　在检票员严厉的目光逼视下，他们退到了门外。

　　小水往门口东面的售票口扫一眼。上面挂一块小黑板，写着"今日放映《春苗》，票价：一角五分"。那扇小窗口洞开着，他瞥见了女售票员一张胖胖的脸，朝他俩扫一眼。他的手下意识地伸进口袋，却是空的。文芝扯扯他的胳膊："走吧，我也没带钱。"

　　不能回去！小水俩黑眼珠一转：嘿，有了！

　　"叔叔，这么回事——"他走到检票员跟前，两手在脸上搓一把，"我们村有个人病了，支书派我俩来找我们村的医生！"

　　检票员的目光在小水脸上扫视着，看他是不是撒谎。倒不像，今天来的大部分都是各村的赤脚医生。

　　"叔叔，那人病得不轻，晚了怕出危险！"

　　"好吧。一个人进去找！"检票员终于同意了。

　　小水先进去了。看了几分钟，又出来替换文芝。检票员终于看出了他们的鬼把戏："嘿嘿，小屁孩子，还想给我耍心眼儿呀？快滚——"

小水拉着文芝，顺着影院南墙往东走；走到顶头就是府西街，然后再向北拐。小水眼睛突然一亮：电影院东围墙下面堆着几垛砖。

瞅瞅四下没人，两人踏上砖垛，再探头往院里瞅。这是电影公司大院，靠北一溜儿青砖大瓦房，是公司办公室。西面就是电影院。电影院朝院里开一小门，挂着黑布门帘。他俩跳下来，蹑手蹑脚地从那个小门走进去。

遗憾的是，电影已演了一多半。

一边往回走，两人一边回忆着电影上的精彩片段。

光顾着说话了，不小心撞了一个拾粪的老汉。老汉连同车子倒在路边，两颗驴粪蛋子从筐里滚到了马路沟。

他俩爬起来，扶起车子，逃也似的朝前赶。走出老远，小水对文芝说："咱俩该开次现场会，把老头子批斗批斗！"

走到家门口，小水才意识到自己面临的将是什么。

天敏一把薅住他的衣领子，呵斥道："小兔崽子，还知道回来呀？"举手要打，胳膊却被桂花拽住了。

"我、我进城看电影去来。"小水低垂着头。

新枝为弟弟盛了一碗米粥："小水，你和谁看电影来呀？演的什么呀？"

姐姐这一问，小水可来了兴致，就把整个过程眉飞色舞地讲述一遍。"嘿，我想的主意呗！文芝是个老实疙瘩，要不是我呀，还不白跑一趟！三十来里地哩。"他连说带比画。

"娘的！是大壮家那个二小子？"天敏瞪起眼睛。

"是他驮我去的！怎么啦？爸！"

"哼，欠揍！你怎么和他去呢？"

"我俩一个班，关系最铁！"

桂花明白天敏的心思："看你，这有什么呀？文芝是个老实孩子！"

"那也得看他家大人——"

小水吃饱了，却不愿在家里待。他来到屋后，跃上矮墙，再攀到槐树上，蹬着枝杈跳到了屋顶。

屋后那棵大榆树上，爬着一只知了，正吱吱地鸣唱。待小水走近便噤了声。他在心里盘算：明天，也用面筋做个粘知了的网子，文芝就有一个！把知了放灶火里烤熟，非常好吃！他把目光下移，落到了两条电灯线上，它们几乎贴着屋檐，从西邻家延伸过来。

也许电灯线可以听到打电话，他就听人说过电灯线和电话线是伙着用的。于是爬下来，右手去拽电灯线。啪！手被粘住了。他用力甩开，一阵火辣辣的刺痛从手上传至胳膊。电灯线漏电了。好险！

手上起一层燎泡。姐姐发现了，问他怎么回事，他说是倒开水不小心烫的。

姐姐心疼得直咧嘴："哎呀，烫得不轻！以后别总毛手毛脚的！"

他突然感到，在这个家里，姐姐和母亲是最疼爱他的。父亲和哥哥嫂子不亲他吗？都亲！但是，他总觉得母亲和姐姐身上的慈爱与温柔更多一些。是心理作用吧？他说不清。是的，这个家没有变，是他的心思变复杂了……

十九

扁担胡同发生改变，是围绕着那口水井开始的。

连奎和大壮家先后打了压水井。就像在村外打机井那样，用钻头在院里杵十几米深，系下一根塑料管或铁管，上面装一个铁制机头，机头上有一个长长的压把儿，轻轻一按压，水就顺着一根铁管子流进水桶，流进瓦罐里脸盆里。多么神奇！

这个消息让全村人兴奋不已。有人忍不住跑到他们两家瞧稀罕。原来，这世上吃水的方式多种多样，不光仰仗水井了。

没过多久，又一个消息在扁担胡同炸开了窝。

继一号人物和二号人物之后，刘金锁家也要打压水井了。

那天，从他家流出来的黄褐色的泥水，淌了小半个胡同。这让人又想起了二十多年前，大家伙挖掘那口水井的情景。

听着钻头撞击大地的嗵嗵声，新运心里很高兴，因为今后他挑水时不再担心碰到金锁家的人了。

晚上，瑞霞对新运说："咱家也打压水井吧，听说只花十块钱。"借着昏暗的煤油灯，只见瑞霞眸子里射出一束亮光，比星星还亮，"有了压水井，你不是就不用挑水了吗？"

其实新运潜意识里早有那个想法：刘金锁家能用上压水井，他家怎么就不能呢？他哪会想到，瑞霞也有这个打算，而且比他还要强烈。

他来到了位于镇上的公社打井队。公社打井队和公社拖拉机站同在一个大院。院子南端，停放着几辆漆成红色的"东风"牌拖拉机；旁边空地上长满铁稗子和长蔓草，上面躺着几个打井的钻头。

院子北端，横一大排青砖大瓦房。他推开了那间挂着"办公室"木牌的屋门，里面坐着个瘦瘦的男人。

新运说明来意，瘦男人把手伸向他："介绍信！"

"介绍信？哪的介绍信呀？"新运皱皱眉头。

"村里的呀，你不知道？"瘦男人又低头看报纸。

知道新运不想去村里开介绍信，瑞霞说："我去吧。"

他怎么能让瑞霞去呢？

他硬着头皮，走进大队部大门。

来到屋门口，他先看到了张大嘴和梁大壮，然后又看到了刘金锁。几个人正吸着烟说闲话。大壮的办公桌上放个大茶缸，往外冒着热气。他听到大嘴嘿嘿地笑了两声。

他有点儿犹豫，想转身离去。这时大嘴问他："有事呀？新运！"

他停住了。刘金锁用眼角看他一眼，把脸转向了一边，吸口烟。

新运本想扯个瞎话，但马上责备自己：怕吗呀？都是花钱，我为什么就不能打井呢？他仿佛看到了瑞霞那鼓励的目光。

"开个介绍信，打压水井。"

大嘴不动声色地将目光移向大壮，然后又扫金锁一眼。大壮吐出一口烟，轻轻地咳一声。

大嘴朝新运摊开两只手："不好办呀，你家情况特殊，和别人家不一样！"

新运像吃了一闷棍。本来，人在金钱面前是平等的，无奈，这是个不按"经济规律"办事的特殊时代！

"公社为什么要让大队出介绍信？这和征兵、招工一样……"

新运又像挨了一记耳光。

金锁跷起二郎腿，喷出个大烟圈儿。他盯着烟圈儿扩散开，再徐徐升高，嘴角绽出一丝冷笑。大壮拿起桌上的报纸，埋头看起来。

新运窝了一肚子火。不仅仅因了大壮和金锁，还有张大嘴。在他的记忆里，他父亲担任大队长时，这个大嘴几乎成天往他家跑，逮住什么活儿就帮着干。

他心里空落落地发虚，不知道是如何走出大队部的。

他想去找杨连奎。连奎和大壮不是一路人！但又怕遭到连奎的拒绝。村里成立武术班时，本来也是葛六徒弟的爷爷，却没有资格当教练。

每天清晨，他依然挑着两只水桶去打水。

每次从金锁家门口路过，他都朝那里瞥一眼。他的确想看到那个身影。那个身影朦胧似雾，他想抓住它，但又无法办到。他觉得这个影子和金锁没有一点儿联系。

这天，新运和人们在"北方"（因位于村子北面，"大跃进"那年以所处位置划分地块，便称"北方"）往玉米芯儿里撒"六六六粉"。

突然，一个声音骤然响起。

"×！这大千世界呀，无奇不有！哼！也不看看有没有那个资格！”嗓音像样板戏上的反面人物，阴阳怪气——是小顺子。

新运有几分警觉，说不定这小子又要拿谁开涮了。看别人的笑话是他一大嗜好，就像蚊子嗜血一样。

“嘿嘿嘿，也不撒泡尿照照，你家也有资格打压水井？”

干活儿的人都停住手，直起腰，大眼瞪小眼。但有人已经猜测到了，相互交换一下眼神。是啊，这群人谁最有理由让小顺子戏弄呢？没有！也有几户成分高的，可人家家族大。

人们最终把复杂的目光定格在了新运脸上。

窝在新运胸腔里的那股怒火，最后蹿上脑门子。这一刹那，他什么都忘了，蹚过一棵棵玉米朝小顺子奔去。咔嚓、咔嚓，玉米被他撞折几棵，倒伏在地上。

小顺子不相信新运真的对自己下手。

可新运却把他打了。只一拳，他就被打个趔趄。在新运面前，小顺子像一棵弱不禁风的小树。

小顺子呆愣了足有十几秒钟：“我×你妈！你敢打我？”

“打的就是你！”新运用凌厉的不甘屈辱的目光回敬他。这一拳是为小素！他又在心里说。

没几个回合，小顺子就趴在了地上。

“你等着，有你好果子吃……”小顺子摇摇晃晃地站起来，用手背揩一下鼻子上的血，朝新运吼道。

这个结果任谁也没有想到啊，其实也正是大家所期待的。小顺子不就是依仗梁大壮吗？哼，狗仗人势！

小顺子没有马上去新运家算账，这倒让新运感到有些奇怪。

天敏是第二天知道这件事的。

"你怎么敢打小顺子呢？"天敏瞪圆了两只眼，"给家里找麻烦了！"

一家子都慌了神，有些像暴风雨来临似的。只有老寿老人，嘴里叼着烟袋锅子，有一搭没一搭地抽着。那双饱经世事沧桑的眼睛，静静地望着乱作一团的家人。

两天过去了，不见小顺子有什么动静。

锣鼓长了没好戏！越这样，新运家的气氛越沉闷和压抑。天敏见到新运，不给他好脸子。桂花虽说嘴上没怎么责怪儿子，心里却忐忑不安、提心吊胆。只有老寿老人，依然坐在小板凳上吸烟，神色依然淡定如常。

新运每天照常下地。和往日不同，在小顺子面前他感到了一种少有的豪气——小顺子是他手下的败将！他早做好了准备，如果小顺子找碴儿报复他，他也不怕！两人的目光相遇时，另一双目光总是匆匆躲开。

这天，天敏沉不住气了，对新运说："去，给人家小顺子道个歉！人怕敬，鬼怕送！"

"不去！小顺子他才不是人哩！他连鬼都不是！"新运看不惯父亲这种软弱性格。

天敏发火了："都是你惹的祸！狗坐轿子，不识高低！"

但不管天敏如何发火，新运就是不听。他怎么能向小顺子低头呢？

"人善被人欺，马善被人骑！没事咱不找事，有事了咱不怕事！这事咱占着理儿哩，怕他个×！"

父子俩就这么僵持着。

这时，一直没有吭声的李老寿说话了："不能去，新运说得对！做人要有骨气——"

一家子都愣住了，尤其是天敏，觉得父亲是老糊涂了。他又想到了那场从天而降的运动。有时，更可怕的，是人，是那些利用运动来达到各自目的的人！

"爹——"

"不要说了，我知道你想什么哩！"老人摆手打断天敏的话。是啊，他还不了解儿子吗？正因为了解儿子，他才欣赏新运的这种做法。

瑞霞张了张口，想帮新运说话，但看到公公那张涨红的脸，又闭住了嘴。

桂花坐在院里的蒲墩上，眯缝着眼望向夜空。她也不想让儿子去向小顺子低头。眼里就汪出泪来，于是天上的星星开始在她眼前晃动。

这也许是这个家最难挨的一天。尤其是李老寿，他心里最复杂。但他不想让新运去向小顺子低头。虽说古书上说：软弱是立身之本，要强是灾祸之身！但几十年的人生经历告诉他，要挺直腰杆做人！树活一张皮，人活一张脸！这人，不就活个脸面和尊严吗？他们李家坟上，不长歪脖子树！

天敏不知道自己是如何走进小顺子家的。

他的双脚仿佛不是他的。他又想到了当年那只打开的抽屉，还有那双计谋得逞后溢满狞笑的眼睛。多少年了，这双眼睛冷不丁还跳进他脑海。原来，人的眼睛还会发出这种光亮！

三间正房，一排东厢房，这是小顺子的家。

刚吃过晚饭，小顺子和他那个胖媳妇彩霞坐在院里，一人手里拿把大蒲扇，呼嗒呼嗒地摇着乘凉。小顺子穿一件短袖衬衫，一条大裤衩，双腿岔开着，像趴在地上的一只大螳螂。

"小顺子，你叔给你赔个不是！"天敏边说，边往小顺子跟前走。

小顺子坐在小板凳上没有动弹，手里依然摇着蒲扇。天敏觉得有一股凉风，扑到他脸上，脖子后面也凉飕飕的。

过了好大会儿，一个声音才从大蒲扇后面传来："大叔，按说哩，咱们在一个胡同都住这么多年了，我不该和新运一般见识！可他是墙上挂草帘——太不像画（话）。哼，不懂号儿！我就说几句玩笑话，他就当了真，不识耍，还把我打了！他要来给我道个歉呢，我不再和他计较。不然，咱就骑着毛驴看唱本——走着瞧！"

小顺子喉结咕噜噜响一下，又接着说："大叔，不是我说大话哩，我往上面递个话，派出所的人不抓他才怪！你信不信？"

"老侄子，看你说哩，我怎么不信？"天敏恍若又看到自己当年被批斗的场景，脖子后面的凉气，又从衣领处钻进脊背。

小顺子又用力摇几下蒲扇："新运打的不是我，是队长——"

"知道，我怎么不知道这个？"天敏唯唯诺诺地附和，"他就是那个臭脾气，我饶不了他！你叔给你赔个不是还不行吗？"

小顺子的喉结又咕噜噜响几下，像咽下什么东西："哼，说一千道一万，我还是看了你和老寿爷爷的面子。小时候，你们没少逗我耍。"

同庆没在家，巧巧从正房出来："唉，再怎么说，新运也不该动手，他这样做对得起谁呢？又比俺小顺子大好几岁！"

"要不说嘛，我把他好一顿训！咱们一个胡同住几十年了，同吃一口井里的水，不看僧面看佛面，不看佛面，你也得看我这张老脸儿……"

"我和同庆还不是念这个？要不，俺小顺子就白白让新运打了？要不是我俩拽住他，还不定出什么邪乎事哩？"巧巧回过头对小顺子说，"算啦，你天敏叔替新运赔了不是，你也消消气！新运不看面子，咱不能不看！远亲还不如近邻哩！"

巧巧的话柔中有硬，让天敏有些无地自容。他又说了一番好话，赔了半天不是，才走了出来。

这是个闷热的夏夜。偶尔从村外的庄稼地里，吹来一丝凉风，也带来了庄稼生长的蓬勃气息。

天敏的脚步有些踉跄。他是憋着一肚子气走回家的。

老寿老人坐在前院的捶布石上乘凉。新运坐在里院，两手抱膝望着夜空。瑞霞在屋里点艾草熏蚊子。艾草的香味飘到院里。

"爸，你干吗去来？"

新运这一问，像往棉花垛上扔一个火星儿，那股憋在天敏胸腔里的火苗子呼地蹿了出来。

"呸，你还有脸问呀？你问问自个儿吧，不就是个玩笑话吗？你怎么就动手打人呢？找个机会，给人家小顺子道个歉！小顺子说这事还不算完——"

新运挺直身子："哼，他还要怎么着呀？那就仰着脚儿撮脓带（鼻涕），擤到哪算哪吧！咱怕他个×！他就是软的欺，硬的怕！"

老寿老人在前院插话："天敏，新运比你有骨气！他要真敢来找事，我跟他拼了这把老骨头！"

天敏想说什么，嗓子却像被东西噎住了。此时，他全身是麻木的，心也是麻木的……

小顺子没来闹事，渐渐地，新运一家又恢复了往日的平静。只有天敏知道怎么回事。在胡同里碰到同庆，总笑呵呵地主动打招呼，同庆脸上也挂着笑回应，和从前没有什么两样。碰到小顺子，天敏脸上的笑格外多，但小顺子脸上冷冰冰的，连一点儿笑模样也没有。天敏哪在乎呢，他反而很知足。

这天，瑞霞吃过晚饭，突然感到一阵恶心。

她来到前院的猪圈边上，俯下身哇地吐了。

她不明白为什么犯恶心。她没吭声，依然下地做活儿。

第二天早饭后，她刚要下地，又一阵恶心袭来。她跑到猪圈边，蹲下来，哇的一声，把刚吃的饭吐个干净，而且腰酸眼花，全身像虚脱了。新运以为她吃了生盐疙瘩——吃生盐疙瘩容易发呕。

新运没对母亲说，瑞霞也没说，怕婆婆嫌她娇气。瑞霞不听新运的劝阻，这天还是照常下地了。

干到半晌，她又犯起恶心，这次是干呕。她想向队长请假。

一同干活儿的女人们嘻嘻地笑了："瑞霞，恭喜你呀。"

瑞霞不解，怔怔地望着大家。

"傻闺女，你有喜啦！"一位大婶说。

哎呀，我有喜了！这是"害喜"呀，瑞霞心里不由得漾起一
丝甜蜜。

这一消息，为新运家罩上一层喜庆气氛。

老寿老人用手捋着花白的胡须，乐呵呵地说："怪不得哩，
我今早上一起来，就听到喜鹊在咱家大槐树上叫哩！我真要当老
爷爷了！"

他再次看到了希望。有人就有希望啊！希望，就是通过一代
代的人这么传递下去的，也是血脉的延续，更是一个家族的精神
寄托。

……一声啼哭，打破了李家院落的静谧。早上的天气非常凉
爽，天格外蓝，蓝得澄清亮眼。几只麻雀在屋前那棵大杏树上，
用叽叽喳喳的鸣叫来迎接又一个黎明。对李家来说，这是一个多
么有意义的黎明啊！

"哎呀，是个带把儿的！"隔着窗户纸，传来桂花欣喜的喊
声。

老寿老人真想走进屋里，看看这个小生命——他们李家的新
一代。走到门口，又停住了，这时进去不方便。

随后的日子，老人的话明显多起来。每天吃过晚饭，他就坐
在院里说话。

"新运，新运，你过来！"

"爷爷——"新运闻声从屋里出来。他每天下班后的第一件
事，就是到屋里看儿子，总也瞧不够。

新运在爷爷对面坐下。他感到爷爷望向他的目光比哪天都要

柔和与慈爱。

"新运，你帮我办件事吧，是大事！"

"什么事呀，爷爷！"

"我想修个家谱！"

"修家谱？"新运诧异地望着爷爷。他听说过家谱，但认为那是早年间名门望族的专利。他们李家在阳坡村不是大家族。何况，还没听说村里谁家有过这个。这是不是"封资修"呢？

但从爷爷坚定与执拗的目光里，他明白不能说"不"字。

见他答应了，爷爷捋下胡子，咧开没了门牙的嘴，满足地笑了。

"……他们老弟兄五个，从外面搬来的。说这话，已有十几辈了吧。村东的李满囤、李福平，他们一支；村南的李大货他们几家，是一支；挨大队部的你平大伯那几家，也是一支；再就是咱们这一支……"爷爷停一下，思绪似乎回到了那遥远的已让岁月尘埃掩埋的年代，声音变得低缓了，"你老爷爷弟兄一个，到我这辈弟兄俩，我和你二爷爷……哈哈，我终于盼到重孙子了！"

"我老爷爷叫什么名字呀？"新运懊悔自己连老爷爷的名字都不知道。

"叫九成。哎，可惜一时想不开……这一晃，走了都五十多年啦，那年才三十九岁……"爷爷停住不说了，新运也不再问，那是老人心里的一块疤啊。

"咱李家在阳坡村不是老弟兄五个嘛，还有一个，在村里住的时间不长，就搬到了灵寿胡庄。"

新运知道这个，听爷爷说过许多遍了，也听二爷爷说过。只是近些年，人们才不大提起。

"早些年，还有个老人时常来哩，当时也七十多岁了吧，胡子都快白完了。嘿，来了就在村子当央笑呵呵地坐着，任谁叫也不去家里吃饭，只肯喝口水。说岁数越大，越想咱当家子。我来，就是想和当家子们唠唠嗑，每年不来几次，心里就少了什么似的。老人枣红大脸儿，富富态态的，和咱们长得真有点儿像。我还给他送过水哩，嘿，就是不吃饭，说带着干粮哪。性格那个耿直！好多年不来了，也许作古了——"老人叹息一声，又慢慢吸口烟，"胡庄离咱这儿三十多里哩，就自个儿走。"

"好吧，爷爷，你放心……"新运心里生出一种莫名的激动，一股热辣辣的东西流遍全身，眼窝子开始发酸。

他起身，走到屋里，俯下身看小虎子。孩子已进入梦乡，小脸蛋在油灯下又红又亮，鼻翼轻轻地翕动。他亲了一口。爷爷的话，使他在小虎子脸上似乎发现了一种东西，那种亲，似和从前不同！

孩子刚过了满月，老寿老人就病了。

刚开始也没什么大事，就是不大愿意吃东西，还有点儿胃疼。

天敏说："爹，咱去城里医院看看！"

老人摆摆手："有什么大不了的呀，不过是压住食儿了！"

后来，新运去村里的诊所给爷爷拿了药，老人喝下后有了好转，但也是时轻时重。

"爷爷，我驮你去城里查查吧，别老拖着……"

老寿摇摇头，摆摆他的大手："庄稼人命硬，没什么大不了的！"

天敏想，乡下人谁还断了这疼那痒的？也许真没多大事！

渐渐地，大家的注意力都移向了新生命——小虎子。名字是老人起的，他说小家伙长得虎头虎脑的，就叫"小虎子"吧。

新运还是那样，每天下地回来，放下农具就直奔屋里。他亲儿子的小脸蛋，心里那种幸福与甜蜜是无法言表的。孩子的脸蛋真像一个鲜嫩的红苹果啊，他想咬一口。有一次，他真咬了一下，是轻轻地咬。瑞霞嗔怪道："别把孩子咬疼了！"他朝瑞霞一挤眼："废话，我舍得呀！"

这时也是瑞霞最高兴与惬意的时候。因为生孩子，她有些发胖，脸颊更丰满了；上面的红晕，比从前也更深，像用指甲花染了。终于当母亲了，她心里也开了一朵太阳花。

小虎子的白皙随了瑞霞，那双豆荚一样黑漆漆的眼睛，像极了新运。嘴唇的轮廓是刚毅和倔强的，这一点也随了新运。

瑞霞已经开始下地了，桂花在家带孩子。中间瑞霞趁着歇班，从田里赶回来给孩子喂次奶。

老寿老人还时常胃疼，但一看到重孙子，立马就好多了。人说隔辈亲，他可是又隔了一辈！他从孩子小脸上以及清亮如潭的眼睛里，看到了自己的影子。他心里一热，眼睛开始发湿，一层雾气霎时模糊了他的视线。

这就是血缘，是血亲啊。其实他刚当上爷爷时，就明白了这个道理。而今他已至暮年，好比一棵老态龙钟的大树，目睹在自己的根部又生出一簇鲜嫩喜人的新芽，他哪有不自豪与欣慰的呀。

数数村里，有多少人能见到重孙子呢？不多！唉，这一辈子，也该知足了！

有时他也去找小素大娘聊会儿天。

还是那黄泥巴土路，和他老迈的一双大脚摩擦，发出轻微的橐橐的响声；路面上，映过太阳光，也映过月亮光，更落过风霜雨雪和人们大大小小的脚印，还有一片片的落叶。这就是日子，日子把人伴老了，可日子还是日子。

他俩都老了。他俩是胡同里最年长的人。

从前，他是顶着全家人的压力，来小素大娘家的。天敏下台后，他更无所顾忌了。

虽说当年他托人向她求过婚，被她婉拒，他却不计较。他发现她家炕上，总是两条被子。其中一条，是早年那种紫花老土布做的，已褪色泛白，却干净清爽。后来才明白了——她一直为丈夫留着一个位置，盼他回来呢。嘿，那个偏头，可真有福气！

在小素大娘屋里，他闻到了一种熟悉的气息。这气息来自于那个早已远去的时代，也来自炕上的被褥、枕头，还有凳子、坐柜，以及坐柜里的衣物。当然，也来自那灰乎乎的屋墙，让烟火熏成黑油油的房梁和苇箔。嗅着这种熟悉的气息，他的思绪又重回几十年前。那个年轻的偏头，在大街上玩耍，在田里割草，帮大人拉水车、赶牲口。学大人甩鞭花，啪啪的脆响传出去老远。当然，这一切也是他曾经做过的。

嗯呀，那个时代只属于他和面前这个满头银发的女人了！

想郎想得心里疼，

手拿金线绣"影身"。

"影身"绣好挂帐内，

夜夜与郎来谈心，

人是假来情是真！

她又哼起这首小曲儿！没错，是她的声音，透过窗纸传出来，如同来自那个遥远的年代，中间隔了千山万水。

在他听来，今天她的声音比从前更显凄美与苍凉。他还是推门进来了。

她盘腿坐在炕上，正补一条旧裤子。

"大哥，来啦？"她停住手，抬起头望着他。

"趁我还走得动，和你歇会儿！"

他坐到那个油漆斑驳的坐柜上，手里托着长长的烟袋锅子，有一搭没一搭地抽着。脚上穿一双黑色豆包布鞋，是桂花做的。从前，面前这个女人也给他做过两双。后来他就不让她做了，她问为什么，他只是笑笑，不回答。她有个非常好听的名字：藕儿。但人们都叫她偏头家的，他也随着人们这么叫。

有时，他俩就这么干坐着。待久了，他起身，说走哇！她阻止他："再坐会儿吧，回去干吗？不也是歇着！"抬头看他一眼。他从她的目光里，瞥见了一丝真诚与温暖。还有一种亮光，只有这时候才折射出来。他不相信这亮光是从一位年迈的老妇人眼里发出的。他迎着它望过去，但很快又躲开了。那光亮像一束火焰，他的眼睛、他的心，都被灼疼了。他又坐了下来，把烟袋锅子伸进荷包里，挖一撮烟丝。烟荷包是她做的，藏青色，上面绣一朵浅红色荷花、两片绿荷叶。他慢悠悠地吸着，将荷包托在手心里，感觉托着一颗滚烫的心。可是，当他把目光又转向面前这个女人时，她却依然低头做她的针线活儿。她不看他！头上的那层白发，在窗口射来的光线里，白成了一抹雪光。

就这么干坐着，他心里也是舒坦的……

老寿老人的病越来越重了。

这天，新运用自行车驮着爷爷去了县医院，检查的结果——胃癌晚期。

大夫拿着检查结果，摇摇头："快七十的人了，又是晚期；唉，也算长寿了，好好尽孝吧……"

明面上，大家还要做出轻松的样子，对老人说只是普通胃炎，得慢慢调养。桂花知道老人时日无多，就变着花样儿让老人吃好。哪有什么好东西呢？无非蒸个鸡蛋羹，烙张葱花饼，再就是挂面和面片汤。

但无论什么饭，老人只吃几口就不吃了。他说，吃不下，一吃就饱。

老人的胃疼得越来越厉害了，人也瘦得只剩一把骨头了。

有时是天敏，有时是新运，就去村里诊所给老人拿点儿止痛片。

刚开始还有效，后来大把大把地吃也不管用了……

这年夏天，阳坡村出现了一件稀罕事。

村南有一眼前几年打的机井，位于水田和旱地的中间地带。前不久，人们发现，不知何时机井开始往外淌水了，顺着路边小水沟，潺潺地流入南边不远处的大鸣河，而且日夜不息，成为一个大泉眼。

人们都啧啧称奇。

有人说，今年雨水大，地下水位高了，自然就往外冒。

但也有人不这么认为，说今年是个特殊年份。先是周总理去世了，后来又是朱老总辞世。前不久唐山发生大地震，听说死了好些人。说起"唐山"名字的由来，有人说那里出产糖果，才叫"唐山"；村里的赤脚医生建生，被县里派去抢救伤员。是从省城军用机场坐直升机去的，他是阳坡村第一个坐飞机的；另外，在遥远的东北，吉林吧，从天上掉下一块大石头，叫陨石，砸出屋子大一个深坑，报上都登了……

尽管村里大部分人不知道陨石为何物，但明白天上掉石头不是什么好兆头，幸亏没砸到人头上。

人们不知道这些事和村南的机井往外冒水，有没有关联，但觉得今年的确不是个寻常年。

一天早晨，老寿老人觉得身体轻快了，胃疼也有所减轻。他起身，来到了厢房看小虎子。小虎子早醒了，刚吃过奶，正趴在炕上玩奶奶做的布老虎。老虎额头上的"王"字是用红丝线绣的，眼睛、眉毛和嘴巴用的黑线，通身杏黄色，不仅威武雄壮，还有几分英气与憨态。看到老爷爷，孩子咧开小嘴笑了。

"叫老爷爷——"瑞霞逗儿子。其实，小虎子还不会叫。

老人心里甜得像吃了口蜜，他俯下身来，摸一下孩子光亮嫩滑的小脸蛋。

"虎子，再给老爷爷笑一个！"瑞霞对儿子说。

小虎子果然又笑了。

老人也笑了："好，好，乖孩子——"

"爷爷好多了！"瑞霞脸上露出欣慰的笑。

"好多了。"老人也乐呵呵地说。因为几颗门牙全掉光了，说话跑风漏气的。

看到老人今天精神头儿这么好，桂花也很高兴，他为老人蒸了碗鸡蛋羹，出锅后又滴了几大滴香油。

饭是小米粥。老人吃了鸡蛋羹，说还想喝碗小米粥。新运赶忙给爷爷盛了一碗。这是少有的现象，大家都满脸带笑。

老人端起碗来，吸溜吸溜喝了一口，然后抹把嘴说："真香啊，还是小米养人！当年，我给老金家扛长活儿，中午就盼着喝到一碗小米粥，尤其是大热天，又解渴，又解饥！"

他还讲："早年李老金给'南边'干，有一年回来，带着俩南方卫兵。和人们聊天时说，李老爷家吃的是'金米饭'。南方人没见过小米，说是金米。嘿，稀罕！"这件事，老人不知讲多少遍了。

"小米养胃，爷爷，你多吃点儿。"新运愉快地说。

吃过饭，老人忽然说："我想喝碗井拔凉水！"

新运抄起扁担，去井里挑来一担水，舀一瓢，递到爷爷嘴边。

老人抓住水瓢，一仰头，喉咙咕噜噜一阵乱响，一气喝去了一大半。他抹把嘴，眼中熠熠放光，啧啧赞道："咱井里的水好甜呀！"

在这一刻，也许老人想到了多年前，扁担胡同的人挖井时的那番热闹，想到了打平伙吃伙饭的喜庆劲儿，更想到了在全胡同人敬重的目光下，他挖开第一锨土……

他还让新运拿来"家谱"。其实，那只是一大张白粉莲纸。非常简单，那老弟兄五个，只写了他们这一支。也就是从新运的爷爷的爷爷写起，上面一个老祖宗，下面分出了几个弟兄，成为一个个分支。每一个分支，都画一条线，旁边写上那一家男丁的名字；年岁最小的，就是小虎子。就这么一代代地传到今天，像一个庞大繁茂的树根，而且还要继续延续下去……

老人的目光最终落在小虎子的名字上面，看了许久，然后伸出手颤巍巍地摩挲，扑簌簌，一行老泪，落到了像干树皮一样的手上。

第二天清晨，新运起来，一种莫名的惊悚袭上心头。爷爷屋里怎么那么安静呢？以往这个时候，总会听到爷爷的咳嗽声。他疑惑不安地走过去，掀开了门帘。他看到了躺在炕上的爷爷。爷爷嘴角挂着一丝笑，似还沉浸于睡梦之中。他喊声爷爷，没有反应，赶过去拉爷爷的手——老人的手已经冰凉，似一块坚硬的铁。

"爷爷，爷爷——"

麻雀依然在窗前那棵大杏树上叽叽喳喳地鸣叫，一切都和往常一样。

来年开春，大杏树还要绽放一树粉白的杏花，花蕊呈喜人的嫣红色，迎着明亮和煦的阳光，在春风里轻轻摇曳……

二十

没有了老寿老人的家里，一下子变得空落落的。一棵大树轰然倒下了。

这是天敏的感觉，也是新运的感觉。

只有面对小虎子时，全家人心情才会好一些，暂时忘掉了那锥心刺骨般的疼痛。

面对小虎子，天敏感到了自己肩上的责任。从今往后，他就是这个家的一棵大树了。他要用他的躯体、他的枝叶，来庇护全家人。

他抱起小虎子，在孩子小脸蛋上吱地亲了一口。

"隔辈亲呀——"他笑呵呵地对瑞霞和新运说。

瑞霞笑着，眼睛望向孩子："虎子，叫爷爷——"

"呀，呀——"也许小虎子听懂了，便张嘴叫几声。

"哎呀，我的好孩子，会叫爷爷了！"天敏高兴得眼里放出亮光，嘴咧得半天合不拢。桂花掀开门帘走进来，嗔他："看把你高兴哩——"

"摇，摇，摇三摇，摇哩孩子睡着了；晃，晃，晃三晃，晃哩孩子不尿炕。"天敏不理桂花，拍着孩子的小胸脯，念着这首"摇篮曲"。这首童谣，小时候父亲给他念过；后来他又给新运念，给新枝念。一晃，多少年了啊，看这日子快的！

瑞霞笑了："爸爸，他还听不懂哩！"

桂花又嗔怪他："像几辈子没当过爷爷似的！"

天敏全然不去理会，又用手拨拉着小虎子圆嘟嘟的鼻头，念起另一首童谣："大猫出来二猫上，三猫出来天明亮。天明亮，野花香，采上一把供太阳……"

而新运面对小虎子时，更有一种别样的感动。爷爷走了，他对小虎子的感情仿佛又升华了一层。他由小虎子想到了爷爷。他从小虎子身上，隐约看到了爷爷的影子。也说不清到底哪像——这也许就是血脉的呈现吧。

一个个家族，其实就是一条条血脉的链条，一直从远古传到今天，而且还要继续传下去……

这天下午，新运和几个人去村南稻田拔稗草。

秋天的稻田，一片油亮碧绿。水腥味里，又糅合了稻谷临近成熟时那种馥郁的幽香。小鱼小虾们一会儿钻进水草里，一会儿又游出来。

人们愿意拔稗草。双腿泡在凉爽的水中，头上戴个大草帽，太阳再毒，也感觉不到有多热。

没有任何征兆，非常突然，一种人们从没有听到过的、低沉悲壮的哀乐声，隐隐约约地从村里大喇叭上传来。顷刻间，整个天宇，都响起这个声音。

新运停住手，觉得十分蹊跷，不明白发生了什么。

收工后，新运和人们往家走时，听到了淙淙的流水声。他循声望去，看到了从那眼机井里涌出的涓涓细流，顺着路边的那条小沟流向不远处的大鸣河。

他又扭头朝西眺望。广袤的稻田上，浮一抹夕阳的橘黄色彩。夹在稻田中的大鸣河，一直伸展到了远处正在笼起的铅灰色暮霭里。他仿佛看到了几里外西汉村南的那方大池塘。池塘长满水草，有苲草、浮萍、水葱、慈菇……唯有当央露出一大片蓝莹莹的水面，下面就是那口有石碾般大的"韩泉"。这便是大鸣河的源头！

怎么回事呀，今年雨水这么大！往村里走着，新运心里犯起嘀咕……

"我们听广播了。学校买了好多白纸，放学时我看到老师们在院里扎小白花。明天我们每人都要戴一朵。"新枝说。

"我们听的收音机，好多学生都哭了。"小水在村里上小学。

"我们班也有人哭了。我也哭了！"

吃晚饭时，气氛就和以前不同。天敏语气沉重地说："如果你们的爷爷还活着，心里不定多难受哩。他们那辈人吃的苦最多。是毛主席，让咱穷苦人家有了地种，不再饿肚子——"

新运眼前幻化出一朵朵的小白花，纸扎的小白花。整个世界，变成了白色的海洋，一波一波的，像潮水般涌动……

下篇

二十一

人们不明白，好好的泉水怎么说干就干了呢？它们可是喷涌了上千年，上万年！不，究竟多少年，谁也说不清。都记得自他们生下来，这泉水，这池塘，这小河，就在世上存在着。他们的父亲，他们的爷爷，甚至爷爷的爷爷，都是伴着泉水和稻花香长大的。没了泉水，周汉河、大鸣河，还有大大小小的池塘，渐渐干坼见底。

这时节，刚收过水稻。秋风一天比一天紧，天蓝得像块大幕布。

没人往深里探究，只争抢那些在乌青的泥水里蹦跳、挣扎的大鱼小鱼，盼着拎回家炖一锅喷香的鲜鱼汤。

其实扁担胡同的平静，早在生产队解散时就被打破了。没有了生产队，小顺子的队长自然寿终正寝。有人再喊他队长，他就拿眼剜人家，心里头憋气，又不好发作。

这时候，社会上也开始流传揶揄和嘲讽"大锅饭"的顺口溜："锄草别锄根，再锄还是分。""支书开会念，队长地里转，社员整天干。紧干，慢干，挣碗红薯稀饭。""上工一窝蜂，干活磨洋工。高粱地里拉泡屎，也得半点钟。"还有："大锅饭，真稀罕，干多干少没分显。舒服懒散不少吃，受苦受累有气怨。"……

一天晚上，小顺子去找梁大壮，央他给自己在大队谋个职位。

大壮没给他面子：上边正清查"三种人"，其中一项就是在"文革"中通过"打砸抢"上台的干部。在这个节骨眼儿上说这个不合适！

大壮语重心长地开导他："眼下这形势，千条万条，发家才是头一条！你也得盘算这个！"

阳坡村二号人物这番话，着实让小顺子感到讶异。看大壮没有一点儿通融的意思，而且神态有些忧郁（这在平时很少见到），小顺子嘴里"嗯嗯"着，似明白了大壮的话，但心里又不那么认为。

从大壮家走出来，他像一脚踏入云雾之中，头重脚轻。这时他想到了杨连奎，但又拿不准连奎是否肯帮他。

回到家，他的胖媳妇彩霞问他："大壮答应了吗？"

"×他娘的！"小顺子冷不丁骂了一句，但又觉得自己太冲动。大壮还泥菩萨过河——自身难保哩。这时，耳边又响起那句话：千条万条，发家才是头一条！

这倒是实话！从去年开始，报纸上和收音机里不是成天这么说吗？还时兴了广告，教你如何挣钱。"发家致富"，这个在不久前还是被批判的字眼，却摇身一变成了时代的"宠儿"，更是一个人能耐的象征！

他对那些致富能手羡慕得要命，也妒忌得要死！

"唉，咱也想法挣钱吧！"他对还愣在那里的彩霞说……

在扁担胡同，除了小顺子，变化最大的还有刘金锁。

就像从天边涌来一股大潮，没有一点儿征兆，就将村里的副业摊冲散了。这让他想到了二十多年前他家的铁匠铺……

他只有在心里怪怨亲家，没有让他如愿进入大队领导层。可这也不能全怪大壮。为这件事，大壮不是也找过杨连奎吗？可就在连奎那儿给卡住了。唉，阳坡村一号人物，能不明白大壮的意图吗？

让他更沮丧的，就是儿子香果去县城上班的事也泡汤了。年前，县化工厂上马，给了公社两个合同工名额。他央求大壮去公社找关系。几天后，大壮回话：名额早被公社的人占了。嘿，谁没个三朋四友、仨薄俩厚呢，哪轮得上咱呢？狼多肉少！

后来，大壮托了镇上供销社一位朋友，让香果去了轧花厂。虽说是临时工，可毕竟给公家干，多少还有点儿面子。

分地后，金锁也开始作务庄稼了。

好多年没下地了，虽说吃些苦，但他明白这只是暂时的。孙悟空本领大吧？可本领再大，也在御马监喂过马呀。就连那个朱元璋，在他当皇帝之前还沿街乞讨过哩。

就这样，表面上他一脸平静，可脑子里却无时无刻不在琢磨挣大钱的门路。

这两年，各种养殖专业户可是炙手可热的新名词，因为成为"专业户"就意味着离"万元户"不远了。

老钱向刘金锁推荐了养奶牛。

老钱从前是厢同村支书。如今不当支书了，当起了牲口经纪，终究是个能耐人！

老钱领着金锁去他们村一户养奶牛的人家看了。只见几头高大的黑白花奶牛，正把头扎进铁制的食槽里，默默地吃草料；主人说，这是荷兰优良品种，出奶量相当高。

当金锁看到院里停放着一辆深红色的"嘉铃"大摩托车，女主人身穿光鲜艳丽的涤纶衣服时，他眼里热，心里更热！

这时，男主人有几分得意地说："明年开春，俺还打算翻盖新房哩。"

想象着几间卧砖到顶、大玻璃门窗的新房，金锁就觉得那刺鼻的牛粪味不再那么难闻了。

没过几天，老钱帮他买了四头奶牛，也是黑白花的荷兰品种。这个扁担胡同的大能人，铁匠的儿子，当起了阳坡村第一个养牛专业户。

但他像个听觉和嗅觉都异常灵敏的小动物，时刻关注和捕捉着村里的动静。每次香玲回娘家，他都打探亲家的情况。

从女儿口中，他得知大壮打算承包村西的果园。

他佩服亲家的眼力与魄力！过不了多久，村里那个有一百多亩地、上千棵苹果树的果园，就成了亲家的，不，更是女儿香玲的！

他还想，这世道也不错呀。从前吃大锅饭，人们生活都差不多，如今有能耐就可以吃香喝辣。于是又想到了"那一小部分人"。嘿，当一小部分人真好！树为一张皮，佛争一炷香，这人，一辈子不就图个脸面吗？

如今，虽说他不再是副业摊组长了，但他走在扁担胡同，走在大街上，依然把胸脯挺得和从前一样高，依然把头发梳得整整齐齐，在气度上没有一点儿改变。他不能让别人看出他的失意。不，不能说是失意，因为过不了多久，他就成"万元户"了，还是阳坡村的"人尖儿尖儿"！

但几天后，香玲给他带来的消息，让他心里不由得一沉。原来，杨连奎也要承包果园！

他问女儿："你公公怎么想呀？"

"他说，无论如何，也得争过连奎！"香玲说完，瞧父亲一眼，仿佛在问：能争得过人家吗？

这个扁担胡同最精明的人，开始埋头抽烟，屋里烟雾缭绕，呛得凤莲不停地咳，却不敢说他。

他明白，这一次亲家要和杨连奎好好较量一番了。从前是权力的较量，这次较量的是利益。

他着实为亲家捏一把汗！

二十二

听说村南的泉水和小河都干了，新运也去看了看。

但他很快就离开了。

他不忍心看到这些陪伴了阳坡村人数不清多少岁月、又留下他多少快乐时光的泉水和小河从这个世界上消失，心里像有一件最重要的东西丢失了。他明白：正是因为滹沱河断流，泉水才干涸的。为什么断流呢？因为它上游的两座水库把闸门彻底放下了——几十里外的省城，自此要靠水库的水来维持它的生命。

新运没有回家，他来到了村西那个最高的地块上。他哪会想到，这块阳坡村最高的地块，竟然成了他家的责任田！

田里的冬小麦，从黄褐色的泥土里刚拱出幼芽，在秋后的阳光下闪着一抹鹅黄色。几只麻雀叽叽喳喳地鸣叫着，从他头顶上掠过，落在不远处的麦田，低头觅食的同时，不忘警惕地四下张望。

今年，他和瑞霞一直在田里劳作，只想把地种好多打粮食。但渐渐地，村里有人开始做生意了。有卖服装的，有到村北马路边开小饭馆的，也有养羊养鸡的。刘金锁不就养奶牛了吗？听说，小顺子也要办厂子呀。

前几天，新运嫁到里双店村的妹妹新枝回娘家，动员哥嫂去她婆家村承包河滩地。里双店位于常山县西北部，属于老磁河故道，村北十多里是漠漠的大沙滩。据说，老磁河流到这里神奇地变为地下河，在下游二十多里的地方，又悄然涌出地表。去年，那位从北京来的年轻的县委书记，几次来这里考察，走访农户。果然，时间不长，县里就下发文件，在这里搞承包试点，把上千亩沉睡了不知多少年的沙滩地承包给农民，三年内不收任何费用。

因为有丰富的地下水，沙滩上除了二十世纪五十年代种植的洋槐树，余下的便是富含腐殖物的大片大片的沙土地。新枝家包了五十多亩，头一茬种小麦，二茬种花生。这里历来就是常山县有名的花生之乡，所产花生籽粒饱满，皮薄且不生蛆虫，出油率极高。

头一年，就大获丰收，光花生就卖了两千多元。成天吃白面馒头、打卤面，他们家的生活跃上了一个大台阶。

这次回娘家，新枝把自己打扮得体体面面，从上到下一簇的新。而且，还穿上了皮鞋。人一旦有了钱，连精气神儿也不同了：新枝面色红润，笑声也更响亮，那双和哥哥新运有几分相像的豆荚般黑亮的眼睛，不时闪着幸福的波光。她带来一大口袋花生，路过镇上时还给父母扯了两块布料，让老人做过冬的衣服；给小虎子买了一身烟灰色运动衣，给瑞霞买了一条花格子围巾；还提来一大摞炸得焦黄的麻糖。

"从前，你们那儿是咱县有名的'北大荒'，当年咱姑姑给你说亲时，我心里还不乐意呢。"新运不好意思地笑笑，"我嫌咱姑光是为了让你守她近点儿。"

瑞霞嗔新运一眼："要不是咱姑，新枝能找到那么好个女婿呀。还天天吃花生！"

新枝脸上泛起一层红晕，笑道："嫂子总夸他，他也就是个平常人！"

"福平可比一般人能干！要不，几十亩地，就你们俩，哪来这么好的收成！"新运插话。

但他和瑞霞不想去承包沙滩地，不只因为路远不方便，还怕麻烦妹妹的婆家。

"唉，也不知道你们怎么想的，这么好个机会！"新枝惋惜又无奈地摇摇头，"拿你们真没办法。"但她知道哥哥要强，不会老种那几亩地的……

此时，站在阳坡村的最高点上，新运脑海里再次浮现出杨连奎、梁大壮，还有刘金锁。每一次站到这里，他都会不由自主地想到他们……

他忽地想起这两天在阳坡村风传的一个消息：为争夺村西果园的承包权，阳坡村一、二把手谁也不肯让步。是的，大壮竟然敢公开和连奎叫板了!

他预感到一场交战即将在阳坡村爆发!

远远地,望着在1982年秋后灿烂阳光照耀下的苹果园,新运陷入了深深的沉思……

就在新运站在村西的最高点上暇想与沉思时,瑞霞正脚踩缝纫机,手扯着新枝给两位老人买来的布料做棉衣。她脑子也没闲着,琢磨着做点儿什么生意。

其实,她早有过这个想法。

是新运家在村里的地位,触动了她敏感又自尊的神经,让她一直心存一个梦想:什么时候,让新运家,不,也是自己的家,在阳坡村过上有脸面有尊严的日子呢……

她抬起头,透过堂屋门,正好看到了院里的压水井。

是的,他们家终于有了压水井。

那是大前年打的。那时候,虽说还没给公公天敏平反,但上边已不大讲这个了。就说打井吧,随便打,哪还再用村里盖章呢。又是她率先提出来的,全家都一致赞成。当她手按压把,望着清亮亮的水流进水桶,心里也溢满欢快的水花。去年,由新运张罗着将屋后这块空庄伙盖了新房,也是青砖扣斗,一明两暗,东西两侧又各有一小间,东间做厨房,西间放置杂物。也打了压水井。他们就搬过来,和老人们分家另过了。

做生意的想法,其实她前些天就有了。

那天她去镇上赶集。如今集上格外热闹,还是那条街,却摆满了各种小货摊;还有不少小吃摊,烙饼、饸饹、面条、烧饼、羊杂汤等应有尽有……临街，有两家新开的小饭馆。那家国营饭店还在，却不再那么抢眼，用门可罗雀形容倒也不为过。

瑞霞再次和张文涛邂逅了。文涛鼓动她进城开饭店。他说，一到中午，饭店里人都满满的，找个空座都难。

但新运不同意。去城里开饭店，那得需要多大本钱呀？天敏也极力反对："自古说，开店容易，守店难！饭店是那么好开的？这可不是一个钱俩钱的事，咱赚起赔不起！"

自此，瑞霞就把这个想法放下了。但脑子又闲不住。

在这个秋后的上午，她正想着，门口闪进一个细溜溜的影子——琴花走了进来。

琴花扯个凳子坐下。说到新枝，琴花俊俏的眼里露出一丝羡慕："听说新枝家发了！"

"可不！这年头，有沙滩地反倒沾光了！过去，那里可是咱县有名的穷地方！"

"听说，是那个年轻的县委书记搞的试点，不然，谁有这么大的魄力……"这一年，那个从北京来的年轻的县委书记成了全县议论的焦点。

扁担胡同的人还在议论一个话题，甚至全村人都在议论，说小海换媳妇换得，值！琴花要身条有身条，要模样有模样，而且还机灵能干。就连一向瞧不起他家的刘金锁，见到琴花，脸上不仅露出笑，还主动和她搭话。说也奇怪，自从琴花嫁过来，小海的听觉渐渐好转。小两口恩恩爱爱，儿子已五六岁，女儿也三岁了。

瑞霞和琴花是扁担胡同最谈得来的人。起初，瑞霞还为琴花感到惋惜——这么漂亮又伶俐的一个人，看看这个命！后来她又认为琴花其实很幸福，远比小素有福气。

今天，琴花来和瑞霞商量一件事，是大事——她想卖服装。

去年春天，村东有人开始做这种生意了。其中有个叫黑虎的，最多时候一天能赚五十多块钱。照这样下去，不出两年就成万元户了。

正是这个黑虎，将人们关注的目光，从阳坡村一号人物和二号人物身上移开了。村干部算什么？不就挣个补贴呀？那才几个猴钱？

由此，人们又对村干部进行了一番深入细致的分析，分析的结果是：他们除了在大喇叭上读读文件，或者说一大堆官话套话，还有什么能耐呀？卖砂壶的翻车——光剩下嘴儿了！能赚钱，能让一家老小吃香喝辣，那才是真本事呢！

于是，有关发家致富的民谣又开始在社会上流传，什么："过去到农忙，赛过上战场。左右一齐乱，上下都着慌。逐级做动员，誓师声威壮；人人表决心，口号震天响。村外搭席棚，书记坐帅帐；棚内勤杂多，脊背挨肩膀，这边画报表，那边写文章。《战报》天天出，喇叭日夜响……责任田，真灵验，不治勤，专治懒。不用嚷，不用喊，身懒手懒肚子管。"还有："我家爷爷七十三，责任田里流大汗。我劝爷爷歇会脚儿，他说越干心越甜。"还有："多喂鸡多拿蛋，多编筐篓多换钱。多种桃梨多摘果，多养蜜蜂多收甜。勤劳致富你莫怕，要像春笋比冒尖。"……

于是，就像一股春风，吹进了阳坡村，人们都生出前所未有的兴奋与渴望。一些机灵人，开始频繁走动，所聊话题无非是一起干点儿什么。或者卖服装，像黑虎那样；或者办小工厂，加工蛋糕，或打水泥板——小顺子不是要办水泥板厂吗？

而那些在大集体时挣工分最多，最受人赞许和佩服的人，如今在人们眼里一落千丈。因为他们只有力气，只会土里刨食，却没有挣钱的脑瓜子，是"死庄稼主儿"。

1982年的秋后，阳光和从前没有什么两样，依旧照耀着辽阔无垠的华北大平原，但人们眼睛里的世界却不平静了。一种从来没有过抑或一直被压制的欲望，通过人们的目光，以及言谈话语不经意间流露出来。一个躁动不安，又充满兴奋与渴望的1982年……

琴花想和瑞霞搭伴卖服装的想法，立即得到了瑞霞热烈的响应。

"好，明天咱就去办营业执照！"琴花眼里闪着亮光，一种全新的充满希望的生活即将开始了！

直到快做午饭时，琴花才起身离去。

瑞霞放下手里的活儿，刚要去厨房，新运回来了。

她把卖服装的打算对新运说了。新运说："好，这个好干！"

虽说卖服装用不了多少本钱，但至少也得几百块。他们手头不宽裕，这时新运想到了父亲。

但他不愿意向父亲张口。小水也长大了，二老还要攒钱给他娶亲呢。

看新运一脸愁云，瑞霞笑笑，打开大衣柜，从里面拿出一个存折，递给他。新运预感到了什么，打开存折，几个数字跃进他眼帘：300元。下面是曲阳桥信用社的鲜红印章，似一朵艳丽而灿烂的梅花。

"俺会变戏法！"瑞霞对着惊喜又疑惑的新运笑笑。

原来，这是她的小体己。

因她娘家村紧临滹沱河，每年夏天人们都到河滩槐树林采槐叶，晒干后卖给生产队，队里用机器磨成粉状再卖给县外贸局，据说用来出口换外汇。从十来岁开始，每天放学后瑞霞就和小伙伴们去林子里采槐叶，每年也有二十多块钱的收入。但父亲一分不要，让她攒着将来置办嫁妆。瑞霞出嫁时没舍得花，后来也没花，她要留到最需要的时候……

这笔钱无疑是雪中送炭！

第二天，瑞霞就和琴花去镇上工商所办了营业执照。

她们去省城的南三条批发市场进货——没有走村北那条直达省城的公路，走的是"下道"。所谓下道，就是乡间土路，近了一半的路程。但要穿过滹沱河。

从省城回来，她们的自行车后架上驮着一大蛇皮袋服装……

路过滹沱河，正是夕阳西沉，晚霞与暮色并存。天上恰好有一群南飞的大雁。瑞霞抬起头，望着雁阵从头顶上徐徐飞过。此情此景她是多么熟悉，然而那低沉舒缓的雁鸣，此时竟然多了几分忧恼与苍凉。是因为河里没水了，还是其他原因？她哪说得清呢！

这时，瑞霞又想到了在"南三条"（那是华北最大的服装批发市场）里那种兴奋与欲望相交织的目光，第一次，她体会到了讨价还价时的冷漠与残酷。这里没有良知和情面，只有心机与眼力；那是一种和她以往的生活完全不同的嘈杂与喧闹，而始作俑者就是人的欲望。

滹沱河仿佛是条分界线，她从彼岸，正走向一个完全陌生又充满诱惑的对岸……

第一次赶集卖服装，让瑞霞既激动又振奋，当然还有一点儿羞涩。

她和琴花赶的是北孙村庙会。阳坡村距离北孙村有十来里地。从小到大，瑞霞赶过许多集，庙会是这两年才恢复的。庙会比集规模大，少不得请一台戏，是这一带人喜欢的丝弦或秧歌。秧歌，是这里土生土长的剧种。据说，早年间人们一边在水田里插秧，一边哼唱小调，歌词和曲调都非常简单，却十分优美动听，于是便称作秧歌。是的，劳动创造了艺术，而艺术，又丰富了人们单调乏味的生活。三天的庙会，中间是正庙；但戏要连唱三天的。瑞霞以生意人的身份赶集上庙，这还是生平头一次。

他们各自在街边找两棵树，树之间拴根绳子，将衣服往上面一搭，就站在摊位前等待顾客的光顾。

因为是初次，瑞霞多少有些拘谨，琴花那张白皙俏丽的脸也有几分羞赧。黑虎的摊位离瑞霞不远，那里总围满顾客。黑虎嘴角叼支烟，高大匀称的身子直直地戳着，笑纹散开在黝黑的长条脸上，还不时嘻嘻哈哈地和大闺女小媳妇们开玩笑，就在这谈笑声中完成了交易。你不服不行！

让瑞霞感到欣慰的是，这天上午，她卖了两件衣服。一件涤卡上衣，一条腈纶裤子，都是女式的。当她第一次从顾客手里接过钱时，心禁不住怦怦直跳。是激动，还是喜悦？二者都有！

这是她第一次以这种方式赚到的钱呀。是不同于在田里的一种劳作——一种特殊的、更让人钦佩的能耐！

两件衣服，赚了二十块。她将手伸进口袋摸摸，没错，是钱，自己赚的钱，带着她的体温。二十块，差不多顶从前好几个月的收入（队上一个工值没超过二角，一个壮劳力一天才挣一个工）。这可是一笔大收入！

后来，她听说黑虎一上午挣了七十多块。挣这么多，才卖了三件衣服，她这才知道了人和人之间的差距。

琴花也卖了三件，只赚了三十块。不过，和瑞霞一样，她也很高兴，毕竟初战告捷。也有一上午一件没卖的——没开张！

这天中午，瑞霞在小吃摊上特意吃了一大海碗杂面。她吃出了小时候的味道。

一边吃饭，瑞霞一边在心里思索一个问题：同样卖服装，为什么人家黑虎能卖那么高的价钱，自己却做不到呢？

不过，这个问题在几天之后就解决了。

一是要价要高，狠！比如，一条裤子十元进的，你得要五十；和买主讨价时，不能心慈面软，要通过察言观色来捕捉对方的心理，以便采取相应对策。最后，即便三十元卖出去，也要做出惋惜不已的样子："唉，看你这么喜欢，又是实诚人，我就赚个跑腿费吧。"买主呢，也乐意听这话——认为自己买得值！

第二，就是会夸人！尤其对女买主，即便她穿上不怎么好看，也要说好看。还要说，三分俏来七分打扮，你本来长得俊气，穿上它把你衬得更俊气了！往往这么一夸，对方极有可能将手伸进口袋掏钱。人常说：一年学个庄稼汉，十年学成买卖人！

做买卖，要的就是心眼活泛。

起初，瑞霞心里还有些不安。

可后来当她面对买主时，完全变成了另一个人的嘴巴。说出这样的话来，竟然那么流利与坦然。这样的结果自然买卖成交，而且价格令她十分满意。这让她自己都感到奇怪与惊讶。

她在这方面的长进，得到了同行的赞许。都夸她："看人家瑞霞，真是个机灵人，才干几天呀，都快成买卖精了。""买卖精"，是人们送给生意人最好的褒奖。

琴花也夸她，目光里更有一丝难以压抑的热羡。

有一次收摊时，琴花悄悄地对她说："你知道我那件枣红大衣卖了多少钱吗？"

她铆足劲儿往大里说："三十吧。"那件大衣十块进的，三十可是成本的三倍。

琴花摇摇头，伸出一根指头朝她晃晃。

莫非十块？不对吧？

"一百！"

哎呀，一百！瑞霞不信，可又不能不信。谁这么傻呀！再说，这不是捉弄人吗？

"心不能太软了……"琴花说，"只要看准她（他）想买，就得想法哄住，送到嘴边的大鱼，放走了才是笨蛋！"那语气，有几分炫耀，又似在谈经验体会。

琴花也长进这么快！瑞霞不得不佩服琴花的机灵与精明。

大家结伴往回走时，又都把许多赞美的话送给了琴花。都说，还是人家琴花厉害，十块钱进的衣服，能卖到一百！只有黑虎才能做到!

黑虎也夸了琴花几句。人们开玩笑说,黑虎,你收琴花做徒弟吧。黑虎不动声色地说:"要想会,跟师睡,要想好,自己找!"

大家轰地笑起来:"琴花,听到了吧,今晚上就拜师!"

琴花脸色绯红,嗔黑虎一眼:"还老大哥哩,总没个正形!"说完就抿起嘴笑,在夕阳绚丽的余晖里,那张白皙的脸愈加甜美而温婉。

黑虎性格诙谐幽默,但他比琴花大了十多岁,于是又哈哈笑道:"开玩笑哩!人家琴花哪用得着拜师傅呀,那么聪明,也是个买卖精!"

人们又笑起来。笑声伴着自行车清脆的铃声,在傍晚凉意渐浓的微风中恣意飞扬……

常山城隔三天一个大集,集市位于县中心小学门前的大广场。县里为了大力发展和扶持个体经济,在广场西侧为卖服装的个体户搭建了一长溜儿水泥亭子。每逢集日,瑞霞就和伙伴们到这里出摊。雨淋不着,太阳晒不着,比在乡下上了个大档次。

临近中午时来了个年轻女孩,红扑扑的圆脸上,生几点儿雀斑,身材高挑,梳两条小辫儿(没有赶时髦烫头发),穿一件枣红色半旧风衣,一看就是乡下来的。她手里拿一个花手帕,在每一个摊位前转来转去,最后停在瑞霞的摊位前。她相中了一件深蓝色上衣。

"这件什么价呀?"

瑞霞用惊喜的口吻说:"哎呀,你真有眼力,这件衣服最适合你！”

她学着别人的样子——不，其实也是她内心里想说的。显然这句话起了作用，少女不好意思地笑笑："到底多少钱呀？大姐！"

"一百！"瑞霞脱口而出。

"啊！这么贵？"

"贵？一分价钱一分货！这么好的衣服，还贵？不信你问问，到哪儿也是这个价！"又补充，"我没有和你多要！"

"便宜点儿吧，便宜点儿俺就买！"少女手里拿着那件衣服不肯放下。

"你本来长得就俊，穿上它就更俊气了！红花还要绿叶配哩！你说是不是呀，大妹子？"瑞霞一脸笑盈盈地说，"自己喜欢又合适，哪还讲个贵？"

"大姐，再便宜点儿吧！"

望着少女那恳求的眼神，还有那张乡下女孩子特有的清纯朴实的脸颊，瑞霞心软了。多便宜点儿吧。一个声音对她说。

但另一个声音马上反驳："哎呀，这是生意，生意！生意经上不是说，只有强送的货，没有贱卖的货！要想多赚钱，心就不能太软！"

两种声音在她耳边打架，但后一个终究压过了前者。

"看你这么喜欢，就便宜五块钱！"她做出大度的姿态。

姑娘的手伸进口袋，但很快又抽出来。她摇摇头："我再转转吧。"

"再便宜我就赔钱哩。——好吧，你转转吧。"瑞霞心里有底，这种款式的衣服她是独一份。

果然，没多大会儿少女又转了回来。少女将手伸进衣袋，尽管有些不情愿……

"大妹子，我没哄你吧？"瑞霞将那件衣服小心地叠好，笑呵呵地拍到少女手里。

这是她今天赚得最多的一笔，也是开始卖服装以来，一件衣服所获利润最高的一次。

然而，那个纯朴中又有几分羞涩的少女的脸庞，不时在瑞霞眼前浮现。她仿佛看到了从前的自己……

这天琴花的生意不大好，一上午没有开张，面对人们对瑞霞的夸奖心里未免有点儿失落，但依然为她的好友高兴。

每天晚上，是瑞霞和新运最开心的时刻。

在灯光下（村里有时停电，就点蜡烛），他俩伏在炕沿上，数那一张张大小不一、皱皱巴巴的钞票。每一张钞票，都闪出一抹光晕，像夜行人望到远处一星让人欣喜的灯光。之后，又清点屋地上那个偌大的蛇皮袋里的衣服。女儿早进入梦乡，小虎子趴在炕头上写作业。他已经七岁了，刚上一年级……

"我干点儿什么呢？"睡下后，新运拉住瑞霞的手放至胸前，一边轻轻地爱抚，一边大睁着眼睛，在心里问自己。他感激瑞霞。他喜欢听人们对他说："你媳妇能给你发家！"

这些日子，他也帮瑞霞去省城进服装。不给她帮点儿忙，他心里总空落落的。因为这个季节田里没什么活儿，他有大量的闲暇时间。

他也琢磨着做点儿什么生意……

二十三

对大壮，虽说杨连奎早有戒备与提防，把他视作肘腋之患，但哪会想到对方竟然为承包果园和他撕破脸皮呢。

本来，按公平公正的原则，果园是要搞竞包的。连奎也让大嘴在大喇叭上广播了，但等了许久也没人报名。

大家都觉得奇怪。有人说，这是个技术活儿，那么大个果园，弄不好赔了怎么办？人们一想，这话说得在理啊！

连奎生出承包果园的想法不仅仅为赚钱。他喜欢果园，因为那是他一手创办的；还有，这果园可是一百多亩的良田沃野，上千棵果树。从前村干部挣工分，如今只有点儿补贴。何况，上边也提倡村干部带头致富。

至于价格嘛，也好说！支委会上让大家评估一下，定个数，只要合理人们也不会有什么异议。

他认为自己承包果园是板上钉钉的事，谁知，这时大壮却跳出来和他竞包。原来，大壮也有这个打算！他认为这不单纯是利益的较量……

于是，这件事就暂且搁置下来。其实双方都在暗暗较劲，逼迫对方主动退出。就这样，严寒的冬季匆匆过去了。随着麦苗的返青，太阳一天暖似一天，又一个初春时节来临了。

"连奎哥，不是我不给你面子……"大壮声音不高，却满是挑衅的意味。这是连奎为此事和大壮再次交涉，也有最后摊牌的意思。此刻两人的神色都是庄重和严肃的。大壮那双鱼泡眼眯得更细了，但从里面射出的光亮却像锥子般尖利。

连奎吐出一口烟，极力让自己的情绪变得平缓："那好，既然你这么说，咱俩就竞包吧。谁出的价儿高，果园就是谁的！"

这是一场非常特殊的竞包。在场的除了全体村干部，还找来几位村民代表。地点就在大队部。经大家商定，起价为每年五百元，承包期限为十年；如果一次性付清承包费，可以优惠一千，十年共四千元。

因为参与竞包的是阳坡村一、二把手，因此人们的目光是复杂的，都明白这不单单为一个果园子……

连奎出到五百一，大壮紧随其后，五百二；连奎出到五百三，大壮紧咬不放，伸出大手，在桌上用力一拍，大喊："五百四！"那双鱼泡眼完全张开，瞪成了一对儿铜铃。就这样，价格被抬到了七百，八百，一千。

这时，连奎脑海里跳出了让给大壮的念头。但又不甘心——主要是不服气！对大壮，他怎么能服输呢？从前是，现在也是！疤瘌狗撵兔子——你是凭跑呀，还是凭嘴？他有这个豪气与自信，是因为他想到了身后强大的家族势力，还有他们杨家在村里无可比拟的声望。

大壮呢，没有想到连奎死不让步。如此下去，即便将果园争到手也只能落个白忙活。但他又不想放弃，也不能放弃！这时，他眼珠子快速地转了几下，腾地站起来，把胳膊用力一甩："明天再说吧，我还有事哩！走哇！"然后，抬脚愤然离去。

这才是梁大壮的做事风格呢！大家惊讶，但又是意料之中的，纷纷把目光移向杨连奎，看他如何收拾这突发的一幕。

连奎心里明镜似的，明白这是大壮的缓兵之计。也是他要耍横的一个信号！

但他不怕大壮，他坚信"喇叭是铜不是铁"。

大壮回到家，马不停蹄地将他的本家们召集到了一起。

他们梁家人一直都盼着大壮取代阳坡村一号人物呢。背靠大树好乘凉！他们平时连出口气都是粗的，那只是针对普通村民，当面对杨家人，就变成了紧缩身子的刺猬，哪还有半点儿硬气呢。这就是二号人物和一号人物的区别！

因此，当这一次大壮向他们发出指令时，一个个都摩拳擦掌，都想好好表现一番。

"哥，这么个好机会，你可务必抓住！"大强用力一挥他那粗壮的胳膊，粗喉大嗓地说。

"叔，早该有这一天了，咱哪能总让他们杨家压着……"这是他一个亲侄子。小伙子长得粗壮敦实，敢说敢做，是梁家的一员猛将。大壮喜欢他，在某种程度上甚至超过了他亲儿子。二蹦子不光口齿不利落，也没什么大出息，这让他很失望。他想把这个侄子弄进大队领导班子，可每次提出都遭到杨连奎以不符合上边纪律为由而拒绝。他是大队长，哪能再让侄子当村干部呢？连奎是极力培植自己的亲信，而且都很能干，这一点，就比他高明！

他也曾经打算提拔张大嘴。可大嘴不争气啊，培育的小麦新品种终究没有成功。却有人搞成功了，不是小麦，是棉花，被省里认可并命名为"冀棉五号"，向全省推广种植。研发者是本县一位姓黄的青年农民，县里不仅给他颁发嘉奖令，还作为科技人才招聘到县农业局工作，成为远近闻名自学成才的农业专家。哎，张大嘴他娘的光是一张嘴，连人家个屌毛也赶不上！他后悔当初看错了人！大嘴给他捂了嘴！

"大伯，我大强叔说得对，这个机会不能错过！"说话的是他一个堂侄。瘦高的个子，却有一双聪敏的眼睛——他也豁出去了。

人们的积极性空前高涨，像农历十五涨潮的海水。尤其上了点儿年岁的人，以他们的人生经验判断，这次分地又是一场"运动"，而每次运动，都有人倒霉，有人得势。也就是说，在阳坡村的政治舞台上，也是你方唱罢我登台！

梁大壮也认为自己替代杨连奎的机会终于到来。

因为，他听说其他村更换一把手的居多。他还抱有侥幸心理。他盼着杨连奎被免职。你没有造反，可也是那个时候上台的。再说，他比杨连奎还年轻几岁哩，勉强算得上年富力强，去和公社新来的刘书记套套近乎，也许人家会保他。在阳坡村，只有梁家和杨家压得住阵脚……

连奎刚吃过晚饭，张全来就匆匆赶来了。

一进门，全来急慌慌地说："叔，快点儿想办法吧，大壮正联络人哩，一会儿来闹事呀！"望着连奎略显惊讶的目光，又补充，"我先来告诉你一声儿！"

连奎哈哈地笑道："好呀，是骡子是马，就拉出来遛遛吧！"

这是他意料到的！他让全来快点儿离开，全来不肯，他把眼一瞪："你不要掺和这事，你放心，他不敢把你叔怎么样！"

这时，几个本家也急匆匆地赶来向他报信，说大壮家的人扛着铁锹、钉耙，还有木棍，浩浩荡荡赶来了。连一向沉稳大气的满花，脸也变成了土黄色，不停地说，哎呀，这可怎么办？这可怎么办？连奎瞪她一眼："看你个小蝎虎胆！他不就是梁大壮吗？我要让他露多大脸，现多大眼！"

人越聚越多，都是他的本家。也有几个大队的人，却都被连奎劝走了。

杨家人群情激愤，认为大壮是在要横棍。他们也要保住杨家这棵能为他们遮风挡雨的大树……

当梁家的大队人马手持家伙，气势汹汹地来到杨连奎家街门口时，那里早黑压压站了一圈儿人，手里拿着和他们同样的"家伙"，每一双眼里都喷着火焰——那是一死方休的架势！

这注定是个不平静的春夜。阳坡村人被一种既兴奋又惶恐的情绪所笼罩。每人又都各有各的看法。空气中，弥漫起一种特殊的气味，像火药。不，也不全像。又像某种植物的气息，可又想不起叫什么。有上年岁的人说，有点儿像大烟味，这种东西越吸越上瘾。于是年轻人就拼命似的吸，因为那传说中的大烟属于另一个时代，离他们非常遥远。正因为遥远，反而感到新奇。每人都伸长鼻子捕捉这种气味，不用说，神经极度亢奋，真像吸食了大烟。

也有人跑去瞧热闹。大街上，胡同口，总有人走动，有人说话。声音伴着小南风，徐徐吹来。不过，据大家推测，杨连奎获胜的可能性较大。嘿，大壮是山羊拉大车——自不量力，竟敢找上门和连奎叫阵！果园是人家连奎建的，由连奎承包更合适。

人们又由连奎，联想到整个杨家。嘿，那是什么家庭？自打连奎父亲那辈起，就在村里行善积德啊。古人说，善不积不足以成名，恶不积不足以灭身。人家行善不是一天两天，也不是一年两年，不然，干吗落下"杨老善"的名号？而你梁大壮又是什么德行？

但也有人说，风水轮流转，阳坡村的天下，不能总是杨家的吧？

"哎，还不是为争权夺利？"

"谁不想占个高枝呀？人为财死，鸟为食亡。嘿嘿！这话没说错喽！"……

吃晚饭时，天敏就一再告诫新运："别出去，在家给我安生待着！"

新运没搭腔，只是暗自发笑。他真想出去看看，但又认为父亲的话有道理。虽然给父亲平了反，他家在阳坡村终于扬眉吐气了，但父亲处事依然小心谨慎。一朝被蛇咬，十年怕井绳！他理解父亲。

他不去，但心里一直晃动着一个影子。是香玲！香玲眼下怎么样呢？一想到香玲，他心情又变得复杂起来。

天刚擦黑时，胡同里就不时传来急促纷乱的脚步声，还有喊喊喳喳的私语声。那是大壮家的人到金锁家搬援兵的。

新运突然想起一件事。

那天下午，他在村西高岗上给麦田浇水。是二遍水了。垄沟边边儿上和麦垄间，长一抹野草，有荠菜、灰灰菜，还有"哞哞牛"、狼尾巴花儿，它们和小麦相生相伴；到小麦吐穗时，便绽放各色美丽的小花，和此后的蜻蜓、蝴蝶等，成为一代又一代人对春天田野的美好记忆。

这时梁大壮赶来了。一根香烟朝新运递来，又有打火机凑到他嘴边。

"有点儿事……"大壮点着烟，目光紧盯着新运的眼睛，过了一会儿，才说，"新运，你比你爸机灵！"说到这里便打住了，然后将目光从新运脸上移开，望向西面的远山。这是他和人商谈事情时的一个习惯，说一半，另一半让你揣摩。

但新运越发疑惑了。大壮为什么这么讨好自己？在这极短的时间里，他无法摸透阳坡村二号人物的真实意图。

这时大壮终于说出了一个令新运无法料想的想法：他打算提拔新运当副大队长。

新运——这位在村里一直备受压抑的年轻人，脑子一时转不过弯来。哎呀，是做梦吧？他眨眨眼睛，确认站在自己面前的真的是梁大壮，他的话还言犹在耳，而且就那么叼着烟卷，等着他答复。

"大叔，你高抬我了。"新运挠着后脑勺，"我哪有那两下子呀！"

大壮将厚嘴唇咧开了，发出哈哈的那种招牌似的笑声："大侄子，你别跟我推让！我看中的人，那绝对没问题！"不容新运答话，又说，"当年的事嘛，嗨，那会儿就那个形势！我又年轻，做事冲动啊！还有，按说我不该说，说就是是非，当年，连奎可是支书！"

说完这番话，大壮边咂嘴边摇头，一脸的懊悔。他渴望从新运脸上看到对他感恩戴德的神情。

但他失望了。新运说："这事我得考虑考虑，回去和老人们商量一下！"

"好吧！"大壮说。为纾解有些尴尬的气氛，他将两手背在身后，来回走几步，然后右脚狠狠地在暄松的地上踩几下，"新运，你家这块地不错！"

"都一样，都一样。"

"不对！你这话不对！"大壮指着东面的村子，"你看看，这是不是咱村最高的位置！"

没错，是最高位置！站在这里眺望阳坡村，新运有一种俯视的感觉；往南看是翠绿如毯的稻田，还有闪着粼粼波光的小河——这是从前的景色；往西看是苹果园；往北是一望无垠的庄稼地。每一次站在这里，他心里都涌出一股激情。不，是梦想，对，是他对未来的梦想。只是，当时他觉得这梦想不但虚无缥缈，而且还荒唐可笑。

今天，这个梦想却向他微笑着招手了。

这是阳坡村二号人物带给他的，这个人就站在他面前。

"大叔，我回去和老人们商量一下……"他还是那个理由。

"你是个聪明人，好好想想……"大壮说着，慢慢走下高岗……

这个消息，让天敏和桂花都吃惊不小，说引起一场地震也不为过。尤其是桂花，眼窝里的笑都要滴下来了。

惊喜过后，李天敏却为难了。当年以那种卑劣方式将自己整下台的梁大壮，为什么突然对自家示好呢？很明显，拉拢新运和杨连奎对抗哩。为什么他早不找，晚不找，偏偏和连奎竞包果园这个节骨眼儿上来找呢？

虽然他有一种扬眉吐气的感觉（这种感觉比给他平反时还要强烈），但自己就是当村干部栽的，不想再让儿子重蹈覆辙。风筝放得高，跌下来一团糟！看着挺风光，说不定哪天倒霉呢！新运不能说笨，但也是袖筒里塞棒槌——直来直去。他这直性子脾气怎么能和大壮这种人搭伙计呢？

还有一点，他不愿意让新运陷入梁、杨两家的矛盾之中。

除了桂花，新运和瑞霞都是这个意思。如今只要你有能耐，就能过上好日子。新运想到了黑虎，想到了收音机和报纸上那些风光无限的万元户。

瑞霞也替新运说话："不干就不干吧，不可惜！"她刚做生意就尝到了甜头……

小顺子也乐意看到杨、梁两家闹翻。

大壮是他恩人，可是后来却又冷落了他。这次，他盼着连奎把大壮击败。

不能当生产队长了，又没当成村干部，他沮丧了几天马上又振作起来。呸！如今谁还稀罕那个？你大队长算个×蛋？不就会耍心眼子呗！知了掉到井里——光有本事叫唤，没有本事喝水！等挣下大钱，眼气死你！

这个小顺子，非常会为自己找台阶下。当他听说大壮和连奎为承包村果园发生争执时，就想，这不正好验证了自己这个想法吗？今后就是"钱"的天下了！

前些日子，他在村北自家责任田里盖了几间小屋，又平整了一大块场地，建了个水泥板厂。

这两年，盖房开始时兴水泥板了，木头房梁即将退出历史舞台。这是一场建筑革命！他从信用社办了无息贷款，那是国家专门用来扶持农民办厂子做生意的。虽说是无息的，却有还款期限，逾期不还将负法律责任。当时，他手捏协议，头就有些大了，但马上安慰自己：不就是五年吗？说不定两年就还清了！人家黑虎才干了多久？据说快成万元户了。

不久，他的水泥板厂正式开工。虽然那几千块钱也花得差不多了，但让他高兴的是，开工没几天便有人前来订购。人们开玩笑叫他大厂长，他就咧着嘴笑，心里美得像饿肚子的人吃了一碗香喷喷的炖猪肉。他还盘算着，待赚到钱先请连奎来家喝一壶，然后再请大壮。他请大壮不单是为喝酒，而是借着酒劲儿羞羞他那张老脸！

因此，今天晚上他似乎比任何时候都要兴奋。哪怕有一丝动静，都会迅速地传递到他的大脑皮层。

他本来想去瞧热闹的，却被母亲巧巧挡住了。同庆也给他撂下狠话："你哪也别去，就在家给我安生待着！还嫌给找的麻烦少呀？"

是的，这段时间为贷款办厂子，同庆和巧巧没少操心。万一赔了怎么办？三千块呀，那是闹着要吗？

后来，小顺子的胖媳妇彩霞说到了几个人，远的是黑虎，近的，就是扁担胡同的琴花和瑞霞。他们不都做生意了吗？而且都非常红火！还有，就是刘金锁。他们能干，小顺子怎么就不能干呢？

小顺子来到了屋顶上，伸长脖子朝村西南方向眺望。伴着好闻的炊烟味和柴草香，从那里传来一声接一声的狗吠。有时一只狗叫，有时群起而响应，而且狂吠很长时间，像是告诉人们：今晚那里要发生一件不同寻常的事情！他也闻到了那种特殊的气味，这气味更令他激动与亢奋。忽地飘来一块云彩，遮住了亮晶晶的星星，夜色更浓更重了。

他能想象出那里的情景。他期待着有更热闹的声音传过来，将这平静的春夜搅乱，搅起一个大旋涡……

这天晚上，刘金锁家也是不平静的。

他料到亲家和连奎会有这一天，但没想到村里的果园成了两家矛盾的导火索。在他的记忆里，阳坡村小的热闹倒不少，就是兄弟俩为赡养老人或者分家大打出手，也有为墙角或地边反目成仇的，但这只属于"兄弟阋墙"之类的冲突，远没有今晚热闹！

他先是坐在屋里喝茶、吸烟，后来又来到院里，叼着烟踱来踱去，用同样灵敏如雷达般的听觉，捕捉来自村西南方向的动静。从街门外传来风吹树叶哗啦啦的响声，有好几次，他把这声音当作了吵嚷声。

马凤莲抱怨他："多一事不如少一事，你就不该帮他家这个忙！"不仅香果去了，金锁还让几个侄子也赶去为亲家站街助威。

但她眼前总出现一双眼睛，那双眼睛里满是哀求。一会儿是女儿香玲的，一会儿又是女婿二蹦子的。就是这双充满求助的眼睛，又让她心生怜悯。

"怎么还没动静呢？"她盼着在这场博弈中，亲家能占上风。

刘金锁将手里的烟蒂弹到地上，乜斜起他那双漆黑的眼珠子，盯着凤莲，把鼻子一皱："哼，不经事！好饭还怕揭锅晚吗？"

凤莲挨了金锁数落，也不好说什么，回到屋里，找出一件旧花上衣，她想改成小袄冬天穿。

刚拿出来，又放回衣柜。唉，如今可不缺这俩钱了，秋后去集上买件新棉衣穿！年纪大了，更不能让人们小瞧。她想到了琴花！她就和他们家住斜对门！

一想到琴花，她心里未免酸溜溜的。琴花赶集上庙卖服装，不但赚了票子，就连神气和穿衣打扮也变了。

还有那个瑞霞，自从去年秋后和琴花搭伴卖服装，也赚了个盆满钵满。这些天她最听不得的，就是每天早饭后瑞霞在琴花家大门前喊琴花，然后两人说说笑笑着驶出胡同。傍晚时分，又结伴回返，那清脆的车铃声在整个胡同震响，像告诉人们：今天又赚了不少……

……大贵搓了一支纸烟，塞嘴里慢悠悠地吸着，语气不急不缓地说："嗨，一山不容二虎——"停一下又说，"从前，大

壮和连奎只是暗里较劲儿！就像憋了一渠沟子水，只要把闸门打
开，水就哗地流出来啦。嘿嘿，是不是这个理儿？"

然而，哆嗦香脸上的不屑让大贵十分扫兴，他又将目光移到
琴花脸上。在他看来，能得到琴花的赞许比哆嗦香还重要呢。

这两年，最让他高兴和扬眉吐气的是，上边不但摘掉了他们
家头上那顶"反革命"帽子，而且县里还派人来家慰问。还有，
就是给小海换亲，换的可是只金凤凰！这不，才短短几个月，就
赚了一大笔钱，这在生产队时候，十年也挣不来。这亲换的，
值！

在这一刻，他竟然一点儿也没想女儿小素的处境。

琴花刚帮婆婆收拾好碗筷，坐在堂屋门限上，一手托腮，歪
着头往院里瞅。她也关心今晚村里发生的事。于是脸上马上绽开
笑，回应道："我爸说得不假，一山哪容得下二虎呢？哼，都是
厉害人，谁也不服谁呗！"

琴花的话大贵听来十分舒坦，他更对这个伶俐又懂事体的儿
媳妇生出了几分欣赏。

小海一直没说话，只是坐在院里吸烟。锄了一天地，全身酸
胀难耐，但心里却又是激动的。他要看看这一号人物和二号人物
到底谁胜谁负！

眼下，看着父亲和琴花一递一说地对话，还有老父亲望向琴
花那钦佩的眼神，他心里也生发出一种自豪感……

这个不平静的春夜，躁动不安中又充满了各种变数。

杨连奎家街门口，人越聚越多。除了梁、杨两家，就是前来

瞧热闹的村民。他们都远远地观看，没有一个人站出来劝阻。常言说，个矬不拉架，脸小不劝人！是呀，没人有那么大面子！

有一个人站在一个不起眼的角落，一边嗑瓜子，一边伸长脖子朝前张望。没人理会这个阳坡村的"大名人"——大凤。

三年前，大凤忽然从人们视线中消失了。后来才听说，她是被公安从家里悄悄带走的。带到了天津塘沽一个劳改场，给她定的是"流氓罪"。这个消息在阳坡村引起一场不小的震动。除了惊讶，人们也有几分艳羡：天津，那可是大都市，村里人谁去过呢？

三年后大凤回来了，和走时一样也是鸦默雀静的。见了人，依然有说有笑。穿衣打扮，却变得时尚洋气了。尤其让人感到稀罕的，是将发梢烫了卷儿。村里人第一次知道了这叫烫发，上点儿年岁的说，"文革"前城里就时兴这个。

大凤从天津回来，再没有听说她和村里哪个男人有过那种事。莫非她真的改了？也有人不这么认为，说其实她在天津吃了大苦头。狗能改了吃屎，羊能不吃麦苗呀？她那个毛病，哪能轻易改了？只能说她开始顾及自己名声了，因为儿子和女儿们都长大了。

有两口子半夜吵架，女人嘴里往往冒出一句："莫非你还想着大凤啊？"男人要么不言声，要么故意回敬道："想着又怎么样？"于是，两口子又继续磨牙拌嘴……

今天晚上，事情到了这一步，他们两家该如何收场呢？

这是人们的想法，更是杨连奎正在面临和绞尽脑汁思索的问题。在这个剑拔弩张的时刻，他应该马上做出决断了。从内心里，他不愿意发生流血事件。万一，万一哪位一失手闹出人命……他可是阳坡村支部书记！

他开始后悔和大壮竞争了！二蹦子是果园技术员，他家承包其实最合适。怎么办？怎么办呢？他抽着烟，在屋地上来回地走，眉梢挤成了一枚大枣。满花一会儿走到院里，一会儿又回到屋来，脸盘子红通通的。但当她看到连奎那双深沉的眼睛时，心里又感到了些许踏实，轻轻地呼出一口气。本家晚辈们不停地安慰连奎，说今天就豁出去了，咱杨家才不怕他梁家哩！有人给连奎续茶："大伯，你就喝你的茶，天塌不下来。就算塌下来了，也由我们顶着哩！"

虽说待在屋里，但连奎也隐约听到了从外面传来的一波波的声浪，像河水，不，更像火车开动时喷出的气浪，凶猛地撞击着他的耳膜。他仿佛看到了那一把把铁锹、镰刀闪出的寒光……还有一双双的目光，也都投向他。其中，有一双眼睛最亮，里面的内容最为复杂，那是老父亲的……

是啊，老人家做了一辈子善事，其实最在意的就是杨家在村里的名声。"宁为千人好，不为一人仇"！他耳边又响起老人的谆谆教诲！

……人们看到，连奎一个当家子老哥，急匆匆赶来，朝着杨家人大喊："都回去！都回去！连奎传话儿啦！"

"大伯，怎么回事呀？我不走！"是连奎那个本家侄子。

"回去听你叔说！给我走！"老人歪起脑袋，狠狠地训斥他，"看你这急猫子脾气，总改不了！"

于是，杨家人都拎着家伙，极不情愿地跟着老人返回院里。

"看我叔，心慈面软！人家都骑到咱头上拉屎了……"一边走，连奎那个侄子不停地嘟囔。

不大会儿，大壮家的人也撤走了，像一阵旋风般消失在了灰蒙蒙的夜色里……

嘿哟！一场好戏，就这么草草收场了？人们纳闷，百思不得其解：他们两家到底又发生了什么？

当人们终于明白了事情的原委时，都惊讶得大眼瞪小眼。嘿嘿，这世道还真变了啊，一号人物竟然屈服于二号人物了。人无一世好，花无四季红，这话有道理！但也有人认为没这么简单，杨连奎是谁呀，他拨拉着他的如意算盘呢，能轻易向大壮认输吗？

也有人不这么想。杨家是村里有名的"积善之家"，让给大壮，才是杨家做事的风格呢！

当然，人们还认为这些都是面上的事。也就是说，这是杨连奎的权宜之计。如今大壮正在兴头上，他要避开其锋芒。他毕竟老了，把希望寄托在下一代——那天晚上，他家二儿子不也在场吗？虽然还不到三十岁，却老成持重，那份城府和韬略，比他父亲毫不逊色。

直到这时人们才明白，杨、梁两家明面上达成了和解，可内心里怎么想的，谁又能摸得透呢？

但有一点没错，他们两家的对决由明处转到了暗处，如同一条河，表面的风平浪静却难掩汹涌激荡的暗流。

于是，阳坡村人又有了一种新的期待。村里总得有热闹发生吧？如果没有热闹看，那日子多么枯燥无趣呀。

二十四

乍看上去，这个春天和往年没有什么不同。

已经伸展开腰身的杨树叶格外翠绿，在春天的暖阳下，闪一层暗红色的光亮；槐树缀满粉白色的花朵，空气中满是醉人的槐花香，引来了成群的蜜蜂。说不定什么时候，刮来一股风，吹起墙根下几片干玉米叶子。

但细心的人也会发现，这个春天其实和往年不同。它的不同来自于人的心境，总有一种躁动与兴奋的情绪，在人们胸腔里鼓荡着；更准确地说，是欲望的溪流，冲开了人们原本平静的心湖。

这天上午，二蹦子和香玲一起来到果园。

香玲哪想得到呢，这个上百亩的果园子被他们家包下了。通过这件事，她越发佩服公公大壮了——就连一号人物都屈服于他！

今天，二蹦子的心情和从前完全不同。他看哪儿都感到新鲜。这些正在蓬勃生长的苹果树呀，在他眼里比任何时候都好看。苹果花刚刚绽放，藏在鹅卵形的叶子里，散发着淡淡的暗香。

他又抬起头四下张望。那一圈儿用小槐树围成的篱笆还在，外面的那一溜儿大槐树还在，上面也开满了洁白的槐花。有小鸟儿在枝头鸣唱。一切都没有改变，然而它的主人却换了——这里的一切都成了他家的。

望着兴奋得像个小孩子般的二蹦子，香玲只是抿着嘴浅笑。

二蹦子突然在一棵苹果树前站住了。他在这里能隐约望见果园的铁栅栏门，还有门口那条直通村子同样被春阳映亮的大路。

他又想到了从前的果园。从前的果园可是村里最热闹的去处之一。每天，都有十多位社员来这里做工。果园的园长老黑，爱和人开玩笑，也爱喝几杯。每到苹果成熟的季节，一些嘴馋的人就会嗅着苹果的香气，蹭蹭磨磨地赶来尝鲜儿。这些人都是村里有点儿脸面的，老黑不好得罪。也有打猪草的小孩子们，钻过篱笆偷摘苹果。有时杨连奎带着村干部们来转转，望着和连奎一样不时地对做活儿的人们指手画脚的父亲，二蹦子除了得意，心里更有一种豪迈……

这样想着，他往前走了几步，几乎快走到了果园东面的篱笆边上。但他毫无察觉，香玲也紧随他走来。

"这、这里真、真好！"他不由得喃喃道，那张微黑的线条粗硬的脸上挂着单纯的笑，灿烂得像终于盼到了过年的小孩子。

"别光顾高兴哩，该盘算怎么干了！"香玲嗔他一眼。

二蹦子笑笑："你着的哪、哪门子急呢？忘了吧，我、我可是这儿的技、技术员！"

望着二蹦子一副信心十足的神气，香玲也咧嘴笑了，那两排洁白的牙齿在阳光下闪出迷人的光泽。

这天上午，这两位果园的新主人，就在一棵棵蕴含生机的苹果树间，开始谋划即将开始的新的工作。哪天开始雇人浇地，雇几个人，雇谁？还有，从前村里把苹果卖给镇上的供销社，如今却需要自己找销路。但二蹦子却没有一点儿压力。

临近中午，二蹦子驮着香玲回家，走出果园不久，在村西那个丁字路口和新运走个碰面。

怎么这么巧呢？这里正是那年新运和香玲商量私奔的地方！又差不多是同一个季节，田里的小麦长得越过了膝盖。

新运推着小车，上面有柴油机、化肥和铁锹，还有一个红色塑料桶，吃力地往前走。他和香玲擦身而过。

"嗯……"完全是下意识的，香玲张开嘴巴，身子也惊悚地晃一下，险些从车上落下来。

新运看了她一眼，也张了张嘴，又继续往前走。

不久，香玲看到新运又转头回望一眼。她看不清他的眼神，但他的脚步明显变得迟疑与缓慢了。这个发现让她万分激动。她一直盯着新运，直到新运朝北拐去，身影透过路边杨树的空隙，渐渐模糊并且变小。

她知道新运和瑞霞卖服装赚了钱。她暗暗为他们高兴。但心里也有点儿不是滋味。是因为瑞霞？的确，瑞霞非常能干，比她能干！瑞霞嫁给新运，是新运的幸运。但她又不愿意这么想。

一直到家，二蹦子都没和她说一句话。和新运的不期而遇，破坏了他今天的好心情。平时和新运走个碰面，他总假装没看见。

父亲和母亲问他果园的情况时，他才将这件事放下了。母亲说，果园成了咱家的，你该操心了！大壮手里拎着烟卷，语气不紧不慢地和他商量果园的活儿如何干。虽说父亲的眼睛不大看他，光听声音，也能感觉到心里有多舒坦。

该好好大干一场了！二蹦子非常喜欢这个时代，不像从前，他只是混天，其实人们也都为混个工分，能吃个囫囵肚就满足。

这时那个影子跳进他脑海。对，一定干出个样子让香玲瞧瞧，自己并不比新运差！

这样一想，他的心劲儿就被一种力量激荡起来了。

"明天就雇、雇人吧，先清、清理垄沟！"他扭头对父亲说。

"雇吧！"大壮声音不高，但语气是喜悦的——这匹野马，终于上笼套了。其实果园里各种设备都原封未动，像机井呀、喷药的工具呀，他都包了下来，几乎什么都不用置买。他要让儿子摔打一下，到关键时候，再给他支招呢。

又想到连奎为包果园和他对决。但不管怎么说，最终让给了他，从某种角度说，他战胜了连奎。刀快不怕脖子粗！连奎终究服软了！但又不大明白，连奎为什么轻易把果园拱手相让呢？他不相信连奎是做高姿态！

还有一件事，让他心里老大不痛快：上边已经把他定为了"三种人"，是镇上供销社那位朋友给他透的信儿。是不是因为这个，连奎才把果园让给他的？有可能啊！可不管怎么说，毕竟给了他面子！他今后不是大队长了，但成了村里果园的主人。在阳坡村，他依然还有地位！

依照这个逻辑，今后果园就成了他在阳坡村露脸的地方，成为让人羡慕的"万元户"！嘿，照样吃香喝辣，不比你杨连奎差！

"你和香玲看着办吧！"他两根手指夹着烟，对儿子和香玲说。那每一个字，都似往地上掷一块大石头。

今天新运也没有想到会遇到香玲和二蹦子。

有一次在梦里，他梦到了香玲，再次听到了"新运哥——"。那声音依然那么甜美，像吸了一口水蜜桃汁。他醒了过来，发现胸上压着一只手。迷迷糊糊的，他就抓住了，抓得很紧。这时一个声音说："人家睡得好好的，干吗呀你？"是这个抱怨的声音让他从梦幻中彻底清醒过来。

这天他浇着小麦，脑海里一直是香玲的影子。他看懂了她望向自己的眼神。那目光除了怨艾，更多的是无奈。

待他浇完麦地，已是下午两点多了。

他推着小车往回走。走到村西那个丁字路口，他把小车停到路边。他又一次踏上那个高岗，站到了自家那块麦地里。又站在了阳坡村的最高处，又看到了远处的村子，又隐约听到了鸡鸣与狗吠。站在高处真好！可以俯瞰任何人！

不知为何，在这里他的思维变得格外活跃。他想到了村里一号人物和二号人物关系的微妙变化。通过承包果园，连奎在村里的威望并没有降低。相反，还有所提升呢。

你为什么那么关心他们两家的关系呢？他问自己。但有一点无法否认，他尤其不愿意让大壮家占上风。可一想到香玲，又觉得不该那么想。原来，他在潜意识里已把大壮视为了自己的对手。他被这个念头吓了一跳：这还是从前的自己吗？

这天晚上，新运久久无法入眠。他脑子里很乱，不时想起香玲望向他的眼神。似吹来一阵风，在他心里掀起层层涟漪……

二十五

刘金锁渐渐习惯，甚至喜欢上了这种生活。

每天，他和马凤莲给牛铡草，铡玉米秸，然后再掺上玉米粒倒进牛槽里；如果再拌上点儿豆饼，对牛来说无疑就是一场盛宴。

他喜欢看牛们甩着尾巴，将饲料卷进嘴里咀嚼时那副香甜的样子。他点着一支烟，香烟味很快就在清冽的空气中弥散开。

蹲在牛壮硕的身子下面挤牛奶，看着一股股白花花的牛奶滋滋地射进铅灰色的铝桶，他像看到飞进一张张的钞票。

每隔一天往镇上奶站送一次奶，星期天或节假日，他就让香果替他。

每一次金锁都要往奶桶里添几碗水，这也是老钱告诉他的一个诀窍。一桶加两碗。两碗水差不多有三斤多，相当于多了三斤多牛奶。

收购站的人从不检测。

尝到了甜头，他哪知足呢，改为一桶加三碗水，后来又加到四碗、五碗。牛的数量没有增加，但到手的票子却加厚了不少。

每一次，从奶站会计室走出来，他眼里总迸射出一种欲望实现后的窃喜，还有一缕贪婪。嘿嘿，奶站的人真好糊弄！

好景不长。是个星期天，香果从奶站回来，把两只空奶桶往院里一撂，一脸沮丧地将几张钞票递给他。

他问香果："就这点儿呀，怎么回事？"

"人家开始检测了，说咱家的兑水太多，不合格！"香果撇撇嘴，"哼，还是看我面子，才收下了。只给一半的钱。人家说，再那样就不收啦……"这个长相清秀的小伙子，只好给人家递烟套近乎，又说了半天好话——这让他感到很没面子。

这的确是个不好的消息。金锁边往兜儿里塞钱，边沮丧地咂嘴。

"以后就少放点儿吧。哪有不掺水的？"金锁想起了老人们讲的，早年间卖酒的不是也都掺水吗？

此后，每次他又改为放两碗水。看着奶站的人把检测器插入奶桶，心顿时提到了嗓子眼儿。很庆幸——合格了。

但他心里却空落落的，总觉得自己吃亏了。

不能多放水，那放什么东西才不被人家检测出来呢？

这些天，他天天挖空心思琢磨这个……

尤其是当他想到扁担胡同的变化，心里更是急得火烧眉毛似的。

×他娘！琴花成了"买卖精"！还有，就是那个瑞霞也不简单！他从新运偶尔瞥向他的眼神里，明白这小子在暗暗和他较劲儿；还有小顺子，竟然办起了厂子！

这么一想，他感到脊背发紧，嗖嗖地直冒凉气，像有许多双眼睛盯着他呢。都憋着一股子劲儿赶超他，做扁担胡同的人上人，在阳坡村冒尖儿！

这天，他刚把饲料倒进牛槽，大门口走进一个人。

是老钱。穿一身半旧绿军装，戴一顶绿军帽，生得膀大腰圆，倒像个部队转业干部。那张酱黑色的脸上，满是和善的笑。

好朋友来了，自然要好好招待一番。金锁让凤莲去村里肉铺（从去年开始，村里有人家开了肉铺）买来猪头肉，还有俩罐头，一个牛肉，一个水蜜桃，又叫来了梁大壮。

几样儿小菜，二斤"常山香"，浓浓的酒香从屋里飘出来。

金锁感激老钱，正是他给自己指明了一条发家之路。不，是一条崭新的人生路。他一个劲儿地劝酒，他要让老钱和亲家喝尽兴了。

老钱这次来，心情不同于往常。金锁养奶牛初见成效，他也有成就感！他是个热心人，性格豪爽仗义，喜欢广交朋友。不大工夫，那两只大眼珠子就喝得红彤彤的——他喝酒也义气。

有大壮在，大家的话题自然离不开果园。都为他庆贺——那么大个果园，干好了可比当村干部强！大壮也乐意大家这么说。

老钱搛块猪头肉放到嘴里，咀嚼着："我们盼着你发财哩！你发了，咱还有壶好酒喝！"大壮哈哈笑道："什么时候咱去果园，让二蹦子逮只'跑儿'（野兔儿）！"老钱把大巴掌用力一扬："好哇！我就爱吃那个！前两年，一到落秋儿，场光地净了，野兔子没处躲藏，我就拎上铁铳子出去。闹好喽，一天能打个七八只。嗬，就着'跑儿'肉喝'常山香'，给个神仙也不当！……唉！这几年没那个心气啦，年纪大了！"

"那好办，让二蹦子在果园支几个夹子！都这岁数了，咱就图个快活！"金锁也来了兴致。

"黄鼬肉你爱吃不？果园里可不缺那玩意儿！"大壮又问。因为果园成了自家的，他就觉得里面什么东西似乎都是好的。

"我不服那个尿骚味儿！"

　　大壮一拍大腿："嗨！这好办！煮的时候往锅里放块砖头呀。我小时候就吃过！"

　　老钱摇摇头："不吃那个，我就爱吃'跑儿'。萝卜白菜，各有所爱！"

　　大壮又说起了村南的"雁儿滩"。说从前，每到秋后，南飞的大雁爱在那儿歇脚，捕食小河沟里的鱼虾。人们晚上撒些掺了老鼠药的麦粒儿，第二天一大早赶去，总能捡回几只药死的大雁。老钱他们村没有水田，不懂这个，问："药死的大雁吃了不中毒呀？"大壮摆摆手："回来赶紧把大雁的'嗉囊'掏了呀！大雁肉可好吃！"老钱咂咂嘴："可不，说一个人心气太高，不就说是癞蛤蟆想吃天鹅肉吗？天上飞的，才是天下第一美味哩。你们这儿的人真有口福！"

　　金锁叹息一声："嗨，雁儿滩早没大雁了！都怪时兴了农药！"老钱说："可不，尤其这几年，小动物们很见少。可话又说回来，要不用农药、化肥，庄稼就不能高产。嘿，这是一对儿矛盾！"

　　几个人说得非常热烈。笑声伴着酒香和烟味，直往院里涌。

　　作为亲家，金锁提醒大壮，连奎不会轻易服输的。老钱扫大壮一眼："你亲家还用提醒吗？"金锁笑笑："你看，我就愿意给他提个醒！"

　　接下来，老钱向大壮透露了一个消息：县里下发文件了，凡是"文革"中上来的干部，一律要进行清查。上边要动真格的了！

　　"这么说，连奎也难保喽？"金锁问。

　　"那还用说吗？嘿嘿！"大壮抢先回答，鱼泡眼里迸出一道奇异的亮光。

"我是听县里一位朋友说的。"老钱熟人多，信息也就灵通，"看样子，这次力度不小哇！"

除了这个消息，金锁还有了另一个收获：往牛奶里加食盐。老钱说，这是养奶牛的人刚琢磨出对付奶站的新招数。

"放心吧，加再多他们也测不出来！那玩意儿就像钓鱼的水漂儿，上面标着刻度；水加多了浮力就小，加盐测不出来！"

此后，每天挤好奶，金锁就往里面加盐，大把大把地加。当他从奶站会计手里接过和从前一样多的票子时，眼里像闪电一样划过一道亮光。回到家，又用手蘸着唾沫点一遍，然后就冲着凤莲嘿嘿地笑。凤莲一把就将票子抢了过去，她也要点一遍……

因为成了"养牛专业户"，走在大街上，金锁又找到了从前那种优越感。他尤其喜欢听人们称他"万元户"！

梁大壮和杨连奎的关系呢，还像以前那样。但大壮能从连奎射向他的目光里，窥视到一种不卑不亢。哼，连奎你别得意得太早，我下来了，还有个大果园子，你有什么呀？他心里这样想着，就更期待着连奎快点儿下台。

有时，连奎和他开玩笑，依然用他那缓慢又不乏诙谐的语调说："大壮呀，你也快成万元户啦！"

"哪呀，差老鼻子咧。"他故作谦逊。

"是不是怕喝你一壶哇？"连奎塞嘴里一支烟。

"嘿嘿，还怕请不来老哥哩！"大壮笑笑，心里比脸上还快活。

时间不长，文件果然下来了。

大壮被列为"三种人"，成为清理对象。

这时，公社已经改为了"乡政府"。乡里来了位副乡长，副乡长姓郑，和他谈话。他还有什么好说的呢，只是一个劲儿地吸烟，那双鱼泡眼看上去塌眯着，却迸出一束锐光，不时在郑副乡长脸上扫视一遍。

最后，郑副乡长叹口气："老哥，没办法的事呀，我也是传达上边文件。你要想开些……"又说，"这年头，当不当这个吧。条条大路通罗马，是金子在哪儿也发光！你不是包了果园吗？"

这话大壮乐意听！他那两只鱼泡眼完全张开了，脸上堆起笑："郑乡长，不瞒你说，其实我早他娘的不想干了！人们光看到风光一面咧，哪看到你操多少心啊。嘿，无官一身轻，我干自己的呀！"

"老哥到底是个明白人！"年轻的郑副乡长如释重负般笑了笑。

此后，阳坡村二号人物，彻底结束了他在阳坡村长达十多年的政治生涯。

他心里还有希望，他要亲眼看着杨连奎也被乡里免职！

然而，却久久没有音信了。

二十六

这是今年入夏以来最大一场雨。

刚才还晴空万里，不知何时，一团黑云打着卷儿，从东北角悄悄压来。霎时间，天地间吹起一股大风，大风刮起的沙土，眯了瑞霞的眼睛。

她跳下车。眼里吹进了沙子，火辣辣疼得厉害。她轻轻地揉，还好，涌出的眼泪总算将沙子冲了出来，眼睛轻快多了。

当她推上自行车正要赶路时，豆大的雨点子扑簌簌砸到头上、身上。顷刻间，瓢泼大雨浇了下来。

这时她刚走到"五七路"上（当年，省里在这儿建了一所"五七干校"，这条路的名字就由此而来)，北面不远就是滹沱河，过河就是常山县。

这是片空旷地带，四周连个避雨的地方也没有。她不想停下来。快走，离家越近越好！也许前方会有一间小屋。此时她心里唯一的希望，就是一间能让她躲避风雨的小屋！

然而，却没能走上几步。自行车的后座上，是盛家具花边纸的木箱子，里面是空的——都卖光了。

她走不动。风夹着雨，也可说是雨挟着风，宛如鞭子抽打她的脸、她的身体。她浑身已经湿透。风，越来越大，雨也更大，好像故意考验她的毅力与耐力。到后来，简直寸步难行。忽地亮起一道闪电，像从天上斜扑下一条火龙，刺得她闭上了眼睛。随之一声炸雷，在她前边不远处爆响。睁开眼，面前一片漆黑。又一阵大风吹来，她差一点儿被吹倒。不能再走了。她把自行车靠在路边一棵大杨树上，然后抱住树身；大杨树被风吹弯了，树冠几乎触到地面。一声炸雷再次响起，她把脸贴在树身上，大树似乎成了她的依靠，生命的依靠！

天地一片混沌，犹如宇宙的初始。其实，才是傍晚时分。怎么这么大的雨？她的眼睛被雨水糊住了，擦了又被糊住。不光是雨水，也有泪水——无助的泪水呀！

后悔改行了吗？她在心里问自己。

本来嘛，卖服装好好的，是什么力量让她又生出加工家具花边纸的想法呢？

起初新运也不支持她："卖衣服不是挺好吗？干这个，万一赔了怎么办？"

但她自有她的道理：如今人们生活比从前讲究了，村里不是也时兴打沙发了吗？还有大衣柜、床。尤其年轻人，结婚时谁还睡土炕呢？甚至，有人还把睡了多年的炕拆掉，换成床！这就带动了家具市场。何况，如今城里开了好多服装店，小地摊迟早会被淘汰！

就这样，瑞霞把手头的衣服都处理了。好卖的，以进价转给了琴花。对于瑞霞改行做花边纸，琴花表面上表示惋惜，但内心还巴不得呢，因为她少了一个竞争对手。

干这个，所需工具倒不复杂，几只推刨，还有几个大铁桶。花钱多的是原料——白乳胶和东北白杨木。全部算下来，至少要三四千元。

瑞霞卖服装已经一年多了。她把卖服装的收入全部拿出来，还差几百块。

"有多大的口袋，量多少斤米！看看，咱又让磨盘压住手了吧！"这天吃罢晚饭，新运往嘴里塞一支烟，皱起眉头。

瑞霞去里屋衣柜里拿出一个纸包，扔给新运："你看看吧。"语气淡淡的。

　　新运忽地想起瑞霞卖服装时，拿出了她的小体己。莫非……待他将纸包打开，果然是一沓钞票。

　　瑞霞告诉他，她每天都把卖服装的钱留下一点儿，藏到大衣柜里，一是为了以备将来急用，但主要还是以此方式让自己生活节俭。因自小失去母亲，瑞霞比一般人更懂得生活的艰辛与多变。不承想，这钱还真解了他们的燃眉之急。

　　新运用手刮一下瑞霞精巧秀气的鼻子："哎，我的好媳妇呀，你心眼儿多得像马蜂窝！"他想起了乡下人关于过日子的一句俗语：男人是搂钱的耙子，女人是存钱的罐子！一般男人，不容易佩服自己妻子。但新运不然，他打内心里佩服瑞霞——这位滹沱河边长大的女人，真是过日子的一把好手！

　　这是一种全新的劳作。把东北白杨木锯成片儿，放进大铁桶里煮。铁桶里放了红黄白等几种颜料。直到木料完全着色，再捞出来，锯成形状不同的小块，将其拼成各种图案，然后用白乳胶粘到一起。

　　接下来，就用推刨推，于是，一层层的花边纸像刨花儿般翻卷下来。新运在桌子上吭哧吭哧地推，瑞霞一张张捋平，码好；也雇了几个小工。干这个大多是晚上；白天，瑞霞用自行车驮上一捆捆码好的花边纸，去省城广安大街出售——那里有一条小巷，两边全是卖这个的。满满一大木箱，每天都能卖完。

　　想不到，今天遇到这么大的雨！

　　此时，在这漫天漫地的大雨里，她真后悔干这个了。

　　可是，不付辛苦意，何赚世人财？

　　雨还在下，因为浑身湿透，她全身发冷，尤其是那一声声的炸雷，更让她心惊肉跳——她胆子小，从小就害怕打雷。她把那棵大杨树抱得紧紧的，觉得自己好似一只在风雨中可怜无助的小鸟儿。

突然，从前方隐约传来一个熟悉的声音："瑞霞——瑞霞——"

声音夹杂着风声雨声，还有滚滚的雷声，但她依然能分辨得清，啊，是新运，新运来接她了！

果然，在哗哗的大雨中，一个黑影朝她踽踽而来，急切的喊声也离她越来越近。那人穿一件黑雨衣，推着自行车，那稳健有力的身影她多么熟悉啊！一股暖流顿时涌遍全身。

她松开那棵大杨树，不顾一切地向新运扑去。他把她抱住了，抱得紧紧的，就像她刚才抱那棵大杨树。

"都怪我，今天不该让你来……"新运几乎把嘴对着她的耳朵说。她感到了他呼出的热气，那热气一直暖到了她心里。

她没有说话。但一串泪水，混合着雨水，滴落到新运那坚实的肩膀上……新运感觉到了。啊，这是他的女人，她那看似瘦弱的身躯里，竟然蕴含着那么强大的力量！他眼睛发酸发胀，他将她搂得更紧。

雨小了一些，雷声也渐渐远去。西边天际，露出一抹橘红色的霞光，那么纯净而深沉——仿佛也经受了这场风雨的锤炼与洗礼。公路两边的大沟里，雨水几乎灌了大半，闪着晚霞的幽亮。不远处传来几声蛤蟆的叫声。空气里满是水腥味，瑞霞深吸一口，竟然感到了一种劫后余生般的轻快。有小鸟儿的叫声从大杨树上传来，那么清脆、纯净……

二十七

只一年，他们做花边纸就赚了一万多元，成了不折不扣的万元户。

其实花边纸就是往家具边沿儿粘的封条，那只是家具上很小的一部分。他们要做整个家具皮子！

他们买了台推东北榆树皮的机器——鸟枪换大炮，将人工推刨改为了机器推刨。

制作程序和从前大同小异，将买来的东北榆原木锯成板条，再截成八厘米宽厚、六十厘米长的方块，放至铁桶里煮一天一夜。捞出来，找出它们的天然花纹，放到机器上一层层地推……

乡下白天总停电，他们只好晚上干，有时一干一个通宵。家里整天弥漫着榆树皮甜丝丝的气味。闻着这种气息，总会让人联想到初春时节，榆树上结出的一串串的榆钱。他们也像沐浴在初春的暖阳下一样舒心愉快。因为不停地整理树皮，瑞霞的手指头磨得洇出了血丝……但她还要做饭，洗衣……

他们的付出得到了应有的回报——这年纯赚五万多元！

他们是全县第一个干这个的。为了拼成更好看的花纹，瑞霞多了个心眼儿，她注意到离她的摊位不远，是省城一家木器厂的货摊子。那可是个大厂家，无论花边纸还是家具皮子，花纹的图案与样式都非常丰富，销量自然不错。她就和人家售货员套近乎。那是个刚参加工作没多久的小伙子，姓李，样子有点儿腼腆。她唤他小李子。也许，瑞霞的真诚与纯朴把小李打动了，干脆给了她几条销量最好的皮子。

瑞霞如获至宝。回到家，她和新运拿来锯成各种形状的小木块，对照样品进行拼接。经过反复琢磨和比试，终于做出了和样品上面一模一样的图案。自此，销量增加了好几倍。

木箱子盛不下了，他们就开始雇小货车。隔几天，去省城一趟……

一天晚上，新运捏住瑞霞露着血丝的手指，含到嘴里吸吮。瑞霞笑着推开他，嗔道："看你，像个小孩子！"

"吃蜜指头哩！"新运朝她挤挤眼，嘿嘿地笑道，"我的好媳妇呀，你真让咱家发了！可你也辛苦了！"瑞霞说："不辛苦哪能挣钱呀。"说完，就甜甜地笑了。

天敏也给他们帮忙。新运说，爸，你歇着吧，有他们哩。他瞥了一眼那几个雇来的小工。可天敏哪歇得下去呢？他就帮着拎木头块，或蹲在铁桶前添柴烧水。为他们出点儿力，他感到高兴！他希望他们的生意总这样红火！

当有一天，瑞霞又对新运说，她想去城里开饭店，不干这个了，新运真的呆住了。天敏也怔住了。他们都觉得瑞霞的哪根神经出了毛病！

不用说，这件事在他们李家引起了不小的波动。

大家都不理解。刚赚了俩钱就开始烧包啦，去城里开饭店，那可是大买卖！再说，在村北马路边也可以开呀，城里人生地不熟的！

但无论大家怎么劝，瑞霞就认准了那个理儿。

瑞霞怎么突然又冒出这个想法了呢？

还是前几年去城里卖服装时，在大街上正巧碰到了她的奶妈。奶妈是她娘家村的，论辈分她该叫人家大娘。大娘是个热心人，瑞霞刚出生时奶水不够吃，她就主动赶过来喂奶。她丈夫在部队当兵，后来转业到县里一个机关上班，奶妈一家也搬到了城里。

多年不见，奶妈很是见老，背佝偻了，两鬓斑白，但眼睛依然明亮有神。见到老人，瑞霞不由得想到了自己的母亲。她两眼禁不住湿润了，叫声"大娘"。

老人攥着瑞霞的手，笑呵呵地问长问短。老人说话语速很慢，当听说瑞霞卖服装，就劝她："霞儿，干这个多跑腾得慌呀！来城里开饭店吧。听说府西街南头有一家门脸要出租，那是个冲要地儿，你要有意呢，我帮你说说。"

文涛不是也劝过她吗？而且每次来城里，看到大小饭店生意那么红火，她心里也有些发痒……

老人们反对，她不怕，让她伤心的是新运也不支持她。

"哼，瞎折腾！你这人呀，哪都好，就是心腹子太大，吃着碗里，看着锅里！"

"你看看我这手——"瑞霞把手伸向新运。

新运心里不由得一颤。他还能说什么呢？瑞霞那双白润细腻的手几乎面目全非，每个指头蛋上都结了血痂。而且，人也瘦了一大圈儿，晶亮的眸子显得更大。脸颊虽说依然红润，但失去了先前的光泽，流露出一丝疲倦与憔悴。

"你放心，有我奶妈哩！遇到难处了，咱去找她！"

"好吧！"新运望着瑞霞这双手，点了头。当然，他明白去城里开饭馆也不会轻松。见新运同意了，天敏和桂花不好再执意反对。

瑞霞的奶妈帮他们租了房子，还是在府西街上。租金一个月一千五，价钱也公道。

找厨师没费多少心思，听说他们要开饭店，早有人毛遂自荐。最后，选的是周家庄村的"疙瘩"。"疙瘩"是他的小名，大名叫曹文利。不到五十岁，大高的个子，赤红脸，说话高声大嗓，据说在村里一直是红白事的大厨。

他们给饭店起了个好听的名字：春来饭店。刚开始几天，晚上新运和瑞霞还从城里赶回去，第二天一大早再返回来。后来，就在饭店后面租了两间平房，一间盛杂物，一间当睡室。晚上就在那里歇息。

但新运总惦记着家里的事，正是春天，小麦浇头遍水，浇二遍水，他总不忘赶回去。

天敏说："有我和小水呢，你还跑腾什么呀？大老远的！"母亲更心疼儿子："你忙你们的呗，不用结记家里！"今年刚过春节，父亲的腿出了点儿小毛病——走路有些疼。他带父亲去医院检查了，医生说是类风湿。新运明白，像父亲这一代人，都是吃过大苦的，到了晚年身子多少都会出点儿问题。

这天他回来浇地，给小麦浇三遍水，浇完已是下午四点多钟。

母亲让他吃了晚饭再走，他说饭店有吃的。他是担心瑞霞。也许刚进城吧，他莫名的有点儿惶恐。

果然，出了点儿问题。

瑞霞在饭店门口拦住他，一脸的急切："哎呀，你可回来了！"

"怎么啦？出什么事了？"他瞪大眼珠子。

瑞霞气呼呼地讲了事情的经过。

原来，下午有两个人吃饱喝足，把嘴一抹就要走人。瑞霞拦住他们，说还没结账呢。其中一个穿喇叭裤、戴大墨镜的家伙，朝她冷笑两声说："老子在常山城吃饭都是先赊账，你问问，谁跟我要过钱呀？呸，这饭店不想开了是不是？"说完，狠狠地瞪她两眼，朝他的伙伴们一挥手扬长而去了。

"还有这样的人呀？妈的！"新运心里往外直蹿火苗子，"吃了多少？"

"四个菜，两瓶酒，还有两份水饺。总共三十多块！"

"他没有出面呀？"新运朝灶间看了一眼。

"没有，后来疙瘩叔还劝我哩，说破财免灾，这总比让人砸了摊子强。我觉得也有道理！"瑞霞皱起眉，"唉，今儿下午算白干了！"

"妈的！"新运骂着，转身走进饭店，一屁股坐在椅子上，胸脯一起一伏地喘气，脸色铁青。对疙瘩，他也有了成见：一个大老爷们儿，遇到这种事怎么连个屁也不敢放呢？白长了那么个大块头！

看见新运，疙瘩从灶间出来。还没等新运开口，他就笑呵呵地说："想开点儿吧，你还年轻，经事少哇，我怕他身上带着家伙哩。唉，这可是城里，人家的地盘。咱不能光顾拔草不顾苗，得先站住脚吧。记住，做生意讲个和气生财……"

"哼，我要在这儿，今儿个他走不了！"新运瞥疙瘩一眼。

"算啦，不就亏几个钱呗。财帛财帛，走了还来！总比惹下大麻烦强啊。"瑞霞嘘出一口气，反倒劝说起新运。

"看看，你媳妇比你明白！"疙瘩笑笑，又折回灶间忙活去了。

但那股火气一直在新运肚里憋着，直到晚上他和瑞霞回到出租屋，上床睡下才渐渐平息了一些。

瑞霞说得对，如果她和那俩人较真儿，说不定弄出什么大乱子。吃亏是福，这是人家地盘，人在屋檐下不得不低头。

他越想越后怕。他担心那家伙以后还会来。

"要不，找我奶妈一趟吧。"

新运不同意："那顶什么用呀？还麻烦人家哩。"

"也是……"瑞霞一只手搭到新运胸上，"那就看情况再说吧。"不到万不得已，她也不愿意麻烦人。

奶妈对她很亲，但她感觉奶妈的子女们有点儿冷淡她。每次去，他们那貌似热情的笑脸背后，都潜藏着一丝审视与戒备——是怕有求于他们，还是怕她对他们家有什么企图？因此，她平时尽量不去打扰人家。

新运握住了瑞霞的手，握得很紧。外面偶尔传来汽车驶过的声音，但很快消失在了浓重的夜幕中。在这陌生又远离老家的县城，两颗不安的心似乎从来没有如此贴近。新运坚硬有力的大手，向瑞霞传递着一种力量，让她更有了一种踏实感……

这天，从早上开始就下起雨来。

有时是中雨，但大多时候是小雨，淅淅沥沥下了一整天，临近黄昏才有停下的意思。

这样的天气饭店最红火。

一间摆了五六张桌子的屋子，溢满了烟味、酒香与菜香，所有这些又和嘈杂的说话声、劝酒声、吆五喝六的划拳声掺杂在一起。

也许心情好，也许太忙碌了，瑞霞脸颊上总泛一层红晕，鼻尖上沁一层油亮的汗珠。新运嘴里叼支烟，竟然忘了吸，让烟烫了嘴唇。"哎哟——"他大叫着，猛地把烟抽回，撇撇嘴，自嘲地笑笑。

疙瘩那张酱紫色的脸上，挂满汗珠子。尽管灶间有一台电风扇，嗡嗡响着不停地朝他吹风，他还是不时扯下搭在肉嘟嘟脖子上的毛巾，抹一把脸上的汗水。

疙瘩能说善讲。只要有一点儿空闲，他就从灶间出来，坐到椅子上抽烟，不时和他俩聊几句。这天，他讲了这么一件稀罕事。

"嘿嘿，有这么两口子，结婚都好几年了还没有小孩。去医院查吧，说问题出在男的身上。没办法，两口子就决定'借种'。唉，可选个精俏点儿的呀，找了个二百五！一年后，倒是生了个大胖小子，可那男的把这事说出去了。人们和他开玩笑：你快活了，给了人家多少钱呀？那男的说：娘的，给她钱？我不跟她要就算便宜啦，老母猪配个种儿，不得花俩钱呀！"

瑞霞捂着嘴，咯咯地大笑起来："这人还真是二百五！"新运也笑了。瑞霞问："是哪村的呀？"疙瘩说："我们村的！这一晃都好几年了。"

这么说着话，瑞霞就不感到麻烦了。

今天新运显得更快活，不光因了这个笑话，而是窗外马路上的水光。小麦正灌浆，"好雨知时节"！他似乎看到了雨点滴落在葱绿的麦叶上，发出沙沙的响声，也似乎闻到了湿漉漉的泥土气息。这场雨，让他省浇一遍水了！

两位老人这会儿干什么呢？父亲不会闲着，一定坐在门楼里擦拭农具。母亲在缝补衣服吧。如今条件好了，母亲还是那么节俭，旧衣服从来舍不得扔。在这几十里外的县城，听着时断时续的雨声，这个中年汉子，思绪不由得飞回了几十里外的家里。

随着夜幕徐徐降临，外面的路灯迎着细细的雨丝放出亮光时，三个年轻人嘻嘻哈哈说笑着，掀开帘子走进来。

瑞霞笑脸相迎。然而，她很快愣在那里——走在最前边的，不正是那天耍赖的那个小痞子吗？她的心揪了起来，忙给新运递眼色。

"嘿嘿，买卖不赖呀。"那家伙脱下雨衣，抖落上面的雨点子，"先来俩炒菜！"

把雨衣搭在旁边一把椅子上，他坐下来，从桌上拿起菜单，低头看着，手在上面指指戳戳。

瑞霞把目光扫向新运。新运端一盘鱼香肉丝，放到一位客人跟前，然后走近瑞霞。

那人点了菜，又要酒。然后仰起脖子嚷嚷："利索点儿呀，哥们儿都饿急啦！"说完，跷起二郎腿，旁若无人地和朋友们吸烟、喝茶、说闲话。

怎么办呢？新运仔细打量那家伙。一张三角脸，眉毛高挑着，眼睛不大，看人时总是飞快地忽闪几下，一看就不是个善茬儿。他真想上去揍他一顿。是瑞霞那带有恳求的目光，让他把心里的怒火暂且压住了。脑子却飞速地转动：好吧，就上菜，最后新账老账一起算！

他和瑞霞交换一下眼色，瑞霞轻轻吐出一口气，去了灶间。

雨还在下，淅淅沥沥的声音透过窗口传过来。一同传来的，还有汽车从湿滑的路面上驶过的声音以及自行车的铃声。因为这是常山城一条主干道，尽管是下雨天，行人和汽车依然不少。天完全黑下来了，路面上的水渍里闪烁着路灯橘红色的光影。

新运一直没说话。发生那件事后，他和瑞霞才听说这小子外号叫"老三"，是常山城最有名也最难缠的小痞子。就连瑞霞的奶妈，也劝他们不要和这种人计较！破财免灾！

酒足饭饱，他们站起身来要离开。

瑞霞从柜台后面走出来，盯着老三。新运也迎上去："哥儿几个谁结账？"

老三站住了，目光凌厉地射向新运："下次吧！先记上！"一把推开新运，就迈开了步子。

瑞霞挡到门口："哪能总赊账呀。我们刚开张，赊不起！一块儿结了吧。"她极力让声音温和一些。

"我×！"老三大叫起来，"今儿个碰到硬茬儿了呀！我再告诉你，在常山城里，老子吃馆子，谁敢不让赊账？不信，你打听打听……"

说完，朝身后俩人一扬手："走——"

新运哪还按捺得住胸中的怒火呢，早忘了瑞霞奶妈的劝告，几步跨过去，拦住老三："吃饭掏钱，天经地义！我告诉你，我这儿不赊账——"

"哟，从哪儿冒出个蝲蝲蛄呀？"老三两条眉毛倒竖起来，瞪圆眼睛上下打量着新运，"你再说一遍？我看你是活腻歪了！"他光看瑞霞了，没怎么拿新运当回事。他注意瑞霞，是因为瑞霞长得俊俏。

瑞霞的心狂跳起来。她从老三的目光里瞥见了刀锋似的寒光。常言说：凶光恶相，少惹为上！她怕新运吃亏，后悔事先没有劝说他。更期待疙瘩赶来一同镇住这个小痞子，或者帮着解围。她想到了奶妈的劝告，可是又不甘心，不想当软柿子。如果那样的话，今后这生意还怎么做？更无法在常山城立住脚跟。

疙瘩倒是从灶间出来了。他掏出烟，抽一支递向老三，却被老三推开了。他就有些尴尬："我说年轻人，你也得理解他们。人家刚开张……"话还没说完，就被老三顶了回去："我和主家说哩，你少鸡×插嘴……"

这位高大魁梧的胖大厨子，没敢再吭声，用后来新运的话说，"连屁都没敢放一声"，便红着脸，转身回灶间吸烟去了。

新运的肚子都快气炸了。

"我把话撂这儿，今儿你不给钱，就别想走！"新运怒视着老三。他已做好了最坏的打算。

"呸，给你个鸡×！"老三朝地上啐一口，伸出拳头朝新运打去。新运躲开了。

"哎嘿，干吗呀，有这么欺负人的吗？"一个声音突然从他们身后传来，不软不硬，自带一种威慑力。

老三愕然，转头朝身后瞅。瑞霞和新运也循声望去。只见从靠窗的座位上站起一人，和新运年岁差不多大，墨黑的头发，朝一边拢着，大鬓角，是城里时髦年轻人的装扮。黄白脸，个子不高，却敦实健壮。

"×，哪个林子飞来只破鸟儿呀？找不自在是不是？妈的！"

"哟！你不就是城里的王老三吗？这大名嘛，我知道！有什么了不起的？你不是本事大吗？干吗不去大饭店施展，欺负人家乡下人，这叫本事？"

王老三怔住了，抬手抹把脸，冷笑道："我说哥们儿，关你屁事呀？你别狗拿耗子！哼！"

那人依然板着那张黄白脸，眼里射出一道瘆人的寒光："不关我事，可我看不公！"

这种目光王老三熟悉，他心里发怵，但明面上不能服软。

"好，哥们儿，有种的报下姓名！"王老三指指自己的鼻子。他鼻头很尖，像个倒三角形。

对方笑笑，把手伸进裤兜，掏出水果刀，一扬手，啪，扎在桌上："嘿，想以后找我算账呀，是不是？我叫赵力强，来吧……"

"哎呀，力强老哥呀。"王老三眼睛一亮，急忙笑哈哈地迎上去，"想不到是你！嘿，大水冲了龙王庙啦……"一把拉住了赵力强一只手。

一场即将爆发的战争就这么化干戈为玉帛。瑞霞和新运愣住了，所有人也愣住了，都觉得像演了一场戏。

原来，赵力强在常山城也是"道儿"上的人。只是和王老三不是一伙儿，都听说过对方的大名。接下来可热闹了，王老三也不走了，又和赵力强推杯换盏，喝了足有一瓶。两人大有相见恨晚之感，也有英雄相惜的意思。笑声和高声说话的声音，几乎要把房顶掀翻了。

瑞霞和新运看得直发呆，像看武打片中的画面，半天缓不过神来。他们感激赵力强，人家和自己素昧平生，却站出来仗义执言，平息了这场冲突。然而，看到他和王老三那般亲热劲儿，好似久别重逢的朋友，心里又多少有点儿别扭。

不大会儿，王老三终于起身告辞。

"来，掌柜的，结账……"他摇摇晃晃地向瑞霞走来，"连上次的一起结了！"

望着王老三那副爽快客气的样子，新运轻轻地嘘出一口长气，朝赵力强扫一眼，不明白他哪来那么大威力，目光里充满敬佩与感激。

"多亏了你，要不俺们就没法干啦！"待王老三和他的哥们儿消失在夜色里，瑞霞上前对赵力强道谢。

"嘿，这小子就是吃软怕硬！"赵力强有几分得意，"我知道你们是乡下来的，干这个不容易！"

这话说得新运心里热乎乎的。他赶忙去橱里拿出一瓶"小角楼"："拿着吧大哥，算我一点儿心意！"

赵力强摆手："你这是干吗？打我脸呀！不就是说一句话嘛！"

"一句话帮了俺们大忙!"瑞霞脸上笑意盈盈。

"那也不能要!"赵力强说得非常决绝,"你先放着,以后咱哥儿俩再喝它!"

"那好!"新运只好作罢。多义气一个人!他想今天不收他的钱。但赵力强走时,却又执意把账结了。

"客气什么呀?咱就交个朋友吧!"赵力强扫新运一眼,目光落在瑞霞脸上,"我在色织厂上班,有事去找我吧。"

"那好,你抽空再来呀,咱好好喝一壶。"因为高兴,新运眼里闪着亮光。能在城里结识这么义气又有势力的人,是他们天大的幸运。他觉得自己有了靠山。

打发走了最后几个客人,天已不早。雨似乎停息了,外面路灯的光亮从窗口射进来。本来,新运想简单弄俩菜,犒劳一下疙瘩,但又打消了这个念头。一是今晚发生的事情,让他似还转不过弯来,没那个心情。二来觉得疙瘩这人不仗义,白长了个大块头。

"新运,你运气真好!"疙瘩收拾停当,要回家了。他点一支烟,走出门时,还扭头扫了新运一眼。

这天晚上,新运和瑞霞又是久久无法入眠。

赵力强的影子在他俩眼前晃呀晃。哎呀,城里还有这么好的人!从他和王老三的交谈得知,赵力强在城里也是个人物,而且能把王老三给降住。这么巧啊,今天碰上了他!人家还主动提出来要和他们交朋友。交了这样的朋友,再没人敢找他们的麻烦!

半个月过去了。

转眼又到了麦收时节。他们不得不关几天门。

　　他们又回到了阳坡村。他们本身就是农民，去城里只是为了赚钱谋生。在土地上劳作，似乎才是他们的老本行。

　　以瑞霞和新运的意思，是雇收割机。但天敏不干，他舍不得花那几个钱："大家伙一齐下手，能费多大劲儿呀？"

　　"耽误几天，还少挣不少钱哩！"在新运看来，父亲还是老脑筋，总觉得不摸摸镰刀，就像没过麦收似的。

　　瑞霞看到公公那个犟劲儿，就不再坚持：好！用镰刀割吧！在滹沱河边长大的女人，没人害怕吃苦。何况，还能在家多待几天，自从去城里，她很少和俩孩子待在一起。

　　村子里又飘起了小麦收割时那种特有的干爽的香气。人们喜欢这香气，但又有些惧怕，因为这是一年中最苦最累的时候，似乎要流尽全年的汗水。布谷鸟又不知从哪里飞来，那啼鸣声伴着微热的小南风，还有打麦机的嗒嗒声，在让大树遮蔽的村子里回响。看吧，无论是割麦，还是打麦，家家户户都老少齐上阵，田里到处都是人影子和说笑声。这是庄户人家的节日，更是一种收获的狂欢！

　　虽说只有十多天的工夫，瑞霞的脸颊就晒黑了，黑里透一层深红，那是有别于城里女人的健康的光泽啊。当她和新运再次走进城里的饭馆，竟恍若置身于另一个世界。但心情又是十分愉快的。

　　一天中午，赵力强来了，身后跟着俩朋友。

　　"咦，是你呀？大哥！"瑞霞粲然笑了，一脸的惊喜，扭头朝俯身收拾桌子的新运喊，"嘿，新运，你看谁来啦！"

　　新运抬头，见是赵力强，扔了手中的抹布，惶然走上前去，抓住了对方的胳膊："哎呀，我的大哥，可把你盼来了。快坐吧，快坐！"指了指他刚抹过的一只凳子。

赵力强咧开两片薄嘴唇，笑道："我来过一次，你们关门，我估摸着回家收麦子去了！"

"昨天刚回来！"瑞霞早端来茶壶，给他们几位沏茶。

"疙瘩叔，快炒俩好菜！"新运来灶间吩咐，然后去拿烟。

按上次约定的，这一次新运坐下来，和这位敢于两肋插刀的朋友好好喝了一场。菜自然很不错，一条红烧鲤鱼，几样鲜菜炒肉，还有一只白斩鸡。酒是"四特"，更上档次。赵力强边吃，边怪新运太见外："看你们两口子，把我当外人了。从今天开始，咱就是好兄弟！"

"对，好兄弟——"新运赶忙附和。瑞霞笑道："大哥，认识你就是福气。俺们在城里两眼一抹黑儿，以后全仰仗你啦！"

赵力强哈哈笑道："你就一百个放心，老三再不敢找麻烦啦！"

今天，赵力强穿一身灰蓝色工装，还是一头浓密的长发，左手腕戴一只金壳手表，不知什么牌子，闪着黄灿灿的炫目的光亮。脚上穿一双棕色皮凉鞋。

不大会儿，两瓶酒就下肚了。新运惊讶他这位新朋友酒量如此之大，而他呢，也超常发挥。酒逢知己千杯少！

"嘿，你们谁都没想到——"赵力强抹把嘴，扫一眼新运，又看一眼瑞霞，"别看那天王老三对我服服帖帖的，像个鸡×龟孙子，可回去就他妈翻脸啦！哼，一会儿猪脸，一会儿狗脸！也许有人给他拱火，他就去厂里找我……"

新运的心悬起来："他去找你？"

"没错！他说，你小子也别逞能，我只是听说过你，还不知道你有多大尿儿呢。这样吧，咱们去城墙根底下比试比试，你要打得过我呢，我就把你当神样儿供着。嘿，你就是我亲大哥！可话说回来，你要败我手下，别怪我不客气！我问他怎么个不客气法儿，他说，那两顿酒钱，你得赔我。哈，这家伙，就他妈认钱。就冲这句话，他就矮我半截子！"

瑞霞凑过来："后来呢，大哥？"因为不安与紧张，她两手相握着贴在胸口上。她觉得她的心，在自己手心里狂跳。

"哈哈，我们真去了东城墙根底下。你们猜，那家伙说什么？说他从里面出来后，去少林寺学了点儿少林拳。他想先唬住我呐。我说，好，你来吧。只几下，就把他小子打趴下了！妈的，扯大旗做虎皮哩，就那点儿破本事，给我拾鞋都不配！花拳绣腿……"他吐出的一个大大的烟圈儿，像一条淡紫色的大蟒蛇，盘桓着慢慢升腾。

新运目光里满是钦佩之色，赶忙端起酒杯："大哥，你真是好样儿的。来，敬你一杯。"又问，"老三在里面待过？"

"打架呗！一出来，就更不是他了，跟人耍横时张口就说，我都在监狱里待过了，还怕他娘个×蛋？人们都躲着他，像耗子见了猫。哼，他和别人耍横可以，要跟我爹刺儿，我全给他掰喽！"

酒精开始热辣辣地往新运头上涌，他觉得脑袋渐渐涨大了。这位从乡下来的中年汉子，他身上自有乡下人那种知恩图报以及古道热肠的优良品格。

"嘿,大哥,我有个想法,不知你愿意不愿意?"

"说吧,我就喜欢痛快人!"赵力强眯起一只眼。

"让我儿子认你做干爸吧。"

"啊,这个呀。好,我乐意!"赵力强一拍桌子,眼睛放光。

于是,两只酒杯再次碰到一起。咣,发出一声脆响,比哪次都响。吱一声,两人一仰脖子,然后都把杯底亮向对方。又是几声大笑。

"我也和干亲家喝一杯……"瑞霞笑盈盈地走过来,把两只酒杯都斟满,端起一杯伸向赵力强,"来呀,大哥,咱干了!"

"不是一家人,不进一家门,亲家也是爽快人,好——"赵力强说完,一抬手把酒喝干了。

不知是羞赧,还是酒精烧的,瑞霞的脸颊红得像抹了脂粉,越发的妩媚迷人。赵力强的目光久久盯在瑞霞脸上,不肯移开。哎呀,这乡下女人真漂亮呀,而且性格也好!又赶忙把目光移向新运,笑道:"老弟,你可真有福气哪,弟妹不光漂亮,还是个干家子哩!"

"我敬亲家一杯。来而不往非礼也……"赵力强脸上的笑始终没有消逝,先给瑞霞斟了酒,又给自己斟满,然后举杯朝瑞霞碰去。

"哈哈,我又多了个干儿子,这是第六个!好哇,六六大顺……"他坐下来,俩腿轻轻地晃动,有几分得意地笑着,那张黄白脸红得像抹了一层猪血。

今天两人都喝得高兴痛快。赵力强早有了醉意,他是摇晃着走出饭店的，他那俩朋友一人搀他一只胳膊。

"这下好了，咱不怕了！"疙瘩两手在围裙上擦拭着，走过来，对新运说。他的心情很复杂，有恭维，也有几分惭愧。

"嗯。不怕了！"新运附和道。

"快喝点儿茶吧，你喝多啦！"瑞霞将一杯茶水递给新运，声音是轻柔温和的。

新运看了瑞霞一眼。今天瑞霞的表现让他刮目相看，她不仅能干，而且打外场也是一把好手。

二十八

一个卖馒头的，把三轮车停在了扁担胡同南口。

卖馒头的敲梆子，像和尚敲的木鱼，笃笃笃，不急不缓。

同庆刚吃过早饭，闻声从家里出来，走到卖馒头的车子前。馒头盛在一个大笸箩里，上面蒙一块白布。他掀开白布，拿起一个，问道："哎，掌柜的，怎么卖呀？"

卖馒头的戴一顶黄绿色旧军帽，黑不溜秋一张瘦脸，有点儿酒糟鼻子，俩门牙朝前突着。他经常来阳坡村卖馒头，知道同庆爱打哈哈，故意仰起下巴嚷嚷："买就买，摸鸡×呀摸？"

同庆不动声色地问他："嘿，今儿个这馒头倒挺白呀！谁蒸的？"

"废话！我媳妇呗，还有谁呀？"

同庆把馒头扔回笸箩里，嘿嘿一乐："好家伙，这么多鸡×，都是你媳妇摸过的呀！"

卖馒头的脸腾地红了："看你这家伙，真不是个东西！到底买不买？"同庆背起手转身就走，走两步，才扭回头，"谁买你的鸡×呀，都给你媳妇留着吧！"

其实，他出来并不是要买馒头。他不喜欢吃买的馒头，嫌有一股子碱味，当年在供销社食堂吃的就是这种馒头。他喜欢家里蒸的，有一股酸甜味。那是麦香与酵母混合到一起的味道。每当街口来了卖小吃的，他总喜欢出来看看。家在胡同口上真好！从前他倒没觉得，这几年才发现了自家这一大优势——买东西方便！有卖扒糕的，卖大饼的，他尤其爱吃黄米年糕。

回到家，他站在猪圈边上吸了支烟，就拿上铁锹走出来。胡同口空荡荡的，那个卖馒头的已经走了。

自打今年以来，即便田里没有什么活儿，他也不愿待在家里。家里的气氛是沉闷和压抑的，扔个火星儿就会引发爆炸。只有待在田里，他心情才会畅快豁亮一些。

这一切都和小顺子有关。但最郁闷和烦躁的，还要数小顺子。那个水泥板厂，远没有预想的那么好。他打了自己的脸，而且打得非常狠！

这不，工人也雇着，水泥板在场院里摆了一大片，白天太阳照，晚上又和月亮、星星相伴。然而，却没有多少买主。

这些天，他急得团团转；耳朵却格外灵敏，听说村里谁家盖房子，就蹭蹭磨磨地赶去搭讪；人家自然知道他的意图，和他该说什么说什么，就是不提买楼板。他也托外村的亲戚和熟人，给他介绍生意。还在附近村庄街口的墙壁上，用白石灰写了广告，可真邪门了，依然没有多少买主。

那天，他挥手对给他打板的双喜和国有说："你们回去吧，
什么时候有活儿了再喊你们。"

双喜和国有用怪怪的眼神瞥他一眼，没有动弹。小顺子猛然
想起来，还没给人家结算工钱呢。他张张嘴，感觉喉咙干涩，终
于说："这两个月的回头再说，欠不下你们，咱乡里乡亲的，只
管放心！"

双喜和国有互相看看，还是双喜机灵："好吧，有你这句话
就行，可别黄了……"

"情况你们也知道，再等等，也许过两天就有买卖。"小顺
子声音低得像蚊子哼哼，目光也躲躲闪闪。

是呀，他哪会想到呢？和他判断的完全相反。这乡下人真
是落后，愚昧，不开眼，老土鳖！他恨不得把世上所有不好的词
汇，统统扣到乡下人头上。也许，他忘了自己也是乡下人。

双喜和国有离开后，望着那一大片像匍匐在地的列兵般的
水泥板，还有那个在夏日的骄阳下缄默不语的搅拌机，他揪住自
己一缕头发，使劲儿扯了扯，脸也灰得像旁边废弃的水泥块。他
沮丧极了，后悔当初干了这个。是发昏了吗？但他又否认。本来
嘛，如今城里无论盖大楼还是盖平房，都时兴楼板了。村里也有
个别人家盖房用楼板。用楼板盖出的房子，又好看又敞亮。所以
依他的判断，这是大势所趋，于是才贷款办了这个厂子。谁知，
有人放了一股风：用楼板盖的房子谁敢住呀？没有一根木头，说
不定什么时候压塌呢！据说，村里那两户用楼板盖房的人家后悔
得不得了。而城里盖大楼的单位，也不会把他这个芝麻大个厂子
放到眼里的。

所以，卖出去的那点儿钱，连雇人的工钱和原料都不够。

"还有贷款啊！"一个声音不时在他耳边嚷嚷。

每天回到家，母亲望向他的，是一副忧郁不安的眼神。他还发现，只短短几个月，母亲额头上的皱纹多了好几条，鬓角似染一层白霜。父亲同庆有时瞪他一眼，目光里蕴满怨恨和鄙视，但又不好发作。"唉唉"地嗟叹几声，就坐在门槛上吸烟卷。

只有他那个胖乎乎的媳妇彩霞，不时抱怨他几句："就你二百五，雀蒙眼，三千块呀，也敢！这下可好，就是砸锅卖铁，咱也不够还人家！"

望着耷拉着脑袋的小顺子，又说："嫁给你，真倒了八辈子血霉！你说，往后这日子怎么过？你说呀，你说呀，你……"唾沫星子喷到小顺子脸上，手也差点儿戳到他鼻尖上。

小顺子觉得自己从来没有这么狼狈过。当初，彩霞对他多么佩服呀，望向他的眼神都是温柔和敬重的。唉，我怎么混成这个样子了呢？他想呀想，总觉得自己当初的想法和判断没错呀，今后盖房都用楼板。什么事，不是村里人跟着城里学呀？可为什么，为什么盖房就不一样呢？

他的神情是颓丧和迷惘的，但又是不屈的。他就是不明白，完全符合时代潮流，可怎么村里人就不认可呢？哼，土包子，猪脑子！他又想到这些形容乡下人的词汇。奇怪，一想这个，他心里多少好受了一些。但好受不等于能为他扭转困境，只是发泄一下心里那股火气罢了。

再想想那一大片躺在场院里的楼板，觉得它们就是被打败的灰溜溜的兵士。从它们那里，他俨然看到了自己的影子。

那三千块钱怎么办？五年期限呀，怎么办？

这个想法成天折磨着他，像他身后一个尾巴，更像一条吐着
芯子的毒蛇。他走哪儿，跟到哪儿。

这天，他不愿意在家里待，就走出来。

胡同里没有一个人，只有几只鸡在觅食。他想起从前自己当
队长时，那是何等的风光啊！后来不当队长了，他办起厂子，他
要当阳坡村第一个吃螃蟹的人！那段时间人们望向他的眼神，依
然是敬服的。哎呀，三千块的贷款，这需要多大的气魄！阳坡村
人历来就是"酒杯敬向富贵人"！他就是那种"富贵人"啊。可
倏忽间，他就由人人敬慕的人，变成了一只困兽，是被困在了金
钱的笼子里。莫非，他的梦想，真的只是梦想吗？

吱呀！传来推动街门的声音。

他吓了一跳。几乎下意识地，他扭转了头，匆匆地朝南走。
他不知道出来的是谁，也不敢看。这些日子，他非常害怕见到
人。他总觉得每个人的目光都像钩子，恨不得从他眼里钻到他心
里去，而且还要把他的肚肠翻看个遍。

妈的，三千块，不是个小数啊！五年，你能还得清吗？那可
是公家的钱呀。他似乎听到了警车尖厉的吼叫，还有手铐闪出的
森森寒光，多么可怕的光亮呀。还看到一双双的目光，落在他身
上脸上。而这些目光，至少在一年前，蕴含的却还是另一层意思
啊。他觉得自己像让人剥光了衣服示众。

有时，也有人用关切的语气问他："嘿，小顺子，最近生意
怎么样啊？是不是好点儿了？"他总是从问话人的眼神中，读出
深藏的幸灾乐祸与讥讽。但他又不得不出门，因为每天得到村北

板厂去。

他急匆匆走出胡同，往村西口走。再从那里往北走，不大会儿就能走到板厂。

他一直目视前方，这样就可避免与他人的目光相撞。而在人们看来，他这是目中无人。嘿，这小子倒牛×起来了？厂子都成那样了，还牛气个蛋？也有人说，不定哪天又发了呢！人家心里有底。小顺子是谁呀？小鬼头一个！

是呀，小顺子心里怎么想，没人能摸得清。

这时他已走出村来，顺着高岗渠西侧那条小路朝北走。玉米长到一人多高了，带有草香的湿润的气息从里面飘逸出来。村外非常安静，只有小虫子在草丛里低吟浅唱。

看到了远处那座砖窑，他停住了脚步。有十多年了吧？哎呀，过得真快！那个麦收天，他也这么溜溜达达来到这里……

此时，那棵大杨树还在，水渠却干巴巴的，里面草也不多了，呈现一种颓废之气。

似有一阵冷气袭来，他禁不住打个寒战。与此同时，一双眼睛也在他脑海里晃动。眼底依然那么清澈见底，像从前村南的泉水，然而里面却多了一缕忧伤和怨恨。

是呀，怎么就那么巧，昨天他一出门就碰到了回娘家的小素。从前他在胡同里碰到小素，小素故意侧过脸。他却大胆地盯住她。那时他是占有者，也是胜利者；她是一只受伤的小鹿，她是为躲避他而仓促逃走的。

而这一次，她却大胆地扫了他一眼，从她目光里他捕捉到了一丝快意。她也听说他混得很惨吗？他觉得自己被她抽了一记耳光。不，是被命运抽了耳光，一记响亮的耳光啊!

接下来，新运，琴花，还有金锁，他们像走马灯一样，在他脸前一个个闪过。而每个人都对着他笑。

怎么回事? 天在转，地也开始旋转。

他在渠岸上坐下来，背靠杨树，闭上了眼睛。怎么这么像，当年也是在这个地方，他怀揣几乎同样的矛盾心理，背靠杨树想心事。所不同的是，那时他既喜亦忧；今天，完全是在遭受痛苦的折磨与煎熬。命运真会捉弄人!

一串泪珠滚落下来。眼前的一切，变得模糊起来，像让雾霭所笼罩。后来他终究忍不住，两手捧住脸呜呜地哭起来。这个在扁担胡同一直自命不凡的人，此时变得格外脆弱，像个没人疼的无助的小孩子。

你真没出息，还哭! 一个声音在他耳边响起。

他一惊，赶忙睁开眼，朝四下看看，连个人影儿都没有。一阵微风吹来，杨树叶发出哗哗啦啦的响声，似从地皮上流过一股清泉。田里的玉米，也轻轻地摇晃。他明白，这是自己的声音。

可他又有什么办法呢? 三千块，一张张地数，得数多久? 就这么打了水漂儿，欠了一屁股债! 哎呀，怎么办，怎么办呀?

脸面没有了，日子也没法过了，极度的绝望让他再次呜呜地恸哭起来。反正四周没人，他要哭个痛快。哭个痛快，心里才好受一些。

他不想回去，也不想去厂里了。回家，不愿意见家人的脸色，尤其是彩霞对他的鄙视和斥责，还有父亲同庆那失望和恼羞的神态。

他觉得每个人都成了他的敌人，都在看他的笑话，说他的风凉话！

怎么办？怎么办？怎么办？

突然，一个想法跳进他脑际。起初吓了一跳，责备自己：你怎么这么想呀？你上有老，下有小，你解脱了，他们怎么办？

但又一个他却反驳：不这样你有更好的办法吗？除非天上掉票子！三千块呀，你几时能还完呢？还不完，就得坐牢！坐牢啊，那有多丢人？

是呀，那有多丢人！不但阳坡村的人，就连十里八乡，都知道他欠公家三千块钱，是吃饱肚子的牛——草包一个！小顺子呀小顺子，你怎么混到了这个地步呢？人不人，鬼不鬼，人家都看你笑话呢！

嗯嗯，还是那个办法好！不但自己解脱了，而且，而且公家也不会再追讨那笔钱！一死百了，对，一死百了，哈哈，一切就都了啦！

这么一想，不知道从哪儿来了一股力量，他忽地跳起来，抬手拍了拍屁股，其实上面连个草屑也没有。

他又扭转头，四下望了望。天空蓝莹莹的像刚染的大幕布，只有天边飘几朵棉絮一样的白云。阳光很亮，照在庄稼叶上，也照在身边的小草上。树上的知了一声声地鸣叫，一点儿也不烦人。远处砖窑上冒出一缕缕的青烟，一切都那么安详静谧。是呀，还是这个世界，什么都没有变，那么美好。自己真的要离开它吗？他舍不得，真舍不得！

可有一种力量在鼓动他：走吧，走了你就解脱了！

对，这是个好办法。他回应这个声音。

他走下渠岸，在这条他不知走了多少次的小路上，来来回回地走，后来不知不觉竟然回到了家里。

见他回来了，母亲巧巧的嘴嗫嚅动着，想说什么，但发不出声音。她的目光是复杂的，里面有怨艾，更有属于母亲的疼爱与怜惜。只是看了儿子几眼，就忙别的去了。母亲总有做不完的活儿。每天，走出厨房，就拿起抹布，放下抹布，就拿起针线笸箩。打小，母亲就这样。一股热辣辣的东西涌出来，模糊了他的双眼。他赶忙移开目光。你要抛下母亲吗？你这是大不孝呀，光为自己痛快和解脱了！但马上又辩驳：那样对母亲也许更好，三千块，那是一座大山，得把母亲压垮！

父亲没在家，不用问，到田里忙活去了。和村里许多上年纪的人一样，他把自家那几亩地看作宝贝疙瘩。小顺子记得，刚分到地时，父亲激动地抓起一把土捧在手里，乐呵呵地说，做梦都想不到，又有自家的地了！这土腥味真好闻！当时他不明白。后来才理解了，因为天天可以吃到母亲擀的面条。父亲几乎成天待在地里，仿佛也成了地里的一棵庄稼。

见他回来，彩霞的脸立马耷拉得有一尺多长，嘴高高地噘着，嘴叉子显得更大了。

"呸！还有脸回来呀？死到外面得啦！"声音恶狠狠的，像往他脸上撒一把碎冰块。

"你让他去哪儿呀，这是他的家！"母亲终于替他说话了。然而，母亲的话却让他越发的难受，喉咙里似堵上一块硬物。

彩霞还不依不饶："家，他还在乎这个家？要是顾家，他就不办这个破厂子啦！哼，也不撒泡尿照照，自个儿是不是那块料！"

恰好，小娟放学回来了。小娟见嫂子发这么大火，她心疼哥哥，可是一个女孩子家又不便说什么，只觉得哥哥可怜。

彩霞的话噎得小顺子倒吸了一口冷气。母亲呆愣一下，不再吭声了。这还是从前那个彩霞吗？他当队长时，是她家托人来提的亲，就是这个彩霞，和他第一次见面就逮机会悄悄地拉了拉他的手。再次见面，是晚上，干脆一头扎到了他怀里，用头拱他的胸脯。这一拱，把小顺子的脑袋拱晕了，全身也热辣辣的，手不安分地伸进她的上衣，于是他俩有了第一次。

她瞧不起我了！父亲也瞧不起我！小顺子在心里一遍遍说着，那个念头再次冒出来。他不再害怕这个想法了。相反，这个想法笑嘻嘻地朝他招手，像是说：来吧，这里好，这里好啊！这里没有烦恼，全是——好！

他一扭头，正好瞧见了挂在门楼墙上的麻绳。那是从前在队上拉大车用的。那团绳子也对着他笑，像他的老朋友，一股暖流从心里涌起，一霎时涌到他头上。他笑着，是苦笑，迈开双腿，慢慢地朝那里走去……

天临近晌午了，巧巧开始准备午饭。小孙女拿着一只小铲，在院里玩耍。同庆还没有回来，彩霞钻到屋里，不知忙什么。巧巧不愿搭理她。儿子走了背运，彩霞心里窝火她完全理解，可不该不把小顺子当个人看！马还有失前蹄的时候哩，人不能总走好运吧？

再想想老头子。哼，到底不是亲生的，隔着一层哪。三千块，对庄户人家来说的确是个大数，但她更心疼儿子。看到小顺子如此遭难，她心里真比刀剐还难受！

她正盘算着午饭吃什么，听到母鸡"咯咯嗒，咯咯嗒"地向主人报喜。擀面条吧，鸡蛋打卤面，小顺子最爱吃的。她只有用这个方式来宽慰儿子！她要往儿子身上，投下一缕亮灿灿的太阳光！

她从鸡窝里掏出一只热乎乎的鸡蛋，又把手伸进去摸，还有一只。凉的，昨天下的。

望着那只正眼巴巴地盯着她的芦花母鸡，她笑了笑。没有像从前那样，回屋抓一把玉米粒犒劳它。天不早了，她急着做饭。她喜欢看小顺子和小钻子捧着大海碗狼吞虎咽地吃面条的样子，自小就喜欢看。哥儿俩吃不够，她也看不够。

她拎起升子去厢房的面缸里舀白面，一推门，啊地惊叫一声，手里的升子啪地落到地上，打了个滚儿，才静止不动了。

"儿呀，我的儿呀，你怎么这么傻——"
…………

二十九

这天，新运回来浇玉米，见小顺子家门口围一大堆人，有凄厉与悲恸的哭声传过来。

待他走近，才听说昨天小顺子上吊自尽了。

"唉，值当哩呀，莫非钱比命还重要？你看看，抛下媳妇孩子，还有俩老人，就这么走了！"

"可惜了，才三十多点儿吧？一时想不开！"

"这人呀，心气不能太高了！"

人们在胡同口上喊喊喳喳地议论……

新运的脚像让东西绊住了，呆在那里。小顺子走了这一步？这半年来，他回家少，没怎么见过小顺子。

就为那点儿贷款，把命搭进去了！他摇头叹息着。

灵堂已经摆好，攒忙的人出出进进；不断有人来吊唁，烧纸浓浓的气味从院里飘到街门口。新运在攒忙的人群中瞥见了父亲天敏。

新运站在街口，感觉跟做梦一样。没有人注意他，人们都忙着各自的事。他眼前一会儿是小时候的小顺子，一会儿又是长大的小顺子。他似乎又听到了小素哀求的声音和那无助的眼神。

怎么办？是不是给他烧个纸？

他还是走了进去。

虽说小顺子做事太损，但人毕竟走了，而且又是以那种方式离开人世的！再说，同庆和巧巧为人行事都不错，唉唉，俩老人可怜了！

从前同一个生产队上的人也都来"吊纸"。这是阳坡村的一个传统：不管和死者生前有什么过节，只要不是你死我活那种冤仇，人死后都要吊个纸的。人死为大！新运看到了刘金锁，看到小素父亲大贵弓着腰走进去，一会儿就出来了。

新运往里院走时，两腿像绑上了大石头。他看到守灵的人，还有帮忙的乡亲们都把目光移向他。灵床上蒙一块白布，下面就是永远睡去的小顺子。小顺子能安息吗？他是怀揣着对命运的不屈离开人世的呀！新运脑子里乱糟糟的——他一下子原谅了小顺子！

"新运哥，咱们上树掏鸟窝呀？"耳边回响起一个尖细稚嫩的声音。突然，他眼窝一热，心里酸涩难耐。

这个家，塌了天了！

他一边往回走，一边想。这也是一辈子？

"你去小顺子家了吗？"一进家门，母亲问他。这个善良的女人，尤其在这个时候，对每一个生命心里都充满了悲悯与怜惜。

"去了！"他的声音很低。

"哎，一时想不开！"母亲哀叹一声，"小顺子也太要脸面了。可怜他媳妇彩霞，还有你同庆大娘。老的老，小的小。幸亏小钻子大了！"

"小顺子糊涂……"新运不知道说什么好。

蓦地，他心里一颤，又一热。小顺子怕还不起那笔贷款，才自绝身亡的——他终究还是个在乎脸面的人啊！

"今儿一早你爸爸就去攒忙了。挨着靠着，不要和他计较！人都走了……"好心的母亲，还在唠唠叨叨地说。

新运没有再吱声，他开始收拾东西，准备去村西浇地。父亲在那儿攒忙，一家去一个人即可，这也是阳坡村红白事一条不成文的规矩。

玉米长得蓬蓬勃勃，叶柄似一把把利剑般伸展着，争相抢占有限的空间。残留的麦茬儿呈灰白色，快要融入泥土里了。长蔓草、白领青在玉米的夹缝中顽强地生长。

新运站在地头，望着一派生机的田野，心里多么敞亮啊。多少天没回来了？相比城里的嘈杂与拥挤，他更喜欢乡下，喜欢乡下宁静又蕴含希望的田野。是啊，春天播种，也播下了希望；夏天，那绿油油的庄稼，让人心里盈满希望；秋天呢，那是收获希望啊，也是四季最美的时节，因为里面包含了人们的心血与汗水；冬天呢，又是期盼春风的季节。是的，无论日子如何交替，四季如何更迭，"希望"二字，一直被人们怀揣心中。

城里好吗？他不能否认。高楼，汽车，还有挨挨挤挤的店铺，代表了富庶和幸福。那是多少乡下人的梦想啊！自己和瑞霞不也去了城里，寻找属于自己的梦想与幸福吗？

但他还是喜欢乡下，喜欢大平原的四季。有时，人所追求的，并不代表自己内心所钟爱的。正如哲学上所讲：人本身就是一个矛盾统一体，任谁也无法摆脱矛盾！当然，新运文化不高，他对生活的理解还没达到这种高度，是只知其然，不知其所以然。

忽然，从村里传来二踢脚的爆响，这是丧家出殡的信号。新运的思绪从大自然带给他的愉悦中走出来，心情顿时暗淡如烟。

唉，小顺子也是想挣钱发家呢！只是时运不济，他是死不瞑目啊！

浇好地，已是下午三点多钟。回家吃了几口饭，他就急忙赶回城里。

刚进饭店，一个熟悉的面孔跃入他的视线。

"哈哈，老弟，可把你等来啦！"看到新运，赵力强笑呵呵地站起来。他身边还有俩人，新运不认识。

"你怎么回来这么晚呀？大哥等好久了！"瑞霞走过来。

"有点儿别的事。"新运没说小顺子。

"咱哥儿俩喝几杯！"赵力强指指身边的椅子，"一直给你留着座儿呢。"

新运洗了把脸，挨着赵力强坐下。

自那次说妥后，没过几天，新运就特意把小虎子接来，摆了桌丰盛的酒席，正式让小虎子认赵力强为干爸。赵力强当场拿出五十块钱，说是给小虎子的见面礼。新运和瑞霞不要，他却不依，瞪着微红的眼珠子，把钱硬塞给了小虎子。

后来赵力强就经常过来，有时独自一人，有时还带几个朋友。起初瑞霞不好收饭钱："算了，咱又不是外人，干吗那么认真呀！"她这么一说，赵力强就不再客气。几次后，瑞霞心里便有些怏怏不乐，新运劝她，说这是咱恩人，白吃也应该！他不会老这样。

赵力强依然那么健谈，一坐下来，总是滔滔不绝，别人休想插话。"嗨，我们厂长算个×蛋，有时候得听我的！"这句话，几乎成了他的口头禅。他那几个哥们儿对他都一脸的崇拜。新运相信这也许是真的，不然，王老三为何那么惧怕他呢？

其实，新运也喜欢听赵力强侃侃而谈。赵力强口才极佳，一件小事也讲得绘声绘色，有时连酒都忘记喝了。

怪不得他有那么多哥们儿，而且都对他言听计从！新运不由得在心里发出赞叹。

这一次，赵力强依然没有结账。

"亲家，我就不客气啦！"他对新运摆摆手，然后扬长而去，那俩哥们儿像他身后的尾巴。

他们走远了，瑞霞瞥新运一眼："哎，今儿下午差不多又白干了！"一脸的不快，"说话挺义气，可是……"

新运开导她："不要计较这个，房宽地宽不如心宽，咱能安安生生做生意，比什么不强啊！"

嘴上这么说，心里也有点儿不痛快。他心里是矛盾的。他欣赏和佩服赵力强的魄力和仗义，但又不明白他为什么总白吃白喝？他觉得这个赵力强和那天给他解围的是两个完全不同的人！

"他没把自己当作外人！"他只好拿这句话安慰瑞霞。

"我看这人不地道！"瑞霞终于说出了自己的顾虑，"爱吹嘘，你听他说话……"她耳边又回响起那句"我们厂长算个×蛋"！

"在外面混，耍的就是嘴皮子嘛。这种人，咱得罪不起！"

新运说的不无道理呀。瑞霞想：嘿，白吃就白吃吧，逮个鸟儿，还得舍把米哩！在城里有这个关系，到底心里踏实。

她只盼着赵力强少来几次，可是几天后他又来了。

是他自己。他说刚下班，不想回家了，一拐弯就过来了。

"看看，我把这儿当成家了吧！"他站在饭店门口，笑呵呵地说。

瑞霞心里不乐意，但还是装出高兴的样子："哎呀，大哥，快进来吧。"

新运说："正好，到了饭点上。"

赵力强在最里端那个座位坐了。

客人不太多，新运吩咐疙瘩弄俩菜。他腾下手来，和赵力强面对面坐下，因为只有赵力强一个人，不能冷落了他。

从赵力强的目光中，新运明白他心里有什么事。

果然，几杯酒下肚，赵力强那张黄白脸上铺开一层血色，他吸口烟，低声说："老弟，有件事，不知道你们愿意不愿意？"目光在新运脸上扫来扫去，"我想入个股！"又马上补充，"我也不多要，你就意思意思。说是干股，也不能当甩手掌柜的，我负责采买。我买肯定比你们便宜！"

因为来得太突兀，新运不知如何作答。答应吧，心里不乐意，赵力强白吃白喝他可以不计较，怎么能入股呢，又是干股。这不是明摆着敲竹杠吗？要不答应呢？那肯定干不下去了。他左右为难。

赵力强早看透了新运的心思，伸出一根手指在桌上敲着："有我的名号，任谁也不敢来捣乱！"

"大哥这么看得起我们，我高兴……可你也知道，我们一天忙到晚就赚口饭吃，发不了大财……好！就依你，借你个光啊！"

"哪呀，我是图个乐子，再有点儿小酒喝！"赵力强来了兴致，把酒杯斟满，也给新运斟了，端起来，"来，咱哥儿俩好好大干一场！干杯！"

新运强作欢颜，也端起酒杯。但这酒，喝到肚里只是辣，辣得他流出了眼泪，哪还有一点儿酒香呢？他觉得自己像被人牵着鼻子往前走。

"嘿，草包一个，这点儿酒……"赵力强哈哈笑道。

这一次，赵力强又是醉醺醺地离开的。

晚上回到出租屋，新运才把这事对瑞霞说了。

瑞霞呼吸有些急促起来，但没说话。两人就这么躺着。偶尔从大街上传来汽车驶过的声音，那么沉重，似从他们身上滚过去，之后整个世界又复归沉寂。今后怎么和赵力强相处呢？会发生什么情况？这的确是个让他俩颇伤脑筋的问题。

"也好，入了股，更没人来找咱麻烦！"

瑞霞长叹一声："那倒是，还是那句话——破财免灾吧。"

第二天，他们刚开门，赵力强就匆匆赶来。

一见面，他就问新运，和"亲家母"（他有时这样称呼瑞霞）商量好了没有？新运做出大度的样子："这有什么好商量的？我们还巴不得哩！"

赵力强掏出烟来，眯起眼吸一口："嘿嘿，不光有我的名号，我还可以拉买卖哩！"

"你上着班哩，方便呀？"

"不就是两三天才买一趟吗？我扯个瞎话就出来了。再说，利用倒班也能买！"他一脸的自信，"没人敢拦我。×，咱在厂里……"

新运想说，你认为这是居家过日子吗？这是饭店，几乎每天都得采买。但话到嘴边又咽回去，他不想和赵力强说这个。

这一次，赵力强没待多久。他说厂里还有事，得赶紧回去。

走到门口，他扭转头将目光扫向瑞霞，笑嘻嘻地说："亲家母，咱真是一家子了啊！"

"本来就不是外人嘛！"瑞霞回应，不知为何，喉咙里像卡了根鱼刺。

赵力强每隔两天就来一次。他和他们开会儿玩笑，然后骑上
三轮车赶往西关蔬菜批发市场。时间不长，就满载而归。

但有时还是领他哥们儿来，依然不结账，说最后一起算
吧——还是那句话！

每一次，瑞霞都把饭钱记在一个小本子上。她还有个小本
子，记着赵力强取走多少钱，又买来多少菜。她不好意思每次都
和他对账——那样显得薄气！

有时新运怪她太认真，瑞霞说，最起码咱心里清楚，亲兄弟
还明算账哩。

这话他无法反驳：赵力强毕竟是城里人……

有天晚上，瑞霞对新运说："这两次力强买的菜总碰不上
账！"

"你别瞎猜测，咱既然伙着干，就该相信人家！"忙碌了一
整天，新运有点儿累了，也困了，眼皮开始打架。

瑞霞边脱衣服边嘀咕："我总觉得这人不靠谱！"

新运有些不耐烦："快睡觉吧，也许你记错了……"

一个星光满天的晚上，一条黑影，悄悄地走出村来，顺着村
西一条小路，东扭西拐，来到了那座新起的坟茔前。

坟茔让棉花棵子簇拥着，白幡被风吹得有些歪斜；同样白色
的丧棒，在灰蒙蒙的夜色里伫立着。棉花地里特有的清爽气息比
白天浓烈好几倍。

他蹲下来，从竹篮里拿出一瓶酒，两只酒杯。

先将一杯酒洒在坟前，端起另一杯，吱地喝光了，一连喝了

三杯。

"小顺子，爸看你来啦！"这个名叫大秋的汉子，喃喃道，"虽说你不认我，但我不恨你！我理解你！可是，你千不该，万不该，不该走这条路呀！"

他哽咽起来，再次将两只酒杯注满，目光呆滞地望着罩满夜色的坟茔："顺子，你知道我多想和你说会儿话吗？可你……你还小哩，不懂你爸的心思！本来，我和你妈好上了，也怀上了你，你姥爷却嫌咱家穷，硬让你妈嫁给了同庆。他图人家给公家干哩。狗屁！哄人咧！你姥爷脾气暴躁，你妈拗不过他！"

"来呀顺子，咱爷儿俩干一杯！"他端起酒杯，"喝吧，小子，你当了队长那会儿，知道你爸我心里多高兴啊，我就想和你喝几杯。可是……"他又停住，用手背揩下眼睛，让眼前的景物变得清晰一些。但又后悔不迭——还是模糊点儿好！模糊点儿，恍恍惚惚似能看到小顺子的影子。有多少次，远远的，他盯着小顺子看啊。看他的眉眼，看他的脸盘。说不清心里是什么滋味，真想把他抱在怀里亲一下。啊，儿子！我的儿子！

然而，小顺子的目光对他分明又是抵触的。他心里像让刀子剜，让锥子扎。

"小顺子，我的傻孩子，你是我唯一的亲骨肉呀。我没成家，但有你在，我心里就不寡得慌！可是……"

这位年近半百的可怜汉子，拎起酒瓶，一仰脖子，咕咚咚，多半瓶酒灌进肚里；然后将酒瓶扔到一边，突然像疯了似的扑到坟茔上，两手抠进黄土里："顺子，你好狠心呀，丢下你爸你妈，就这么走了……"

他的声音似从喉管里挤出来，又带着那种极力克制和压抑的呜咽；他仿佛要把这种巨大的痛苦，传至大地的最深处。

夜越来越深了。一层深灰色的雾气，像锅盖般将整个田野笼罩……

三十

香果没有想到，在镇上轧花厂上班没多久，一个女孩子就闯进了他的心扉。

其实，在轧花厂做工是苦力活儿；尤其到了收购棉花的季节，大家工作起来几乎连轴转。

虽然累一些，但香果心里还是蛮高兴的，因为这总比在田里劳动轻闲得多。他还想表现得更出色一些，争取转成副业工，那就差不多是公家的人了。不，他还要瞧机会争取去城里上班呢！

那姑娘名叫大梅。起初，大梅并没有进入香果的法眼，但时间长了，他才发现了大梅的美。原来，有的美是潜伏于平凡外表之下的，需要一双慧眼来发现！大梅的眼睛不大，却细眯眯的妩媚有神，似带着钩子，钩人的魂魄。脸也很白，白里透出一种朝霞般的殷红，像清晨带着露珠的金针花，让人看着心里都喜兴。

有一天，香果一个人扛棉花包。当他坐在暄软的棉花包上想歇息一会儿时，一块手帕塞到他手里。他一扭头，见大梅正含情脉脉地对着他笑，从那双细眯眯的眼睛里闪出一层水波，把他的影子映了进去。他的心为之一颤。继之，手心像过电般发麻发痒。他刚将手帕伸到额前，又停住，怎么舍得拿它擦汗呢？

他朝大梅笑笑，随手将手帕塞进了口袋。

自此，轧花厂的人都知道香果和大梅在处对象。而且，没有一点儿铺垫，马上进入了如胶似漆的状态。但人们也明白，大梅那是攀了高枝——她倒不是看上了香果。香果除了小脸白净一点儿，其他方面并不是太出色，她是看上了香果家的经济条件和在村里的地位。

此后，扁担胡同的人时常看到香果用自行车驮着大梅回来。有人认为香果眼力不错，大梅的确耐看，漂亮！但也有人认为香果的这个对象不大安分。大梅喜欢穿一条深蓝色喇叭裤，上身是一件时髦的红衬衫，头发烫成大波浪，披在肩上，风一吹，整个脸被遮住。看人时，眼神也迷离不定。

再看大梅每次坐在自行车后座上，搂着香果的腰，就想起一个字——骚！香果可不顾及人们的眼神；相反，还一脸的春风得意。

以金锁的意思，是让香果和大梅再谈上一年，摸摸大梅的脾气秉性。另外，他也想为香果找个有钱有势人家的闺女。但总不对事儿。而大梅家呢，就是个普通人家，她是靠她一个在信用社上班的表姨夫的堂哥的关系，才得到这个临时工作的。

但香果铁了心，金锁又有什么办法呢？

再一想，大梅不但面容姣美，落落大方，尤其会来事。有几次，见他掏出烟，她马上抄起火柴，伸出葱白般细软的小手给他点燃。这闺女有眼色哩！嘿嘿，不赖！

一天晚上睡下后，他就对马凤莲说，选个好日子，给香果把事办了吧！

　　就在那一年秋天，香果就和大梅结婚了。对于香果来说，这是他在镇上轧花厂上班最大的收获。

　　看着小两口每天骑自行车，高高兴兴地去轧花厂上班，刘金锁和马凤莲心里比吃了蜜饯还甜！看天，天那么蓝，那么辽阔；牛棚里的牛，也比从前看着顺眼！它们咀嚼草料的声音，那么悦耳动听。这时两人似乎才明白，他们所付出的辛苦，所做的一切努力，不都是为了儿子吗？

　　香果很少帮父亲往奶站送奶了。自打结婚后，每个休息日他连门都懒得出。他喜欢待在家里陪大梅。

　　香果这么黏媳妇，凤莲打心里高兴。金锁也不在乎香果是否给他帮忙，他们都急着抱上小孙子呢！

　　果然，第二年初夏，他就如愿以偿抱上了小孙子。

　　正在他们一家享受新生活带来的快乐时，新的烦恼却来了——女儿香玲和婆婆桃姐闹翻了。

　　大壮家的苹果卖了不少钱，就时常改善伙食。买了卤煮鸡，桃姐先将鸡大腿撕下来，一只给小孙女，一只自己吃。炒了肉菜，也偷偷地把肉拣出一点儿，让文芝和文英吃。文英看不惯："妈，看你，这样多不好！"桃姐瞪她一眼："你个傻闺女，总教不俏（能）！"文芝也看不惯，但又没法子。这个十七八岁的小伙子，只好想办法帮嫂子干点儿活儿，这样心里才好受一些。

　　一天吃晚饭，大壮刚吃下一口菜，就把筷子往桌上猛地一拍："又淡不拉几的！一斤盐才几个钱呀！"他实在忍耐不住了。

　　"哎呀，早把盐吃光了，我给二蹦子说了，人家就不买！"

二蹦子这才想起母亲给他说过，于是一拍脑袋："妈，我、我忘了。"

"你就是猪脑子，不长记性！我没给你们钱吗？就一分也舍不得花呀？"桃姐的声音尖得像麦芒。

香玲想质问她：每月才给二蹦子几个钱呢？果园挣了那么多，她却把钱攥得紧紧的。自从承包果园见到钱后，她就像换了个人。正像俗话说的：越有钱，越爱钱。

"他们忙，你就不会跑一趟吗？"大壮狠狠地瞪桃姐一眼。

"他们下班顺脚儿就买了，还用我去呀？我就不买！"

"爸，明儿我买吧！"香玲说。她是赌气说这话的。

晚上睡下后，香玲禁不住抹起眼泪。二蹦子劝她："我妈她、她就这、这个毛病，别跟她计、计较！"

二蹦子的态度让香玲心里好受了一些。"哼，算盘打得精，袜子改背心。你太老实了！"香玲边说，边用手背擦了擦流到脸颊上的泪水。

"你、你说，我有什么办、办法呢？她再不、不好，毕竟是俺、俺妈！"二蹦子的语气是无奈的。他扳过香玲的脸，在上面吻一下，又把眼里的泪水舔干净了。但很快又有一串泪珠涌出来。

香玲一转身抱住了二蹦子，她把脸埋在他胸膛里，轻轻地啜泣起来。在这一刻，她竟然感到二蹦子的胸膛像坚实厚重的巉岩，也像个避风的港湾。

后来，在桃姐的强烈提议下，他们和儿子分家另过。二蹦子和香玲住进了厢房。桃姐和大壮住正房的东间，那是上房；文英住西间，文芝去前院老屋里和爷爷做伴。那里有叔叔家的文祥，小哥儿俩守着爷爷，倒也十分开心快活。

凤莲知道女儿在婆家受委屈，只好劝她想开些。金锁也是这个态度。因为这点儿小事和亲家闹翻，会让人笑话没度量的。

有一次，香果和大梅从镇上买了点心和一只牛肉罐头，带着儿子来姐姐家玩。香玲很高兴，打算中午包饺子。香果说，包饺子太麻烦，姐，烙饼吧，我爱吃你烙的葱花饼。他把目光望向大梅："我向大梅都夸好几回了。"大梅一笑："姐，我馋得都快流口水啦！"

这个弟媳妇性格好爽快！香玲心里感叹着，就起身去厨房忙活。香果就在屋里和大梅逗小外甥女豆豆，还有他们的儿子小栓子一起玩。

很快，焦黄喷香的烙饼摆到了饭桌上。香果问："我姐夫呢？"香玲说："别管他，今儿中午他在果园吃哩。"

香玲刚把罐头打开放到桌上，桃姐走进来，俩眼死死盯着："哎呀，这东西可稀罕！"

香果和大梅说："大娘，坐下一块儿吃吧。"香玲也说："妈，叫我爸也过来吧，都不是外人！"

桃姐笑笑："算了，我也做好了。"目光像粘到了罐头上，不肯移开。香玲知道婆婆的毛病，假装不理会。桃姐说："嚯，这罐头挺好，还是牛肉哩。我们不在这儿吃，就稀罕这罐头！我先尝尝，一会儿给你们送来！"

脸皮真厚！香玲心里不悦。香果只听说姐姐的婆婆嘴馋，没想到这么不顾脸面。待桃姐把罐头送来时，吃得光剩个底儿了。

　　自从分家后，桃姐对钱财的亲近几乎达到了痴迷的程度。比方说吧，卖苹果的钱，本来说好是对半分的，但当把钱赚到手时，桃姐就多留了一些。理由是：文芝还没结婚，文英又没出嫁，哪一宗事不花钱呀？可平时买化肥、浇地用的柴油，都是让二蹦子买。她有时给钱，有时不给。

　　如果说这些只是表现出桃姐对财物的迷恋，那么这一次就是故意找碴儿。

　　一天上午，香玲去找淑兰嫂子聊天——两家住得近，她和淑兰很谈得来。

　　天快晌午时，桃姐扯上豆豆来到街口喊起来："香玲，你放着孩子不管，又钻到哪个王八窝里说闲话去了？"

　　她知道香玲去了淑兰家，甚至还怀疑香玲背后说她坏话。

　　淑兰对香玲说："你看你婆婆，这不把俺也骂了？你快回去吧！"香玲说："让她骂吧，她几时不骂了我再回去！管得也太宽了！"又说，"我婆婆就是这个坏脾气，你别和她计较！"

　　听桃姐没有停息的意思，香玲才从淑兰家出来了。她涨红着脸，瞥了婆婆一眼，扭身往家走去。

　　这天，大壮正在村南和人打机井——因为地下水越来越深，原来的机井不出水了，就由他张罗和村南有地的几户人家伙着打眼新的。

　　正忙活，一个来田里干活儿的名叫"没脸儿"的当家子老叔说："大壮，快回去看看吧，桃姐骂大街哩，不大点儿事，骂得忒难听！"

　　"没脸儿叔，究竟为什么呀，她骂街？"

"嘿，嫌香玲去淑兰家串门，骂香玲钻了哪个王八窝。得罪人哩！"

大壮二话没说，蹬上自行车就往家赶。

香玲已经回家了，但桃姐还不依不饶："也不看看天都什么时候了，就知道天天串门子说闲话！"香玲越发感到委屈："地里不是刚闲下来吗？我就今儿个串了个门！"

"哎呀呀，这么说，是我屈说你啦？"她容不得香玲还口。

正在这时，大壮赶回来了。

大壮把自行车往院里一扔，从墙角抄起粪叉，瞪着两只鱼泡眼，像头疯牛一样朝桃姐奔过来。桃姐平时不怕大壮，是因为知道大壮不和她计较。

"好哇，你扎死我吧，我不想活了！"她边说边朝大壮扑来。

如果放到以往，大壮也许会罢手。但今天没有——他已经不是大队长了，反而更在乎脸面，潜伏在内心的失落感一下子喷薄而出。他真的朝桃姐扎去。

香玲吓呆了，去夺公公手里的粪叉，可惜力气太小，粪叉眼看就要扎到桃姐身上了。桃姐转身就跑，跑得飞快，屁股扭成了大花卷。本来，她以为她这一跑大壮就会罢手，没想到大壮又追来了。一种巨大的恐惧与惊悚将她笼罩，她的心战栗起来。跑啊，快点儿跑！此时她唯有这个念头。

往人多的地方跑！

"你个混蛋，给我丢人现眼！"大壮边追边骂。

街上的人直纳闷：哎呀，这是唱的哪出戏呢？待醒过神来，倒真希望大壮把桃姐狠狠揍一顿——当然，不是用手里的粪叉，那是要出人命的。

桃姐一气跑出村西口。风吹乱了她的头发，刘海儿整个飘了起来。那件海蓝色褂子的衣角也掀开了，露出里面一件红秋衣，像一团火苗在秋后的田野跳动。

本身就胖，更不禁跑。她盼着大壮停下来。但大壮依然穷追不舍。前方出现一条路，她想也没想就拐了过去。她一气跑到了村南——正是大壮和人打机井的地方。

大壮大口喘着气，狠狠地瞪着钻到人堆里的桃姐："我看你是活腻歪了！"

桃姐没敢吱声，只是抽抽噎噎地哭："你们都看着哩，他真敢朝我下毒手哇！"大家劝她："嘿！老夫老妻的，他还不是吓唬你哩！"

那个给冬小麦浇水的大壮的本家老叔，后悔自己多话了。真要闹出人命，自己可真就"没脸儿"了！他把铁锹往地上一插，蹚过麦地赶过来劝解。不久，二蹦子和香玲也赶来了……

大壮和桃姐冷战了几天，再后来，就像所有夫妻那样又床头吵架床尾和了。

然而这只是表面，桃姐把郁结在心中的怒气转嫁到了香玲身上。在她看来，正是因为香玲，大壮才朝她发这么大火！不但让她当众出丑，还差点儿要了她的命！而且，大壮完全站到了香玲一边！这让她心生醋意……

她把香玲当作了出气筒，更是处处找碴儿。

香玲实在无法忍受，才回娘家哭诉。

前些天那场闹剧，金锁和凤莲也听说了。他们都认为大壮做得对，不愧当过大队长，拿得起放得下。

"有机会你找大壮说说吧。"凤莲对金锁说。

"好吧，要不咱闺女在他们家太憋屈啦！"

如果放到以前，就是打死他刘金锁，也不会去为这件事找大壮的。现在他在大壮跟前腰杆挺直了！

三十一

瑞霞家的"春来"饭店对面是县工会，工会办公楼后面是工人礼堂，二者之间横一大操场。

今天，这里正举办一场篮球赛。瑞霞在门口无意间往那里扫了一眼，透过工会大门，瞥见一个熟悉的身影。是他，张文涛！他穿一件深红色秋衣，运球、投篮的动作还是那么敏捷、洒脱。她穿过马路朝那里走去。

能在城里相逢，两人都格外兴奋与欣喜。在操场上，文涛简单和瑞霞打了个招呼，说好比赛结束后去他们家饭店看看。

文涛赶来时，新运学着城里人的交往方式，亲热地和他握手。瑞霞向新运介绍文涛："我们高中同学，班里的文体委员，在常山机械厂上班呢。"几年不见，文涛略显发胖，还戴了一副近视镜。

新运边给文涛递烟，边上下打量着瑞霞的这位同学。看他精精神神的，气质文雅机敏，倒是个文体委员的料儿。

"来，喝杯茶吧。"瑞霞把一杯茉莉花茶递给文涛。

文涛接了，放到身边桌子上："不用忙活，我马上就走哇。"

"别走，中午咱哥儿俩喝两杯！"新运真诚地挽留文涛。

"厂里还忙着哪。别见外，以后机会多哩。"说完，文涛用好奇的目光环视一遍饭馆。看到顾客不少，满意地点点头，最后把目光落到了瑞霞脸上。瑞霞有点儿不好意思，躲开了他的目光。在学校时，当她面对他这种热辣辣的目光，却很少躲闪。那时候，女孩子们的心思都是单纯的，宛如雪花般洁白。

看生意还不错，文涛笑笑说："看看，来城里对了吧。"

"是啊，当时你就撺掇我们干这个！"瑞霞朝文涛投去感激的目光。

有人在外面马路上喊："文涛，文涛！"

"好，我走啊！你们忙吧。"文涛走出门，又扭转头对瑞霞和新运说，"回头我再来！"几个伙伴在马路对面等他，都穿着深红色球衣，好像沐浴在秋后阳光下一大片热烈的枫叶。

"一定来呀！"新运朝他摆摆手。望着文涛离去的背影，又对瑞霞说："我看这人不错！"瑞霞说："那当然，他不仅能干，人还厚道热情！"

"找机会把他请来吃顿饭，这个关系不能断了！"

一天晚上，瑞霞和新运收拾好，刚要离开，忽地看到窗外有个人影儿。她惊悚不已，待定睛细看，那影子却消失不见了。

她打开门，站在门口四下张望，哪有人的影子呢？路灯往柏油路上洒下一片片淡黄色光影，像摊开的鸡蛋黄，也像油画中一团喜人的暖色。一辆小货车呜呜地驶过去，响声像一滴水，很快融进了茫茫夜色里。

新运问她："走哇，看什么呢？"她赶忙转身往回走："好像有个人影儿。"

"这么晚了，哪来的人影儿呢？快走吧。"

一连好几天，每当晚上她和新运关门离开时，窗户上都会有个影子一闪而过。

"我怕！"这天晚上睡下后，瑞霞侧转身子，抱住了新运的一只胳膊，颤着声儿说。

"怕什么呀？"

"那个影子！"她说，"城里不比咱乡下……"

"你是不是说那个王老三？""嗯！我老不放心。"

新运牢牢地攥住瑞霞的手，安慰她："有力强哩，怕他个×！""我对力强不放心！"瑞霞说。这一次，新运没有反驳她。

屋里的空气似乎凝固了。瑞霞听到了新运在轻轻地吐气。她还听到了自己的心怦怦乱跳。她将手抽出来，谁知新运又把她的手握住，握得依然紧紧的。

在城里开饭店远比他们想象的难！这时瑞霞还想到，前些天听吃饭的客人讲，城里有个老板家晚上失盗了。还有城北哪个村，一个万元户家也被盗了，把屋里值钱的东西偷个精光，女主人喊人，被盗贼在小腿上扎了一刀。

一种巨大的恐惧将她裹挟住。

新运又用他的大手轻抚她光滑柔软的头发，低声道："咱小心点儿就是了。嘿，有我呢！"

是不是他呢？那个洒脱又有几分文雅的身影再次出现在她眼前。但她又认为不该这么想，也不可能！

第二天，新运对她说："今天咱俩留点儿心，看到底是什么人。""好吧。"瑞霞嘴上说着，心里却有点儿惴惴不安。

这天，赵力强买菜回来，说中午有几个哥们儿来吃饭，瑞霞一听心里就犯腻歪。她粗略地估算了一下，这刚四个多月，赵力强和他那帮哥们儿来喝过六七次酒了，总对瑞霞说，最后一起结吧。她给新运说这事，新运还是那句话：怕什么，你记下不就得了，年底一块儿算！

还是他那几个狐朋狗友，在一起除去猜拳、斗酒，就是吹牛。后来又谈女人。一谈这个，每个人的神经都极度亢奋起来，一点儿不避讳瑞霞。有一个肤色黧黑、嘴巴上留一撇小胡子的，他们叫他"老狼"，讲他只花十块钱买了条纱巾，就把他们厂一位最漂亮的女孩哄到了床上。老狼其实不老，也就三十来岁吧。

瑞霞一边忙活，一边不时地瞅赵力强，也瞅他那几个哥们儿。那个影子，是他们当中的哪一个呢？她觉得哪个都有可能，但哪个也不是。

不是他们，对，不是他们！这样一想，她心里的惶然便消失了。但脑际又浮出另一个影子。

她瞥见新运把目光也不时地睃向他们，有时微微蹙一下眉头，但很快舒展开。

这一桌，算上烟酒不下三十元。最后，赵力强又是拍屁股走人。和从前一样，他又喝多了，歪叼着烟，朝瑞霞笑笑，也朝新运笑笑。说声回头见，便大摇大摆地走出饭店。饭店门口，停几辆锃明瓦亮的新摩托车。

收拾一片狼藉的桌子时，瑞霞的手就重了一些，发出叮叮当当的响声。新运瞅她一眼，没吭声，但脸上满布云翳。

他还能说什么呢？他只盼着天黑，这次他要弄个水落石出。

这天，瑞霞是在一种焦灼不安之中度过的。只有顾客多了，一忙起来她才把这件事暂且放下。

天终于黑了。天一黑，古城又结束了白天的喧嚣，渐渐沉入梦乡。这时，瑞霞的耳朵变得格外灵敏。她是用心在捕捉那个声音。她不时地往窗口瞅。疙瘩收拾好，和平时一样，点上一支烟离开了。新运本来想让他留下，但又打消了这个念头——他在这儿又顶什么用呢？

饭店里一下子静寂下来，白天的热闹似乎让一阵风吹跑了。

熄了灯，外面马路上橘黄色的灯光一下子涌进来，偶尔才有一辆汽车驶过去。也有行人走过。

他俩就坐在饭店里。新运点燃一支烟，目光紧盯着窗口。那双黑亮的眼睛，迎着外面路灯暗淡的反光，闪着机敏和坚毅的光亮。瑞霞坐在他身边。她的心提到了嗓子眼儿，在那里怦怦地狂跳着。

但等了好久，窗外哪有什么影子呢？只有一只大花猫，跳上窗台，朝屋里张望一番，喵一声，然后一耸腰又跳下去了。

"嘿，原来是只大猫啊！"新运扔了烟蒂，起身走过去，往窗外看了看，"看你，大惊小怪的！"

她没言声。她心里一下子轻松了。然而，又隐隐有一点儿失落感，也说不清为什么。新运非常高兴，他又点着一支烟。往回走着，他还哼起了京剧《我本是卧龙岗散淡的人》。这是从收音机上学的，平时很少有这个雅兴。瑞霞被逗笑了，想不到，还真有点儿马派的味道……

第二天上午，趁饭店还没顾客，瑞霞去商场给小虎子买了件上衣。赶回来时，看到新运铁青着脸，上面满是怒容。

"真他妈气人！"

"怎么，出什么事了？"她的心顿时缩紧了。

"哼，还不是那个赵力强……"

赵力强？一种不祥的预感涌上瑞霞心头。

"你猜都猜不着……"新运撇撇嘴，冷笑道，"力强来借钱，一张口就是两千！"

"他借钱？""说他们厂里要盖集资楼！"

"哼，也张得出口！"瑞霞气咻咻地问，"你答应他了？""答应个屁！我说咱还没赚回本钱来哩，手头紧巴，要看周转资金有多少。"新运瞥了瑞霞一眼。那是只有夫妻之间才有的一种默契与信任。瑞霞愤愤地说："他光吃喝账就有二百多了吧？"

"差不多，你回头算算……当时看他挺仗义的，想不到是这种人！"

"是不是赵力强和王老三连着手呢？那天他俩一个唱白脸，一个唱红脸！"

新运摇摇头："不至于吧。再说，咱也不是暴发户——"

"他不知道咱的底细，还以为咱多有钱哩。现在城里人都眼气乡下的专业户。在厂里当工人才挣几个猴钱呀，要不，赵力强干吗非要入股？"

听瑞霞这么一说，新运再想想这几个月来赵力强的表现，心里更乱糟糟的，不知道是借还是不借。借吧，担心是肉包子打狗。不借吧，又怕他暗里使坏。

"这样吧，给他八百，也不算驳他面子！反正，这钱还不还还两说着哩。"

瑞霞沉吟一下："只有这么办了。"

下午下班后，赵力强骑着他那辆新买的"木兰"摩托赶来了。

他一边摘头盔，一边往饭店走。

瑞霞正低头给一位客人找零钱，她抬起头，正好和赵力强的目光碰到了一起。

她赶忙收回目光。她觉得这个曾给她留下极好印象的男人，已经成了她眼里的一粒沙子。她没有理他，故作镇定地把钱递到客人手里。

"嗬，生意不错呀。"赵力强从口袋里掏出烟。"凑合吧。"瑞霞淡淡地回答。

"哎，弟妹，新运做不了你的主儿！"赵力强拿眼觑着她。

"大哥，你可真会开玩笑。不是谁做不做主儿的事，你也知道，我们开饭店也借了不少钱。还没缓过劲儿来哩。"

"嚯，一借钱呀，就哭穷，有钱人都这毛病！要不说嘛，人心节节高于天，越是钱多越爱钱！"赵力强吐一口烟，又对着瑞霞嘻嘻地笑道，"好吧，赵钱孙李，借不借由你！"

瑞霞扫了他一眼。就是这一眼，她从对方目光里瞥见了一丝油滑与狡狯。如果说从前她对赵力强还心存一丝幻想，并且极力压抑自己对他的猜疑的话，那么此时她真真切切地窥视到了他的内心。那是一个黑幽幽的深洞！她感到脊骨上像淋了一层秋雨，也有一种受到愚弄的恼怒。

在这一瞬间，她真想一分也不借给他，但又明白不能把他惹恼。

"大哥，别看从前我们也干过别的，但家里开销大，就落个仁核桃俩枣。常言说，济人须济急时无，凭咱们这关系，我们应该多帮你，可实在想不出办法。"瑞霞从柜里拿出早准备好的八百块钱，"这是从流动资金里挤的，多少吧，是我们一点儿心意！"

赵力强接了，点了点，咂一下嘴："×，就这点儿呀。"又说，"看你俩，掏钱跟从身上割肉似的。"

新运走过来："大哥，俺们也是狗拉粘子——耕地（经济）困难！你就多多体谅！"他故意用玩笑的口吻说。

赵力强离开后，瑞霞和新运对视了一下，谁也没说话，但都明白了对方目光的含意。瑞霞感觉有一只大网正朝他俩悄然张开。不，是一只手，一只不怀好意的手，鬼鬼祟祟地伸向他家饭店……

有时，赵力强听说新运把菜买了，脸上多少有点儿不悦，坐到凳子上，岔开双腿："啊，我说亲家，是想甩开我吗？我先把话撂这儿，你不让我买，年底分红一个子儿也不能少喽！"说完，就哈哈地笑。

瑞霞故意不理他，这不是二皮脸吗？

"看大哥说哪儿去啦！我闲着也是闲着，干脆就跑一趟吧。年底该怎么算还怎么算！"新运不急不缓地说。

"那就好！"赵力强得意地笑笑，"嘿，你跑腿，我轻闲呗！"

赵力强坐一会儿，觉得无趣，便起身走了。瑞霞巴不得他早点儿离开呢。

其实她和新运是想用这种方式，让赵力强自动退出。

然而赵力强就是不提出来，他俩也不好对他怎么样，只是在心里犯腻歪——看着他衣着光鲜，说话爽快义气，其实是个小泼皮。这就是遇人不淑！可是，又能怪谁呢？

瑞霞又想到，那天赵力强站出来给他们解围，如今看来的确是个套儿——他和王老三挽好了让他们往里钻。这时新运也认为有这种可能了，但又不敢明着得罪赵力强，只好用软办法与他周旋。破财免灾——俩人同时又想到了这句话。

忙起来时光过得飞快，似乎一眨眼，年底就到了。

想不到，他们的饭店不但没赚钱，还赔了四千多元。

怎么会赔呢？

一天晚上，瑞霞把一年的账目拿计算器算了好几遍。新运又摁动计算器，重新算一遍。除去房租和各项开销，也包括付给疙瘩的工钱；还有，就是不少欠账——都是熟客，结账时人家说手头不方便，让先记上，他们又不好太计较。可有的结了，有的就找不到人了。

其中，赵力强采买的食材有好些对不上账，光这一项就有四百多块。还有就是那份干股——他一张口就是一千。当时新运和瑞霞迟疑了一下，还是答应了他。不答应就得闹翻。赵力强接过钱，赶忙说，他手头有点儿紧张，借的那八百明年再还。

"娘的，咱真赔了！"新运从床上抄起计算器，跟人赌气似的扔到一边，用沮丧的眼神瞅着瑞霞，"要不，明年咱不干了！这不是赔钱赚使哩慌吗？"

瑞霞犹疑起来。可一想到赔进去的钱，又心有不甘。主要是不服输！这是她的性格。她说："咱再干一年，头一年没经验，也许往后会好起来！"

新运了解瑞霞，没有再反对。

辛苦他倒不怕，从乡下出来的哪有吃不下的苦呢？但如何和赵力强斡旋，却让他颇伤脑筋。他哪里能想到，他和瑞霞竟然让一个小痞子给缠住了……

三十二

刘金锁养奶牛刚开始那两年收益还不错，村里人谁不眼气他呀，更是打心眼儿里服他！不管什么时代，人家刘金锁总能出人头地！还有，他和亲家梁大壮虽说都不当村干部了，但又都成为"专业户"。所不同的是，他是"养殖"，亲家是"种植"，这让他心里十分高兴。

他没有想到的是，杨连奎也下台了。连奎是主动提出不干的。可连奎推荐了张全来，乡里也认为全来是最合适的人选，于是按照选举程序，阳坡村全体党员表决通过。就这样，张全来担任了阳坡村支部书记。

杨连奎下台后成天在家歇着。是啊，他大儿子在城里工厂上班，二儿子在地里种了药材。他什么也不缺，真有点儿颐养天年的意思了。他已年近六旬，不是小岁数了！

有时，刘金锁在大街上会偶尔遇到杨连奎。连奎的平静与淡定，让金锁感到有些诧异。连奎像个解甲归田的大将军！哎呀，这才是高手咧！有个词叫什么？对，宠辱不惊！可又一想，也不对，人家连奎虽说不当村支书了，可失去了什么呢？没有！张全来是他的人，他的威望一点儿也没有降低。

有时杨连奎也来田里转悠。还是穿一身深蓝色解放装，脚上是一双黑色老头布鞋，嘴里叼根烟，倒背着手，身子微微前倾，脚步迈得稳健而轻捷。他儿子就在田里忙活。人们都热情地和他打招呼。他有时也停下来，"书振，看你撒的粪，跟猫盖屎似的。年轻人嘛，干活儿要经点儿心！""驴子，看你整的这地，四棱不齐的，啊，好好跟你爸爸学吧！"

"好嘞，大叔！"凡是被他批评过的，都表现出一副欢喜受用的样子。再看连奎，早背着手走远了，步履依然不急不缓。

刘金锁意识到，自己只有发大财，才能和杨连奎抗衡。大壮也该如此！

然而，让他愁肠百结的是，后来村里有好几户人家也养起了奶牛。不光本村，十里八乡的也不少；随之而来的，就是牛奶的价格降了，而喂牛的饲料却随之涨价。不单玉米价格看涨，就连玉米秸秆（这些从前都是烧饭和垫猪圈用的）和干草，也涨幅不小。养奶牛不大赚钱了！"光落个瞎忙活"！

这样又坚持了一年。到年底他掐着指头算了算，这一年来的收入，和种地也差不了多少。当然，他也想过往牛奶里面再多放食盐，但人家奶站有了更先进的检测仪器。想想这一年来，又是铡草，又是清理牛粪，又是挤奶——尤其冬天，还要在刺骨的寒风里和马凤莲铡玉米秸秆，心里就更恓惶甚至气愤。妈的，都成钱串子脑袋了！

但转念又想，自己不也是挖空心思地想办法挣钱吗？

是不是把牛卖掉？

他把这个想法一说，立即得到了马凤莲的热烈响应。

但他们马上又认为不妥——让阳坡村人不笑话才怪！唉唉，还这么硬撑着吧。看谁能耗得过谁！他要和其他养牛户摽劲儿！

一眨眼的工夫，春节就过去了，新的一年开始了。刘金锁还是每天和马凤莲铡草、喂牛、挤奶；有时他也牵着牛，走出那条长长的扁担胡同，去村西遛弯儿。这也是老钱告诉他的，说这样牛出奶多！

他喜欢往村西走，如今他倒有点儿怕见到人了。但见到人，依然春风满面，手里拎着缰绳，高高地挺起胸脯，像个威风凛凛的大将军，当然，他的兵，就只有那两头牛，它们那么温顺，亦步亦趋地跟随着他。

人们依然恭维他，和从前一样……

没人能想得到，从这年下半年开始，轧花厂效益大幅度下滑，工资有时拖两三个月才能拿到手，而且少得可怜。

"奶奶的,咱还穷耗着干吗呢?"大梅那对细眯眯的眼睛,
狠狠地斜睨着香果,"说起来给公家干哩,才挣这俩猴钱儿!
你爸养奶牛又不挣个钱,一家子就这么穷耗着呀?哼!像这么下
去,咱还怎么翻盖新房?还有咱小栓子哩!"

"你是说,咱俩别在那儿干了?"香果试探着问。

"你说呢?树挪死,人挪活!干他妈个×蛋!"大梅那两条
描得黑黑的长眉往上挑了挑。

"我明白那个理儿,可咱往哪儿挪呀?"香果也不想干了。
大梅说:"还往哪儿挪呀,往家挪呗!咱也自己干,老娘不受这
个憋屈了!你看这年头,只有把钱赚到兜儿里,那才是本事!"

刘金锁和马凤莲不同意他俩回来。当初找这个工作多不容易
呀,好赖吧吃公家饭呢,面子上好看!香果说,这是死要面子活
受罪!马凤莲说,养牛发不了多大财,但也能凑合着吃口饭!你
们回来了,村里人怎么看咱们家?

但他们终究拗不过香果和大梅。

正是秋天,香果和大梅用自行车驮着铺盖,走出了轧花厂
大门。众目睽睽之下,走得有些决绝与悲壮。他们的突然离去,
自然在已然苟延残喘的轧花厂引起一场不小的地震。发家致富像
滔滔洪水般不光将轧花厂,也将所有的乡镇企业围成了四面楚歌
状。没有离开的,也开始心猿意马了。

回到家后的香果和大梅,并不愿意成天和父亲喂牛,也不愿
意泡在田里。他们也开始琢磨挣钱的门道了。

自此,他俩成了扁担胡同最受关注的人。他俩受关注,还
和琴花与瑞霞不同,因为他俩曾经吃过公家饭,曾经让人家羡慕

过，眼红过，可是，仿佛做梦一般，两人又回来当了农民。

这时候，人们又想到了小顺子。

嘿，总归是个孩子，胆子太小！其他村也有在信用社办了贷款的，同样做生意赔了，可人家就那么硬扛着。信用社的人来催要，就说要钱没有，要命有一条。这样来了几次，就不来了。这些人家该干什么还干什么。旧的生意不做了，又寻新的。时常买上几斤猪肉，去小卖部拎一捆啤酒；村里有炸油条的了，就隔三岔五去买，仿佛以此向人们证实：我家背着债务又怎么啦？照样吃香喝辣！

他们先是看到香果时常到他家责任田里转悠。起初不知道要做什么，后来才听说想辟出一块地种西瓜。是呀，种西瓜也不错。有时，大梅也赶过来，手里牵着他们四岁的儿子小栓子。她只站在田埂上看。那双细眯眯、黑汪汪的眼睛还是那么狐媚迷人。一件葱绿色风衣裹在身上，该凸的地方凸，该凹的地方凹；披肩的卷发，有一束把半边脸遮住，另半边，在一片萧瑟苍黄的田野里，更显白皙细嫩。把她比作初春时节一棵水灵青翠的羊角葱，倒挺恰当。

有时香果也牵着牛，来村西遛一趟。

人们望着他身后那两头高大的黑白花奶牛，问他，不错吧，养牛？

他拍拍胸脯，咧嘴笑笑："嘿，你真问到点儿上啦！不赚钱谁还养这个？这可是张嘴货！"

那倒是，不赚钱干吗要费这个劲儿！人们嘴上这么说，心里却又纳闷：不是说养牛赚头不大了吗？看来，有同行没同利，刘金锁到底是个聪明人！可也有人持怀疑态度，认为香果是打肿脸充胖子。

许是察觉到了人们猜疑的眼神，香果再和人聊天时，时不时就说，嘿，发不发财倒无所谓，我和我爸爸每天都得有壶酒喝呀。望着人们像亮起的电灯泡般的眼睛，他眯起一只眼，诡谲地笑笑："我每过几天，就去镇上废品站卖趟空酒瓶子。嘿，那个收废品的老刘，他把每个瓶子底儿喝一遍，就能醉一回！"

没错，过不了几天，人们就见香果驮一编织袋空酒瓶子去镇上卖。于是，持怀疑态度的也不再怀疑了，都认为刘金锁养牛真的发了。但离万元户还有多远，人们不清楚。越不清楚，越感到他家的水深！

果然，第二年春天香果种了十多亩西瓜。人们说，看这一家子，又是养牛，又是种西瓜，想不冒尖都难！有人又往深处想：人家祖上嘛，本身就有经商头脑，那是骨子里的，任谁也学不来！

整个春天，香果和大梅就长在田里。这个季节，大梅喜欢穿浅红色的花格子上衣，下身也与时俱进，喇叭裤过时了就换成筒裤，头发烫成了羊尾巴。那苗条婀娜的身条，有春天明亮阳光的照耀，又有四周满眼葱翠的映衬，愈加亭亭玉立、光彩照人。人们说，大梅是田里的一道风景。也有人说，她越来越像个水蜜桃，于是，人们背后就称她"水蜜桃"。尤其是男人们，过来过去的，总爱往那儿瞟几眼；女人们也爱看。

这一年，香果种的西瓜效益不错。他家那块瓜地，就是当年杨连奎一声令下平掉沙岗的地块，是半沙半土，所产西瓜又沙又甜，皮儿也薄，人们都喜欢吃。

初战告捷，全家人都欣喜异常。

这样一来，刘金锁就更不在乎养奶牛赚不赚钱了，纯粹是为了保住那个"养牛专业户"的名号。

第二年，自然又种了十多亩西瓜。有了闲暇，他也去瓜地转转。他愿意和在田里干活的人说说话，更愿意看人们用和从前一样的目光瞅他。不，那目光，比从前似乎更多了几分佩服与敬重。

这天，金锁和大壮不期而遇。

这亲家俩，把自行车支在路边，圪蹴在了田畔上。太阳快落山了。遥远的西山，模糊成一团团起伏不平的紫青色的雾岚。亲家俩就抽着烟，有一搭没一搭地说话。

其实，他俩都清楚对方家里的情况。大壮知道金锁养奶牛是硬撑着，死要面子。金锁知道亲家前几年包果园还不错，但从去年开始情况却大为不妙。一是果树开始老化，挂果量锐减；二是外地，尤其是山东的苹果大量涌入，无论口感还是品相，把本地的统统比下去了，而且价格也不贵，以绝对优势占领了本地市场。

不单是大壮家果园，外村的果园也都呈现一种衰落之势。机灵点儿的，看势头不好，去年秋后就把果树刨掉，种上了冬小麦。

"老哥，咱走一步说一步吧！"刘金锁说。

"唉，一样的米面，各人的手段！"大壮吐出一口烟，苦笑一下。不知不觉，太阳滑到了远山的背面，天边横几缕晚霞，是那种深沉的玫瑰红，四周的一切都染上了这种迷人的颜色。

当亲家俩站起来要回家时，最后一缕晚霞也消失了，深紫色的暮霭飘得到处都是。大壮在果园种了几畦羊角葱，拔了一捆，夹在自行车后架上。他扯出一把递给金锁，金锁接了，笑笑说，好，正吃鲜哩，回去炒碗鸡蛋！

两人走了一会儿，金锁才说："老哥，再怎么说，香玲还是个孩子，你和大嫂要多担待！"

也许这话说得有些突兀，大壮打个愣怔，喃喃道："香玲是个好孩子，就是你嫂子脾气不好。"

大壮这句话，让金锁听着心里舒服。

在村口，两人分手了。

但他们的脑子没闲着，都在思索同一个问题：莫非，就这么死撑下去吗？不过，使金锁稍感欣慰的是，香果种西瓜还是不错的。看今年这长势，收入不会逊于去年。凭这一点，他不得不对香果，尤其是大梅，开始刮目相看了。都说大贵家和天敏家娶了个精明能干的媳妇，他家的大梅也不差！

然而，明年，后年，还有大后年呢，那时候种瓜会怎么样呢？他说不准。直到此时，他似乎才真正认识到了什么叫"经济时代"。是呀，在这个时代，人都像掉到河里的一根柴草，不但要随波逐流，而且无论走到哪里，走多远，全然由不得自己！

一股冷风，钻进了脖子里，他下意识地耸耸肩膀。早过清明了，风怎么还这么凉？

三十三

是老李撺掇新运到恒山市场卖油漆的，他说，他一个朋友承包了市油漆厂。

"咱伙着干吧，多卖多挣，咱不担风险。干这个可比开饭店省心！"老李一脸的自信，笑呵呵地盯着新运。

恒山市场位于常山古城西北角。除了经销胶合板、装饰板和与之相配套的五金、家具配件、油漆、各种胶类，还有灯饰电料及卫生洁具……这是个风水宝地！南面毗邻河北省会，又紧挨107国道，因此各地的商户纷至沓来，只短短几年就成为常山县的主要经济支柱。

瑞霞也动心了。因为她听来吃饭的客人们说过，今年做油漆生意不错，弄好了一年能赚二十来万。

转眼间，他们开饭馆三年了。三年，说短不短，说长也不长，但除去头一年，后两年可说是度日如年。虽说无时不在想着打翻身仗，但年底一结算，总是亏。三年，共赔进去四万多。

三年前，他们因来城里开饭店而雄心勃勃、激动万分。如今，却又为不再开饭馆而如释重负。是的，生活就是这么诡谲而不可捉摸。

这天晚上，两人躺在出租屋内，久久无法入眠。

先商量如何给赵力强说这事。

瑞霞说："咱也不和他说难听的，更不能说要在恒山市场卖油漆呀，对他能瞒多久瞒多久。"

…………

果然，赵力强听后愣神了，随即眼珠子一转："唉，也怪你们太老实啦！不是撑船手，休拿竹篙头！"

是啊，就因为太老实，才挨你坑的！可面对赵力强这种人，跟他还有什么道理可讲？只有躲远点儿！

没错，赔进去的那四万多元，有五分之一就是面前这个人，这个曾经被他们视作贵人的人造成的。每年，不光白吃白喝几百元，而且，他借的那八百后来只字未提。瑞霞想向他讨要，却被新运拦住了，还是那句话：破财免灾！也算花钱买教训吧。不然，怎么知道城里这么复杂呢？怎么知道这世上还有这种人呢？反正也是个赔！

赵力强走出饭店时，回头对站在门口的瑞霞和新运说了声"拜拜——"，然后骑上摩托车，扬长而去。虽然只是转头的一瞬，但新运和瑞霞从他眼神里瞥见了一丝窃喜与得意。

瑞霞朝地上狠狠啐一口："呸！死不要脸！"

"总算把他打发走了！一条难缠的蛇！"

"不，是一条狐狸！"瑞霞愤然道。

是啊，要想对付赵力强这种人，谈何容易！赵力强也摸准了他俩的心思，依然抓住每一次采买的机会捣鬼。有一次，瑞霞跟他说吃喝账，他把脸一沉："嘿，这么计较！要是没我撑着，你们能在这常山城站得住脚？"说完又嘿嘿地笑，一副大人不记小人过的姿态。人世间，真不乏这种演戏的高手！

如今，终于把赵力强甩开了。

几天后，老李租好了门脸儿。

老李在化肥厂上班，是他们饭店的常客。在他们眼里，老李是个厚道人，性格也沉稳爽朗。

几天后，一家名为"银星"的油漆店在恒山市场开业了。没有震天的爆竹声，也没有鲜艳夺目的花篮，但那个新做的大红色的匾额，却弥散着喜庆的光亮，吸引了不少人新奇的目光……

三十四

日月更迭，又一个秋天如期而至。

瑟瑟秋风，吹醉了杨树叶，此后是槐树叶。它们都呈淡黄色，在秋阳下玲珑剔透，似一片片艳丽动人的锦缎。其实，榆树叶子也在悄悄地变红。起初像少女羞红的脸颊，当变成驼红色时，就进入了深秋季节。

只等那场风！当那场大风从遥远的西伯利亚呼啸而来，将树叶一扫而光时，整个华北平原上的人便嗅到了初冬的气息。

这些天，刘金锁一家都猫在家里。他们心情都不是很好：今年生意大不如前！养奶牛毫无起色不说，尤其让他们沮丧的是，今年的西瓜销量也明显不如往年——种瓜的多了起来。

人可以歇着，但牛是活物，冬天照样要吃要喝。从前，他们再忙再累也无怨无悔。现在，看到香果和大梅成天在家里闲歇着，金锁心里就窝火憋气。

马凤莲不嫌弃儿子，可看不惯大梅。大梅时常让香果买点心、饼干、火腿肠、方便面。她偷着吃，也让香果吃。凤莲是怎么发现的呢？有一次，小栓子对她说，奶奶，俺妈净偷着吃好吃的。她问吃什么好吃的，小栓子说，吃面包，吃方便面，有时候一天泡两袋方便面！

大梅不仅嘴馋，还懒。吃了早饭，把孩子交给婆婆，关严屋门，守着那台四喇叭录音机，听流行歌曲。有时一听就是一上午。哎呀，这哪是娶的媳妇，是娶了个奶奶呀！

分家吧！凤莲把这个想法对金锁说了。金锁想也没想，就点了头。这也是一种激将法，逼着小两口想办法挣钱，不能这么坐吃山空！

对于分家另过，香果心里多少有点儿不适，觉得被抛弃了。大梅心里早乐开了花。分家好呀，她不但可以当家做主，而且再不用看婆婆的脸色行事了！

说是分家，就香果一个儿子，家里的一切，包括责任田，最后还不统统都是香果和大梅的呀。说白了，分家只是个形式。

那十多亩责任田好说，按人头算，该多少多少。房屋不分，问题是那五头奶牛。金锁的意思，买牛时香果还没挣钱，一个大子儿没出，不能对等分，只能给他们两头。香果没意见。大梅虽说不大乐意，可也找不出恰当的反对理由；她嘴上同意了，却又一脸的快快不乐——即便分得公平，也要在态度上表现出不公平！

不仅有地种，还有了属于自己的两头奶牛，这让大梅满心欢喜。可没过几天就厌烦了。牛是张嘴货，人吃饭，它们每天也得吃饭——吃喝拉撒，一样儿不缺！而且还得挤奶，清理粪便。从前，大梅还爱喝牛奶，后来也喝腻了。而且，自从分家后，她察觉到公公婆婆和他们开始锱铢必较了。无论是铡草还是挤奶，金锁很少帮忙。大梅哪吃得下这种苦呢？她就和香果商量：干脆，把奶牛卖了！香果说，好，卖了吧！

听说香果要卖奶牛，金锁说，卖给我们吧。本来，他养奶牛就是为支撑脸面的，儿子卖给外人，他脸上挂不住！

按现时价，他付给了香果和大梅一千块钱。

这一千块钱，让大梅脸上绽出了笑意。分家时没有分给他们一分钱，她为此还怨怼香果："都说你爸当副业组长，家里有钱，原来是驴粪蛋子，外光里拉碴！"

……春节过后，扁担胡同的人就看到香果时常一个人出门。一大早就走，太阳落山才回来。

人们都知道，香果又开始寻找挣钱的门路了。

一年之计在于春。天渐渐暖和起来。已抽出嫩芽的柳枝，在微风中轻轻摇曳。榆钱还是那么低调，一串串地挂在枝头，悄悄地为这苍黄的季节献上一抹淡绿色。空气中，满是大地复苏的气息。人们在家里待不住了，有赶着牲口去春耕的；也有整地的，为种棉花和瓜果做准备。正是"九九加一九，耕牛遍地走"的时节。当然，更多的是出去找活儿干。

儿子终于不在家里歇着了，金锁和凤莲心里高兴。本事不都是逼出来的呀！

大梅平时在家带孩子，该给小麦浇水了，就把孩子交给婆婆去田里。有时候，金锁顺带着一块儿就浇了——他是想让香果安心在外面寻找挣钱的门路。真有了那一天，娘的，把牛都处理掉算了！

起初，香果从外面回来后，他和凤莲也不过问，只是察言观色。察言观色也许比开口问更好——都是聪明人！

他和凤莲等着儿子给他们报喜呢。

他们还觉得香果有点儿大人样儿了。正因为称心如意，凤莲有时候就不让大梅开伙。一块儿吃吧，香果也不在家！她对大梅说……

刚开始，大梅还打问香果在外面的情况。

香果一脸神秘地说，别问了好不好，到时候往你手里交钱就得了呗。让你吃好的，喝好的，又省脑子又省心！

如此几番后，大梅便不再问了。但她心里又犯嘀咕：什么生意这么神秘呢？她想到了从前电影上的地下工作者们，有时不也对家属隐瞒真实情况吗？就觉得香果做的这个生意更有了几分神秘与庄严。但香果不说，她再好奇也是白搭。何况，香果那一脸的得意之色，俨然在告诉她：你就等着收票子吧！

是的，她只盼着有那么一天，香果将一沓子钞票，对，一沓厚厚的钞票，笑眯眯地递到她手里。她又可以像从前那样，吃香的，喝辣的，穿好的……看看现在，种西瓜赚的钱，几乎快花光了。如今花项可是越来越大，除了吃饭穿衣，最大的开支，就是购买化肥、种子和农药。粮食的价钱一个劲儿往下出溜，而那几样东西价格却一路飙升。种地不赚钱了！一年忙下来，只能凑合着吃碗饭。可是，还想买摩托车，还想把黑白电视换成大彩电，还想……听说，城里人开始装电话了，将来村里人也要装，那可不是一个钱俩钱的事……

这一切，都需要钱。钱可是个好东西。不，自她懂事后就明白这个。只是，年岁越大，对钱的魅力理解得越透彻和深刻。她当初能选中香果，不就是看中了他家的殷实与富足吗？

香玲也经常回娘家来。

她一来，除了对母亲说婆婆的不是，就是抱怨公公无能——哼，光会吹大话！还有二蹦子，也不琢磨挣钱，成天就瞎混。说到伤心处，未免掉下两滴眼泪。

但二蹦子心眼儿不错，这一点香玲无可厚非。凤莲也说不出别的，就认定大壮真有点儿窝囊！

听说弟弟在干一件非常赚钱的生意，香玲就对香果说："你那是做什么呀，让你姐夫也跟着干吧。"

香果高深莫测地笑笑，摇摇头："咳，我姐夫哪干得了那个呀。那要的是脑瓜子，外加嘴皮子！"

脑瓜子，嘴皮子！这两样儿二蹦子都不沾边！香玲知道香果瞧不起二蹦子。弟弟太势利了！二蹦子再不思进取，也是她丈夫啊！何况心眼那么好，对她可是一百一！

她后悔向香果提这个了。唉，多没意思！

可香果到底做什么生意呢？

她也非常好奇。再想想这些日子，有关香果的消息在村里传得沸沸扬扬。说什么的都有。有说香果拜了个堪舆师，也就是风水先生。那老先生鹤发童颜、仙风道骨，在常山城大街上摆个卦摊，上面写着：常山刘半仙，诸葛神卦，六爻神课……不仅会看阴阳风水，还精通周易八卦，给人掐算，那叫个贼准！他看香果脑瓜子灵光，就选他当了徒弟。也该着香果发迹呀。如今做生意的，在开业前都爱请风水先生看一看，选个良辰吉日。越是有钱人，越在乎这个！而且，出手都非常阔绰，那一张张的票子，就这样跑到了香果口袋里。

还有人说，香果在城里找活儿时，有一位老人在路上不慎跌倒了。香果正好路过，就把老人扶起来。谁也没想到，这老人不是一般人，是一家大公司的董事长。香果这举手之劳将他深深感动，看香果眼神活泛，说话中听，就让他跟着自己干。有人说给他当秘书，也有人说是随从。

对于前者，人们认为可能性不大。因为，有人家做生意，拿着好烟好酒，来找香果求签问卜。却被香果婉言谢绝了："别听人瞎说，我哪会这个呀。"有盖房子的人家来请他，他也是这话。

后一个，人们都信。因为有两次香果是让一辆黑色小汽车送回家的。有见过世面的，说那是日本产的"蓝鸟"，价格不菲，一个庄稼人就是干一辈子，也买不来的。

奶奶的，这香果运气怎么这么好呢？只要把那大老板侍候好了，他一高兴，随便从手指缝儿里掉俩钢镚儿，就够香果花上几年了。

可也有人不信这个。在他们眼里，香果还是从前的香果，有点儿吊儿郎当。也许，他成天在外面玩耍呢。反正，有他老子金锁给垫底！

然而，这一看法在进入夏季后，就有点儿站不住脚了。

不知从哪天起，每天清晨，大梅也随同香果一同出去。直到临近天黑俩人才返回来。有时候，几天都看不到大梅的影子，只看到马凤莲领着小栓子在大门口玩耍。

金锁和从前一样，每到傍晚，就牵着奶牛到村西遛弯儿。他那张深红色的方正的脸上，已爬上几条皱纹。如今他喜欢背着两只手，牵着牛朝前走。不变的，是那高高挺起的胸脯。尽管人们对他养牛发不发财有过猜疑，如今却不再那么想了。唉，香果可真厉害！于是，人们投向刘金锁的目光，又多了几分敬重。三十岁之前看父敬子，三十岁之后看子敬父。奶奶的，香果真给他老子争脸！

由金锁和香果，大家又联想到了阳坡村一号人物和二号人物。阳坡村的人，就爱将人比人，这么一比较，那庸常而让人厌倦的生活就变得有滋有味。

可不，这一比，就真比出差距了。若论肚里的玩意儿套套儿，谁也比不上杨连奎。连奎还是那么淡定自若，和在台上没有什么区别。人家是姜太公稳坐钓鱼台啊！在村里的威望是外甥打灯笼——照舅（旧）；究其原因，就是那"退一步"做得出奇地高明！不但保住了他们杨家的家训和一贯的为人行事，而且这种美德，亦可说是人生智慧，让他又来了个发扬光大！

要论最能折腾的，还是刘金锁。不但养奶牛，他儿子又鸦默雀静地找到了挣大钱的门路。数梁大壮混得凄惨，自从果园废弃之后，父子俩什么也没做成。

在此后的日子里，整个扁担胡同，乃至全阳坡村的人，都把目光聚焦在了香果和大梅身上。

秋天又来临了。那凉爽宜人的秋风啊，又从遥远的大西北悄悄吹来。树叶在不知不觉间，按照既定的自然法则开始渐渐改变颜色。

人们首先看到大梅穿衣打扮又时髦起来了。

她先是把头发烫成了爆炸式，穿一件大红风衣，下身是条咖啡色筒裤，有时候还揞个大墨镜；嘴唇涂得血红，用村里人的说法，像个鸡屁股！每天由香果驮着，早出晚归。此时的大梅腰身比从前丰满了，胸脯上那两坨肉，像鼓胀的花骨朵，颤巍巍的让人眼神恍惚。看上去，比以前还风姿绰约，楚楚动人。人们说，嘿！这只"水蜜桃"熟得正是时候啊，一咬一口蜜水！只是，她目光里多了一种妖艳与野性。唉，这人呀，有钱和没钱就是不一样！

除了衣着装扮，人们还看到香果和大梅每次回来，都提一个大提包。有人看见过，里面有烧鸡、猪头肉、马板肠；还有罐头：牛肉的，猪肉的，鱼肉的，水果的。如今人们生活好了，吃个猪头肉啃只烧鸡，已不算太奢侈。但几乎每天享受大鱼大肉，就不得不让人眼红心痒。

人们也纳闷：大梅跟着香果到底做什么呢？

这时，又有人说（有的人消息总那么灵通），大梅也在那个公司做工，当服务员，活儿轻闲不算，挣钱还不少。嘿，那个董事长真不赖呀，就因为那点儿区区小事、举手之劳，给香果这么大好处。看来，人还是要多使好心！举头三尺有神灵，老天爷都看着哩！

这年年底，香果买了大摩托，"嘉陵"牌的，两三千块呢。

一过春节，金锁就把那五头奶牛处理掉了。处理得非常便宜，看来他真的不在乎钱了。香果果真发了。

香果果真发了!

镇上收破烂的那个老刘,隔不了多久,就来香果家收酒瓶子。每一次离开,都醉醺醺的,一边用力蹬三轮,一边摇晃着脑袋哼丝弦戏。车上是一堆空酒瓶子。有人仔细瞧了,都是好酒……

老刘说,他每一次来香果家收酒瓶,光喝瓶里的"剩根根儿",就能过回酒瘾!老刘酒量大,喝一斤跟闹着耍似的。人们这才想起早些年香果向人们说的话。看来,那时候香果就不是吹嘘,是谝哩……

三十五

出乎意料,油漆生意不大景气。

每天,瑞霞守店,新运出去推销。他们经营的这种"银星牌"油漆,还是新牌子。按事先约定的,老李只负责从油漆厂进货,当然,双方也签订了合作协议。包括门市租金(先交一年),还有各种税费,总投入将近二十万,两家各出一半。

新运和瑞霞去信用社办了一笔贷款。

老李干这个是兼职,他该上班上班,隔几天来店里看看。

然而,无论新运到哪里推销,只要一报牌子,对方就不屑地摇头。他把价格一降再降,可人家就是不动心。

"怎么回事呢?"瑞霞不解地问新运。出师不利,她望向新运的眼神是焦灼不安的。不是听说卖油漆效益不错吗?怎么远不是那么回事呢?

新运告诉她：这种油漆质量不稳定——这是客户反馈的意见。

"咱也大意了，当时没打听一下！"瑞霞一蹙眉，"光听老李说嘴儿了！"

新运苦笑道："唉，新牌子，还没打响呢。我想老李也不知情，朋友对他一说，他就答应人家了。"

一晃，几个月又过去了。

这天傍晚时分，老李下班来到店里。听说这几天又没卖出去多少，他撇撇嘴，又摇摇头："真没想到，没想到呀。"然后像吃了辣椒似的，吸溜起嘴，"我见别人干这个挺发财，哪想那么多呀。又听那个哥们儿吹得天花乱坠的！唉——"

新运说："当初我们来城里，也是看饭店都那么红火。光想好啦！"

"弄得你们也开不成饭店了，唉，都怪我……"

瑞霞赶忙说："大哥，我们本来就不想干了！当时都不好意思跟你说，最后算下来，哪年都赔不少钱。有同行没同利，这下算看明白了。没有那苇叶，咱不包那个粽子！"

"还有运气呢。"新运接腔。他能说老李什么呢？人家也是一番好意嘛。因为那家油漆厂让赊账，说明老李看得起他们！

"那倒是，怪咱运气不好呗。"看新运和瑞霞这么通情达理，老李的内疚感也减轻了一些。

望着那一大溜儿油漆桶，新运又暗自庆幸——没有一棵树上吊死！他和瑞霞还卖着装饰纸。

当他发现油漆不好卖时，他就想到了这个。听人说，装饰纸卖得不错，他便多方打听了。果然如此！

于是他们又从信用社贷了十万。买了台复卷纸机，又买了辆"天津大发"，雇了司机。

自此，这个不足五十平方米的店铺热闹起来了：靠西墙摆一溜儿油漆，北面与东面放几大卷装饰纸；一台复卷纸机，就摆在了中间偏东位置。看上去，卖装饰纸倒成了主业。瑞霞就用这台复卷纸机，按顾客的要求，要五十米，切五十米；要二十米，切二十米……

每天晚上，瑞霞和新运把趸来的大卷的装饰纸，一点点地卷成小卷。一直干到十一点，才上床歇息。第二天，卷好的装饰纸便销售一空。东方不亮西方亮！有时候，瑞霞仿佛把卖油漆的事忘记了。人性在利益面前都有软弱无力的一面，这是上天赋予人的生存本能——没办法改变！

对此，老李也说不出什么。他完全能理解。当初，他干这个，是因为化肥厂不景气了。想不到，最近化肥厂转制，让一个大老板承包了，情况渐渐好起来，补发了拖欠几个月的工资。这让他又看到了希望。不过，厂里倒班时，他还是骑着那辆"二八"加重自行车，来店里转转。望着堆在墙角的那一大溜儿油漆，只有悄悄叹息几声。

然后，就在椅子上坐下，岔开两条长腿，点支烟，默默地吸。没吸几口，瞥见那一大溜儿油漆，又赶忙把烟掐了。就这么干坐着，看瑞霞应酬顾客，眼到手到，干净利落，便想：新运运气真好呀，寻了这么个精俏能干的媳妇！看他们生意这么好，再瞥一眼墙角那一溜儿油漆，感觉像没娘疼的孩子，心里很不是滋味。

但他又有点儿不甘心。也许，一个新牌子得到人们的认可，还需要一定时间。他甚至还想，新运家装饰纸卖得越好，来这里的客人就越多，这又何尝对油漆的销售没有好处呢？也许，他们的油漆最终能打开市场！因为心存期望，他才这么硬撑着……

装饰纸生意越来越好。手头宽裕了，又雇了俩小工。

但瑞霞依然很忙——因为顾客实在太多了。有时一忙起来，连饭都顾不上做，只好和新运在小吃摊上吃碗面条或炒饼。

这一年就是这样过来的，非常辛苦，但又心情愉悦，因为每一份劳动，都连着丰厚的回报。

对于新运和瑞霞来说，这是很不寻常的一年，更是他们命运转折的一年。是呀，当希望和梦想终于变成现实时，他们甚至都怀疑这一切是不是来得太突然；因为突然，觉得像一场美梦。

可又不是梦啊！是这个可爱的世界，向他们露出了灿烂微笑，也是送给他们的一束美丽芳香的花。

这一年，装饰纸销售额高达几百万元。

为进货方便，他们把那辆"天津大发"换成了客货两用汽车。新运学会了开车，就把司机辞了。

"你们不能光顾自己呀！"有一天，老李对瑞霞说，脸色也微微涨红。是他看到那十几桶油漆被挤到了一个更小的角落，而心生不快？一个人久被挤压的自尊，一旦迸发就会成倍放大。

把顾客打发走了，瑞霞来到老李跟前。她向老李解释："大哥，我们吹笛，也没忘了捏眼儿。不光新运出去推销，谁买了咱们油漆，再买装饰纸，价格还给优惠不少哩。"

"这个我知道。"老李讷讷道，意识到自己有点儿冒失与唐突了，目光便躲闪着瑞霞那双真诚里又有几分犀利的眼睛。

"老哥，从这个月，门市租金我们全掏了！"这是她和新运刚商定的。这样对老李才公平，都后悔从前没想到这个。

"嗯……"老李眼睛亮一下，心里感激。但没再说别的，站起身走了。

望着老李瘦高单薄的背影，瑞霞长长地叹出一口长气。

晚上，她对新运说："要不，咱撤股吧……看老李是个厚道人呀，怎么一打交道就不一样？咱可没少操心，而且房租咱也全掏呀，他好像不怎么领情！"

"老李那是心里着急！咱不能为这个和他闹掰！等等再说吧。"

新运说得有道理！再说，他们生意越好，她反而越同情老李。谁没点儿私心呢？既然是合伙生意，那就好合好散。

瑞霞把油漆摆在了更显眼的位置……

一天，瑞霞正给一位顾客切装饰纸，一抬头，看到文涛正笑眯眯地盯着她。

文涛说："你们来这儿，也不告诉我一声儿！"

"哎呀，你看看忙的，真忘了，不好意思！"瑞霞一脸的歉意，脸颊微微泛红。

文涛大度地笑笑："不给我说，我也同样能找到！"

他告诉瑞霞，他不在厂里干了，买了辆"夏利"跑出租。

"厂子一天不如一天。嘿，我也学你们呀！这不，刚跑了才几个月，就顶在厂里干一年了！"那双黑亮的眼睛，迸射出兴奋与自信的光亮。

他们开饭店时，文涛时常领朋友去吃饭。新运不收钱，他不干，说是给你们拉买卖呢。是文涛，让瑞霞对常山古城的辉煌历史有了更多的了解，知道了"九楼四塔八大寺，二十四座金牌坊"。当然，现在除了四座古寺，其他的所留无几。那时候文涛已升任厂团委书记，来了外地客人，都由他陪同游览，他记忆力好，自然对古城的景点了如指掌。

他还喜欢讲他童年的恶作剧。

有一次，他母亲买了盒点心，放到了抽屉里。他时常偷吃。母亲发现后，锁了抽屉，把钥匙藏到衣柜里。但他照吃不误。母亲只好将钥匙带到了身上，他却自有办法：锁子上有五个弹簧，他就杵下俩，往里面塞了铝丝，砸平，再用墨水染了，和原来的颜色不差分毫，这样拿任何一把钥匙都能打开……

瑞霞和新运都愿意文涛来饭店，他那活泼风趣的性格，把他俩从这个嘈杂的环境中暂时解脱出来……

但她哪会想到呢，文涛也离开工厂干起了个体，和他们一样，成天为"钱"奔波。他可是县里国营大厂的团委书记呀！不知怎的，她心里为他深感惋惜，觉得他应该有更好的人生舞台与前程！

"瑞霞，你忙吧，我送个客人路过这儿，正巧看到了你！我回头再来！"文涛笑呵呵地向她辞别。

她确实很忙，还有几个顾客等着。就不再挽留他，送他到门口。果然，看到一辆红色的"夏利"停在路边上。她又对他说："有空儿来玩吧！"

中午，她把文涛的情况告诉了新运。新运也很惊讶，更感叹这个时代变化太快了。连国营大厂都要不行了啊！

晚上，新运和瑞霞正要上床歇息，电话突然响了。是父亲打来的。

"新运，你快回来！"父亲的声音沙哑得厉害，"小水他、他离家出走了！"

他还想再仔细打问，父亲挂了电话。

"怎么啦？父亲的病……"瑞霞怔在衣架前，一脸的惊悚。

"小水出走啦！"新运哀叹一声，"看这个孩子，总不让人安生！"边说，边去客厅穿外衣，"你睡吧。我回去看看怎么回事！"改卖油漆后，他们重新租了房子，是两室一厅的单元楼，紧邻县电视台。最近又装了电话，也给老人们装了一部。

夜晚路上没多少车，时间不长，新运就赶了回去。

"妈，到底怎么回事呀？你们怎么知道小水出走了？"他推开门，望着一脸惶然的母亲问。

母亲从桌上拿起一张纸递给他："这是小水留下的，我们刚看到。你看看吧！"

新运接过来，展开纸条，几行熟悉的字体映入眼帘：

爸，妈：

请原谅我，和你们不辞而别！我知道我不如我哥，这也是你们嫌弃我的一大原因。尤其是我爸，总拿我跟我哥比较。我承认，我不如我哥优秀，可是，我还年轻啊，我不服气！我的人生路还很长。我是想了许久，才做出这个决定的。我要用我的奋斗，来体现和证明我的人生价值。二老不必为我太多担心，我有我的办法，我一定争口气，为你们，也为我自己！不混出个人样儿来，我就不回来见你们！

你们不孝的儿子：李小水

新运手捏纸条，久久地凝视着。上面的每一个字，都那么刺目，又像锥子般狠狠地刺着他的心。

"唉，净怨你爸，总抱怨小水没出息，拿你和他比。这可好！万一有个三长两短的……"桂花用手抵住鼻子，轻轻地啜泣起来。

"唉——"天敏长叹一声，一屁股坐到沙发上，右手在膝盖上用力一拍，"这混账东西，总让我操心！"他把那张消瘦的已气成铁青色的脸转向桂花，"哼，还不是你从小把他惯坏的！"天下老鸹一般黑，世上母亲疼幺儿。桂花快四十岁时生的小水。

"爸，都这时候了，你还说这个！什么时候发现他不见了？"

桂花说："一大早就不见了，还以为找同学耍去了。中午也没回来。要不是你爸打他，他也不会……"

"爸，你为什么打他呀？"

"唉，该打，忒不懂事！成天吊儿郎当的，也不琢磨着干点儿正事。经常去找大壮家那个文芝，跟他能学了本事？我就说看看你哥，再看看你，就给我瞪眼呀，嘿，太不像话，都成老虎的屁股啦！哼，走就走吧，横竖不指望他啦！"

"千不该，万不该，你不该打他！"

"你还护他！从学校回来都好几年啦，还天天瞎晃悠！"天敏狠狠地瞪桂花一眼，胸脯剧烈起伏着。其实，在内心里他也有点儿后悔。但他那倔强脾气又上来了——嘴上不肯认错。

新运说："我估摸着小水走不太远，过几天他气儿消了，自个儿会乖乖回来的！"

桂花说："小水身上没带多少钱，晚上住哪儿呀，还吃饭哩。"

"妈，这么逼逼他也好。把钱花光了，他就想家了……天太晚了，明天我再找，你们放心。"

"明天一早你就去找啊！"桂花用央求的眼神望着新运。

"好，你和我爸睡吧，有了消息我马上给你们打电话。"

安慰好老人，新运起身回返。他开着车，行驶在灰蒙蒙的夜色里，脑子里全是小水的影子。他不得不承认，这些年，自己和瑞霞忙着在外面创业，没怎么关心小水。小水高考落榜后，又复读了几年，但终究与大学无缘。他让他来城里和他们一起干，却被小水拒绝了。当时他没往深里想，家里还有地呢，就让小水给父亲先当个帮手吧。

他明白自己忽视了小水的情绪，其实他完全可以用别的方式帮他。可如今说什么也为时已晚。在他眼里，小水总是个小孩子，而小孩子是要成长的呀。

第二天，他开始在全城寻找。

怎么找呢？常山城不大，也有十来万人口。他先去一些小旅馆打问，老板们都朝他摇头。后来又去小吃摊。他向人家描述小水的长相。每天顾客似流水，谁去理会这个呢。他又去了电影院、网吧、商场，都没有小水的影子。后来干脆在大街上转悠，期待着碰到小水。结果让他很失望，大街上人来人往，哪有小水的踪影？

他又开车去省城。省城那么大！他转了几家旅店，也是查无影踪。然后来到南三条，这里是外地人最大的汇集地。

望着蚂蚁般熙来攘往的人流，新运彻底失望了。在省城寻找一个人，又没有一点儿线索，那等于大海捞针。他不得不打消了这个念头。

但天敏和桂花依然盼着小水突然回来，天天盼，夜夜盼。他们也坚信小水过不了多久就会自己回来的。

瑞霞脑海里也不时浮现出小水的影子。那双机灵的黑眼睛，还有墨黑的头发，无不透出一股青春的活力。喜欢小水，还因为小水有点儿像年轻时候的新运。她不理解小水的做法："谁对他赖呀，人家外人还以为咱们不管他哩。唉——"

新运说："到底还是个孩子！让他在外面闯闯也没坏处。"

…………

小水到底去了哪里呢？

最后一次高考失利，小水便跟随文芝到一个建筑队当小工，但他终究吃不了那个苦。文芝说，让你哥帮帮你，随便干点儿什么都成啊。要不干脆跟他干，他吃肉，不能光让你喝汤吧！唉，我要是有你那么有能耐的哥哥就好了！

一说到哥哥，小水心里就来气。平时，父亲总拿他和哥哥对比，动不动就说，看你哥，看看你！父亲让他跟着哥哥干，他偏不去！一晃，几年时间就过去了。有人给他介绍对象，他也赌气不见，因为自小大家都宠他，性格有点儿乖张，这会儿脾气变得就更古怪了。那天父亲又责备他：你就这么在家里混天呀？你到底有什么打算？他反驳父亲，我成天就歇着吗？田里的活儿谁干的？还不是我呀！连我哥家的地我也管！父子俩叮叮当当吵嚷了几句，看小水不肯闭口，天敏一气之下扇了他一记耳光。

小水长这么大，谁都没舍得动过他一指头，于是心一横：我离开这个家还不行吗？我不在你们眼皮子底下讨饭吃了！我要混出个人样儿来，让全家瞧瞧，我小水也不比我哥差！嘿，也许还能成大气候！

那天晚上，他睡得很晚。直到写好那个留言，他才躺下。

第二天吃过早饭，他把纸条悄悄放至外间屋茶几上，上面又压上水果盘，便走出家门，来到村北，坐汽车赶到常山火车站。他没有丝毫的犹豫，买了南下的火车票。

这是他第一次坐火车，除了新鲜和好奇，心里还被一种莫大的激动鼓胀着。火车缓缓地驶出常山站，速度渐渐加快。透过窗口，他望着对面那两根在阳光下铮亮闪光的铁轨，心儿早随着哐哐作响的车轮声，飞到了神秘的远方……

天敏突然病倒了。

这些年，天敏也不容易。新运两口子去城里做生意，那时候小水还上学，家里地里几乎他一人独揽。

忙点儿累点儿他不怕，他心里不顺！他本来就对儿子去城里开饭馆有成见。虽说每一次新运回来，他都不忘问儿子饭店的情况，但新运总说还凑合。可他从外人的闲言碎语，还有新运和瑞霞的神色中，觉察到远不是那么回事。

　　于是他劝他们："要不，咱不干这个了，别越陷越深！"新运说："爸，外面的情况你不清楚，只管放心，慢慢会好起来的。"

　　儿子这么一说，他就不好再说什么。连着两年都如此，到第三年头上，不待他说，新运就告诉他，饭馆关门，改卖油漆了。他知道儿子赔了，但赔多少，他不好问。

　　可他还是劝他们："咱不逞那个强哩。还是回来干吧！"新运还没开口，瑞霞接话了："山不转水转，水不转路转！老天爷也看着哩，不能让咱总走背运吧。"

　　果然，这次让儿媳说准了。虽说油漆不怎么赚钱（这是他后来才知道的），但卖装饰纸赚钱。说不定哪块云彩下雨哩！他们在这上头发了！哎呀，真发了呀。只两年工夫，就还清了乡信用社的贷款，而且还花七千块钱给他们装了电话，后来又买了那辆"小客货"。虽说他和桂花心疼得直撇嘴，但看到人们用艳羡的目光瞅他，心里怎么能不受用呢。

　　然而，心里又有点儿不踏实，感觉飘乎乎的像浮在天上。也说不清为什么。

　　直到小水突然出走，他才明白他的担心并不多余。唉，人无远虑，必有近忧！活这么大，他似乎才体悟到了这句话的真正内涵。是年前吧，他开始感觉胃部不适，饭后隐隐作痛。他没当回事。春节后开始加重。桂花要给新运打电话，他摆摆手说，不用，不是胃炎，就是胃溃疡！桂花想到老寿老人当年的症状，心里害怕，还是给新运打了。快一个星期了吧，新运还没有回来过。

去县医院检查了：胃癌早期。

幸亏发现得早，医生说，赶紧做手术，痊愈的希望非常大。

医生问新运："是在我们医院做，还是去省城？"不等新运回答，又说，"其实，我们这儿条件就不错，钱嘛，肯定会省下不少。又是早期，如果手术做得好，再加上后期的化疗、用药，复发的可能性非常小！"

新运想也没想："去省里吧。哪个医院比较好呀？"

"省四院，那是肿瘤专科。"

"还有更好的医院吗？"

医生笑笑："当然有啊，北京的协和医院！全国的肿瘤权威都在那儿呢。就是花钱多！依我说呀，也没那个必要，省四院就蛮不错！"

回家后，新运和瑞霞商量，瑞霞没有半点儿犹豫："去北京吧。咱不怕多花几个钱，爸的命要紧！"

新运向瑞霞投去感激的目光。瑞霞为给父亲看病这么不吝惜钱财，连他自己都没有这么想。

天敏在北京做了手术。

新运和妹妹新枝照料父亲。有时，他还要从北京坐飞机去广州进货（通过一个客户介绍，最近给广州一家厂子经销装饰纸）。一大早出发，和厂家谈好，发好货，又连夜坐飞机赶回北京。

有时，他还要回来待一两天，帮瑞霞处理积攒多天的业务，让瑞霞歇口气。

瑞霞看到新运面色苍白憔悴，神色疲惫，心里忍不住发酸。

这时，他俩又都不约而同地想到了小水。哎，这个不争气的孩子，父亲得病，很大原因是他的出走造成的！

天敏手术做得很成功，到底是北京大医院。只是各种花费加起来，要比在省医院多了将近一倍。但新运认为花得值！父亲这辈子吃那么多苦，该享享福了。一定要让父亲好起来。

父亲出院后，新运和瑞霞在家里待了两天。因为平时很少回来，俩孩子格外依恋母亲。瑞霞也觉得平时光顾生意了，把孩子们撂撒了。小虎子和萍萍在乡中学读书，小虎子读高中，萍萍刚上初一。那个小妮子，因为很少见到妈妈，那张红嘟嘟的小脸上漾出幸福迷人的笑。

对于病情，大家没有隐瞒天敏。天敏倒也很乐观。他不怕死。如今，孙子孙女都有了，新运和瑞霞的生意又这么红火，他们家终于在阳坡村冒尖了。这一辈子，他还有什么不满足的呢？当然，他对自己的病还存有一线希望。现在医学这么发达！

按照医生吩咐的，他按时吃药，按时去省城做放化疗……

新运和瑞霞又把主要精力放到了生意上面。

这一年，他们在城里买了第一套房产，是两间一百多平方米的临街门脸。他们和老李"好合好散"，把机器搬过来，一心一意做起装饰纸生意。老李咬着牙坚持了一段时间，终因毫无起色，不得不把油漆退还给厂里……

他们是阳坡村第一个在县城买门市的。

这个消息在扁担胡同，甚至整个村子引起极大轰动。

"听说一年赚几百万！妈呀，几百万！"

"哪呀，那是营业额，实际赚不了那么多！"

"就是赚一百万，那也不得了啊。一百万，咱几辈子才能挣到呢？"

"嘿，新运和他媳妇真是人精。千里挑一！"

"主要是瑞霞能干，他们还是沾了卖衣服的光！"

这倒是事实。如果没有当初，何来现在？人们说来说去，又说到了琴花和黑虎。瑞霞做生意起始于黑虎和琴花，可后来又青出于蓝而胜于蓝。

如今无论城里和镇上都有了成衣店，没人再赶集上庙摆摊了。琴花用卖服装赚的钱，和小海在镇上开了个布艺店，据说，生意还凑合。想想从前小海家那个恓惶样子，这就等于烧高香了呀。非常神奇，小海耳背的毛病竟然完全好了，又因为有了点儿钱，人也变得精爽起来。大贵和哆嗦香脸上整天挂着笑，见人就说，还是这个世道好啊！只是，哆嗦香的手还是那样，依然还是哆嗦香。

他们说这个时，心里想没想女儿小素，人们就不得而知了。据说，小素过得还不错。给那个拐子生了俩孩子，老大是儿子，老二是女儿。拐子干不了活儿，只在家带孩子，如今呢，据说也是带孩子。小素买了台缝纫机，给琴花加工窗帘，挣个加工费。一年干下来，收入也不少。因为是换亲，在钱财上琴花也不计较。人们说，一个琴花，让娘家和婆家的日子都殷实起来了。

三十六

大贵家先是收到了小素大伯寄自台湾的信。

老人回来时，刚过中秋，正是不冷不热的好季节。陪老人回来的，是他的大儿子。中等偏高个头儿，和小海长得有些像，都是国字脸，鼻梁挺阔；相比小海，他皮肤白皙细腻——那是南方人的特质。

"哥——"待老人被儿子搀扶着迈下车门，早已迎在村口的大贵大喊一声，张开双臂，和同样张着双臂扑过来的哥哥紧紧抱在一起。大贵哭，哥哥也哭，然后两双泪眼相互打量——他们的目光，中间可是隔了将近半个世纪的漫漫时光，今天终于交汇到了一起！真的吗？眼前这个比自己面色滋润，穿一身深灰色西装，系一条暗红斜纹领带的既熟悉又陌生的人，就是当年离家而去的哥哥吗？那年，他才十五六岁，哥哥二十多岁。

"唉唉，我终于回家了！"老人抬起手揩拭眼睛。

张全来和其他几名村干部，代表村领导也来路口迎接。张全来握住老人的手，用力摇了摇："大叔，欢迎您回咱家乡！"大贵赶忙向哥哥介绍："哥，这是咱村的支书，张全来，就是福有哥家的那个老二！"老人说，我和你爹小时候没少在一起玩。他还健在不？除了个别音节，老人还是一口纯正的常山家乡话。

"我爹他走了！都快五年了。"

老人脸色沉郁下来："我记得，他比我大六七岁。可惜了，见不到老哥啦！"

十字街口，有几个人蹲在街边的高台上说闲话。有上年岁的，一眼认出了老人，赶忙站起身来，嘴里唤着老人的小名"偏头"，笑呵呵地迎过来。他们挨个儿和老人拥抱，说不出多少客套话，但眼里都闪出亮晶晶的泪花。

一路走着，老人一路说道。他说，咱阳坡村变了，我走时房子全是土坯的，只有李老金和刘老佩家是青砖大瓦房。你看现在，哪还有一处土坯房呀。比国民党宣传的好。在那边儿，国民党一个劲儿地说大陆生活多么苦，说直到现在，乡下人还住着土坯小屋哩。

"大伯，如今咱乡下日子好哇。和从前比较，一个天上，一个——"小海拿眼角扫了一下县委统战部的那个胖科长，不再往下说了。是县委统战部派车把老人送回来的。

"没错，改革开放，施行的是富民政策，人们生活一下子好起来了。"那个胖科长淡淡一笑，向老人解释。

老人说，这个我知道。我也听说过从前人们吃"大锅饭"。我就想，全村人在一个大铁锅里吃饭，那怎么个吃法儿呢？

小海咻地笑了，人们都笑了。

全来说，大叔，"大锅饭"是指的"生产队""人民公社"。那个胖科长打断全来的话："那叫'大集体'，就是以大队为核算单位，人们挣工分，讲的是集体主义和奉献精神。也有好处，可时间一长，就显出弊端来了。主要就是太平均主义啦，不能调动人们生产的积极性！"

大家都不再吱声。全来自嘲道："大叔，你看，还是人家县里的领导水平高，俺是头上没王字——土豹（包）子一个！"

人们都被全来的话逗笑了。这么说笑着，走进了长长的扁担胡同，又走进了大贵家。

"哥，这是新中国成立后咱家要的宅基地，房子是当时盖的。过两年俺打算盖新的呀，这次是卧砖到顶，大玻璃门窗！"大贵伸手指着面前这处青砖扣斗、一明两暗的房屋说。

全来介绍："大叔，你侄媳妇琴花可是个大能人！这不，就凭一双手、一张嘴，就把家发了！"

站在旁边，把自己打扮得水灵光鲜的琴花，不好意思地抿嘴笑笑，没有说话。那两只闪动着聪敏波光的眸子，盯着这个从台湾来的婆家大伯。小素也赶来了。那个拐子非要来，但小素不愿意，这一次他倒顺从了。

此时，这个曾让小素恨过，后来又让她思念过的大伯，就站在她面前。似梦，可又非梦。不，就是一场梦，包括她自己，其实都是梦中之人啊！

这时，老人提到了他的结发妻子："我接到你们的信，心里很难受。我不知道她一直在等我，这一等就是四十多年！"老人眼里泪光闪闪。

哆嗦香扯起袖子擦眼睛："嫂子可是个苦命人啊……"

大贵说："哥，我嫂子跟着俺们没受委屈。就为方便照顾她，我盖房子时留下个夹道。"

"大贵，让你们受拖累啦。"老人感激的目光望着大贵，"我怎么会想到呀，那年腊月，赶了一趟集，就再也没回来！我记得临出门，她还跟我说，兵荒马乱的，卖了早点儿回来，中午咱压饸饹吃！到现在，我还记得她看我那一眼哩。她那天穿一件枣红色小袄，头上挽个纂。她正帮咱娘在厨房里拾掇，是特意赶出来嘱咐我的，手里还拿着水瓢。想不到……"

气氛沉闷而凝重起来。是啊，正值新婚宴尔、如胶似漆，然而这一刻竟成永别。她那句叮嘱的话，还有望向他的那种满含爱意的眼神，也成为他一生永远的珍藏。

张全来不失时机地开了个玩笑："大叔，看你这趟集赶的，一赶就是四十多年呀。"大家听了都笑起来。老人也笑了，却扑簌簌落下一串泪珠。

老人问大贵："还有你嫂子的物件吗？让我看看！"

大贵说："有！前几年，听说台湾有老兵回来探亲，我就把这个消息告诉了嫂子。从此，她就天天盼着你回来。可一直盼到去年……"

大家簇拥着老人，穿过那个小夹道，来到了前院。

一切如故，仿佛它的主人还生活在这里。低矮的堂屋里，靠北墙摆一张油漆斑驳的深红色方桌，地上有两个用麦秸编的、被磨得光滑油亮的蒲墩，像是主人刚坐过的。一股陈年老屋的气息，扑进人们鼻腔里。这种气息尤其让老年人感到亲切与兴奋，将沉睡的记忆倏然唤醒。

"哥，我嫂子在这儿住了三十多年——"大贵低声说。

里间屋，那个枣红色坐柜，油漆已让岁月磨蚀得黯淡无光了，那是小素大娘出嫁时的妆奁；正对屋门，是一个小巧的梳妆桌，那是二十世纪五十年代的产物；一面菱形镜子，上面敷一层薄薄的灰尘；屋里的人和物，都映了进去，朦胧模糊似幻影一般。

　　大家的目光聚焦在了那盘土炕上。两条叠得整齐的被子，并排端放在炕头。其中一条被子，颜色陈旧灰暗，把那个早已远去的年代冷不丁拉回了大家面前。

　　"啊——"老人大叫一声，身子倚住炕沿呜咽起来——是那种老年人特有的让人肝肠寸断的苍凉的哭泣！那是他新婚的被子啊，记录着他和她那短暂的却又让他铭记一生的甜蜜与恩爱。啊，她那双含情脉脉的俊俏的大眼睛啊，又在老人眼前浮现出来！几十年来，那双眼睛，时常浮现于他脑海。多少次，当他从梦中醒来，泪水早把枕巾濡湿一大片。

　　哆嗦香早发出了抽泣声，嘴也哆嗦得厉害。其他人都用手擦眼睛。

　　"你怎么那么傻呀？就这么、傻等着啊……"老人抚摸着妻子的被子，"我后悔呀，要是早一年回来，也许还能见到你……"

　　老人在家住了一个星期。先是到坟上祭拜了早已入土的父母。之后，在前妻坟前蹲了许久。泪水一串串地滴落在田里。这是阳坡村人世世代代耕作，又养育了世世代代人的黄土地呀。她正以她博大的胸襟，以及深沉炽烈的感情，来迎接漂泊多年的游子……

　　当年，被抓兵后，从没摸过枪杆的他只培训了几天，就直接被送上战场。随着国民党部队的节节败退，几年后他也跟随部队一路南下。他感觉自己像一片随风飘逝的树叶，身不由己呀。他是在福建海边坐军舰去的台湾。在高雄港登岛后，他还相信国民党的宣传，认为这只是战略性转移，不久就能打回大陆。这个梦想，他一直怀揣了十来年。他是步兵，先后在台中、台北驻防过。虽说他不识字，但聪明好学，又机灵肯干，后来提升为营职军官。到二十世纪五十年代后期，看升迁无望，他从部队退役，用那一笔为数不多的安置费自谋生路。这时候，虽说蒋介石一再喊"反攻大陆""一年准备，三年反攻，五年成功"，但他总感觉希望渺茫——一枚树叶，越飘越远了。再后来，就由失望变成了绝望！

不久，他又南下高雄。因为那里有台湾最大的眷村，他就与人（也是退役的北方老兵）合伙开饭馆，专卖北方的包子、油条和大饼，但不怎么赚钱。后来又做过其他生意，不知为何都不大景气。他去过台东，也去过花莲。他喜欢花莲，不只是喜欢花莲优美恬静的自然风光，而是那里荒地多，让他想起老家广袤无垠的原野。他是种田人出身，就在那里开荒种地，种了几亩姜，长势非常好。谁知，秋天一场台风引发的泥石流，将他几近半年的辛苦冲个干净。他也差一点儿把命搭进去。一气之下，他离开花莲，来到台北。一没技术，二没资金，他就在台北火车站卖苦力，给人家扛麻包。几年后用积攒的一点儿钱，开起了粮店。这一干就是几十年。虽说没发多大财，但日子也过得去。

对于大陆的情况，他只能从报纸上了解一些。虽说心里依然放不下结发妻子，但认定她不会等他——她那么年轻，怎么甘愿为他独守空房呢？于是，和许多退役老兵一样，在台北站稳脚后他和桃园县一个女人结了婚。

大家听老人讲他的传奇经历，觉得像听单田芳的评书一样。想不到老人这么不容易。

和老父亲不同，老人的儿子说的是那种在台湾电视剧上听到的，带有南方味的普通话，有些怪里怪气。小海说，我们上小学时，语文书上有篇课文讲宝岛台湾，说台湾人民编了顺口溜："我们种的甘蔗甜又甜，我们的生活苦黄连。"果然，这个话题引发了老人儿子的兴趣，他笑笑："我们国文课本上也有，说大陆人穷得啃树皮，吃草根，吃香蕉皮……"

大家顿时笑了。大贵说，那是1960年挨饿，吃树皮和草根倒是真的，咱村也饿死了几口人，都是上年纪的，把仅有的一点儿吃食让给小孩子。吃香蕉皮，那是南方，咱这儿那会儿别说吃了，听都没听说过。其实就一年，第二年情况就开始好转。想不到你们那边也知道哇。

老人的儿子因为生活不习惯，还嫌电视是黑白的，台少，没多大看头，便推托业务忙，不能再待下去。

临走时，老人给大贵留了一万块钱。大贵不要，但最终拗不过哥哥。此外，老人又给全家女人们一人一枚金戒指、一条金项链，说这个价格不菲，一条几千块呢。每个小孩子一人一个红包，里面包了二十美金。

老人还让小海从祖坟上取了一抔泥土，装在一个塑料袋里。他说，他要把它带回台湾。他要和故乡的泥土相依相伴。大家都明白老人的心思。老人毕竟老了，一年比一年老……

老人走了，人们的心也一下子空了。

首先是大贵一家。从前，附加在老人身上的各种想象与猜测，此时统统褪去，唯有血缘与亲情。同时对老人的前妻，更是心生同情与惋惜。

扁担胡同，还有整个阳坡村的人，对小素这个跟着国民党兵跑到台湾的大伯，也有了不同的看法。之前，他们听说哪村有老兵回来，嘿！那个阔绰呀，对家人一出手就是几万块。台湾不是"亚洲四小龙"之一吗？看台湾的电视剧，屋里都像皇宫般富丽堂皇，穿衣装扮又阔气又洋气！本来琴花做生意就发了，如今大贵哥哥又从台湾回来，一准儿给他们家留下一大笔钱。看这个大贵！前半生吃苦，这后半辈子又有享不完的福！这老天爷还是公平的！

然而，他们看到的贵祥老人，和在电影电视上看到的台湾阔佬不尽相同。原来，他也没发多大财，根本不是什么老板、大亨！

还有一个感到失望的人，就是张全来。

他早就听说，有从台湾回来的老兵，为家乡捐赠了几万、几十万；有的帮家乡硬化路面，也有捐钱翻盖小学校的，还有更厉害的，从海外招商引资，帮着家乡父老迅速发家致富。

因此，他就盼着大贵的哥哥像其他回家探亲的老兵一样，为村里捐一大笔钱，把街道都铺成水泥面！当年，杨连奎平掉了村西那俩大沙岗，在阳坡村声名大噪，让人世代受益。可是，自从他成为村里一把手后，还没有做过什么露脸的事呢。好，上天赐给他个好机会！

不用说，希望多大，失望就有多大！嘿呀，原来大贵的这个哥哥，也是个平常人呗。在那边既没做多大官，也没发大财！原来像台湾呀、香港呀，也不全是有钱人，也有穷人。就像阳坡村，并不是人人都有钱。嘿，看这世道，无论走到哪儿，都他娘一个×样儿!

老人的这次省亲,其实对大贵一家影响还是蛮大的。琴花和小海的干劲更足了。琴花从老人望向她的眼神里,看到了自己在这个家的价值!

好好干吧!挣更多的钱,将来她和小海还可以去台湾旅行,串亲戚。这个时代,只有想不到的,没有发生不了的。她在心里给自己鼓劲!

三十七

小素的大伯回来那几天,扁担胡同的人都陆续赶来探望,不管谁来,老人都拿出一盒台湾产的"宝岛"。尽管味道淡了些,但人们还是夸这烟好抽——头一次见,觉得稀罕!

新运也想回去看看老人,但实在抽不出时间。

可有一个好消息,就是父亲天敏的病基本上控制住了。医生告诉他,人的胃再生能力极强,别看切去了三分之二,过不了几年还能长到原来那般大。

然而,一想到小水,全家人心头又敷上一层阴影。这两年,新运通过各种方式,在报纸、电视台刊播寻人启事,还通过外地的客户帮着打听,可都没有得到多少有价值的线索。他心里着急,但是当着二老的面从来不提小水。母亲问他,他就说,我打听着哩。他那么大个人,会照顾好自己的!

又一年过去了。

这年出了正月,新运和瑞霞相中了府西街附近一处两层楼的独门小院。在农村长大，还是喜欢独门独院。加上过户费，总共花了十万元。

房子的确不错。外墙贴了白瓷砖，咖啡色铝合金推拉门窗。一进屋是间大客厅，东西两边各一间卧室；后间除去厨房与卫生间，还有一间小卧室。楼梯位于客厅东侧。二楼的格局和一楼大同小异，面积二百来平方米。小院不大，铺水泥地砖，整齐干净，西侧栽一棵香椿树，靠南墙根栽一棵杏树。

房子是新装修的，他们根本不用多操心，只买了家具——都是实木高档的。

是春天搬来的。每天，两人都忙店里的业务，只有天黑下来，才像一对儿劳燕儿般结伴飞回这个温馨的窝巢。

星期六和星期天，小虎子和萍萍不上学，新运就用汽车把全家接来住两天。桂花和天敏看到这么好的房子，每一块脸肌都变成了笑纹。新运和瑞霞想让天敏在城里养病，天敏不肯，说连个说话的人也没有。桂花也说回去住方便。新运和瑞霞只好顺从老人。他们一天到晚忙生意，哪顾得上照管老人呢？

这年年底，在瑞霞的强烈建议下，他们花三十三万元，买了一辆日本产的"雅阁本田"。他们是常山县第一个买这种牌子车的，省城还没有销售处，是从北京提的车。买房子天敏没意见，但买这么高档的小汽车就有点儿不乐意。有一辆"小客货"开着，还不满足呀？但心里又有几分难以抑制的自豪感。

是啊，的的确确，他们李家在整个阳坡村冒尖了。

也许因为心情好，第二年开春，天敏胖了一圈儿，苍白消瘦的脸上泛出一层血色，接近原来的气色了。一家子都很高兴。新运买了灵芝和人参，让父亲泡水喝。桂花除了做家务，对天敏更是体贴入微。三分病，七分养——她相信这句老话……

这天，顾客不多，难得喘口气。已过了"五一"，天气渐渐热起来。瑞霞刚坐到椅子上，一个微胖的女人走进来。她穿一件红碎花连衣裙，中等个儿，头发烫了卷儿，在脑后高高地挽个发髻。

"姐——"那女人亲切地唤瑞霞。

瑞霞顿时怔住了——是奶妈家的毛毛。她赶忙站起来，朝毛毛笑道："哎呀，毛毛，是你呀！"

坐下来后，瑞霞问奶妈身体好不好？毛毛的脸上忽地罩上了一片灰云："我妈她，她走了——"

"啊——"瑞霞惊叫一声，"大娘她，她……"她哽咽着说不出话，眼前浮现出那张慈善可亲的脸。不，那就是母亲的脸啊。母亲就是这个样子的。她的眼睛已让泪水糊住了。

"我妈她，她得的快病，脑出血，没抢救过来。走了都两个多月了！"毛毛眼圈泛红了，又瘦又长的脸依然那么苍白，像个得了贫血症的病人。

"怎么不告诉我一声儿呀？"瑞霞擦了擦眼睛，但泪水又涌了出来。搬来这里后，她去看望过奶妈几次。

"我妈走得太突然，又考虑到你们太忙——"毛毛的神色有些尴尬，抬起手擦眼睛。

瑞霞张了张嘴，但没有发出声音。他们真的是那么想的吗？她似乎又看到了她每次去，毛毛和她哥哥眼里不经意间流露出的冷漠与轻视。当时，这种神色对她刺激很大。但眼下，坐在她跟前的毛毛，望向她的目光不但有了温度，而且还充满一种热望。
她今天来干什么？莫非，就是来告诉她这个消息吗？她不相信！

果然，毛毛说了来意。

她想向瑞霞借钱。她看中了一套大平方米的房子，拿出全部
积蓄，还差三万，这时她想到了瑞霞，知道他们发了大财。

啊，这就对了，原来她是有求于自己的。她所说的那套房
子，在全城那个最高档的小区，各种配套设施都是一流的，价
格自然不便宜。她能拒绝吗？不能！她答应了她。她是冲奶妈的
面子。她记得，有一次她去看望奶妈，毛毛正吃一个香蕉，看到
她，只是点点头，脸冷得像结了霜，然后扭身走进屋里，再没有
出来……

可是，今天她却来向自己伸手借钱！

她还想到了张文涛，前些日子，他们借给了他六万。文涛不
想开出租了，说太累，他要租门市卖汽车配件，也要当老板呀。
新运说借吧，文涛这人不错，咱帮他一下……

此刻，她说不清心里是什么滋味。

听瑞霞答应了，毛毛赶忙站起来，一把拉住了瑞霞的手：
"哎呀，姐姐，我的好姐姐，真是谢谢你了！"一张脸，笑得十
分生动。原来，那张冷冰冰的脸，还会笑得这么灿烂！

瑞霞觉得她一点儿不像奶妈。奶妈的脸红润丰满，她却是
长脸，又刮瘦刮瘦的，没有一点儿血色，像根快要风干的萝卜
条……

三十八

　　这些日子，梁大壮是在一种极度的焦躁与郁闷中度过的。

　　老天爷怎么对他家这么不公啊！好不容易把果园弄到手了，可是没过几年苹果就不值钱了，满满一编织袋，只卖五六块。后来，见亲家金锁种西瓜不错，他也种了十多亩。然而也没红火几年，西瓜价便一落千丈。

　　如今，他还有什么呢？要权没权，要钱没钱，这让他在亲家面前颜面扫地。他也察觉出来，金锁望向他的眼神和从前大不相同。当年，金锁是主动巴结的他，在路上见面总笑呵呵地打招呼。他和人在村口打扑克，金锁也凑上去，悄悄地给他出主意。他就觉得这个铁匠家的儿子，到底在镇上见过世面，有眼色。可现在呢？他眼前又浮现出了那双精明的眼睛！这双眼睛，他曾经那么欣赏！

　　走在大街上，他依然像从前一样腆肚儿挺胸，可是人们望向他的眼神，却失去了从前的热度。唉，在阳坡村，他失势了！妈的，一个个都是势利眼、白眼狼！莫非，就像人们常说的，是花儿开一喷，一人红一阵儿？属于他的时代过去了？

　　而让他更失望与懊恼的，就是二蹦子。

　　今年春天，二蹦子竟然突发奇想：和人去省城开旅馆。

　　全家都不同意。开旅馆，那是一般人能干的营生吗？而且又在省城！可二蹦子的理由也很充分：如今人口流动性大，出门在外谁不住店歇脚呀？二蹦子这么一说，香玲开始动心了。

于是，她就把家里仅有的两万块钱给了二蹦子，还差两万。总投资是八万，因是合伙生意，两人各占一半。二蹦子就向父亲张口。前几年，大壮手头倒是有几万，但老二文芝娶媳妇，女儿文英出嫁，哪个不花钱呀。把他和桃姐的家底全部抖搂开，满打满算也就两万。

二蹦子做的可是大生意！老二文芝一直跟着建筑队干，虽说收入还过得去，但卖的也是苦力。他就指望着二蹦子给他挽回面子呢。

桃姐说："给他一万吧。剩下的，让香玲去她娘家借呗。她娘家那么有钱！再说，咱要给那么多，老二家能没意见呀？"

第二天一大早，大壮去了镇上信用社，取回一万交给了二蹦子。

香玲只好来娘家求援。金锁有点儿为难，他为难不是因为钱，一万块，说多也不多，说少也不少，他手头就有。关键是，这钱怎么给合适。他正挠着头皮琢磨，凤莲给香玲出主意："你向你弟张次嘴吧。我们要借给你，就怕香果和大梅多心。借你一万，他们会想成三万……"

不等女儿张口，凤莲又说："他们挣钱容易，拿着万儿八千的不在乎。再说，也显得你瞧得起他俩！"

香玲本不想再向弟弟张嘴，然而，出乎意料，这一次香果答应得很痛快。大梅还问她："姐，一万够不够？"大梅的态度让她惊讶无比，人有钱和没钱就是不一样，出气都变粗了！

自从二蹦子到省城开旅馆，桃姐对香玲的态度也有了转变。除了主动帮着带孩子，还时常把她叫过来一起吃饭。

地里的活儿大壮全包了。给二蹦子家干完了，就去给老二家干，最后才干自己的。他觉得很委屈：都这把年纪了，本该安享晚年，可还得为孩子们操心！从前，他当大队长时，甭说锄把儿，连铁锨都很少摸一下。看自己如今混的！看看人家连奎！去年，他大儿子承包了纬编厂，娘的，那么大个厂子，竟然成了他家的了？村里还有好些人因为没有挣钱的门路，都去央求连奎，想进厂里工作。

想着这个，他竟然不再觉得憋屈了。他还企盼二蹦子早点儿发财，给他脸上增光呢。

刚开始，二蹦子说，他们的生意还不错。

但桃姐总有点儿不放心。不是对二蹦子不放心，是对那个和二蹦子合作的朋友不信任。那是二蹦子一个初中同学。还是那年种西瓜时，一天上午，他正在地头瓜棚上坐着，看到一个人骑自行车路过，眼睛不由得一亮：嘿，这不是建华吗？建华也瞧见了二蹦子，赶忙下车。建华长得瘦，高个子，一张黄脸也瘦瘦长长，像一块菜瓜，眼睛却贼亮。二蹦子打开个西瓜，两人就坐在地头上吃，从此联系上了。是建华提出合伙开旅馆的。

"他那个同学可靠吗？"桃姐不止一次问香玲。

"怎么说呢？表面上看这人挺热情，嘴巴好使，比二蹦子会说。"

桃姐耷拉起脸："能说会道的人脑瓜都鬼，二蹦子可是个老实疙瘩，嘴巴又不利落，我怕人家坑了他！"

"同学之间，相互都了解！再说这种生意比较简单，两人成天在一起，还有账管着哩。二蹦子也不是傻子！"

香玲这么一说，桃姐心里才踏实些了。

大壮和人打交道多，他深知人是最复杂最不可捉摸的动物，可是见香玲这么信任人家，也不便说什么。

日子一天天地过去了。

眨眼间，二蹦子去省城已经好几个月了。

这天，他和建华碰了一下账。刚开张那会儿，二蹦子曾提出每个月碰次账，但建华把眼一塌眯，挖苦他：你这家伙，真小家子气！还不相信我吗？二蹦子只好依顺他。

那是一个小本子，上面写着每天客人入住数和收入情况。一个个七扭八拐的数字，不仅冷冰冰地盯着他，还含有一丝狞笑。不，是嘲笑！原来，他们赚的钱，扣除房租没剩下多少！二蹦子不相信，手摁计算器又算了一遍。数字不会说谎！他和建华谁也没有料到是这种情况，相互对望了一眼，都耷拉了脑袋。地上，落满了烟屁股，也乱糟糟的像那些冰冷刺目的数字。

这是一个双人间，也是他和建华的办公室兼睡室。两人吐出的淡蓝色的烟雾，把整个房间灌满了。就连嗜烟如命的二蹦子也无法忍受，他咳了几声，将门和窗子全都打开。于是，外面市廛的嘈杂声像洪水般涌进来。而每一种声音，都似铁杵般狠狠地撞击他那颗无比脆弱的心。

这时，他想起曾经听住店的客人说，到东北贩木材发财，跑一趟少说也能赚个万儿八千。对，只要能赚到大钱，吃点儿苦怕什么，总比这么穷耗着强吧。

他对建华说："我先去、去瞧瞧，这也是条、条生路！"建华俩小眼珠子像玻璃球般往一块儿一挤："好吧，如果行呢，我也过去，咱就他娘的不干这个了！"

二蹦子踏上了北去的火车。

他去的是哈尔滨。一下火车，就碰到了和他怀揣同样梦想的人。他们刚从大兴安岭林区回来，告诉他：去林场买木材倒省事，人家见钱就发货。关键是，还要雇林区运材车往外运，这一步就难了！运材车有限，而那儿的木材早堆成山了，如果不给调配车辆的人打点，就是等一年半载也休想轮到你！而那帮人吃客户早吃油儿了，手黑着呢。又是东北人，比咱中原人野！这还只是开头，待木材运到哈尔滨，你看吧，整个货场是座更大的松木山……

他又悄悄地回来了。路上，每每瞅见那一列列满载原木的火车从窗前隆隆地驶过去，他便感慨不已：这个世界原来是这个样子啊，同样一件事有人能干成，有人只是想想罢了。

一走回旅馆，他就迫不及待地问建华："这些天、天生意怎么样呀？"

建华摇摇头，苦笑道："不怎么样！嘿，说说你那儿的情况吧！"把一双充满希冀的目光盯住二蹦子。

二蹦子一撇嘴："娘的，白、白跑一趟。耳听为、为虚，眼见、见为实，这话真没错、错说喽。唉，有些人见风就、就是雨，一张嘴光爱瞎、瞎呱呱！"他一屁股坐在那个破沙发上。建华坐他对面，两人沉默了好久。建华把烟扔地上，那对儿玻璃球似的小眼珠子，又往一起挤了挤："唉，咱不能这样都耗着啦！"

二蹦子一脸懵懂："你、你说怎么着呀？咱可、可是干了多半年啦。"

"还有什么好办法？干脆，还是一个人干吧！"不等二蹦子回应，建华说，"要不，你撤股吧！聪明人，不会在一棵树上吊死！"

此时的二蹦子脑子乱得像一团烂茅草，但他点了头。也许潜意识里，他早就不想干了。

最后两人一结账，本钱全搭进去了。

当二蹦子拎着铺盖卷，从村北马路上迈下长途客车时，马路两边的槐树叶子已经泛黄。金风送爽，又一个秋天来到了。

还有什么好说的呢？一家人脸色都不好看。

"你那么老实，当初你就是不听劝……"桃姐认为二蹦子被同学骗了。

二蹦子不承认："我就在东、东北待了半个多、多月，就算他骗我，也没多、多少钱！"

"还有平时呢？那账你细算了吗？还不是人家说白是白，说黑是黑呀。"桃姐最了解儿子了。

香玲说："我说你没那个脑瓜子，你偏不听！就你那个马大哈样儿，人家想鬼你，还不像哄小孩子呀。"

二蹦子还想说什么，但觉得嘴唇像让胶布粘住了。他成了众矢之的。他眼前又浮现出了建华那两只相距很宽，又贼亮如炬般的小眼珠。他又想，眼瞅着每天客人也不少呀，怎么一碰账就不是那么回事呢？莫非，建华真在账目上做了手脚？建华在学校时活泼调皮，但心眼还是不错的，怎么一打交道就不一样了呢？他弄不明白这个问题，也没人给他回答！

大壮只闷头抽烟。四万块钱就这么打了水漂儿，比从他身上割肉还疼啊。但钱还不是最重要的——他觉得心里搭起的那座大厦轰然坍塌了！他绝望地盯着自家的门楼，那个高大的门楼，在他眼里也一点点地矮了下去……

此后他看二蹦子，怎么看都不顺眼了。

桃姐也不再像从前那么照管香玲。一切又回到了从前。

都知道二蹦子开旅馆没赚到钱，香玲回娘家就感到没面子，更不愿见到大梅。不过她很少见到大梅，听母亲说，有时两口子十天半月也不回来，怎么公司就那么忙？

"我怀疑他俩干什么不光彩事哩。"凤莲悄悄地说。

"妈，看你说的！能干什么事呀？公司忙呗！挣那么多，可不得听人家的。"

"这钱来得太容易了，像从地上捡土坷垃……"听母亲这么说，香玲笑了："妈，香果赚不到钱时，你嫌他没本事！这会儿赚钱了，你又胡乱猜测。你想多了！"凤莲忧心忡忡地说："听说城里有干那种脏事的女人了……"

香玲把嘴一撇："哎哟，妈，让我怎么说你呢？看你想哪儿去了？"母亲把脸沉了沉："你看大梅那个打扮，还有那眼神，和早先哪一样呀？"

"她现在给人家董事长当服务员哩，当然得穿时髦点儿了！别总把她和在村里那会儿对比，现在城里女人们都那样儿。"香玲觉得母亲的想法委实荒唐可笑。

马凤莲又迟迟疑疑地说："我怀疑大梅跟那个董事长……"

"妈，你又犯糊涂了！香果跟着哩，她敢呀。人家董事长那么好，能做那种事？"

马凤莲也对金锁说过这种担心，金锁那两只黑亮的眼珠子往大里涨了涨，从里面迸出一束无法捉摸的光亮。他拿出一支烟在手里把玩，淡淡地说："想那么多干吗？能挣回钱来，那就是本事！"

…………

看香果这么挣钱，二蹦子就嫌香果没有帮他一把。香玲说："还让人家怎么帮你呀？能借你钱就不赖啦！你看看，现在向人伸手借钱有多难！人家可没朝你要过吧？亲弟弟怎么了？亲兄弟还明算账哩！"

二蹦子一急，结巴得更厉害："要、要是当初香果让、让我跟着他、他干，咱也早、早发了！"

倒是这么个理儿。但香玲还是说："就怨你没本事！"

日子又不急不缓地流逝着，像从身边溜过的一缕缕轻风。二蹦子一没技术，二没手艺，只好在家里侍弄那几亩地。他还不如文芝呢，文芝是泥瓦匠，手又灵巧利索，哪个建筑队都愿意要他。今年，又跟着装修队铺地板砖。干这个收入更高！正应了那句俗话：家有良田千顷，不如一技在身！

但在大壮眼里，这是挣的辛苦钱。他总是想到杨连奎家的老大，还有新运、香果……

第二年初夏，是个星期天，文英带着俩孩子回娘家。中午，桃姐烙了葱花大饼，熬的大米粥。文英瞥见父亲把油汪汪、香喷喷的大饼掰成小碎块，放到碗里，就问："爸，这饼焦生生的，多好吃呀，你泡它干吗？"大壮说："这些天，我吃东西心口这儿总堵得慌，泡一下好咽！可能窝住食儿了！"

文英不放心："爸，最好让我哥驮你去医院查查。"大壮摆摆手："不用，哪有那么多事！"

这话被在厢房吃饭的香玲听到了。她去厨房洗碗筷时，往正房堂屋扫了一眼，发现公公脸色黑苍苍的不对劲儿，晚上就告诉了二蹦子。"我怕他得那种不好的病！"香玲想到了食道癌，乡下人称之为"噎食"。

第二天早上，二蹦子悄悄问母亲。桃姐说："你爸还不是为你着急上火呀。你看看你，狗头上插不得金花，什么也干不好！"

碰了一鼻子灰，二蹦子有些怏怏不乐。于是不再提这事。这样又拖了好几天，在香玲的一再催促下，他才驮上父亲去了县医院。

检查结果出来了：食道癌晚期。

二蹦子问能不能做手术。医生摇摇头："唉！白花钱！回去吧，好好尽尽孝！"

医生开了点儿助消化的药，对大壮说是食道发炎，慢慢调养就会好的。

乡下人对这种病有个说法：吃麦不吃秋，吃秋不吃麦。这时节，麦子已黄了梢儿，布谷鸟又悄悄飞来了，藏在茂密的树叶里咕咕咕地嘀鸣。因为全是机械化了，麦收的气氛已和从前大不相同。但布谷鸟就像一位忠贞无比的老朋友，恪守大自然赋予它的神圣职责。

香玲想，公公如果能熬过麦收，那么，就意味着他的生命将终止于秋收时节。由公公，她想到了新运的父亲天敏。但天敏那病发现得早，都好几年了吧，没有复发，看来是彻底康复了。怎么现在得这种病的这么多呢？她想到了一个原因：如今工厂多，污染加重了。是啊，就说阳坡村吧，不少人在自家田里建起了家具厂，也有做胶合板和压缩板的，村里时常飘一股淡淡的刺鼻的怪味。天似乎也不像从前那么蓝了。人们生活好了，但环境却变糟糕了。

想着公公来日无多，香玲心里也不好受。哎，公公可是强势了一辈子！

她也不断听到新运和瑞霞的消息。当然都是好消息。她心里未免有点儿酸溜溜的。

对二蹦子，有时恨他太无能；有时，又生出一种恻隐之心。他是个大好人！这就是命吗？人的命，天注定——这都是老天爷安排的！

公公的病越来越重，人消瘦得已不成样子了。原来一百七十多斤的大块头，如今瘦得皮包骨头。因为两只眼珠深深地陷进去，眼皮松塌塌得更像鱼泡眼了。

平时，桃姐在家里一直占上风头，这时才明白了丈夫对自己有多么重要！她变着花样儿让大壮吃好。但不管吃什么，大壮只抿几口，便放了筷子。就这几口，费很大劲儿才咽下去。

金锁和凤莲来探望过大壮。金锁坐在那把椅子上——这把他坐过不知多少次的椅子，用同情又有些悲怆的目光，望着倚被垛坐在炕上的大壮。脑海里，又浮现出从前大壮那魁伟壮硕的身影。耳边，也回响着那有几分霸气的洪亮嗓音。此时他黯然神伤，一阵隐痛，直往心里钻。他把脸扭向一边，不敢再瞅大壮。

"老哥，不要着急，慢慢会好起来的。"许久，他才拿眼盯住他的亲家。

"唉——"大壮长叹一声，"我觉得我这病不祥啊，也许，咱老哥儿俩……"一串泪珠，顺着深深凹下去的鼻沟淌下来。

"老哥，你别这么想！"

大壮扭转脸，嘴张了张，但没有吐出一个字。那双鱼泡眼里，射出一缕凄楚与不屈的光亮。

"老哥，想那么多干吗，好好养病吧。"金锁知道他要说什么。

这时，他想到香果和大梅那么挣钱，再看看大壮家眼前的景况，心里的滋味又复杂得说不清。

大壮是临近中秋节离世的。他终究没有吃到香喷喷的新玉米面——正是吃麦不吃秋。

大壮一离世，梁家在阳坡村的气势便彻底输给了杨家。有人说，人算不如天算，这是天意。

…………

一天，一辆警车，呜呜地鸣叫着驶进了阳坡村。那尖厉高亢的警笛声，刺破了静如止水的空气，也刺激着人们的耳膜。

警车一路吼叫着，停在了扁担胡同南头。

没过多久，香果被警察押着走出大门口，再走出长长的扁担胡同，钻进警车。

　　胡同口站满了看热闹的人。

　　香果穿一件新时兴的深灰色休闲便装，肚子微挺，人有些发福；他气色红润，紧绷着嘴唇。上车后，他透过车窗朝外面瞥了一眼。人们只看到他脸上划过一丝亮光。那亮光是手铐反射的。

　　望着警车又一路呼啸着驶出阳坡村，人们并没有散开。那一张张因惊讶而大张的嘴巴，久久不能合拢。

　　原来，香果和大梅在外面"放鹰"！这是个老词。上了年岁的人说，早年间就有干这个的。阳坡村的谁谁，就被"放鹰"的骗过。那女人只和他睡了两晚上，到第三天半夜，谎称去一趟茅房，这一去就杳无踪影。都说，干这个的外面都有人接应，那人就是女人的丈夫。想不到，这个古老的行业又卷土重来。这世间的事情，真的难以说清楚。

　　这次他们是在邻县的一个村子犯的事。大梅只跟人家过了三天，就想逃走。谁知，那男人已经买过三次女人了，早有防备。正是屡次的上当受骗，让他在盛怒之下选择了报警。

　　人们说，这一次，香果让鹰啄了眼珠子！

　　人们还说，香果是"只要生活过得去，不怕头上戴点儿绿"！可他头上的绿哪是一点儿呢，是一大片！人们由大梅想到了大凤，又由香果想到了大凤男人三多。一个是暗门子，一个明码标价，但都为一个字——钱！只是，时兴这个了，大凤却金盆洗手。哎，这人，这世道呀，哪说得清呢？

　　而在这之前，据说香果还加入过一个拐卖妇女团伙。两罪并罚，他至少要判十年以上……

三十九

瑞霞是恒山市场女老板中第一个学会开车的，而且老早就学会了电脑。在这方面，她从不肯落伍。

如今，她有了自己的交往圈子，那是她的独立王国。除了几位同学，大多是恒山市场上做生意的女老板们。她们都有和瑞霞相同的创业经历，如今人到中年，事业有成。她们经常聚在一起，搓麻将，喝茶，聊天，也在县城文化广场跳舞。她们大多性格爽快，精明干练，在社交场合游刃有余，巾帼不让须眉，成为全家，甚至整个家族的主心骨。

这是一种全新的生活，瑞霞乐此不疲，那张红润光洁的瓜子脸，总洋溢着一种激昂与幸福的光晕。她体态丰腴，珠圆玉润，似比从前还显得年轻。每次从外面回来，她都向新运讲她的女伴们生意和生活上的一些情况——那个世界只属于这些成功女士们。

新运是受她影响才开始上网的。他在网上看新闻，看老电影，也看戏——一个广阔而多彩的世界向他徐徐展开。

白天，他们忙生意，都是晚上上网。就一台电脑，瑞霞上网时，新运在客厅看电视。后来，他们买了台"奔腾586"。新运把新买的让给了瑞霞，他用那台"486"。他把电脑放到了另一间睡室。时间久了，干脆就在那里就寝。

不久，新运学会了网上聊天。在电脑顶端安个摄像头，世界向他延伸得更深远与广阔。在这里他可以见到久未谋面的同学与朋友，当然，更多的是在网上交友，那是一个虚拟的让人充满无限遐想的空间！他给自己起了个网名——"益智"。

忙了一天，吃过晚饭，他便像一条鱼游进浩瀚的网络大海。

他没有忘记通过网络寻找小水。

他把小水的信息与照片发到了网上。有两次，还真得到了一点儿消息，他盼着早日见到已离家多年的弟弟。可当热心的网友发来对方的照片，却又给他兜头泼了一瓢冷水！原来，这世上同名同姓的人多了去了。

正因了网络，他们的业余生活不再单调乏味。

一天晚上，新运和从前一样打开电脑。一个女人的头像随着嘀嘀的鸣叫，有几分执拗地闪动。一位昵称"夏天的玫瑰"的人叫他。

他移动鼠标，点了接受。

聊得很投机。他感觉对方是个很有品位的人，这让他产生了兴趣。他没有上过大学，对有文化的人高看一眼。对方请求视频，他当然乐意。

打开视频窗口，一张女人的脸出现了。他惊得挺直身子愣在那里。这不是香玲吗？没错，一张鹅蛋形的妩媚的脸，眼睛灵动黑亮，朝他有几分羞赧地笑着，那么甜美。他像让电棍戳了，全身一阵痉挛，继之又是一种莫大的兴奋。

她主动打招呼："嘿，认识你很高兴！"

她完全是和陌生人相见的那种好奇与探测的眼神。莫非，她不是香玲？再定睛细看，对方比香玲要年轻得多，而且笑起来嘴的弧线也略有差异。这世上，还有长得如此相像的女人！

她问他，刚才你怎么神色不对呀。他说怎么不对。

"我看你有点儿发愣！为什么？"他回答："你让我想起了一个人。"这次是她怔了一下，粘了长睫毛的眼睛，像蝴蝶翅膀般忽闪一下："什么人呀？能不能告诉我？"他迟疑一下："像我表妹！"他好像听到了她咯咯的笑声。马上，一行文字跳过来："什么表妹呀，太小儿科了吧？是不是你初恋情人？说实话！"他只好如实承认，你猜得没错，是我初恋情人！说完，还笑了笑，是那种谎言被戳穿后不好意思的笑。

她没有显出一点儿尴尬，眼里还放出光："哎呀，我太荣幸啦，没想到咱俩还有这种缘分！"他说对，你和她长得几乎一模一样，但你比她年轻。她又粲然一笑，一口白牙，在视频窗口闪烁着耀目的银光。他似乎再次看到了当年的香玲。是呀，香玲就是这么对他笑的，她也有一口白亮的牙齿！

他们一下子热络起来。她在邢台一家单位上班。邢台是地级市，位于省城南面二百多里的冀南平原。

当有一天，他半开玩笑地提出要和她幽会时，她欣然答应了。

事后，他后悔生出这个想法。但他想到了瑞霞和文涛。

是从什么时候，他开始反感文涛了？说不清，也许老早就有了，也许是最近。每当听到他的声音，心里就感到腻歪；瑞霞提到文涛的名字，也像扎他的耳朵。因为，凭一个男人的直觉，他认为文涛喜欢瑞霞，不是一般的喜欢！

从前，还没有手机，瑞霞和文涛的交往他还能知道一些。如今有了手机，他对瑞霞的行踪就难以掌握了。但又不好问，害怕惹恼瑞霞，说他小家子气。他怀疑他们已经超越了单纯的同学关系。

这天上午，他开车来到省城。

她穿一袭黑色连衣裙，露出丰满白皙的肩与胳膊，胸部也凹凸有致。她脸上的妆化得浓了些，唇膏涂得很重，牙齿就显得发黄。

在路边找了一家小吃店，他点了四个菜，要了两瓶本地产的"嘉禾"啤酒。他拎着菜单，问她喝什么饮料？她垂下眼帘笑了笑："喝杯啤酒吧，先盖盖脸！"

正是这句俏皮话，让他对她顿时失去了兴致。香玲绝对不会说这话的。而眼前这张鹅蛋脸竟然那么松弛，像泡涨发开的馍，那么令他生厌。他奇怪自己为什么竟然把她想象成了香玲！他觉得自己十分荒唐！刚上了一个凉菜，他就低下头自顾自地抿了一口酒。这酒怎么也寡淡如水呢，没有一点儿他所喜欢的那种啤酒花的香气！

"嗯，讲讲那个女人吧。也讲讲你的初恋！"她显然发现了他神色的异样，朝他讨好般地笑了笑，"我想听，因为你说她长得像我！"

他强迫自己朝她笑了笑，其实只是嘴角扯了扯脸肌："回去在网上给你讲吧。这会儿我不想说！"

"好吧，一定给我讲啊。"

在这里的每一分每一秒，对他都是一种煎熬与折磨……

后来，他再没有和她联系。但他和其他女人聊天，有时也约会。只是限定于吃个饭，喝会儿茶。他把对方当作了倾诉对象，这样让他感到放松与新鲜。有时，他也觉得无聊，可又无法改变，这时他发现人最大的敌人，其实就是自己！

时间一长，凭女人的直觉，瑞霞察觉出了他的异常。

一天晚上，他从外面回来，瑞霞从他那平静的外表下，窥视到了一丝让她陌生的情愫。

第二天晚上，趁新运出去应酬，她打开了他的电脑，调看了他所有的聊天记录。这是她第一次这么做，虽说有点儿心虚气短，但又无法控制自己的行为。

啊！她的猜测竟是真的！就是在这把椅子上，新运对其他女人说悄悄话，而且还和她们约会。由气愤，而生出一种巨大的失落与沮丧。自己哪一点比她们差呢？

新运一回来，她就兴师问罪："你做的好事……"她嘴唇哆嗦着，更希望那是自己的一个误会。

"什么事呀？我不明白！"新运眼神是迷乱的。

"你还想瞒我吗？"

"你说明白点儿？"

"还用我再说吗？你干的事你最清楚！"

"我不清楚……"

"是它告诉我的！"新运这不阴不阳的态度，越发激怒了瑞霞。她把电脑拍得山响。

"好呀，你偷看我的信息？那是我的隐私……"这是他们结婚后，他第一次对瑞霞大动肝火。

"新运，你、你——"她气得说不出来话了，哭着跑回卧室，一头扑到床上。

两人陷入了无休止的争吵之中。

到第三天，瑞霞一气之下，回老家告诉了二位老人。

"咱李家没出过这种人！王八羔子，兜儿里有了俩钱，就不是他了！瞎胡闹！叫他回来，我非打断他一条腿不可！"

天敏骂完了，马上拿手机给新运打电话。

但新运没有回来，而且心里更窝火——瑞霞给他告状了！

第二天上午，老两口坐公交车，直接来到了城里的门市。

"哼，她凭什么偷看我的电脑？"面对二老的质问，新运只能这么说。

"她又不是外人，为什么就不能看？"桂花觉得儿子是无理取闹。

"那是我个人隐私！"

"你娘个×，瑞霞是你媳妇，又不是外人，你俩还有什么隐私呀？"天敏把脸都气歪了，"背着人没好事！你还不承认？"

"两口子也有隐私！"新运的犟劲儿也上来了。

"你和别的女人到底有没有那种事呀？"桂花紧追不放。

"没有，她瞎怀疑哩！"新运回答得理直气壮。瑞霞是小题大做！

"你别不承认！"天敏怒视着儿子。

"也许，是瑞霞多心吧。"桂花看新运说得这么坚决，就开始袒护儿子。

不用说，天敏和桂花也白跑了一趟。中午，他们回到了儿子在城里的家。除去昨天回了一趟老家，这几天瑞霞哪儿也没去，一直躲在家里生闷气。见公公婆婆来了，她赶忙起来给天敏沏茶。她头发散乱，面容倦怠，眼角起一层细密的皱纹，不用说，昨晚又没睡好。

望着这么懂事的儿媳妇，天敏恨自己没有揍儿子一顿。

桂花劝瑞霞想开点儿，也许真没那么回事。

天敏一次次地给新运打电话，新运硬着头皮回来了。

"爸、妈，你们放心，我会把这事处理好的！"面对父亲的逼迫和母亲有些央求的眼神，新运只好妥协。

儿子的态度让天敏心里感到欣慰。他们就决定离开了——当着老人的面，他俩反而都磨不开面子。

但新运和瑞霞仍处于对峙与冷战状态。

直到瑞霞病倒住进医院，事情才渐渐发生了转机。

在滹沱河边长大的女人，大多体格健壮，平时瑞霞是很少住院的。这次是重感冒，高烧，咳嗽，吃药打针不管用，医生说："住院吧，输几天液！"

她知道是怎么回事。为生计奔波操劳了这么多年，而且小虎子已经考上大学，女儿萍萍读高中，平时住校，都不用她操心了，因此难得这么安安静静地休息几天。但心里又是痛苦与烦乱的。她悄悄地抹眼泪，其实，病房里没人去过多注意她。

新运每天来一次，但很少和她说话，只是向医生打问她的病情。当得知没有多大问题时，才长长地舒出一口气。望着新运在病房里走来走去的身影，还有焦躁不安的神色，瑞霞心里感到了一丝温暖与安慰。

这几天，也是新运最难挨的日子。他心里很乱，但他就是不想搭理瑞霞，认为她是没事找事，给他添乱。

生意不能不做，瑞霞出院后，又像往常一样开始了无休止的忙碌。平时两人话很少。沉默是最好的对抗，也是让人冷静与反思的好方式。

一天晚上，新运和朋友喝酒，回家吐了一地。瑞霞收拾着，禁不住抱怨了几句。新运脑袋一热，就说："你和文涛……哼，别把我当傻子！"

"你、你说什么呀？"瑞霞觉得像让鞭鞘抽了一下，一直疼到了心里，但更多的还是委屈。当她用手揩着眼泪，转身回望时，新运已呼呼地睡去了。他喝得实在太多了，一屋子难闻的酒气。

第二天她问新运，新运却说："我哪记得呀！当时喝醉了嘛！"

"你别不承认！"

"即便说了，也是醉话，你不必当真。"

是新运的这种态度，愈加激怒了瑞霞，还是新运的话勾起了她对他的不满情绪，也许二者都有吧。于是她又冷不丁说："人家文涛就是比你能干！"

正是这句话刺激了新运。其实，她是嫌他太安于现状，不思进取。尤其让她无法容忍的是，他竟然一次次地和女网友约会。

而对新运来说，如今他最忌讳的就是这个——让他很丢面子。

本来两人心里就结着疙瘩，这等于又结了一个。在新运看来，瑞霞心里只有那个张文涛。

这件事并不影响瑞霞和文涛的交往。他俩依旧经常联系，当然主要是用手机，偶尔也见面。大多时候，是她去文涛的商店。文涛的汽车配件生意不错！这让她很高兴。文涛不但有眼光，更有一股子闯劲儿。

文涛偶尔也去他们那儿串门，但最近他从新运望向他的目光里，发现了一种猜疑与冷淡。他觉得新运大可不必。但依然感激新运，在最需要钱时，他和瑞霞帮了自己！

甚至，他还想，以后找机会和新运坐下来好好谈谈。他要给新运解开心里的那个结儿。但又觉得这个想法太天真可笑！

和文涛相反，瑞霞倒非常愿意他来他们店里，她更乐意看到新运面对文涛时，嘴角上露出的一缕醋意。是以这种方式来报复新运吗？是，但又不全是……

四十

伴着和风的吹拂，又一个春天悄然来临。

然而，这个春天却给他们带来一个不好的消息——装饰纸销量不景气了。这次是全国范围。

装饰纸生意下滑，是因为人工合成的板材污染严重。人们开始青睐实木家具了。这也是大势所趋。而无论什么家具都需要包装纸，包装纸的销量会长盛不衰。这是新运发现的，他也听人这么说过。在信息化时代，信息本身就具有商品价值！

那就改作包装纸吧。这一带还没有干这个的。

他把自己的想法告诉了瑞霞。瑞霞这才明白，原来这些天，表面上新运一直不哼不哈，其实心里也没闲着……

是啊，那件事，那件让瑞霞恼羞成怒的事，是在一个多月之后解决的。

一天半夜时分，新运在睡梦之中，看到瑞霞笑眯眯地将一个存折递向他时，他猛然惊醒了。他坐了起来，望向对面的睡室，似乎听到了瑞霞的鼻息声。是的，他和她的睡室就相隔几步。然而，因了浓重的夜色，却如同咫尺天涯。正是在这万籁俱寂的时刻，他心头的迷雾终于散去，他幡然醒悟：正是自己的无聊与自私，深深地伤害了瑞霞。他似乎又看到了那露着血丝的手指头，还有因过度劳累而疲惫消瘦的脸庞……而且，她和文涛也许没那种关系，是自己太过敏感。那一刻，他觉得非常冷，像置身于腊月寒风凛冽的晚上，那么孤独无依，如同可怜的孩童。他本能地缩紧了身子……天亮后，瑞霞眼里的新运完全变了。喜极而泣——她悄悄地抹了把眼泪。

接下来，新运开始了他那个计划的实施：去城边租地建厂子！

他相中了位于城西紧临火车站的一块地皮。那里属于城西街，正打算将此地块出租，当然通过竞标的方式。

他看好这块地儿，还因为它特殊的地理位置——地处城西地道桥西端，就是城西的人进城必经的那个道口南侧。

地儿是城西街的，可是他和城西街领导们不认识——他得想办法打通关系。

他在一个小本子上，记下了所有社会关系的名字。都是对他有用的。有同学、朋友，也有同学的同学、朋友的朋友。他们当中有在城里机关上班的，就在下面画个圆圈儿；其他有做生意的，还有在乡下种地的——这些人的社会关系他也了解得一清二楚。他们有的亲戚在县里某个机关工作，甚至有的还是领导。几乎每个名字都有几个分支，就像一棵大树密密麻麻的枝丫。画了好几页，它们共同编织成一个庞大的关系网。一只硕大的蜘蛛在上面爬动，一会儿，蜘蛛变成了人。对，人，这世界万物之灵的人！人无时无刻不在改变着这个世界啊！

功夫不负有心人。他最终选中了一个。是一位名叫李向华的同学，他姑夫在县里一个局当一把手，有一位最要好的朋友，正是城西街村委会主任。

他请李向华撮了一顿。喝了酒，向华的义气被放大了，拍着胸脯向他保证："老同学，没问题，我姑夫一准给你办！"

三天后的一个晚上，向华带着新运去了城里他姑姑家。那是一座刚盖的两层小楼，但屋里的摆设比新运家要豪华与考究许多倍。客厅那个漂亮的枝形吊灯，是灯具市场档次最高的，上万元一个。他想，就当一个局长，光靠那点儿工资，哪来这么多钱呢？

向华姑夫是个大黑胖子，一圈儿密实的胡茬儿将嘴围拢住。向华和他姑夫说话也有点儿小心翼翼。这时一个穿花睡衣、头发松散、满身脂粉香气的中年女人，走出来和向华打招呼。向华笑着叫了声"姑"。那女人简单回应一下，又有几分慵懒地折进了里屋。

"嗯，嗯，那事不好办呀。那么好的地块，不定有多少人琢磨哩。"坐在黑色真皮沙发上的局长边抽烟，边漫不经心地说。

新运手里拿着他扔给自己的烟，却没有点。向华也没有点。

他俩坐在局长对面的小沙发上，用紧张不安的神色盯着这位常山城的上层人物，像法庭上等待判决的犯人。听到这句话，新运的心腾地落上了一坨冰。

向华央求道："姑夫，我这同学和我关系最好，再难，你也得想法儿！要不难办，干吗来求你呢？"

"嗯，嗯，我倒可以问问，不过，希望不大！"局长叼着烟，扭头瞥一眼新运放到客厅角落的几样礼品。都是较普通的，但也花了上千元。新运想再多买点儿，却被向华阻止了："那是我亲姑夫，有那点儿意思就行了。"

现在看来，他们想简单了。他感觉自己在人家面前矮了下去。他有的是钱！

"姑夫，就指望你了，请你多费心吧，办成了，我会好好谢谢你的。"新运也随着向华称呼局长为姑夫。

"不要说那个，不要说那个！"局长摇摇他的胖手，把目光移向别处。仍自顾自地抽烟——是软盒大中华。

两人出来后，新运咂咂嘴，对向华说："东西拿少了，看这事闹的……"

"我姑夫不是那种人！不过嘛，如今地皮金贵啊。"向华想一想又说，"唉，我姑夫权力再大，也没管着城西街，他还得求人家！"

几天后，也是晚上，新运又由李向华领着，再次来到了局长家。局长没在，向华的姑姑说他在外面有饭局。"你姑夫哪在家吃过饭呀。唉，成天价就是喝、喝！"

"他在那个职位上哩，不去恐怕还要得罪人！"向华笑笑，

"姑，俺倒想着总有人请，可没那个福气！"

向华姑姑笑了，因为贴着面膜，脸紧绷着没一点儿笑模样："成天价让酒精泡着，肝儿还要不要了？我是担心这个！"

向华姑姑把钱收下了。

"哎呀，你们哪知道呢，城里街道上头头们的胃口有多大？听说送上一万两万的，人家连眼皮都不撩一下。这年头，他们的地皮可成香馍馍啦！"向华姑姑把声调拉得又长又亮，像抻长的玻璃丝。

新运说："姑，不够了我再拿吧。让我姑夫千万不要客气……"

"这是他的事，我给他说吧。不过，你得有个思想准备哟。"

给了两万！不过，到底需要多少新运心里也没底。但他早做好了准备，只要能把事情办成，再多花几万他也乐意。

果然，没过几天向华就来找新运，说他姑夫说了，那两万刚够请人家吃饭、按摩和洗澡。新运问："那得多少呀？"向华伸出一只巴掌，在新运眼前晃晃："至少这个数，还是看我姑夫面子！"

于是，新运感到了金钱的魅力。是啊，当和上次一样，向华领他再次来到局长家，把那只装有五万元现金的提包交给向华的姑姑（向华姑夫又在外面吃饭）；大约过了十天，他便接到了向华的电话，说那件事办妥了。

听到这个消息，瑞霞长舒了一口气。那几万块钱总算没打水漂儿。她心里高兴——新运悄悄地办成了一件大事。这才是她心中的那个新运！

他们租了十五亩地，每亩五千块，租期二十年。说是竞包，其实只是走个过场。和城西街签订了协议之后，新运自然又请了一桌酒。酒足饭饱，又去洗澡、按摩……

他们去了包房，新运就坐在前台的长沙发上等候结账。这看似装饰高档的洗浴店，却散发着一股淡淡的难闻气味，像什么东西变质发馊了……

四十一

厂房建起来了，机器也买了，又雇了几个工人，终于开始了正常运转。他们给厂子起名为"益达胶粘制品厂"。

可是，他们还没有高兴多久，就面临意想不到的烦恼——因该产品技术含量高，他们和人家南方厂家生产的还有不小差距。所以销量远没有想象的好。

望着仓库里堆积如山的包装纸，新运双眉紧锁。为建这个厂子，他们把全部家底都抖搂了出来，又办了一大笔贷款。光前期投入就达二百万元，其中机器设备一百多万元。如果办砸了，那么他们这些年的奋斗与心血就会化为泡影。这是孤注一掷。然而出师不利，二百万元眼瞅着打了水漂儿。

他抬头望着面前灰乎乎的包装纸，脑海里又浮现出瑞霞那双依然妩媚而聪敏的眼睛。就是这双眼睛，那么温柔地望着他："没关系，做生意有赔有赚嘛！咱再想想办法，反正厂子建起来了，咱在工艺方面多动动脑筋！"

瑞霞的话不但让他心里豁然开朗，更带给他一丝温暖。

问题究竟出在哪里？同样的机器设备，同样的原材料，怎么他们生产出的包装纸就不如人家南方的厂家呢？

他感觉自己像处于湍急河流之中的一叶扁舟，不进则退，而且还会被汹涌的激流淹没与吞噬。

这年初秋，新运去了一趟南方。在浙江和广东，他到那些生产包装纸的厂家取经之后，才恍然大悟：原来南方和北方的温度与湿度不同，同样的原材料，同样的工艺，生产出的包装纸性能却大相径庭。

他从广东聘请了三位专门研究这种工艺的博士生，他们在大学学的都是化工专业，可谓行家里手。现代化的厂子，需要现代化的经营理念。看来，有时候人遇到困境也不全是坏事，困境可以逼迫一个人将最大的潜能发挥出来。

按说，对这一行业新运是门外汉，可因为一直干这个，耳濡目染也懂了一点儿。那些日子，他和三位年轻的博士生一起研究攻关。

这三位博士生，都是三十来岁面容清秀的小伙子，豆芽般单薄的身材，说一口带南方口音的普通话，声音柔和中听，文文静静的让人心生爱怜。

有时，瑞霞把他们请到家里，她精心地给他们做北方特色菜，给他们炖鱼。人家也不容易，从南方赶来帮他们，她打心里感激。

经过多次研发，终于生产出了适合北方温度和气候条件的包装纸。

是的，成功总属于有毅力与信念的人！

那三位博士生所在的公司也参股了，经过双方协商，新运给他们百分之五的股份。自此，"益达胶粘制品厂"成为华北唯一生产包装纸的厂家，填补了北方包装纸市场的空白。年产值达到了四千多万元，当然，利润也非常可观；那一个个数字，就像一个个跳动的浪花，在新运和瑞霞心里激起一种巨大的欢乐——那是欢乐的海洋啊。

新运真的发了。

天敏对儿子彻底服气了！

但他心里还有个疙瘩，他无法放下小水！

又到周末了，新运从学校接上女儿萍萍，送回老家。几乎每个双休日，萍萍都回来陪爷爷奶奶。

天敏问新运，有小水的消息了没有？

"没有。"新运说，"爸，他那么大个人，不管到哪儿总得混口饭吧？"尽管心里很痛苦，但又极力控制着自己的情绪。

"他这一走就没个音信，我和你妈怎么不挂心呢？"

新运再没吭声。唉，要是当初小水听从他的话跟他干，今天不也发了呀？小水出走时二十多岁，一转眼都快十年了，早过了而立之年。如今通信这么发达，他连个电话也不往家里打，真是不通情理！

"新运，你再托人打听打听，别光顾生意……"桂花说。

"妈，我打听着哩。"新运安慰母亲。

桂花撩起衣角擦了擦眼睛。就是因为思念小水，多少个夜晚她都是以泪洗面。又有多少次，她在睡梦中惊醒。

新运告诉母亲："如果再找不到，还上电视，就是当下那种影响非常大的寻亲节目！"见家里没有什么事，他就起身回城里。

当他开车驶到刘金锁家大门口时，不由得踩了刹车。

他从车上下来，走进了金锁家那个高高的门楼。

"金锁叔，金锁叔……"

从屋里走出来的，是马凤莲。马凤莲头上飘着白发，像落一层白亮光洁的柳絮。失血的脸上满是皱褶，人也更显矮小干瘦。见到新运，她略微有些惊讶。她多么后悔当初没有依顺香玲。可那事怪她吗？她哪拗得过老头子呀。她没有想到新运突然来她家。

"哟，新运呀，快到屋里坐！"这个历经人生大起大落的女人，眉宇间流露出的惊喜也有了几分沧桑感。

新运走进屋里。这是二十多年来，他第一次来到刘金锁家。还是当年卧砖到顶的房子，却显得逼仄黯淡了。刘金锁躺在炕上，他头发蓬乱，那张曾经红润方正的脸变得僵硬苍白，如同一个放久了的土豆。两只空洞无神的眼睛吃惊地盯着新运。

"大叔，我来看看你！"新运眼睛热辣辣的。

香果和大梅出事对金锁的打击是致命的。而且，大梅服刑期满后，没有等待香果，却带着儿子小栓子改嫁了。当金锁因突发脑出血成了一个废人，整天躺在炕上，用这种毫无意义的方式来打发时间与消耗生命时，他的思想也发生改变。他开始反思自己这几十年的人生经历。反思是一种最好的自我调整，这时候他似乎才明白，自己走到今天这一步，很大程度是吃了太要面子的亏！还有，就是觉得自己明明很聪明，可怎么没有好结果呢？尽管心有不甘，但事实是无法改变的——他们刘家彻底完了！

新运的成功他是看在眼里的。此时新运就站在自己面前，用充满怜悯的目光望着他。他没有想到新运来看他，心里五味杂陈。

"我这病吧，就这样了，反正也要不了命。"刘金锁说，眼圈有些泛红，声音喑哑而悲怆。他躲开了新运的目光。

凤莲问了新运生意方面的情况，又问天敏的身体。

新运临走时，从口袋里掏出两千块钱，放到了桌上。

"大叔，这是我一点儿心意，你一定收下！"他的声音是诚恳和不容置疑的。

天敏得病后，马凤莲去家里看望了，提了一箱牛奶。金锁没去。但没有想到新运会用这种方式来探望他。他们相互对望着，不知所措。

"这钱不能要，不能要！"刘金锁摆手，马凤莲也连连推辞。可是，新运早转身走了出去。

凤莲追了出来。新运拉开车门，钻进了汽车里。

他从后视镜里，看到凤莲手里握着那沓钱。后视镜里的凤莲像一截枯木桩般伫立着，新运心里顿生一丝悲凉……

汽车驶出了村子。他在心里问自己：你救济刘金锁，单单是为了同情他吗？这个问题他不好回答。因为，就在刚才，当他面对当年最看不起自己，并且让他和心爱的人天河两隔的人时，有那么一刹那，他心里竟然感到了几分快意，更有一种优越感。他乐意给他钱，他要以这种方式来证明自己在刘金锁面前是个强者，更是个胜利者！

但他又为自己生出这个念头而深深自责，然而，当时他又无法控制自己的思想……

四十二

"我能听清楚，怎么啦，快说吧，我正忙着哪。"新运想不到在这最紧要关头，瑞霞给他打来了电话。

"新运，能不能今天赶回来？"从手机里传来瑞霞焦急无助的声音。隔着上千里地，她的喘息声就像在跟前。

"家里出什么事啦？"新运心里忽地投下一片阴影。

"唉，咱那两间门市，人家要给拆呀。"

"为什么拆？"

"说恒山市场东厅要升级改造，要建'五金城'，是瑞生开发商和西大街合作开发的！"因为情绪激动，瑞霞的语速很快，但每个字都清晰地蹦进新运耳朵里。

那两间门市，不但地处常山城黄金地段，更重要的，那是他们在城里购置的第一套房产，对他们来说意义非同寻常。

见他好久无语，瑞霞又说："他们来找我协商时，我看到赵力强也坐在小车里！"

"不是光拆咱家的吧？"

"那倒不是，咱们那道街都拆！"瑞霞语气平缓了一些，"关键是赔偿，他们本街的赔偿比咱们多老鼻子了，一样客，两样待，你说气人不气人！都是同样性质的房子，这样做太不公平！"

"这事和赵力强有关吗？"虽说这几年他和瑞霞一直躲着赵力强，所幸也没有见到过他。但毕竟是小县城，要想找寻一个人，那等于在小河沟里网鱼。他仿佛又看到了那双含笑的眼睛，那笑却让他脊背发冷。

"说不清，反正这事他一掺和，对咱们肯定不利！"

"我把这边处理好马上赶回去！"他说完，又补充，"有什么事你先扛着，等我回去再说。又不是咱一家！"

他这次来天津，是为一批原材料。随着生意的兴隆与红火，更为了与南方厂家竞争让自己立于不败之地，他决定先从提高原材料质量入手——从瑞典进口五十多吨纯木纸浆。在和中间商签订合同时，他们报的型号为"520"。可当新运在港口验货时，发现纸浆型号发错了，"520"变成了"530"。别看差了一号，质量可就差了一大截儿。是凑合着用，还是让对方重新发货？他自然选择了后者。上万里的路程，要退货重发，那可是一笔不小的损失。中间商是个瘦小精明的中年男人，他望着合同上的型号，再瞧一眼自己的签名，脸色骤然阴沉下来：他向厂家报错了型号，责任完全在自己。看新运毫无通融的意思，只好自认倒霉。

原计划提到货后，在等待所雇货车赶来的那一天，他在天津逛逛。都年过半百的人了，还没有来过这个著名的海港城市。他小时候就听说过天津的"狗不理包子"，还有"南开大学"。后来社会上流行"天津快书"，学校的文艺宣传队演，村里也演。再后来，从收音机里，喜欢上了马三立的相声。多年后，他又知道除去"狗不理包子"之外的另一美食——"煎饼果子"。有时候谈业务来不及吃早餐，就在街边小摊上吃个煎饼果子。

当然，还有著名的"海河"。是当年伟大领袖的一句口号"我们一定要根治海河"，让他知道了这条含有"海"字的大河。他还知道，家乡的滹沱河最终汇入海河，一同流入浩瀚的渤海。

突然的变故，让他没了游玩的兴趣，但他还是买了狗不理包子，也品尝了正宗的煎饼果子。也许是心情的原因吧，没有他想象的那么好吃。海河是在汽车上见到的，水面远没有他想象中的宽阔。粼粼波光，反射着春日夕阳耀目的光斑。

和中间商交涉好了，他立马坐火车往回赶。一路上，脑海里都是有关拆迁的事。

他早上从天津出发，下火车已是下午。

瑞霞正在厂里等他。

"哎呀，新运，你说咱怎么办呀……"面对风尘仆仆赶回来的新运，她连天津方面的情况都没兴趣打问。

新运苦笑一下，将皮包扔到沙发上，脱去浅灰色西装，坐在那把棕色真皮老板椅上。他点燃一支烟，仰靠在椅背上，抬起那张有些疲倦的脸，眉头紧蹙着，额头上沁一层细密的汗珠。

是啊，他有什么办法呢？

那条市场东街上，总共有二十七家商户，其中西大街村民九户。而其他十八户都是外来人员。同样的门脸房，价钱却不一样。西大街村民一套六七万，他们则高达十三四万。当时大家虽然觉得不公平，却又安慰自己：地儿是人家的，便宜点儿也说得过去！

如今要拆迁了，他们本街村民每户补偿三十五万左右，这只是房屋，此外，土地的补偿也相当可观。可是，他们这些商户呢，赔偿的只是购房时的房价。损失是一样的，赔偿怎么就有天壤之别呢？何况，在他们购房时明明对他们做了承诺：和西大街村民享受同等的待遇！可面对拆迁，面对巨大的利益又出尔反尔了？

瑞霞给新运倒了一杯茶，是他爱喝的绿茶，放到他跟前："昨天，西大街、房产评估公司和拆迁办来做工作，他们为了利益最大化，单方制订霸王条款，逼我们签字。我们都没签，也不能签！"因为气愤，瑞霞秀气的鼻子洇上一层血色，眼里汪一层光亮，不知是怒火，还是泪水。也许，是二者混合到一起发出来的。

"赵力强也来了？"

"哼，他这会儿才不会跟着哩！"瑞霞说，"这事肯定和他有关！咱躲来躲去，还是没躲过他！"

"妈的，欺负人哩！"新运将烟蒂用力甩到了屋地上——没有摁进烟灰缸。

望着脸色红涨的新运，瑞霞心里犹如翻江倒海。她想到了她和新运来城里闯荡的种种波折，看着新运眼角起了一层鱼尾纹，心里不由得一阵悸动。她怕他压力太大，反而劝他："又不是咱一家。人多力量大，大伙儿商量商量，看看有什么好办法吧！"

"关键是不想拆，那可是咱发家的根基！"

"也是咱在城里买的第一处房产，拆掉了，等于剜我的心哩！"窝在瑞霞眼里那团光亮，终于掉下来。她抬手揩拭一下。

尽管心里窝火憋气，但她还是衣着整洁——穿一身黑色套裙，一头乌发，披在肩上，像闪亮的瀑布倾泻而下。白皙的颈项，戴一条黄灿灿的细巧秀美的项链。整个人端庄大方，气质不俗，倒像一位机关工作人员。

"咱和其他商户沟通一下再说！"新运喝了一口茶。

接下来的几天，对方又来找过几次。新运和瑞霞也和其他商户沟通了，大家意见是一致的：如果赔偿不和西大街村民同等，他们绝不签字！

面对他们的强硬态度，对方也采用极端行为：切断水电和通信，拦截边道，堵锁子眼，扎卷闸……

他们自然不干。几次谈判无果后，一天上午，对方开来两辆推土机要强行拆迁，瑞霞召集所有商户护卫自己的商铺。新运也站在瑞霞身边，怒视着那辆淡黄色的庞然大物。

"你们要拆，就从我身上轧过去吧！"新运拍拍胸脯，两束锋利的目光怒视着对方，大声吼道，"妈的，你们做事太损！这叫卸磨杀驴！"

瑞霞也喊："既然你们不讲理，那我也不想活了！"

其他商户也跟着嚷嚷，声音传得极远，引得市场上不少人前来围观。这十八家商户，每家的主人都像新运和瑞霞一样站在自家的店铺前，如同勇敢的卫士一样守护着自己用心血与汗水换来的财产！那每一个房间，都是他们的一部创业史，记载着多年的拼搏与艰辛。他们不能在这种极不公正的条件下让自己多年的付出被无情地剥夺。

对方怕事态扩大，只好撤回去了。当然是缓兵之计。接下来，西大街便发动全体老头老太太，天天来堵门静坐。车开不进来，人进不去，所有商户的生意都停顿了。租新运家门脸的，是卖室内涂料的，因无法经营，只好终止合同无奈地离去了。

这群老头老太太，一坐就是三个月。

其实他们也是良善之人。但面对利益最大化，蛰伏于灵魂深处的自私也最大化了，公平正义只是他们衡量别人的尺度与砝码。这就是人性！也是人的悲哀。人呀，真是最复杂最无法说得清的动物！

这天下午，新运驱车去买东西，刚走出商场，一只手从背后搭到他肩上。蓦然回头，眼前是一张黄白脸——赵力强笑眯眯地盯着他。

"老弟，好久不见了！"

新运心里无比憎恶，但还是强扮笑脸问道："嚯，老哥！怎么这么巧呀？"

"可不是。我也正要找你哩！"从那张黄白脸上，挤出一圈儿笑纹。

"你找我？找我有什么事？"新运脑海里掠过拆迁的事。

"这样吧，看咱老哥们儿的交情，我跟他们说说。主要是西大街，嗨，他们都是我好兄弟。"他眼珠子忽悠几下，"不过嘛，这事也不能白办，你得出点儿血……"

一股怒火从新运心里蹿出来，直顶脑门子。他似乎看到了赵力强内心的幸灾乐祸。赵力强和这件事有关系吗？也许有，也许没有。但可以肯定的是，赵力强从中没起到好作用。这时候，又把自己扮作救世主，目的就是从中牟利——这是城里这帮小混混惯用的敛财伎俩与手段。

"不用了，谢谢你的好意！"新运淡淡地说，转身就要离开。

身后传来一声冷笑："哼，也不称称自个儿几斤几两，我看你们这些外来户能斗得过人家坐地户？兄弟可是好心好意！过了这村，就没这店儿了！说难听点儿，你这是屎壳郎爬到鞭鞘上——光知道腾云驾雾，不知道大难临头！"

新运斜睨他一眼："呸！老虎不发威——别把我当作病猫！"此时他只想快点儿离开他，就是赔钱，他也不想再和这种人打交道了。

但自此他和瑞霞心里就感到腻歪了，总像有一条黑影尾随着，走到哪儿跟到哪儿。那黑影有时是赵力强，有时又是一只黑蝙蝠，扇动着翅膀，在他眼前飞，飞！眼前飘起一团迷离的黑色雾气。

果然，一天晚上，一群人来到他家门市前，打碎了门窗玻璃，还往门上泼了大粪。

几天后，西大街以新运和瑞霞非法侵权为由，一纸诉状将他们起诉。

那么多为自己维权的商户，为什么单单起诉他们呢？有两种推断，一是他俩带头和对方交涉，他们要杀鸡给猴看，出头的椽子先烂。第二，就是赵力强对他们进行报复。

新运和瑞霞找了律师，律师安慰他们："你们的店铺一有土地证，二有房产证，受国家法律保护，他们这样做绝对是无理取闹。理儿，你们全攥着哩！"

其他商户也对他们说："你们别怕，有我们大家哩，如果判得不公，咱们一起上访！"

是的，这个官司的输赢牵动着每一个商户。输则皆输，赢则皆赢！他们都盼着新运和瑞霞能胜诉。那些天，他们不断用电话和短信与他俩联系，帮着出主意，想办法，这让新运和瑞霞感到是为所有受害者们维权。他们的底气更足了！

终于到了临近开庭的日子。

他们没找关系，相信法律是公正的——理儿全在他们手里。对方是以势压人，巧取豪夺。

令人欣慰的是，这时对方竟然无条件撤诉了。

也许，他们自知理亏，这样做面子上好看。

这天，瑞生开发公司老总亲自出面，找到包括新运和瑞霞在内的十八家商户商谈。这是个大块头，头发漆黑油亮，整齐地拢向脑后，手腕子上戴只金壳手表；穿深色西装，系一条深红色斜纹领带。他面色赤红，鼻头肥大似卵，尽管脸上堆满笑，但那双精明似锥子般的眼睛，时时告诉大家：这是个老谋深算的家伙！

面对常山城这位黑白两道通吃的大佬级人物，瑞霞面无惧色。因为是对方起诉的她和新运，后来又主动撤诉，他们是胜利者。大家还是那个条件：保持原来的实用面积不变，按国家房屋拆迁条例赔偿，然后，再依照西大街对待拆迁户的办法，补偿二十五万元，还有每年十万元过渡费。

"好吧，我们答应！"公司老总笑着回答。然后掏出烟，给每位男士分发。有接了的，但大部分人摇手拒绝。他把烟放回口袋，做出极有耐心的样子，向大家解释："因为不是我们公司一

家，问题就比较复杂。前段时间有些过激行为，还请各位多多海
涵！"

姜还是老的辣。他这几句话，还有那看似和蔼恳切的态度，
把大家激愤的情绪压下去了。人们点头："好吧，只要给我们兑
现了，这事儿就算了了！"

当公司老总一手拎着黑皮包，一手握着手机，带着他的随
从，钻进停在马路边的那辆"奥迪"车里时，新运却乐观不起
来。因为他从对方瞥向他的眼神里，捕捉到了一丝那种属于胜利
者的窃喜与狞笑。

第二天，他在街上又与赵力强不期而遇。是冤家路窄吗？
不，他觉得赵力强今天是在跟踪他，故意和他碰面的。

"怎么样呀，昨天挺高兴吧？"还是那张貌似热情的黄白
脸，还是那么淡淡地笑着。

新运想走开，但又不能不理他，便故意抬高声音回答："高
兴，当然高兴！法律最公正，我一直相信这个！"

"嘿嘿，嘿嘿……"赵力强仰起脸，干笑了几声。然后从
口袋里掏出一盒"大中华"，扔给新运一支，眯起眼觑着他：
"哼，哥们儿，你高兴得太早了！出水才看两腿泥哩。"

新运想回怼一句，但突然没了那个兴趣，只冷笑道："这是
我们的事，不用你操心。反正，这是共产党的天下！"说完，转
身愤然离去。

赵力强看似是说风凉话，但不得不引起新运的警觉。他觉得
这件事儿没那么简单。瑞霞也有点儿担心。可是，他们又认为这
种可能性不大，他们都答应了，还能要赖吗？

然而，公司老总与赵力强那意味深长又有几分狡黠的眼神，总在新运眼前像磷火般闪现，让他脖子后面一阵阵发紧发冷，像钻进一条蛇……

几天后的一个晚上，瑞霞刚上床，手机嘀地响了一下。她从床头柜上拿起手机——是一条短信，文涛发来的。

他先询问拆迁的情况，说这件事已成为常山城的一大新闻，他一直关注着，盼着能得以公平解决。然后，他说，瑞霞，这么多年，我一直想问你一件事，但总不好张口……就是咱们高中毕业那天下午，我对你说，我在曲阳桥村北那座小桥上等你。你也答应了，可我一直等到太阳落山，也没等到你。我就倚着桥栏杆看晚霞，那天的晚霞真美，把大鸣河映得像条红绸带。我是想对你说一句话：我喜欢你！其实，这几个字一直藏在我心里，直到那天才有勇气对你说。可是……明明你答应我的……我来城里上班后，还顶着父母的压力，托我一位亲戚打听你的消息。你在班里出类拔萃，各方面都那么优秀！结果很遗憾，我晚了一步！唉，也许咱俩根本没这个缘分！我感激你，在我最需要帮助的时候，对我慷慨相助。我没有别的企图，只想咱们做个好朋友，但最近从新运大哥的神色中，我察觉出他想多了……我理解他，他是个大好人！不过，今后咱们还是少交往，我不想给你们带来麻烦……

啊！当年文涛一直暗恋着自己！手机在她手里轻轻地颤抖，她也似乎听到了自己怦怦的心跳，脸颊也像让火炙烤着。眼前，又闪出那双黑亮的眼睛，此时她才恍然明白，他望向她的目光，为什么那么温暖，像一束春天的阳光。

她终于想起来了，二十多年前那个下午，她以为文涛和她开玩笑呢。马上就要告别校园踏入社会了，她有些伤感，还有一点儿淡淡的怅惘。她是班长，待同学们离开后，她又去向老师辞别。从老师们望向她的眼神中，她看到了自己在他们心中的位置。人生第一步，就让她收获了自信！

那天回家时，她没有从那条路上走，大鸣河上不止那一座桥！但她也喜欢满天的晚霞，喜欢大鸣河被晚霞映红，像条红绸布一样铺向远方。只是，后来晚霞依旧绚烂似火，但大鸣河和河两岸的稻田却都消逝了……

她还想起一件事。她的同桌是位爱搞恶作剧的调皮男生，有一次，挨了老师批评，怀疑她打的小报告，趁她起身给前桌同学递橡皮时，移开了她的凳子……坐在后面的文涛看不过去了，伸脚别住那家伙的板凳腿，用力一钩，让他也摔了个屁股蹲儿……当时，她只是向他投去感激的一瞥，没想那么多……

四十三

女儿和儿子放了暑假，从学校回家来了。

儿子冲冲不是在家上网，就是出去找同学玩。香玲也不管他，紧张了一个假期，让孩子放松放松吧。冲冲没有考上大学，在县里上技校；女儿豆豆却比弟弟出息多了，大学毕业后又开始读研，而且乖巧懂事，一回来就帮着香玲做家务。

正是望着女儿和儿子，香玲才觉得自己老了。哎呀，怎么不老呢，已是年过五旬的人了。

前几年，她和二蹦子在村北马路边上租了门市，先是经销摩托车。起初生意还不错，赚了一点儿钱。后来时兴电动车了，就改卖电动车。但不知运气不佳，还是经营不善，一年下来只比种地强一点儿。眼瞧着别人家的生意那么红火，她和二蹦子哪有不眼气的？

尤其是二蹦子，巨大的落差使他心里失去了平衡。他就用抽烟、酗酒来排遣内心的苦恼与失落。有一阵子，他几乎每天都喝得酩酊大醉。

刚开始香玲还劝他，但他依然照喝不误。她理解他，又恨他自暴自弃，没有骨气。可她转而又想，这完全怪二蹦子吗？他也付出了，可得到的却是这样一个结果。她心有不甘，但又无力改变。

后来，二蹦子喝醉酒，就开始耍酒疯，站在马路边上骂大街，甚至拿砖头砸人家的门市。谁家生意好，就砸谁家的。他似有满腔的怨气要发泄。刚开始，人们还和他计较。后来，明白二蹦子神经出了问题，再见到他喝了酒，就都躲他……

而且，他的脾气也越来越暴躁与古怪，在家里动不动就拍桌子砸板凳。香玲不敢惹他，每到夜深人静，便一个人偷偷地抹眼泪。但是，心里还有一束光亮，光源就是女儿和儿子。

这天晚上，她发现豆豆很晚才回来。她感到蹊跷，第二天早晨问豆豆，豆豆吞吞吐吐地说："俺找同学耍来呗！"她不相信女儿的话。女儿性格内向，自从上了大学，就很少找村里同学玩耍。

"到底和谁耍来呀？你别瞒我！"香玲厉声追问。

没办法，豆豆才说了实情——她到底心眼实诚。

"虎林，哪个虎林呀？"香玲一时想不起这是谁家的孩子。

"就是小虎子，新运家的小虎子！"

"啊，小虎子，虎林……"香玲喃喃道，心里顿时掀起一丝波澜。她当然不知道，新运为小虎子起名字时特意叫"虎林"是有用意的。如果当年他俩去大兴安岭，那么两人的命运将是另一个样子。新运知道黑龙江有个虎林县，在他心中，那里就代表了大兴安岭。

"妈，看你，虎林就是小虎子的大名呗。你不是说，让我管新运叫舅舅吗？"豆豆还不大清楚母亲当年的那段刻骨铭心的爱情。

"哦，我知道，只是你猛地一说，把我闹蒙了。"香玲装作若无其事地说，马上又问女儿，"你怎么找虎林耍呢？"

豆豆紧抿着嘴角，两只酷似母亲的漂亮的大眼睛，忽闪几下："他说，这个假期要在村里陪爷爷奶奶！"

"你们经常联系吗？"她想起来，小虎子大学毕业后也读研究生，但不知道在哪个学校。

"他也在济南呢，读的是'山大'历史系，那是全国重点大学，比我厉害。是他主动找的我！"豆豆颇有几分自豪与得意，微微仰起白皙的下巴，眼睛里亮起两颗小星星，"小时候去我姥姥家，经常见到他。当时，我俩都没怎么说过话。我觉得他有点儿腼腆，性格也比较内向。我记得，他家和我姥姥家关系不大好，为什么呀妈？"

香玲脸上有些灼热，一时不知如何回答，只好搪塞道："也没什么……都是老邻居了，没多大矛盾。那是大人的事！"

　　豆豆似乎还要问什么，但摇了摇头，不动声色地笑笑，然后瞥母亲一眼，转移了话题："想不到呀，虎林变化真大，上高中我们不是一个学校吗？那时候他就是班干部！上大学他也当班干部。他非常优秀！"

　　是啊，在远离家乡的济南，小虎子能主动去找她，这对她来说可是一大惊喜。面对这位小帅哥，一种朦胧而甜蜜的感情从她心间悄然滋生。两人总找机会见面，说上几句相互勉励的话。有时，还一起去大明湖划船，爬千佛山……

　　"小虎子是不是对你……"

　　豆豆明白母亲的意思，到底是年轻人，她大胆地说出了自己的想法。她说，她非常喜欢小虎子，小虎子也喜欢她。他俩虽说一直没挑明那个意思，但感情已经融到了一起。

　　"妈，这就是缘分！"豆豆朝母亲有些顽皮地一笑。

　　香玲的脑袋开始嗡嗡直响，整个天地，连同四周的一切都旋转起来。是啊，这是她心灵上的一场地震……

　　这天晚上，香玲失眠了。她心里依然乱得理不出头绪。什么，女儿和新运的儿子谈对象？是真的，不是做梦！是女儿亲口对她说的。当然，她喜欢小虎子。小虎子小时候她就喜欢，孩子那双黑亮有神的大眼睛，那么酷似新运。小虎子长大后，那模样就更像新运了，那是年轻时候的新运呀！

　　此时，她高兴吗？对，高兴！让她深深爱恋的人的宝贝儿子，和自己的宝贝女儿谈恋爱，要成为自己的女婿，她怎么能不高兴呢？是的，她和新运没有实现的愿望，终于要在俩孩子身上实现了。

但新运会同意吗？他家和从前可大不一样了呀。而她家呢，在村里几乎是最差的。他们两家现在的状况，又是门不当户不对！再说，瑞霞会同意吗？也许瑞霞拗不过小虎子，小虎子认准的事，瑞霞也许干涉不了。

可二蹦子呢，他同意吗？

她扭头望了一眼二蹦子。二蹦子早沉沉睡去，发出呼天抢地的鼾声。不用说，他今晚又喝醉了，难闻的酒气灌了满屋子。

她眼前浮现出一大片葱葱郁郁的森林，那每一棵松树，都昂然挺拔。那大团大团的墨绿呀，不仅让她感到温馨亲切，还恍若将她带入一个美妙无比的梦境……

小虎子从济南回来，只在城里待了两天，就和妹妹萍萍迫不及待地回到了爷爷奶奶身边。是他喜欢乡下吗？他当然对乡下有感情，但更喜欢城里的富庶与繁华。他来乡下，一是和爷爷奶奶做伴，另一个就是为了豆豆……

可他也隐隐约约听说过父亲和豆豆母亲相恋过，两家因为这件事心生芥蒂。不是一个时代的人，他无法理解父亲那个时代的爱情。但他对豆豆，却爱得义无反顾。

可是，他又不无忧虑：母亲会同意吗？这是他心里的一个症结！

然而，那对儿宝石般亮晶晶的眸子，像嵌到了他心里，闪出的光亮让他既兴奋又激动。

他相信，这将是个浪漫的夏天。乡下的夏天绿意盎然，到处都是喜人的生长气息……

四十四

刚走了一批货，客户是邻县一个家具厂，他们的熟客。如今，周边县的家具厂大都成了他们的客户。

正在这时，新运的手机响了，是小虎子打来的。

小虎子声音很低，却很急切："爸，你回来一下吧！我爷爷——"

他大声问："你爷爷怎么了？快说呀！"

小虎子说，我爷爷心情不好，中午饭也没吃。我奶奶很着急，不让我对你说，我是偷着给你打电话的！

他给瑞霞说了一声，就开车赶回了老家。

母亲正坐在院里择豆角，见到新运，有些惊讶："你怎么回来了？"

新运问："我爸爸怎么了？身体不舒服吗？"这是他最担心的。父亲的病虽说早过了五年危险期，从医学理论上讲已经痊愈，但那毕竟是理论，他心里还是踏实不下来。

母亲把豆角放到菜盆里，站起来，叹口气："还不是想小水呀。"

这时，天敏从屋里走出来。他神色忧悒，脸色发灰，目光里盈满了渴望与茫然。

原来，昨晚他做了一个梦，梦到小水终于回来了，而且还带着媳妇和儿子。他媳妇长得像瑞霞，儿子像小虎子。一进门，小水扑通给他和桂花跪下了，哭着说："爸、妈，我、我对不起二

老了！"他又是惊喜又是生气，正要伸巴掌打小水，却从梦中醒
来。醒来后再没睡着……

"都十多年了，孩子也没个信儿！"天敏的眼睛里汪出泪
花，那泪花是混浊的，像雨天从院里流出的泥水。

"还不是怪你？总拿他和新运对比，还打了他——"桂花狠
狠地嗔天敏一眼。

新运用目光示意母亲："妈，别再这么说，有什么用……"

"唉，看这个小水，就没让我安生过——"天敏哀叹一声，
"都这么多年了，也不知道孩子……"

新运想再劝说父亲，但不知道说什么了。是啊，都十多年
了，按说，小水即便混得不怎么样，也该和家里联系了。莫非，
发生了什么不测？这是他最不愿想也是最担心的。他读懂了父亲
的眼神，也是担心这个。如果说前些年他还不大往这方面想，现
今这种可能性非常大了。是呀，随着年龄的增长和阅历的加深，
他越来越感到这个社会深如大海，复杂诡谲也宛如大海。就说门
市拆迁那件事吧，都过了好几年，但赔偿款还没兑现——对方总
找各种理由一拖再拖，似故意挑战他们的耐性！理儿是理儿，现
实是现实，关键要看理儿攥在谁手里……

不得不说，这几年，他和瑞霞把精力都放到了生意上，对小
水有点儿撂撇了。他心里不由得生出深深的愧疚。这次回去，先
去公安局报案；同时充分利用网上各地的寻亲平台……不能再这
么不明不白地等下去了，要活见人，死见尸……

他给瑞霞打了电话，说要在家陪父母待一晚上。

这些年，除了过年过节，他很少陪老人们说说话，吃顿饭，

脑子里全是生意、钱；钱、生意！今天，他要弥补这个亏欠，可是，真的能弥补吗？他不敢回答这个问题，他心里发虚呀。

吃着饭，天敏说起了扁担胡同的老邻居。说起这个，天敏的话就多起来了。

"前些天，你同庆大伯也走了！他是高兴着走的！他和人扎堆说闲话，总要绕到小钻子身上。那孩子到底出息呀，在部队考上了军校，转业到县工业局，后来当上了科长。他是咱扁担胡同第一个吃上公家饭的，大小也是个'官儿'。人们一遍遍听，却不认为同庆是吹牛。嚯，即便吹牛，人家真有这个资格！唉，那天，正说到高兴处，说工业局的头头们，都得听小钻子的——"

新运打断父亲："小钻子是不错，那是单位器重他！"

"可同庆说着说着嘴就有点儿歪，哈喇子也流出来。人们提醒他，快去找医生看看吧，是不是中风了！他说，哪的话，我嘴就没歪过！嘿，还以为和他说闹话哩。后来，有人把巧巧喊来，他才回去了。第二天，他又来了。说昨天中了点儿生古风，回去巧巧拿针给他扎了扎人中，又在指头蛋儿上放了放血。你们看，不流哈喇子了吧！哈喇子是不流了，可他的嘴还有点儿歪。我还想哪，哎，他这张嘴呀，一辈子啦，哪有个正形呀，总爱瞎胡咧咧！嘿，他又开始卖嘴儿了。还是说他家小钻子。人们都给他面子，觉得他这辈子不容易，小顺子早早死了，在家里又受巧巧的气。可听着听着，突然没声儿了，只见他歪张着嘴，身子紧贴住墙根，嘴角又流出了哈喇子。有人说，你个死同庆，吓唬谁哩？当我们没见过死人呀！我看他的脸越来越黄，俩大黑眼珠子还睁着咧，像有什么心事。喊他，他不应。我捅他一下，他才倒下了。后来听医生说，那是脑出血。其实，头一天老天爷就给他动静哩，他不当回事！唉，看你同庆大伯，卖了一辈子嘴儿，临走，还是卖嘴儿。都说，他不肯闭眼，是还没说完哩！"

天敏叹息一声，又说："你同庆大伯是个大好人！这不，没了他，我心里还空落落的。他一死，小钻子就把他妈接城里住了，咱胡同里又多了一处空院子！"

这些年，新运回来，每次遇到同庆，同庆总是笑呵呵地和他打招呼。在他看来，同庆那颗劈斧脑袋，不但顺眼，而且还有了几分亲切！

吃过晚饭，见小虎子和萍萍围着爷爷奶奶说得很是热闹，新运便一个人走出大门，顺着长长的扁担胡同往前走。

他走到刘金锁家门口，香玲刚巧从家里出来。

这意外的相逢，让两人都有点儿惊讶与尴尬，同时停住脚步，目光落在对方脸上。

多少日子不见了？说不清，唯有四目默默相对。

"你、你回来啦！"她对他笑了一下。她穿一件短袖黑底红花衬衫。也和村里上点儿年岁的女人一样，她把头发染成淡黄色，烫成时尚的卷发；那张让新运迷恋的鹅蛋脸，因为憔悴而有些变形，眼角堆一层细密的皱纹，像打蔫发枯的花瓣。眼珠依然黑亮亮的，闪着惊喜的光芒，这让新运瞥见了从前香玲的一丝影子。

"没事，回来陪陪老人！"他回答，也笑笑。

"干吗去呀？天快黑了！"她脸上现出关切的表情。

"去村外转转，好久没去村西了。平时顾不上……"

"是呀，你成了大忙人！"她用热辣辣的目光盯着他，"新运哥，你接济我爸，我心里感激。不过，今后不要再破费了！"这几年新运每次回家，都不忘去看望金锁，走时总留下一点儿钱。

"嘿，没几个钱儿，可对金锁叔就少就起点儿作用！"新运笑笑，"你不要和我见外！咱不说这个！"

香玲眼睛倏地亮了一下："哎，新运，听我家豆豆说，小虎子非常优秀，这孩子将来一定有大出息！"

"你家豆豆也是个好孩子！嘿，俩孩子都不错！"

两人的目光对视一下，都感受到了来自对方的热度，还有一种渴盼。香玲嘴角上绽出的一丝笑，变成了一朵艳丽的小花。

忽然，那朵小花消失不见了。她的脸马上阴沉下来："新运，你知道小素的事吗？"

"小素，小素怎么啦？"

"小素她，她走了！喝的农药……"

"啊——"新运的脑袋嗡地响一下，"她为什么走那条路？"他眼前浮现出那张带有几缕忧郁的小圆脸。

"哪晓哩呀！据说她儿子学习非常好，就因为家里没钱，上不了城里的重点中学，结果连个专科也没考上。可为这个，也不至于吧？"香玲咂咂嘴，脸上满是哀伤与惋惜。

"她家没做生意吗？"

"大前年，也来镇上开了个布艺店，就和琴花家的紧挨着。不过，这两年生意不大好干，还要供闺女上学，给儿子张罗媳妇，就有点儿吃力了。我前些天在镇上见过她一次，看她有点儿癔症，说话打南不着北的，像有什么事在心里窝着。听说，那拐子后来爱赌，还经常去城里按摩店找女人，小素一说他，他就拿

琴花拃把她。说要不是我妹妹，你娘家有今天的好日子？咱家能
开这个店呀？唉，琴花也和早先不大一样了，和小素处得不怎么
好！那天，小素向我要你电话。我说没有。谁知……"

新运心里像压上一块大石头。他扭转头，眼前正是大贵家的
房子。小海和琴花去镇上买了楼房，大贵和哆嗦香前几年都过世
了，人去屋空，当年琴花张罗着盖的红砖到顶的房子静静地伫立
着。如今扁担胡同的人家，大多在城里或镇上买了楼房。

他忽然发现，还是这条胡同，怎么比他记忆中的变窄了呢？
窄窄的一条，越发的像根长长的扁担了。

和香玲分手后，他想寻找那口水井的位置！

终于找到了。它早被史家高大的门楼所覆盖。这么多年了，
人们都忙着赚钱，忙着生活，没人再去想到它——当年扁担胡同
的人赖以生存的水井！

新运在这里站了许久。他眼前，浮现着一张脸，那张黑里透
红的圆嘟嘟的脸，上面漾着温和而又有点儿羞怯的笑。

"挑吧，挑不了几年啦！"

"……你呀，总是没大没小，哪有和小姑姑开玩笑的？"

"来，替小姑姑打回水……"

几十年了，这个情景，这个声音，此时就像在眼前……可
是，自从他进城做生意，就没有再见过她。快二十年了吧？她
在他的记忆里，还是那个有几分调皮，又胆小本分的小丫头。可
是，她为什么走了那条路呢？

她要找我吗？找我干什么？他在心里问自己，但又无法回
答。

尾　声

新运来到了村西，再一次踏上了那个高岗。

从扁担胡同，走上阳坡村这个最高的地块，他觉得走了几十年。

那个盛变压器的小屋犹存，里面还放着变压器，那斑驳陈旧的青砖上满是岁月触摸过的痕迹。他想到了那个傍晚，那个决定他和香玲人生命运的傍晚。只是一个是初春，一个是盛夏。

这时，他又对自己产生怀疑：你真的站到了阳坡村最高位置吗？

就在前几天，张全来找过父亲，想推荐他当村支书。全来说，上边提倡干部年轻化，他年纪大了，新运有经商经验，是最合适的人选。厂子嘛，就让瑞霞多操点儿心，两头都不耽误！父亲认为全来选中他，一定也征得了连奎的认可——如今的阳坡村依然还是杨家的天下！父亲愿意让他回来：你有钱了，人们只是看得起你，却不怕你，因为你手里没权！可他还拿不定主意，他要回去征求瑞霞的意见。但有一点——做生意自己说了算！

他突然又有了新想法——改做红木家具！包装纸毕竟有局限性，而红木家具能把他们的事业带向更远的前方！

为什么站到这个位置上，总会让他变得如此雄心勃勃呢？也可说是野心勃勃！

他环顾四周，发现随着村子的不断扩张，还有那一座座的家具厂，像饕餮张开的大嘴，正吞噬着大片大片的良田沃野。一

条高速公路穿过从前果园的位置，那奔腾不息的汽车声，打破了
这里千百年的宁静。再往东面眺望，越过阳坡村，几栋三十多层
高的大楼拔地而起，那是镇上新盖的高层住宅，隐在苍茫的暮色
里，在这大平原上格外突兀与刺目。——那里依然是太阳升起的
地方！

一切都改变了。

可眼前的一切，却让他感到无比陌生，心里空落落的。一种看
不见的力量，正在悄悄地改变着这个世界。这种力量，他身上有，
每个人身上都有，汇集到一起，就成为一条放荡不羁的洪流。

他似乎明白了小素为什么要离开这个世界！不，其实，他还
是无法明白！

倏地，一股久违的气息钻进他的鼻孔。那是脚下泥土的芳香
啊！自从他们在城里站稳脚跟，就把家里的地都租了出去。有十
多年了吧，他还没有亲近过这块土地，也成了一位漂泊的游子！

他俯下身，抓起一把土，放到鼻子前闻，闻得那么贪婪与执
拗。

从这抔湿润的泥土里，他闻到了稻谷香，闻到了麦苗的清
新气息，还有玉米的香甜、豌豆花的幽香。他还听到了清脆嘹亮
的蛙鸣……他心里不禁热辣辣的，涌出的泪水模糊了视线。他看
到，那一个个流逝的日子，都凝固到了这厚厚的黄土里……

附　　记

2013年，新运和瑞霞创建了"隆清阁"红木家具厂。红木

家具在中国具有悠久历史。据史料记载，宋、元及明初，中国家具用的是榆木、松木、榉木、楠木等中等硬度的原材料。自1405年始，郑和七次下南洋，每次回国都用红木压船舱，木匠们便把这种木质坚硬、细腻，纹理美观的红木做成家具及工艺品，供帝王及皇室成员享用把玩。到后期随着红木的大量输入及王朝的更迭与灭亡才流入民间，正是"旧时王谢堂前燕，飞入寻常百姓家"。

"红木"不是泛指所有红色木材，也不是一种木材，而是当前国内红木用材约定俗成的统称。按照国家标准的定义它的范围是五属八类。五属：紫檀属、黄檀属、铁刀木属、崖豆属、柿树属；八类：紫檀类、花梨类、香枝类、红酸枝类、黑酸枝类、鸡翅木类、乌木类等。红木家具经历了明式家具、清式家具、清代晚期家具三大历史阶段，经过上百年的发展与演变，已形成一种独有的红木文化，是中国传统文化的载体之一，更成为中国外交场合一张闪亮的名片。

他们的"隆清阁"，是常山县第一家集设计、量居、定制、销售一条龙服务于一体的企业，拥有一批艺术设计和制造经验丰富的专业技师，全部采用传统的榫卯结构，工艺繁复精密，精雕细刻。短短几年，产品就行销全国各地并搭乘"一带一路"快车走出国门。

生意做大了，他们情系故土，不忘造福桑梓。大前年，出资十六万元，将阳坡村路面全部硬化；作为常山县女企业家代表，瑞霞积极响应政府"精准扶贫"的号召，捐款数万元；两次新冠肺炎疫情，他们不仅捐款，还为常山县所有小区，免费提供电梯按钮一次性塑料薄膜，几千只口罩，总价值达七八万元……

只是，小水还没有回来。有客户说，在河南开封见过一对儿卖灌汤包的夫妻，男的长得像小水。新运赶到开封，人倒是见到了，两口子还卖灌汤包，是河北人，但不是小水；后来，又听在新疆石河子承包过棉田的客户说，有一个人，和新运提供的小水的照片十分相像，也是河北人。新运又乘飞机赶去，可惜，连人也没见到。邻居看了小水的照片，说长得的确像，只是本人比照片上要苍老得多。也难怪，二十多年过去了，小水变化大实属正常。邻居说，那人也姓李，但不叫小水——也许小水改名了。遗憾的是，他终究嫌在这里种棉花来钱慢，去年秋后，收了最后一喷棉花，便和主家解除合同，带着老婆和一双儿女走了。说是找更赚钱的门路去了。去哪里，谁也不知道……

新运又去了南疆阿克苏、喀什，还有和田，那里也是著名的产棉区，河北和山东的人来这里种棉花的也不少。但依然没有见到小水。

一天半夜，瑞霞被一声大喊惊醒——新运在梦里寻找小水。

"兄弟，你在哪儿？兄弟，你在哪儿啊——"

瑞霞没有唤醒他，而是紧紧地握住了他的一只手。泪水却像泉水般悄悄地涌出来，淌满她的两颊，又流下来，渐渐地将整个枕巾浸湿……

2015年—2020年初稿，2021年5月第5稿改定

后　记

　　可以说，我创作这部小说的灵感来源于陆游的那首《小园》。我最早读到这首诗时刚入伍不久，第一次出远门，又年纪尚小，身在异地思乡心切。这首诗的意境不但引发了我感情上的强烈共鸣，更将我的乡土情结转换成诗意的呈现。这不就是我家乡春耕的生动写照吗？而回响于村南村北的鹁鸪声，还有刚插上稻秧的似镜面般的水田，这一切都让我觉得，八百多年前的诗人就是为我家乡创作的这首诗。然而几年后我从部队回来，因为滹沱河断流，村南的泉水停止喷涌，自此被誉为"正定小江南"的秀丽景色便从世上消失。我无法接受这个现实，那几年，还非常天真地期盼着泉水复涌，再现那种"稻花香里说丰年，听取蛙声一片"以及鸟翔鱼跃的水乡景象。这是一种原生态的自然之美！我想，这也是久存于我心间的有别于他人的"乡愁"吧！

　　而随着年龄的增长与阅历的加深，我越发体悟到这首《小园》中那丰盈的意韵和蕴涵的人生沧桑，以及给人留下的广阔的想象空间和深奥的生活哲思。每次想到这首诗，故乡的人事便清晰地浮现于脑海，甚至成了我与故土的一种精神纽带。只有把这种久埋内心最深处的感情付诸笔端，才对得住那块养育了我又令我魂牵梦萦的热土！我要让消逝的泉水与河流，在我的作品中永远流淌，让更多的人领略到她独有的纯净与奇美，并且了解那几代人的生存状态与精神风貌！如果还能让人们对当今这个浮躁的商品化时代有所反思与警醒，则更令我感到欣慰！

当然，小说不光是景色描写和讲述故事，更重要的是塑造人物。人的命运不仅与自身性格相关，更与社会和所处时代密切相联。但无论时代如何变化，人性中的善良与自私、美好与龌龊、温暖与冷漠是永远存在的。正如列夫·托尔斯泰借《复活》一书对人性的剖析与阐述一样："人好像河流，河水都一样，到处相同，但每一条河都是有的地方狭窄，水流湍急，有的地方河身宽阔，水流缓慢，有的地方河水清澈，有的地方河水浑浊……人也是这样。每一个人都具有各种人生的胚胎，有时表现这一种人性，有时表现那一种人性。"我就是试图通过这部作品，围绕几户人家的悲喜人生和相互之间的纠葛与关系的变化，对有关中国农民的家庭、伦理、品质、智慧与创造力进行开掘，以此来探寻与表现人性在不同的社会环境下的不同情状与变化的轨迹。这部作品主要写了"文革"后期最重要的两年，再就是从改革开放至今，这是两个完全不同的历史阶段。和从前的农业社会不同，商品时代人的某些本性被放大，并且无情地挤压与玷污着人的精神与心灵，同时也毁坏着我们赖以生存的家园。当然，揭示人性丑陋与扭曲的同时，更要表现与讴歌其中的善良、坚韧、勤劳与勇敢，这是人性的光辉，也是延续我们人类文明的基因与希望！

当确定了所写内容之后，就是如何寻找最合适与恰当的表达方式。文无定法，不能"为赋新诗强说愁"，在这方面我颇花费了一些心思。其实创作每一部作品，都是一个寻找与发现的艰难过程；既不能因袭前人，也不能重复自己，犹如爬山攀岩，唯其艰难，才更富魅力与挑战性。

非常幸运的是，这部小说入选2015年中国作协及河北省作协重点扶持项目，这对我来说是动力与压力并存。还有，在我写作的过程中，一些热心朋友主动为我提供创作素材，讲述他们的人生故事与创业的种种艰辛。这是非常鲜活的生活素材，有的被我移花接木地用到了作品中，在此一并致谢！但需要说明的是，小说中的人物是作者对生活进行精心提炼与升华之后，再通过想象与多年的生活积累而塑造的艺术形象，并不是生活中具体的哪个人。回头再看自己这部作品，里面的人物都似曾相识，但又的确不是我老家的哪一位，可是，他们的生活背景就是我出生并长大的那个地方，在那条长长的"扁担胡同"，在南低北高的"阳坡村"，甚至，他们走过的每一条路，在哪块田里劳作，我都非常熟悉。小说的主人公李新运时常来村西远眺阳坡村的那个地块，也是我曾经喜欢光顾的地方。就像小说结尾所描写的场景那样，站在那里，我也生发过和李新运同样的喟叹，其中不乏对现实的诸多困惑与忧虑！

正因为这部作品倾注了我对故土深厚的感情，所以，当最后终于脱稿时，我心里像放下了一个沉重的包袱，正如本书责任编辑梁东方先生在序言中所说，这于我是一种"人生的慰藉"！
我和东方是因多次编辑贾大山先生的作品集相识，并结下深厚友
谊的。当这部作品完成后，承蒙他认真审读，在肯定与鼓励的同
时，也提出了非常宝贵的修改意见。他这种敬业精神与深刻敏锐
的审美眼光，都让我十分敬佩与感激！

最后，借这次机会，再次感谢多年来对我的创作进行过无私
帮助与扶持的各位老师与热心的朋友们，更感谢花山文艺出版社
的抬爱，让这部我从烦冗琐碎的工作及各种应酬之中，挤时间并
数易其稿写出的作品得以面世；同时，也期待着读者朋友们的批
评指正！

2021年7月21日于古城正定